新☆ハヤカワ・ＳＦ・シリーズ

5026

蒲公英王朝記《ダンデライオン》
巻ノ一
—諸王の誉れ—

THE GRACE OF KINGS

BY

KEN LIU

ケン・リュウ

古沢嘉通訳

TOKYO HAYAKAWA BOOKS

A HAYAKAWA
SCIENCE FICTION SERIES

カバーイラスト　タカヤマトシアキ
カバーデザイン　渡邊民人（TYPEFACE）

漢王朝の偉大なる英雄たちを教えてくれた祖母に。ラジオから流れる評書《ひょうしょ》（講談）に耳を傾けて、いっしょに過ごした午後のことをけっして忘れません。

そして、ぼくよりまえにダラを目にしたリサに。

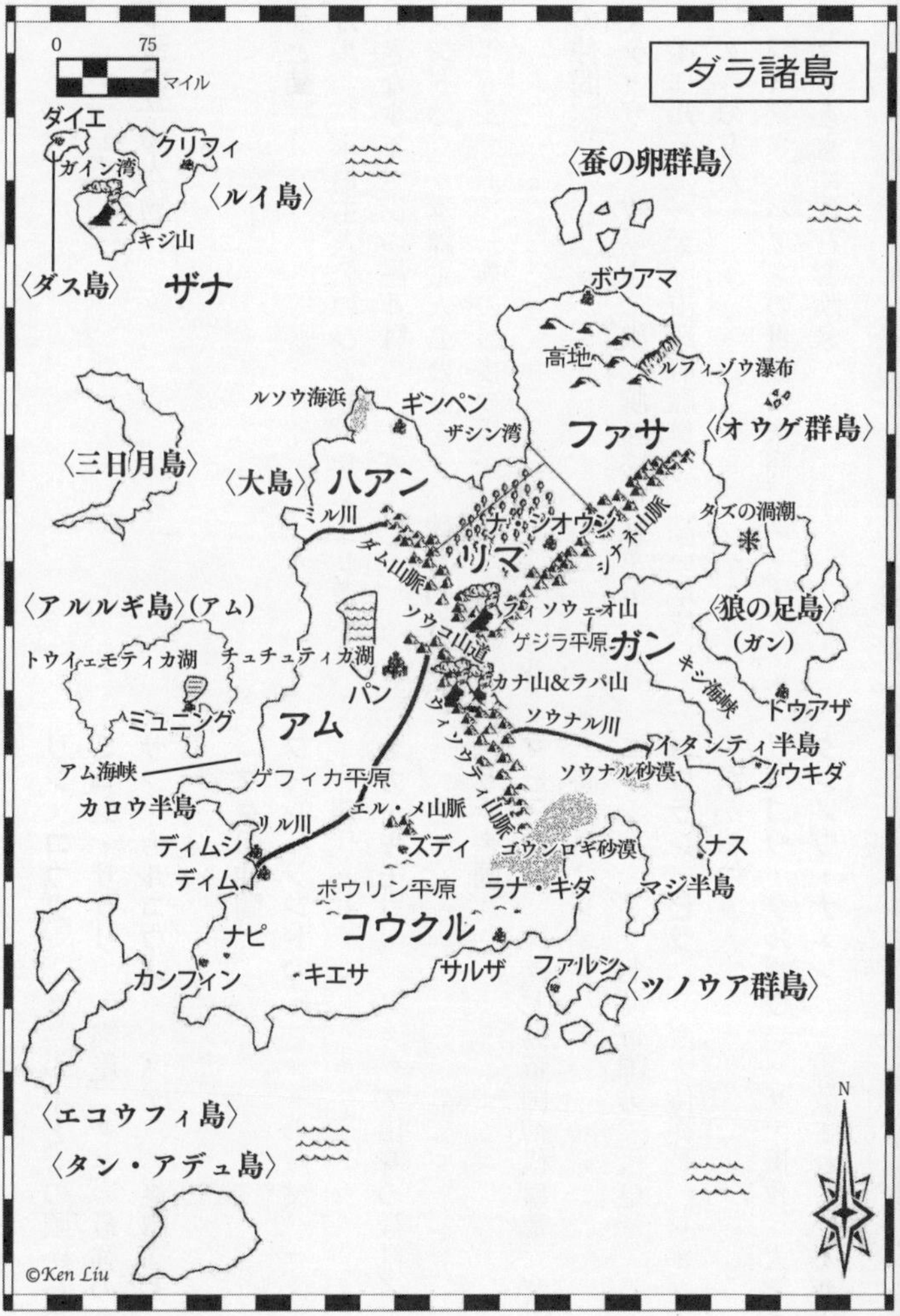
ダラ諸島
0
75
マイル
ダイエ
クリフィ
ガイン湾
〈ルイ島〉
キジ山
〈ダス島〉
ザナ
〈蚕の卵群島〉
ボウアマ
高地
ルフィーゾウ瀑布
〈オウゲ群島〉
ルソウ海浜
ギンペン
ザシン湾
ファサ
〈三日月島〉
〈大島〉
ハアン
ミル川
ナ・ジオウシ
シナネ山脈
ダズの渦潮
ダム山脈
リマ
〈アルルギ島〉（アム）
フィソウェオ山
ソウコ山道
ゲジラ平原
ガン
〈狼の足島〉
（ガン）
トウイェモティカ湖
チュチュティカ湖
キシ海峡
パン
カナ山&ラパ山
ドウアザ
ミュニング
アム
ソウナル川
イタンティ半島
アム海峡
ゲフィカ平原
ソウナル砂漠
ノウキダ
カロウ半島
エル・メ山脈
リル川
ディムシ
ズディ
ゴウンロギ砂漠
ナス
ディム
ボウリン平原
ラナ・キダ
マジ半島
コウクル
ナピ
カンフィン
キエサ
サルザ
ファルシ
〈ツノウア群島〉
〈エコウフィ島〉
〈タン・アデュ島〉
N
©Ken Liu

主要登場人物

〔蒲公英と菊〕

クニ・ガル　本篇主人公のひとり。学ぶより遊ぶほうが好きな少年。街の愚連隊のリーダー

マタ・ジンドゥ　本篇主人公のひとり。体も心も立派な少年。ジンドゥ一族の最後の男子

〔クニの仲間〕

ジア・マティザ　牧場主の娘。腕のいい薬草医

コウゴ・イエル　ズディ市政府職員。〝高い地位にいる〟クニの友人

ルアン・ジイア　ハアンの貴族の末裔。タン・アデュの人々とともに住む冒険家

リン・コウダ　クニの子どもの頃からの友人

ミュン・サクリ　肉屋。クニの最強の戦士のひとり

サン・カルコウノ　ズディの老厩舎長

〔マタの仲間〕

フィン・ジンドゥ　マタの叔父。マタの個人教師かつ親代わり

セカ・キモウ　ツノウア出身の叛乱者のひとり

〔ザナ帝国〕

マピデレ　ダラ七島帝国初代皇帝。ザナ王だった当時の名はレオン

エリシ　ダラ七島帝国第二代皇帝

ゴウラン・ピラ　ザナ侍従長。レオン王の子どもの頃からの友人

リュゴウ・クルポウ　ザナ摂政。大学者にして書家

タンノウ・ナメン　尊敬されているザナ将軍

キンドウ・マラナ　帝国の徴税吏の長者

〔ティロウ六カ国の王〕

アムのキコウミ王女とポウナドム王　アルルギの宝石と彼女の大おじ

コウクルのスフィ王　元羊飼い。ティロウ諸王に団結を促す

ファサのシルエ王　野心を抱いているが、保身の気持ちが強い。リマに干渉

ガンのダロウ王　六カ国でもっとも裕福な領土を治める

ハアンのコウスギ王　危険を冒す気力を失っている老王

リマのジズ王　漁師として育った若き君主

〔叛乱軍〕

フノウ・クリマ　ザナに最初の叛乱を起こした指導者

ゾウパ・シギン　フノウの仲間。ザナに最初の叛乱を起こした指導者

ダフィロウ・ミロウ　愛称〝ダフ〟。フノウ・クリマの下で最初の叛乱軍に加わっていたひとり。ラソウ・ミロウの兄

ラソウ・ミロウ　愛称〝ラット〟。フノウ・クリマの下で最初の叛乱軍に加わっていたひとり。ダフィロウ・ミロウの弟

〔ダラの神々〕

キジ　ザナの守護神。空の主。風と飛翔と鳥の神。神使《パウィ》はミンゲン鷹。白い旅行用外套を好んでまとう

チュチュティカ　アムの守護神。神々のなかの最年少。農業と美と新鮮な水の女神。神使《パウィ》は黄金の鯉

カナとラパ　コウクルの双子守護神。カナは炎と灰と荼毘と死の女神、ラパは氷と雪と氷河と眠りの女

神。神使《バウィ》は双子の鳥で一羽は黒、もう一羽は白

ルフィゾウ　ファサの守護神。治癒神。神使《バウィ》は鳩

タズ　ガンの守護神。予測不能で混沌を愛し、偶然に喜びを感じる。海流と津波と水没宝物の神。神使《バウィ》は鮫

ルソウ　ハアンの守護神。漁師と卜占《ぼくせん》と数学と策略の神。神使《バウィ》は海亀

フィソウエオ　リマの守護神。戦争と狩猟と鍛冶の神。神使《バウィ》は狼

目次

牡鹿を追う　177

蒲公英《ダンデライオン》王朝記　巻ノ一

――諸王の誉れ――

天下

第一章　暗殺者

ズディ

明天十四年七の月

一羽の白い鳥が澄みきった西の空に浮かび、ときおり翼をはためかせていた。

獲物を狙って数里先のエル・メの嶮峻《けんしゅん》な峰にある巣を飛び立った猛禽かもしれない。だが、きょうは狩りにはいい日ではなかった——猛禽のふだんの狩り場であるポウリン平原の陽に灼けた大地は、人間に乗っ取られていた。

何千人もの見物人がズディからつづく幅広の道の両側に並んでいた——彼らは鳥を見向きもしなかった。皇帝の行列を見にここにやってきているのだ。

頭上を帝国の巨大な飛行船隊が優雅に隊列を変えながら通り過ぎていくのを目の当たりにして、見物人たちは畏怖の念に打たれ、あえぎを漏らした。撚《よ》り束ねた分厚い雄牛の腱を垂らした投石器を載せた重戦闘車が目のまえを進んでいくと、見物人たちは恭《うやうや》しく黙ってぽかんと口をあけた。皇帝麾下《きか》の機械工たちが氷荷車から香水を撒き散らし、北コウクルの暑い日差しと埃っぽい空気に、涼しさと爽快さをもたらすと、人々は皇帝の配慮と寛大さを称えた。征服された六つのティロウの国々が差しださねばならなかった最高の踊り子たちの舞に人々は手を叩き、歓声をあげた——面紗《ベール》を着けて誘惑の旋舞を踊る五百名のファサの乙女たち、かつてはボウアマの王宮でしか見られなかった光景だ。戦いの勲《いさおし》を情熱的な優雅さと融合させる剣の舞で冷たい光の菊を描く、四百名のコウクルの剣舞の踊り手たち。ほとんど定住者のいない、未開のエコウフィ島から連れてこられた数十頭の優美で堂々たる象が七カ国の色に塗られていた――だれもが予想するように最大の雄象は、ザナの白い旗を掛けられ、ほかの象は征服された六カ国の虹色をまとっていた。

象たちに引っ張られていたのは、全ダラ諸島から集められた最高の歌い手二百名を立たせている移動舞台だった。ザナによる征服以前にはとうてい不可能だったであろう合唱隊だ。彼らは新しい歌を歌っていた。皇帝の諸島巡遊の機会を寿《ことほ》ぐため、皇帝お抱えの偉大なる学者リュゴウ・クルポウが詠んだ歌を。

北に、優しきルフィゾウ神の瞳のごとく
緑麗《うるわ》し豊穣のファサ
たえず甘き雨の口づけを受けし牧野、
霧に包まれし峨々たる高地

移動舞台のかたわらを歩いている兵士たちが群衆に向かって小さな飾り物を放った――七カ国を表す色鮮やかな紐で編まれたザナ流の飾り組み紐だ。組み紐の形は「繁栄」と「幸運」の表語文字を想起させるようになっていた。見物人たちは、このわくわくする一日の記念品をわれがちに手に入れようとしていた。

南に、モロコシ畑と水田に囲まれ、
青白くかつ黒い城郭をめぐらすコウクル
戦いの誉れに赤く、誇り高きラパ神のように白く、
悲しみに暮れるカナ神のように黒い

群衆は自国を歌うこの歌詞を聞くととりわけ大きな歓声をあげた。

西に、チュチュティカ神の宝、魅惑のアム

光放つ優美さ、
ふたつの青い湖に囲まれた繊細な街々
東に、眩いガン
タズ神の商いと賭けごとが輝く国
海の恵みのように裕福で、学者の幾重もの灰色の
式服のように洗練されている

歌い手のうしろを歩いているほかの兵士たちは、長い絹の横断幕を掲げており、そこには七ヵ国の美と驚異が精緻に刺繡されていた——雪を冠したキジ山から照り返す月光、朝焼けにきらきら輝くチュチュティカ湖の魚の群れ、狼の足島の沖合で大きく跳ねるクルーベンと鯨、首都パンの大通りに列をなして喜んでいる群衆、すべてを知る賢き皇帝のまえで政策を論じる真剣な学者たち……

北西に、ルソウ神の黄色い甲羅の上の曲がりくねった神々の道をたどったその先に
哲学の討議場、高尚なるハアン
中央に、丸く木に囲まれたリマ
そこでは陽の光がフィソウェオ神の黒き剣のごとく鋭く、
いにしえの森を貫き、地面に斑《まだら》を落とす

歌詞の一行ごとに、群衆は歌い手に合わせて声高に合唱部を歌った。

われらザナに、天空に、空の支配者に頭を垂れる
何度も、何度も、何度も
戦いで勝ち目のないキジ神になにゆえに逆らい、
なにゆえに抗する？

そうした追従の言葉がこのコウクルの群衆のなかに

いる、十五年まえにザナの侵略者と戦った者たちの心をざわめかせたとしても、不平のつぶやきは、まわりの男女の声を張りあげての熱狂的な歌声にかき消された。催眠術的な詠唱はそれ自体、力を持っていた。まるで単に繰り返すことで、言葉が重さを獲得し、どんどん現実になっていくかのようだった。

だが、群衆はこれまでのところこの見世物にさほど満足はしていなかった。この行列の要《かなめ》をまだ見ていなかったからだ――皇帝を。

白い鳥が滑空して近づいてきた。その翼は、深い井戸から汲みだした水を金持ちの屋敷に供給しているズディの風車の回転翼ほどにも幅広で長いように見えた――一般的な鷲や禿鷹《コンドル》ではありえないほど大きい。数人の見物人が顔を起こし、巨大なミンゲン鷹だろうかとぼんやりと思った。五百里以上離れた、はるかルイ島の生息地から連れてこられ、群衆を感心させようと皇帝の鷹匠が当地で放ったのか。

だが、群衆のなかに潜んでいた帝国の偵察兵が鳥を見て、眉間に皺を寄せた。そして身を翻すと、群衆を掻きわけ、地元の役人が集められている臨時の見物台に向かった。

帝国近衛兵が機械人間の隊列のように――まっすぐ前方を凝視し、手脚をぴったり合わせて大きく振り出し、ひとりの手で導かれる糸で繋がれた操り人形よろしく――行進して通り過ぎていくと、見物人たちの期待はいや増した。兵士たちの整然とした行進は、まえに通り過ぎていった生き生きした踊り子たちと好対照をなしていた。

一瞬の間を置いて、群衆は称賛の声を高らかにあげた。このおなじ軍隊がコウクルの兵士たちを惨殺し、昔からの貴族たちを失脚させたことはてんで気にしていなかった。見物の人々は、たんに見世物を欲していた。彼らは、ぴかぴか輝く鎧と軍人らしい勇壮さをいたく好んでいた。

鳥はさらに近くに滑空してきた。

「やってくる！　やってくる！」

ふたりの十四歳の少年はぎゅうぎゅうに混み合った群衆のあいだを、砂糖黍畑《さとうきびばたけ》を駆け抜ける二頭の若駒のように勢いよく突き進んだ。

先頭の少年、クニ・ガルは、長くまっすぐな黒髪を私塾の生徒であることを示す髷《まげ》に結っていた。ずんぐりした体軀だが、太っているのではなく、筋肉ががっしりついており、たくましい腕と太ももをしている。目は、コウクル出身の大半の男たち同様、切れ長で、狡猾さにも等しい知性のきらめきがあった。クニは上品にしようなどとは毛ほども思わず、ひじでまわりの男女を押しのけながら強引に進んだ。あとからあばらを痛めた者の悲鳴や腹立ちまぎれの罵声が飛んできた。

うしろにいた少年、リン・コウダは、ひょろ長い体つきで、おどおどしており、船が起こす追い風に乗って飛んでいる鷗《カモメ》のように友のあとをついていきながら、まわりの憤然とした男女に小声で謝罪の言葉をつぶやいた。

「クニ、うしろで立って見ているだけで充分だと思うよ」リンは言った。「これがいい考えだとはぜんぜん思えない」

「じゃあ、思うな」クニが言った。「おまえの問題は、あまりに考えすぎることだ。まず行動しろ」

「神々は、ぼくらに行動するまえにつねに考えるようにさせたがっているのだと、ロウイン先生は言ってるよ」あらたな男に毒づかれ、殴りかかられると、リンは顔をしかめ、ひょいっと避《よ》けた。

「神々がなにをしたがっているのかなんて、だれにもわからねえさ」クニは振り返りもせずまえに進んだ。「ロウイン先生ですらわかっているもんか」

ふたりはようやく混み合った群衆を抜け、道の脇に立った。見物人が近づける境界が白墨で示されていた。

「さあ、これでこそ見物《けんぶつ》というものだ」クニは深呼吸をすると、目に映るすべてのものをじっと見た。面紗《ベール》をかぶった半裸のファサの踊り子のしんがりがまえを通り過ぎると、口笛を吹いて囃《はや》したてた。「どんな魅力を持ってるやつが皇帝なのかってことがわかるぞ」

「そんな話をするな！　監獄に入りたいのか？」だれかこちらに注意を向けていないか確かめようとリンは心配そうにあたりを見た——クニには叛逆行為と容易に解釈されてしまうような突拍子もないことを口にする癖があった。

「ほら、こいつは教室に座って、蠟《ろう》表語文字彫りの練習やコウン・フィジの『道徳関係論』の暗記をするより、ずっとましだろ？」クニがリンの肩に腕をまわした。「認めろよ——おれといっしょにきて嬉しい、と」

ロウイン先生は、行列のために授業を休みにするつもりはないと説明していた。皇帝は子どもたちに学問を中断させたがらないだろう、と先生は信じているからだった——もっとも、それはロウイン先生が皇帝を認めていないからではないか、とリンは密かに疑っていた。ズディの大勢の人が、皇帝に対して複雑な見方をしていた。

「ロウイン先生はけっしてこんなことを認めないだろうさ」リンはそう言ったものの、彼もまた面紗をかぶった踊り手から目を離せずにいた。

クニは笑い声をあげた。「三日間丸々授業をサボったせいで先生がおれたちを鞭打ちするのなら、痛い目に遭う分、楽しんだほうがましさ」

「だけど、おまえはいつだってなんかうまい言い訳を思いついて、罰せられずにすむじゃないか。結局、ぼくが倍叩かれることになるんだ！」

群衆の歓声は次第に高まっていった。

塔玉座の頂上に、柔らかな絹座布団を敷いて、皇帝は脚を前に投げだし、サクリドウの姿勢を取っていた。人前でそんな座り方ができるのは皇帝だけだった。ほかの全員が自分より劣る地位にあるからだ。

　塔玉座は竹と絹でできた五層の建造物で、二十本の分厚い竹杭——横に十本、縦に十本——を組み合わせた台座の上に載せられており、それを百人の男たちが担いでいた。男たちのむき出しの胸と腕には油が塗られ、陽の光を受けててかてか光っていた。

　塔玉座の下四層は、精妙で宝石のような時計仕掛けの模型がいっぱい詰まっており、宇宙の四域の様子を描きだす動きを示していた。最下層が火の世界で、大勢の悪鬼が金剛石《ダイヤモンド》と金を掘りだしている。その上が水の世界で、たくさんの魚と水龍と膨らんで萎《しぼ》むのを繰り返す水母《クラゲ》がいる。その上が人間の住む土の世界で、四つの海に島々が浮かんでいる。最後、最上層が空気の世界で、鳥や精霊の領域だ。

　皇帝は、きらめく絹の式服にくるまり、黄金と輝く宝石で作られた王冠をかぶっていた。王冠のてっぺんには、クルーベン——鱗のある鯨にして、四静海の主——の小像がついている。クルーベンの一本の角は、若い象の牙の中心にある不純物のもっとも少ない象牙から作られ、両の瞳は一対の重たい黒金剛石でできていた。ダラ全土最大の金剛石であり、十五年まえ、コウクル王国がザナに膝を屈した際奪われたコウクルの宝物だった。マピデレ皇帝は片手を額にかざし、近づいてくる大きな鳥の姿に目を凝らした。

「あれはなんぞ？」皇帝は声に出して問うた。

　ゆっくり移動している塔玉座の足下で、帝国斥候兵が近衛隊隊長に、ズディの役人たちはみなあの奇妙な鳥のようなものを目にするのははじめてだと断言している旨を伝えた。隊長はいくつか命令を囁き、ダラ全土のなかでももっとも優秀な兵隊である近衛兵たちが塔の担ぎ手たちのまわりの警備隊列をせばめた。鳥はゆっくりと確実に近づいてきた。鳥が翼を一度羽ばたかせた。皇帝は、熱狂的な群衆のざわめき越しに耳をそばだてたところ、驚くほど人間に似た声で鳥が鳴いたのを聞いた。

島々を巡る皇帝巡遊は、すでに八ヵ月以上続いていた。マピデレ皇帝は、ザナの力と権威を被征服者たちに目に見える形で見せつける必要性をよく理解していたが、疲れていた。完全無欠の都市であるパンに、新首都に戻りたかった。そこでならダラ全土から集めた動物——船を駆って水平線のはるか彼方を行き来する海賊から献上品として寄越された珍しい動物も少しいた——でいっぱいになった動物園兼水族館を楽しめる。訪れる場所ごとに提供される変わった味の料理よりも、お気に入りの料理長が提供する食事を摂りたかった。各地の街の上流階級の人間が手をまわしてやっとのことで出してこられる最高の珍味かもしれないが、個々の料理をまず毒味役が食すのを待たねばならないのはうんざりだし、例外なくどの料理も油や香辛料がきつすぎて、胃にもたれた。

なんといっても皇帝は退屈していた。地元の役人や高位聖職者たちによって何百回と催された夜の歓待の宴会が終わりのないひとつの泥沼に溶け合っていた。どこにいこうと、忠誠と服従の誓いの言葉はみなおなじに聞こえた。劇場のまんなかにひとり腰を下ろし、おなじ演《だ》し物がまわりで毎夜演じられ、さまざまな設定で異なる役者がただおなじ台詞を口にしているだけという気分になることがよくあった。

皇帝はまえに身を乗りだした——何日ものあいだに起こった出来事のなかで、この風変わりな鳥がもっともわくわくさせられるものだった。

いまや鳥はさらに近づいており、皇帝は鳥の細かなところまで目にできた。それは……鳥ではまったくなかった。

紙と絹と竹でできた巨大な凧だった。ただし、地面に繋ぐ紐はついていなかった。凧の下には——そんなことがありうるだろうか？——人の姿がぶら下がっていた。

「おもしろい」と、皇帝は言った。

近衛隊隊長は塔玉座の内部に設《しつら》えられている華奢な螺旋《らせん》階段を一、二段飛ばしで駆け上がった。「陛下《レンガ》、予防措置を講じねばなりません」

皇帝はうなずいた。

担ぎ手たちが塔玉座を地面に下ろした。近衛兵たちは行進を止めた。弓兵が塔のまわりの配置につき、盾兵が塔の足下に集って大盾を亀の甲羅のように組み合わせることで壁と屋根をこしらえ、臨時の掩蓋《えんがい》を形成した。皇帝は脚を叩いて、強ばった筋肉に血の気を通わせ、立ち上がれるようにした。

群衆はこれが行進の予定された演し物ではないことに感づいた。首を伸ばし、弓兵がつがえた弓矢の狙う先を目でたどった。

滑空してくる風変わりな機械仕掛けは、いまや距離数百間《けん》に迫っていた。

凧からぶら下がっている男は、自分のそばに吊した数本の綱を引いた。鳥凧は、突然翼を畳み、塔玉座に向かって急降下した。残りの距離を心拍数回分で詰めた。男は咆吼をあげた。耳をつんざく長い叫び声で、それを聞いた下にいた群衆は、暑気にもかかわらず、身震いした。

「ザナとマピデレに死を！　偉大なるハアンに永久《とこしえ》の命を！」

だれも反応できぬまに、凧の乗り手は塔玉座に向かって火の球を放った。皇帝も茫然として、差し迫る飛び道具に動けなかった。

「陛下《レンガ》！」近衛隊隊長が一瞬で皇帝の隣に来た——片手で老人を玉座から押しのけ、一声唸ると、反対の手で玉座——金で覆われた重たい鉄樹製の座板——を大盾であるかのように持ち上げた。飛び道具は玉座に当たって、弾け飛び、激しい炎を上げた。飛び散った細片は地面に跳ね落ち、二度目に爆発してシューシュー音を立てながら燃える油性の粘つく液体を四方八方に撒き散らし、落ち着く先であらゆるものに火をつけた。粘っこい燃える液体が体や顔に附着し、即座に炎の舌に包まれた不運な踊り子や兵士たちが悲鳴をあげた。

重たい玉座は盾になって、近衛隊隊長と皇帝を最初の爆発からおおかた免れさせたが、数本の炎の舌が隊長の頭髪の大半を焼き焦がし、顔の右側と右腕にひどい火傷を負わせた。だが、動揺してはいたものの、皇帝は無傷だった。

隊長は玉座を落とし、痛みに顔をしかめながら、塔の側面に身を乗りだして、凍りついていた弓兵たちを怒鳴りつけた。「思う存分、矢を放て！」

隊長は、自らの判断に応じるよりも命令に従うことを優先するよう、近衛兵たちに叩きこみ、絶対的な規律を重視してきたおのれを呪った。だが、皇帝の命を狙う最後の試みから久しく時が経っていたため、だれもが錯覚して、間違った安全感覚を持つようになっていた。訓練の改善に着手せねばなるまい――この失態のあとで、自分の首が体を離れずにすむとすれば。

弓兵たちは一斉に矢を放った。暗殺者は凧の綱を引っ張り、翼を畳むと、急旋回をして矢を避けようとした。外れた矢が空から黒い雨のように落ちた。

踊り子や見物人からなる数千人が恐慌状態に陥り、悲鳴をあげ、闇雲に走り回る一団となった。

「これはまずい考えだってまえもって言っただろ！」

リンはあちこち見まわして隠れる場所を探した。悲鳴をあげ、落下する矢の方向から飛び退いた。リンの隣で、ふたりの男が背中に矢を突きたてて死んでいた。

「おまえの両親に学校が休みだなんて嘘をついて手を貸してやるなんて、けっしてうんと言うべきじゃなかった。おまえの企みはいつだってぼくを困った目に遭わせるんだ！　逃げないと！」

「いま走っていって、あの群衆のなかに巻きこまれたら、踏みつぶされちゃうぞ」クニが言った。「それにどうしてこれを見逃したいなんて思うんだ？」

「ああ、神さま、ぼくらは死んじゃうんだ！」あらたな矢が降ってきて、一尺も離れていない地面に突き刺さった。さらに何人かの人々が矢に貫かれて、悲鳴をあげながら倒れた。

「おれたちはまだ死んじゃいない」クニは道に駆けだし、兵士のひとりが落としていった盾を持って戻ってきた。

「頭を引っこめろ！」クニは怒鳴ると、リンを引き寄せて、いっしょにしゃがませ、頭の上に盾を載せた。一本の矢が盾に当たって鈍い音を立てた。

「ラパ女神さま、カナ女神さま、お、お、お守り下さい！」リンは目をぎゅっとつむって祈りの言葉を囁いた。「もし生き延びられたら、母さんの言うことを聞いて、二度と学校をサボらないと誓います。古代の賢人の言葉に従って、ぼくを悪の道に誘う口の達者な友とは付き合わないようにします……」

だが、クニはもう盾の陰から外を覗いていた。

凧の乗り手は両脚を強く折り曲げ、凧の翼を立て続けに数度はためかせた。凧は引っ張られ、少し高度を増した。乗り手は綱を引き、急な弧を描くと、ふたたび塔玉座に向かった。

最初の動揺から恢復していた皇帝は、お付きの者に誘われて螺旋階段を下っていた。だが、まだ途中までしか下っておらず、土の世界と火の世界のあいだにいた。

「陛下《レンガ》、お許し下さい！」近衛隊隊長は、ひょいと身を屈めると、皇帝の体を持ち上げ、塔の側面から突きだして落とした。

下にいた兵士たちは、長くて丈夫な布をすでに広げていた。皇帝はそこに落ち、布の反動で何度か跳ね上げられたが、無傷のようだった。

何枚も盾を重ね合わせた防御壁の下に急いで押しやられる直前の皇帝の姿をクニはかいま見た。命を長らえようと期待して何年も摂取してきた錬金薬によって、皇帝の体は惨憺《さんたん》たる有様だった。皇帝はまだ五十五歳だというのに、それより三十歳は年を取っているように見えた。だが、クニは、皺だらけの顔から覗く、なかば閉じたような老人の目に強い衝撃を受けた。一瞬、その目に驚きや恐怖の表情が浮かんでいた。

クニの背後で急降下してきた凧が立てる音は、目の粗い布地を引き裂くような音だった。「伏せろ！」クニはリンを地面に押しつけ、盾を頭の上に引き寄せながら、友を自分の体で覆った。「亀になったふりをしろ」

リンはクニの下で地面にぴったり張り付こうとした。

「溝がパカッとあいて、潜りこめたらいいのにな」

燃える粘性液体が塔玉座のまわりでさらに爆発した。一部は盾の壁の上にこびりつき、ぶすぶすと煙を上げる粘液が盾と盾との隙間に染みこみ、その下にいる兵士たちは痛みに悲鳴をあげたが、その場から離れることはなかった。上官たちの指示に従って、兵士たちは一斉に盾を持ち上げて斜めにし、燃える液体を流し落とそうとした。鰐《ワニ》が鱗を撓《たわ》めて余分な水をふるい落とすときのように。

「もう大丈夫だろう」クニが言った。盾を外して、体を転がし、リンから離れた。

ゆっくりとリンは上体を起こし、わけもわからずに友を見た。クニは雪の上ではしゃぎまわっているかのように地面をごろごろ転がっていた——こんなときに、い、い、いったいどうしてふざけられるんだ？

すると、クニの衣服から煙が上がっているのをリンは見た。一声叫んで、リンは駆け寄り、長袖でクニのゆったりした外衣をはたき、炎を消す手伝いをした。

「ありがとよ、リン」クニは言った。体を起こし、ほほ笑もうとしたが、渋面をこしらえるのが関の山だった。

リンはクニの体を確かめた――燃える油が数滴、背中に落下していた。煙を上げている外衣の穴を通して、その下の肉が黒く焦げ、血が滲んでいるのが見えた。

「ああ、神さま！　痛い？」

「ちょっとな」クニが答える。

「おまえ、ぼくの上になっていたから……」リンは言葉を呑んだ。「クニ・ガル、おまえこそ真の友だ」

「ああ、気にしないでくれ」クニは言った。「賢人コウン・フィジ曰く、友を助けるためなら――痛っ！――おのれのあばら骨のあいだに短刀を突きたてる心構えをつねにしておくべきだ、と」クニはその演説のあいだに、気取った仕草を入れようとしたが、痛みのせいで声が震えた。「ほら、ロウイン先生に習ったことを少しは覚えてるだろ」

「そこを覚えているのかい？　でも、それはコウン・フィジの言葉じゃないよ。そこは、コウン・フィジと議論を交わしたときの盗賊の台詞だ」

「盗賊に徳がないなんてだれが言った？」

羽ばたく翼の音がふたりの言葉を遮った。少年たちは上を見た。海の上で向きを変える信天翁《アホウドリ》のように、ゆっくりと優雅に凧は翼をはためかせ、上昇し、大きく円を描いて方向を変え、塔玉座に向かって三度目の爆弾投下を開始した。乗り手は明らかに疲れており、今回はそれほど高くまで上れずにいた。凧は地面にかなり近いところを飛んだ。

数人の弓兵が上げ紐のない凧の翼に穴を穿《うが》つことに成功し、数人の弓兵は乗り手に矢を当ててすらしていたが、分厚い革鎧はなんらかの方法で補強されているらしく、弓矢は革の表面に浅く刺さったのち、被害をもたらさずに落ちていった。

またしても凧の乗り手は乗り物の翼を畳み、急降下する翡翠《カワセミ》のように塔玉座に向かって速度を増した。

弓兵たちは暗殺者を射落とそうとし続けたが、暗殺者は雨あられと降り注ぐ矢をものともせず、進行方向を変えなかった。炎を上げる飛び道具が塔玉座の側面で爆発した。数秒と経たぬうちに、絹と竹の建造物は炎の塔と化した。

しかし、皇帝は盾兵の大盾の下で安全に隠されており、時が経過するごとにさらなる弓兵が皇帝の居場所の周囲に集まってきた。凧の乗り手はおのが獲物が手の届かぬところにいってしまったのを見て取った。

もう一度爆撃をおこなうかわりに、凧の乗り手は行進の行く手から遠ざかる南に飛行装置を向け、さらに高度を増そうとして力の弱まりゆく脚で強く蹴った。

「ズディに向かっている」リンが言った。「ぼくらの知ってるだれかが、故郷であの人を助けると思うかい？」

クニは首を横に振った。凧が自分とリンの真上を通過するとき、凧は一瞬だけ太陽のぎらつきをかき消した。クニは、凧の乗り手が若い男だと自分の目で確めた。三十歳は超えていない。はるか北のハアンの住民に共通する浅黒い肌と長い手脚をしていた。ほんの一瞬、乗り手は下を向き、クニと視線をからませた。クニの心は乗り手の明るい緑の瞳のなかに浮かんでいる熱い情熱と強い意志に震えた。

「あいつは皇帝を怖がらせた」まるで独り言をつぶやくかのようにクニは言った。「結局、皇帝もただの人間だ」大きな笑みがクニの顔に浮かんだ。

リンが友を黙らせるまえに巨大な黒い影がふたりを覆った。少年たちは首を曲げて見上げ、凧の乗り手が退却したさらなる理由を把握した。

それぞれおよそ全長三百尺ある六隻の優雅な飛行船、帝国空軍の誉れが頭上に浮かんでいた。飛行船は皇帝行進の先頭にいて、前方の斥候と見物人への威圧をおこなっていた。漕ぎ手が飛行船を旋回させて、皇帝の救援に向かうには、しばらく時間がかかったのだ。

上げ紐のない凧はますます姿を小さくしていた。飛行船は逃げていく暗殺者をのっそり追いかけた。太った雁《ガン》が飛び立とうとして懸命に翼をはためかせるように、巨大な羽根つきの櫂が空気を叩いた。乗り手は飛行船の弓兵の射程距離や紐付き戦闘凧の届く範囲からとっくに離れていた。飛行船がズディの街に到着するころには、敏捷な乗り手は着陸して、路地に姿を消してしまうだろう。

皇帝は盾の壁が作る薄暗い陰にうずくまって、怒り心頭に発していたが、落ち着いた物腰を保ったままでいた。暗殺が試みられたのは今回がはじめてではなかったし、最後のものにもならぬであろう――たんにすんでのところで成功しそうになっただけだ。

命令を下す際、皇帝の声は感情を表さず、冷徹なものだった。

「あの男を捜せ。ズディのすべての家をばらばらにし、ハアンの貴族の邸宅をすべて焼き払わねばならずともかまわぬ、あの男を余のまえに連れてくるのだ」

第二章　マタ・ジンドゥ

ツノウア群島のファルン
明天十四年九の月

　ファルンの街広場の端に立ち、喧《かまびす》しい群衆のなかで抜きんでて背が高い男がまだ十四歳の少年に過ぎないとはだれも想像だにしないだろう。押し合いへし合いしている街の住人たちは、全身を筋肉で覆われたマタ・ジンドゥの七尺五寸の図体からこわごわ距離を置いていた。

「怖がられているぞ」少年の叔父、フィン・ジンドゥが誇りを声ににじませて言った。フィンはマタの顔を見上げて、ため息をつく。「おまえの父と祖父がこんにちのおまえを見られたらなあ」

　少年はうなずいたが、なにも言わず、鴫《シギ》のなかに交じった鶴のように群衆のひょこひょこ上下する頭越しに行進を眺めた。コウクルでもっとも一般的な茶色い目とは異なり、マタの目は漆黒の色をしていたが、それぞれの目にかすかに明るく輝くふたつの瞳孔があった。神秘的だとおおぜいの人間が考えるまれな状態だ。

　その重瞳《ちょうどう》の目のおかげで、マタは大半の人間よりも鋭く、遠くまで見ることができた。地平線を見渡すと、街の北側の外れにある、ほっそりとした黒い石の塔を認めた。その塔は、岩場の海岸に突き立った短剣のように海のそばに建っている。マタは、塔の先端部に近い半円形になった大窓の様子を見て取ることができた。窓枠には二羽の鳥の彫刻が精緻に彫られていた。黒と白の鳥で、半円の頂点で嘴《くちばし》を合わせ、千の花弁のついた石の菊を支える意匠になっていた。

　あれはジンドゥ一族の先祖伝来の城の天守塔だった。

こんにちでは、ファルンを守護するザナ駐屯隊の司令官、ダッン・ザトウマの居城になっている。マタ・ジンドゥは、戦士ですらなく、たんなる書記にすぎないあの司令官が、本来なら自分の一族のものであったいにしえの名高き広間にどっかと腰を下ろしているのを想像するだけでもぞっとした。

マタは意志をふるって現在に意識を戻した。フィンに身を寄せて、囁く。「もっと近づきたい」

皇帝の行進は大島の南部から海路ツノウアに到着したばかりだった。皇帝が大島のズディの近くで暗殺未遂に遭ったという噂が流れていた。マタとフィンが前進しようとすると、群衆はマタをまえにして、舳先のまえの波のように割れ、易々と黙って道を譲った。

ふたりは最前列の手前で立ち止まり、マタは皇帝の近衛兵の関心を惹かぬよう、叔父の背の高さまで腰を屈めた。

「来たぞ！」飛行船が地平線の近くまで垂れこめた雲のなかからいきなり姿を現し、塔玉座の先端が見えてくると、群衆は口々に叫んだ。

街の住民が美しい踊り子に歓声をあげ、勇猛な兵士に喝采を浴びせているあいだ、マタ・ジンドゥは、皇帝マピデレだけに目を向けていた。ついに敵の顔をこの目にできるのだ。

兵士たちの壁が塔の最上部に円を描いて建っていた。矢をつがえ、剣を抜いている。皇帝はその中心に座っており、見物人たちは皇帝の顔をほんの一瞬しか目にできなかった。

マタは、現状に満足しきって、柔和になり太った老人を想像していたが、兵士たちの壁越しに、面紗を通して見えたのは、険しくも無表情な目つきをした、やつれた人物だった。

（ひどく孤独なようだな、壮麗無比の高みにありながら）

（しかも、ひどく怖がっている）

フィンとマタはたがいに顔を見合わせた。おたがいの目におなじ感情を見た。悲しみと鬱積した憎しみがないまぜになったものだ。フィンは声に出して言う必要はなかった。生まれてからこのかた毎日、マタは叔父からおなじ言葉を聞かされてきた。

けっして忘れるな。

マピデレ皇帝がまだザナの若き王に過ぎず、ザナ軍が陸と海と空から六カ国の劣勢にあった軍勢を完全に打ち負かしたとき、ひとりの男が行く手に立ちはだかった――ツノウア公にしてコウクル元帥、ダズ・ジンドゥその人だ。

ジンドゥ一族は偉大なコウクル将軍の系譜を継いでいる。だが、若いとき、ダズは痩せて、病気がちだった。父と祖父はダズをツノウア群島にある一族の領地から遠く離れた北の地、ツノウアから見てダラ諸島の反対側にある蚕の卵群島と呼ばれている霧に包まれた小島群に送りこみ、伝説の剣士メドウの下で修行をさせることにした。

ダズを一目見て、メドウは言った。「わしは年を取りすぎたし、おまえは若すぎる。最後の弟子を教えたのは何年もまえだ。わしを放っておいてくれ」

だが、ダズは帰ろうとはしなかった。十日十晩メドウの家のまえで正座し、食べ物を摂らず、雨水以外の水も飲まなかった。十一日目にダズが地面に倒れ伏すと、メドウはダズのしつこさに心を動かされ、入門を許した。

だが、若者に剣術を指南するかわりに、メドウはダズをわずかばかりの家畜の世話をさせる牧童としてしか使わなかった。ダズは不平を言わなかった。寒い、岩の多い山のなかで、若者は家畜の群れのあとをどこまでも追い、霧にまぎれて襲ってくる狼を警戒しながら、夜はモーモーと鳴く牛たちのあいだにうずくまって暖を取った。

春に新しい仔牛が生まれたとき、メドウはダズに赤ん坊の牛を毎日、計量するため家まで運んでくるよう命じた。地面の鋭い石で仔牛の脚を怪我させないよう抱えてくるのだ、と。そのためには何里も歩かねばならなかった。最初のころは、その移動は楽だったが、仔牛が体重を増すにつれ、どんどん難しくなっていった。

「仔牛はもう充分自分の力で歩けます」ダズは言った。

「つまずいたりしません」

「だが、ここまで抱えて戻ってくるようにとおまえに言った」師は言った。「兵士が最初に学ばねばならぬのは、命令に従うことだ」

日に日に仔牛は少しずつ重くなり、日に日にダズの苦難は少しずつ増した。ようやく牧場にたどり着いたころには、疲労困憊して、くずおれるようになった。仔牛はダズの腕から飛び下り、自分自身の脚で歩き、四肢を伸ばせて喜ぶのだった。

冬がまた訪れると、メドウはダズに木剣を与え、練習用の人形を力いっぱい打ってみよと命じた。ダズは嫌悪感をあらわにして刃のついていない粗削りな武器を見たが、ともかくも言われるがままに振るった。

木の人形は綺麗に真っ二つになって、倒れた。ダズは驚異の面持ちで手にしている剣を見た。

「剣のせいではない」師は言った。「近頃、おまえは自分の姿を見たことがあるのか？」師は明るく磨き上げられた盾のまえにダズを立たせた。

若者はそこに映っている姿がだれなのかよくわからなかった。両肩が鏡面の枠いっぱいに広がっていた。腕も太ももも記憶にあるより倍は太くなっていた。細い腰の上に膨れあがった胸があった。

「偉大な戦士はおのれの武器ではなく、おのれ自身を信頼するものだ。真の力をわがものにすれば、草の葉しかなくとも、必殺の一撃を加えられよう。さあ、これでようやくおまえはわたしの教えを受けられるようになった。だが、まず、おまえを強くしてくれたあの仔牛に礼を伝えてこい」

ダズ・ジンドゥは、戦場では向かうところ敵なしだった。ほかのティロウ国の軍は、ザナの強烈な大軍のまえに焚きつけの木のように負けていったが、ジンドゥ公に率いられたコウクルの男たちは、荒れ狂う大水にひるまぬ堰《せき》のようにザナの攻撃を食い止めた。

自軍の兵は数で劣っていたため、ジンドゥ公は彼らをコウクル全土の戦略的な位置にある砦や要塞都市に置いた。ザナが侵攻してくると、ザナの司令官たちの嘲罵を無視し、甲羅に首を引っこめた亀のように壁の奥に留まっているよう部下に命じた。

だが、ザナ軍が防御の厚い砦や都市を迂回しようとすると、防衛兵たちは、秘密の穴から勢いよく飛び出す鱓《ウツボ》のように、それぞれの要塞から一斉に出て、後方から激しく襲いかかり、ザナの補給線を断った。ザナの大将軍ゴウサ・トウニエティは、ジンドゥ公よりも大勢の兵士とよりよい装備を自在に使えたものの、ジンドゥの兵法ににっちもさっちもいかなくなり、前進できなかった。

トウニエティは蔑称のつもりでジンドゥを〝ひげの生えた亀〟と呼んだが、ダズは呵々大笑し、そのあだ名を名誉の勲章として採用した。

戦場で優位に立てず、トウニエティは計略に訴えた。コウクルの首都サルザにジンドゥ公の野望に関する噂を流したのだ。

「なぜジンドゥ公はザナを攻撃せずに、石の壁の向こうに隠れているだけなのか?」人々はたがいに声を潜めて話し合った。「ザナ軍は明らかにコウクルの軍勢に匹敵するほどではない。なのに公は躊躇し、侵略者たちにわれわれの領地を支配させるに任せている。ことによると公はゴウサ・トウニエティと密約を結び、トウニエティはたんに攻撃しているふりをしているだけかもしれない。王を権力の座から引きずりおろし、ジンドゥ公を後継者に据える計略を練っているのではあるまいか?」

コウクル王は疑心暗鬼に陥り、ジンドゥ公に防衛体制を解き、戦場でトゥニエティと戦うよう命じた。その策は誤りです、とダズ・ジンドゥは説明したが、反論すればするほど王はいっそう疑念を募らせた。

ジンドゥ公に選択の余地はなかった。鎧を身につけ、攻撃を率いた。トゥニエティの軍は恐るべきコウクルの戦士たちのまえに逃げ出すかに見えた。ザナの兵士たちは退却に退却をつづけ、まったくの混乱状態に陥った。

公は敗走するトゥニエティを深い谷まで追った。ザナの将軍は暗い森のなかに姿を消した。突如、ジンドゥが引き連れた兵士たちの数の五倍はある、待ち伏せしていたザナの兵が谷の両側から現れ、ジンドゥの退路を断った。ジンドゥは自分が計略にはまったのを知り、降伏する以外に術がなかった。

ダズ・ジンドゥは戦時捕虜として部下の兵たちの安全を交渉して勝ち取ったすえに自害した。虜囚の辱めを受け入れられなかったのだ。ゴウサ・トゥニエティは約束を反故にして、降伏したコウクル兵士全員を生き埋めにした。

サルザは三日後に陥落した。

マピデレはおのれにかくも長く抵抗したジンドゥ一族を見せしめにすることにした。三親等以内のジンドゥ一族の男性は全員死罪となり、女性たちは全員、娼館である〝藍の家〟に売られた。ダズ・ジンドゥの長男、シルはサルザで生きたまま皮を剝がれた。トゥニエティの部下たちが首都の市民にその処刑の様子を無理矢理見せ、ザナへの忠誠を確認するための踏み絵として、シルの肉の欠片《かけら》を食わせた。ダズの娘、ソウトは、自身と召使いたちで防壁を築いて、みずからの邸宅に閉じこもり、待ち受けているもっと悪い運命から逃れようとして、火を放った。炎はあたかも女神カナが悲しみを表しているかのように丸一昼夜燃え盛り、熱があまりにも強かったので、鎮火後、瓦礫のなかでソウトの骨を見つけることすらかなわなかった。

　ダズの末子、十三歳のフィンはジンドゥ家の居城地下にある迷宮状の光のささぬ貯蔵室や地下道に隠れることで数日間、捕縛を逃れていた。だが、最終的に水を飲むために台所に忍びこもうとしたところをトゥニエティの兵に捕らえられた。兵士たちは若者を大将軍のまえに引きずりだした。

　トゥニエティは目のまえで恐怖に震え、すすり泣いてひざまずいている少年を見て、呵々大笑した。

「貴様を殺すなど剣の汚れよ」胴間声でトゥニエティは言った。「狼のように戦うのではなく、兎のように隠れおって、このあとあの世の父と兄にどう顔向けするのだ？　姉の勇気のかけらすら持っておらん。貴様の兄の赤子とおなじように扱ってやろう。おなじ振る舞いをしておるのでな」

　マピデレの命令に反して、トゥニエティはシルの生まれたばかりの息子を虐殺から免れさせた。「貴族は百姓よりましな振る舞いをせねばな」トゥニエティは言った。「たとえ戦争においても」

　そしてトゥニエティの兵はフィンを釈放し、面目を失った少年は死んだ兄の幼い息子、マタだけを抱きかかえて、家族の居城からよろよろと出ていった。肩書きも家も氏族も奪われ、安寧で富裕な生活が雲散霧消した少年はどうすればいいのだろうか？

　城の外門でフィンは落ちている赤い旗を拾いあげた。焼け焦げ、汚れていたが、それでもまだ刺繍されている金の菊の花が見えていた。ジンドゥ一族の紋章だ。フィンはその旗でマタをくるんだ。ろくに冬の冷気を防ぐものにはならないが、旗の角を持ち上げて、赤ん坊の顔を覆った。

　赤ん坊のマタは目をしばたたき、じっと目を凝らした。黒い双眸にはふたつの瞳があった。瞳はかすかな光を放っている。

フィンは思わず息を呑んだ。古アノゥ族のあいだでは、重瞳を有する者は神々から格別な関心を寄せられていると言われていた。そのような子どもたちの大半は、生まれついての盲目だった。自身も子どもと呼んでもいいくらいのフィンは、生まれたばかりの甥である泣き叫ぶ赤ん坊にろくに関心を払ってこなかった。マタの状態に気づいたのは、そのときがはじめてだった。

赤ん坊が盲目なのかどうかはっきりせず、フィンは赤ん坊のまえで自分の手を動かした。マタの目は動かなかったが、次の瞬間、赤ん坊は首を動かし、自分の視線をフィンの目に向けた。

重瞳者のなかには、ごくまれに鷹の視力を持つ者がおり、偉大な者になる運命にあると言われていた。ほっとしてフィンは赤ん坊を胸に抱き締めた。ばくばくいっていた心臓に押しつける。次の瞬間、血のように熱い一滴の涙がフィンの目からマタの顔に落ちた。赤ん坊は泣きだした。

フィンは上体を屈め、赤ん坊の額に自分の額を押し当てた。その仕草に赤ん坊は落ち着いた。フィンは囁いた。「ぼくらはもうふたりきりだ。わが一族になされたことをけっして忘却の彼方にいかせてはならない。けっして忘れるな」

赤ん坊は理解したようだった。自分をくるんでいる旗から小さな両腕を振りほどくと、フィンのほうに掲げ、拳を握り締めた。

フィンは空に顔を向け、落ちてくる雪に向かって笑い声をあげた。慎重に旗で赤ん坊の顔をふたたび覆うと、城に背を向けて歩を進めた。

マタのしかめ面は、深く考えごとをしているときのダズ・ジンドゥの真剣な佇まいをフィンに思い出させた。マタの笑顔は、子どものころ庭を走りまわっていたフィンの亡くなった姉、ソウトの笑顔と瓜二つだった。マタの眠っている顔は、フィンの兄、シルとおなじ静けさがあった。シルはフィンに、もっと忍耐強くあれといつも言っていた。

マタを見つめていると、フィンは自分が命を救われた理由を理解した。この幼い男子は、ジンドゥ一族が何世代もかかって築いてきた気高い木の先端に咲いた、最後にしてもっとも聡明な菊の花なのだ。フィンは、コウクルの双子の女神、カナとラパに誓った。マタを育て、守るためにおのが全力を注ぐ、と。

そしてフィンはおのれの心を冷たくかつおのれの血を熱くするつもりでいた。氷のように冷たいラパ神と炎のように熱いカナ神にならって。マタのため、甘やかしたり、優しくしたりするのではなく、厳しく、厳格になる術を学ぶつもりだった。復讐のためには、兎ですら狼になる術を学べるのだ。

フィンはジンドゥ一族の窮状に同情していた国王派の人々からときおりもらう施し物に依存せざるをえなかったが、野宿していたふたりの強盗をフィンが殺し、彼らの盗んだ品物を奪って、それを使ってファルン郊外の小さな農地を手に入れてからは自活できるようになった。そこでフィンはマタに釣りや狩りの仕方、剣での戦い方を教えた。試行錯誤を重ねた厳しい訓練を自らに課して、そうした技術を学んだ末に——はじめて鹿を弓で射たときには、フィンは血を見て吐いてしまった。はじめて剣を振るったときには、あやうく自分の足を切り落としそうになった。これまでの人生において、いかに安楽に暮らし、役に立つことをなにも学んでこなかったかと何度も何度もおのれをなじった。

引き受けた責任の重さに、フィンは二十五歳になるころにはすっかり白髪頭になっていた。夜、幼い甥が眠りに落ちたあと、フィンは小屋の外にひとりで腰を下ろすことがよくあった。何年もまえの脆弱だった自分の記憶が頭から離れず、自分が充分やれているかどうか、マタを正しい道に進ませるのに、勇気と力を伝えるのに、とりわけ少年の生得の権利である栄誉への憧れを伝えるのに充分な力を発揮できるのだろうかと考えこんだ。

ダズとシルは繊細なフィンに戦争の道をたどるようには求めなかった。ふたりはフィンの文学や美術への嗜好と、その嗜好がもたらしたフィンの様子を大目に見た。一族に必要とされたとき、フィンは無力であり、一族の名を汚す臆病者だった。

そのため、フィンはシルの優しい言葉とダズの穏やかさに関する思い出を封印した。その代わり、彼らが望んだであろうとフィンが思う子ども時代をマタに与えた。子どもがよくやるようにマタが怪我をしたときはいつも、泣くのが無駄だと自覚できるまで、フィンはマタに慰めの言葉をいっさいかけなかった。マタが町の子どもと喧嘩をしたときは、勝つまで帰ってこさせなかった。フィンはマタに弱さを見せることをけっして許そうとせず、自分を証明する機会としてどんな喧嘩も買ってみせるようマタに教えた。

年月を重ねるにつれ、生来優しいフィンの心は、みずからに課した役割のなかに包まれ、隠されて、どこで一族の伝説が終わり、どこで自分の人生がはじまったのか、もはやわからなくなってしまった。

だが、一度、五歳のマタが命を危ぶまれる病に罹ったとき、少年は叔父の堅い殻にひびが入るのを見た。

熱っぽいうたた寝から目覚めると、マタは叔父が泣いているのを見た。少年はそのような光景を見たことがなかったので、まだ夢を見ているのかと思った。フィンはマタをぎゅっと抱きしめ――それもまた少年にとってはなじみのない仕草だった――カナ神とラパ神への感謝の言葉を囁いた。「おまえはジンドゥ一族の一員だ」何度も口にしているその言葉を告げた。「おまえはだれよりも強い」だが、そこで優しく、奇妙にも思える声で付け加えた。「おまえはわたしの持てるすべてだ」

マタには実の父親の記憶がなかった。フィンこそが彼の父親であり、英雄だった。フィンから、ジンドゥの名は神聖なものだとマタは学んだ。ジンドゥは、数々の栄光に包まれた高貴な血の一族であり、神々に祝福された血であり、皇帝に流された血であり、復讐せねばならない血なのだ。

フィンとマタは作物と、狩った獣の毛皮を町で売った。フィンは生き残っている学者や一族の友人や知り合いを捜し求めた。彼らのなかには、ごく少数だが、コウクル独自の古い表語文字で書かれた古書をこっそり隠し持っている者がいた。この文字は皇帝によって禁じられている。フィンはマタに読み書きを教えるため、それらの本を借りたり、交換したりした。

それらの本と自分の記憶から、フィンはマタに、コウクルの過去の戦いと、ジンドゥ一族の輝かしい歴史に関する物語と伝説を語った。マタは、祖父を見習うことを夢に見た。祖父の武勇伝を実行に移そうとした。マタは肉だけを食らい、冷水でのみ入浴した。運ぶような家畜がいなかったので、波止場で漁師を手伝って、毎日取れた魚を運んだ（そうすることで、若干の小銭を稼いだ）。小さな袋一杯に石を入れたものを両手首と両足首に結びつけ、一歩進むのにより力が要るようにした。目的地への道がふたつあれば、より長いほうを、より骨の折れるほうを選んだ。なにかをするのにふたつのやり方があれば、よりきつくて、より難しい方法を選んだ。十二歳になるころには、ファルンの寺院のまえにある巨大な大釜を頭の上に差し上げられるようになっていた。

マタには遊ぶ時間があまりなかった。そのため、深い友情は築けなかった。気高い、いにしえの学問を学ぶ機会に恵まれ、叔父の指導で、とても熱心に勉強してわがものにした。だが、マタには詩の使い途《みち》がなかった。その代わり、歴史書や軍略を記した書物をとても好んだ。それらを通して、いまは失われてしまった黄金の過去について学び、ザナの罪は、自分の一族に起こったことに限られているのではないと悟った。「マピデレの征服は、この世界のまさに大元を貶《おとし》めてしまったのだ」と、フィンはマタに繰り返し言い聞かせた。

古きティロウ制度の由来は時の霧のなかで失われてしまった。伝説では、ダラの諸島は自分たちのことをアノウと呼んでいた人々によってはるか昔に入植されたという。西の海のかなたで沈んだ大陸から逃れてきた人々だ。諸島の原住民だった蛮族を打ち破ると、彼らの一部は原住民と混合婚をおこない、アノウ族となった。彼らはすぐにおたがいに戦いをはじめた。その子孫が、何世代にもわたり、いくつもの戦争を経、分裂してさまざまな国を築いた。

古代アノウの偉大なる立法者アルアノウが、国家間に混沌をもたらしている戦争状態をどうにかしようとしてティロウ制度を成立させたと唱える学者がいる。古代のアノウ語で「ティロウ」とは、文字通り「仲間」を意味し、この制度のもっとも重要な原則は、どのティロウ国家も他のすべてのティロウ国家と対等であるということだ。どの国家もべつの国家にいっさい支配力を有さない。神々を立腹させる罪を、ある国家がおかした場合にのみ、ほかの国家が団結してその国家に相対することができ、そのような一時的同盟の指導者は、〝元首《プリンケプス》〟という称号を与えられた。同等者のなかの第一〝ティロウ〟という意味だ。

七カ国は千年以上にわたって共存してきたが、もしザナのこの暴君さえいなければ、さらに千年以上、存続したであろう。ティロウ諸国の王たちは、究極の世俗権力であり、七本の並行した大いなる存在の鎖の拠《よ》り所だった。諸王は貴族に封土《ほうど》を授け、貴族たちはそれぞれ領地の平穏を維持し、小型版のティロウ国家よろしく領地を治めた。個々の農民は領主に税と労役を納め、個々の領主はその上主にと、鎖をのぼっていった。

ティロウ制度の賢明さは、自然界を反映した方法において明らかだった。ダラの古代の森では巨木がティロウ国家のように、他の巨木から独立して立っている。他の巨木に君臨するような巨木はない。個々の巨木は枝から成り立っており、個々の枝は葉から成り立っている。個々の王が貴族から力を引き出しており、個々の貴族が農民から力を引き出しているように。ダラの個々の島もおなじだった。個々の島は小島と潟、湾と入り江から構成されている。独立した領地の織りなす模様は、それぞれ小型の複製模様から成り立っており、珊瑚礁や、魚の群れ、漂流する海藻の塊、鉱物結晶、動物の組織のなかに見出しうる。

それは宇宙の根本的な秩序だ。コウクルの職人が織る目の粗い布の経糸《たていと》と緯糸《よこいと》さながらに、同等の者のあいだの相互の敬意という水平の線と、下向きの義務と上向きの忠誠という垂直の線――そのなかではだれもがおのれの居場所を心得ている――によって形作られた格子。

マピデレ皇帝はそれらすべてを根絶やしにしてしまった。六ヵ国の軍隊のように、秋の落ち葉のように一掃した。はやい段階で降伏した少数の年老いた貴族たちが空虚な称号を守り、ときには、居城と金すら守ったが、それだけだった。彼らの土地はもはや彼らのものではなくなった。いまや、すべての土地がザナ帝国に、皇帝自身に属することになったからだ。みずからの領地に法を与えていた領主のかわりに、すべての諸島を支配するひとつの法が存在するようになった。

それぞれのティロウ国家の学者たちが、独自の表語文字群で書き、地域の伝統と歴史に密接に結びついた形で、表音文字のジンダリ文字を並べるのではなく、いまや全員がザナ流に書かねばならなくなっている。

それぞれのティロウ国家が、独自の判断方法であり、世界の見方である度量衡を個別に定めるのではなく、いまや全員が自分たちの道路を完全無欠の都市からやって来る荷車の車輪間距離とおなじ幅にしなければならず、箱を元のザナの首都クリフィの港から出る船にぴったり収まる大きさにしなければならない。

身近な献身や、地元への愛着はすべて皇帝への忠誠に取って代わられた。貴族によって鍛えられた並列する献身の鎖に代わって、皇帝は小役人の金字塔《ピラミッド》を設置した——役人たちは、みずからの名前以外、ほとんど表語文字を書けず、あらゆることをジンダリ文字で書き出さねばならない平民たちだ。最高の者による統治の代わりに、皇帝は貪欲で愚かで身分の低い臆病者を昇進させる道を選んだ。

この新しい世界では、古い秩序だった生活様式は失われた。だれもおのれの居場所がわからなかった。平民たちが城に住む一方、貴族たちはすきま風の入る小屋で縮こまっていた。マピデレ皇帝の罪は自然に対するものであり、宇宙自体の隠れた原型に対するものだった。

行進が遠くに見えなくなると、群衆は次第に立ち去った。いまや彼らは日常生活という苦しみに戻らねばならなかった——耕さねばならない畑、世話をしなければならない羊、獲らねばならない魚。

だが、マタとフィンはとどまっていた。

「自分たちの父親や祖父を殺した男に歓声をあげている」フィンは静かにそう言ってから、唾を吐いた。

マタは遠のいていく男女を見まわした。彼らは大海原にかきまぜられた砂と泥のようだった。もし器で海水を掬《すく》い上げれば、光を通さぬ渦巻く混沌がそこに見えるだろう。

だが、辛抱強く待てば、やがてありふれたカスやおりは、それらが本来属している底に溜まり、透明な水が光を通すようになるだろう。光、それは高貴なものであり、純粋なものだ。

マタ・ジンドゥは、透明さと秩序を取り戻すのがおのれの運命だと信じていた。歴史の重みがあらゆるものを本来の場所に戻すのと同様に、必ず。

魚の予言

第三章　クニ・ガル

七年後
明天二十一年五の月

ズディには、クニ・ガルの逸話が数多くある。

この若者は、子どもたちが出世するのを大いに期待していた、純朴な農夫の息子だった。クニはどういうわけかその期待を再三にわたり打ち砕いた。

なるほど、子どものころ、クニは聡明さの片鱗を示していた——五歳になるまでに三百の表語文字を読み書きできた。クニの母、ナレは毎日カナ神とラパ神に感謝し、友人たち全員に自分の幼い息子がどれほど賢いか吹聴してやまなかった。一家に名誉をもたらしてくれるかもしれない教養人としての未来が子どもにあると考え、クニの父親、フェソウは、地元で大変有名な学者で、〈大統一〉まえには穀物大臣としてコウクル王に仕えたツモウ・ロウィンの私塾でクニを学ばせるため、大枚をはたいた。

だが、クニと友人のリン・コウダは、機会さえあれば、塾をサボって、釣りに出かけるほうを好んだ。つかまると、クニは言葉巧みにくどいほど謝り、ほんとうに悔い改め、教えを学んだとロウィン師を信じこませた。だが、すぐにクニは、リンといっしょにいたずらを仕掛け、師に口答えをし、古典に関する師の説明に疑義を唱え、師の論考の誤りを指摘し、ついにはロウィンは堪忍袋の緒が切れて、クニを放逐した——率先するクニにいつも付き従っていたせいで、可哀想に、リン・コウダも追い出された。

それはクニにとってはけっこうなことだった。クニは大酒飲みで、話し好きで、喧嘩早く、すぐにズディのあらゆるたぐいの評判が悪い連中と親しくなった――泥棒や愚連隊、徴税吏、駐屯隊のザナの兵士たち、藍の家の娼婦たち、ひがな一日街角に立って、もめ事を探すよりほかにとりたててやることのない金持ちのボンボン――息をしていて、酒を奢ってやる金を持っていて、下品な冗談や噂話を楽しめるなら、クニ・ガルは友人になりえた。

ガル一家は若者をまっとうな稼ぎの道に向かわそうとした。クニの兄、カドウは、若くして商才を見せ、婦人服を商う地元商人になっていた。カドウはクニを店員として雇った。だが、クニは客に頭を下げるのを潔しとしないと公言し、客の間が抜けた冗談を笑い飛ばし、ついには、藍の家の娼婦を雇って服の〝見本《モデル》〟にするという無謀な計画を実行しようとした。カドウは弟を首にするしか選択の余地がなかった。

「大売上げになっただろうに！」クニは言った。「金を持った男たちがお気に入りの愛人の着ている服を見たら、きっと妻のために買いたがったはずなのに」

「家の名誉を傷つけるとは思わないのか⁉」カドウは物差しを振り回してクニを外に追い立てた。

クニが十七歳になるころには、父親は毎晩酔っ払って家に帰ってきて食事を要求する怠惰な若者にほとほと愛想が尽きた。クニを家から閉め出し、どこかほかのねぐらを探し、いかに自分の人生を無駄にし、母親の心を傷つけているか思い巡らせるがいいと告げた。ナレは泣きに泣き、カナ神とラパ神を祀る寺院に毎日通い、かわいい息子が正しい道をたどるよう女神に祈った。

渋々カドウ・ガルは弟を哀れんで、自分の家に引き取った。しかしながら、カドウの寛大さを妻のテテはわかちあわなかった。夕食の支度をはやめにするようにした。クニが帰宅するはるかまえにだ。玄関にクニの足音が聞こえると、テテは流しで空《から》の鍋を音高く鳴らし、手に入る食べ物はどこにもないことを示した。

クニはすばやくそのほのめかしに気づいた。面《つら》の皮は厚かったが——自分がこしらえた友人たちとつるむにはそうなる必要があった——義理の姉が、たった一口ですら食事を出したくない人間だと自分のことを考えている事実に屈辱を覚えた。クニは出ていき、友人たちの家の床の茣蓙《ござ》の上で眠り、歓迎されなくなると、家から家へと渡り歩いた。

クニは頻繁に住み処《か》を変えた。

揚げ餃子と生姜酢の香り。温かい黒麦酒《エール》と冷えた麦酒《ビール》を充たした硝石器《グラス》の音。

「……で、おれは言ったんだ、『だけど、あんたの旦那は家にいないじゃないか！』すると、女は笑って、こう言った。『だから、いまおまえに来てもらわないと！』」

「クニ・ガル！」〈すてきな酒壺〉の女将、ワス未亡人が、客の中心で作り話をしている若い男の注意を引こうとした。

「なんだい、女将さん？」クニは長い腕を伸ばして、女将の肩からだらりと垂らした。女将の頬に音を立ててぶちゅりと接吻した。おかみは四十代で、従容として優雅に歳を重ねていた。一部のほかの居酒屋経営者とちがって、紅や白粉《おしろい》を塗りたくらず、結果として、はるかに品があるように見えていた。クニは、自分がどれほど女将を好きか、まわりの者によく吹聴していた。

ワスは素早くクニの抱擁を逃れた。彼女は笑い声をあげ、大声を発している酔客たちに片目をつぶると、クニを彼らから引き離した。客は万事心得たというかのように囃したてた。ワスは酒の台のうしろにある自分の仕事部屋にクニを引っぱりこんだ。机のまえの座布団にクニを座らせ、自分は机の手前の座布団に座った。

背を伸ばして正座するミパ・ラリの姿勢で、ワスは居ずまいを正し、険しい顔をしてみせる——この話し合いは商売に焦点を当てる必要があり、クニ・ガルはだれかになにかを要求されそうになると話題を変える傾向にあった。

「今月うちの店で三度宴会をやったね」ワスは言った。「たくさんの麦酒と黒麦酒と揚げ餃子と烏賊《いか》の唐揚げを飲み食いしてくれた。代金はみんなあんたが払うことになっていた。あんたのツケは、これまでのところ、うちの顧客向け信用限度を超えてますます増えつつある。少しくらい払ってもらわないとならないね」

クニは座布団によりかかり、両脚を投げだしてサクリドゥの姿勢の変形版を示した。愛人といっしょにいるときに男がする、脚を重ねた座り方だ。クニは目を細くし、ワスに向かって薄ら笑いを浮かべ、唄を口ずさみはじめた。その歌詞にワスは顔を赤らめた。

「よしな、クニ」ワスは言った。「まじめな話をしてるんだ。徴税吏が何週間もうるさくつきまとっている。慈善事業じゃないんだよ」

クニ・ガルは両脚を畳み、ふいにミパ・ラリの姿勢を取って、正座した。目は細くしたままだが、顔から薄ら笑いは消えていた。ワス未亡人は、クニに対して断固たる姿勢を取るつもりでいたものの、ひるんだ。この男はとどのつまり、やくざ者なんだ。

「ワス女将」クニは落ち着いた低い声で言った。「あんたの店におれはどれくらい頻繁に来ている？」

「一日おきにと言ってもいいだろうね」ワスは答えた。

「じゃあ、おれがこの店に来ているときと来ていないときとで商売に違いがあることに気づいているよな？」

ワスはため息をついた。それがクニの奥の手だった。きっとそれを持ち出すだろうとわかっていた。「あんたがここにいるときのほうが少しはいい売上げになってるね」女将は認めた。

「少しはだと？」まるで誇りが傷ついたかのように目を大きく見開き、荒い鼻息を鳴らした。

ワス未亡人は、クニを笑うべきか、この穀潰しの若者になにかを投げつけるべきか、決めようとした。結局、首を横に振り、腕を組んだ。

「あそこの客を見ろよ！」クニはつづけた。「まだ昼間だというのに、この店は金を払う客で一杯なんだぞ。おれがここにいるときは、店の売上げは少なくとも五割は増えているはずだ」

それは大げさな表現だったが、クニが店にいると、酒場の常連客が長居をし、いつもよりたくさん酒を飲んでいるのは認めざるをえなかった。この若者はやかましく、ひどく下品な冗談を言いふらし、あらゆることに一家言があるふりを装っていた――恥を知らず、客をまわりに集めて、緊張をほぐし、楽しませることができた。いわば俗悪な吟遊詩人、法螺話の名手、即興の博奕場《ばくち》の舵取り役をひとつにしたような男だった。店の売上げは五割も上がってはいないかもしれないが、二割から三割だとどうだろう？　たぶんその数値は正確だろう。また、クニの少数の取り巻き連中も、ほんとうに危険な輩を店に近づけない役に立っていた。そういう輩は喧嘩をはじめ、店の調度を壊しだすのがつねだった。

「姐さん」クニは言った――自分の魅力を未亡人に向けはじめていた――「おたがいに助け合わないと。おれは仲間とこの店に来るのが好きだ――おれたちはみんな楽しいときを過ごしている。それにあんたの商売をもっと伸ばすのが好きだ。だが、あんたがこの取り決めの利点をわからないというのであれば、おれはべつの店を贔屓《ひいき》にするぜ」

ワス未亡人は身をすくませるような目つきでクニを見たが、今回の件で自分が勝てないのはわかっていた。

「帝国の兵士たちがべろんべろんに酔っ払って懐のな

かを空にするくらいあの手のスケベな話をするんだね」ワスはため息をついた。「それから豚挽肉の揚げ餃子についてもうまいこと言っとくれ。きょう、全部売っちゃわないといけないんだ」

「しかし、おれのツケをちょっと減らすべきだというあんたの意見は正しい」クニは言った。「次にこの店に来たら、おれのツケは綺麗に清算されているのだと期待しているぜ。そうしてくれるだろうな?」

未亡人は渋々うなずいた。手を振ってクニを去らせ、ため息をつくと、クニとその仲間たちが酒場で嬉々として胃のなかに流しこんだ酒代を帳消しにしはじめた。

クニ・ガルは〈すてきな酒壺〉からふらつく足取りで出たが、実際にはさほど酔ってはいなかった。まだ午後になったばかりで、親しい友人たちはまだ仕事中だった――ズディの中央市場をぶらついて少し暇を潰すことにした。


ズディは小さな街だったものの、それでも〈大統一〉が街の様相をかなり変えてしまった。ロウイン師はその変化について蔑んで子弟に講義し、自分が若いころのもっと単純なズディの美徳を教え子たちが享受できないことを嘆いたが、この新しいズディがクニの知っているすべてである以上、街について自分なりの判断を下した。

マピデレ皇帝は、旧ティロウ国家の貴族が先祖伝来の領地で叛乱を企むのを防止しようとして、彼らから実質的な権力をすべてはぎ取り、空虚な爵位だけ残した。だが、それだけでは皇帝は満足しなかった。貴族の一族を分割し、一部を強制的に帝国の遠隔地に住み替えさせた。たとえば、コウクルの伯爵の長子を、はるかガンの旧領地である狼の足島に住み替えさせる――召使いと愛人、妻、料理人、護衛諸々を引き連れて。また、ガンの公爵の傍系親族をルイにある街に荷物をまとめて引っ越しさせるということもやった。そうすることで、血気盛んな比較的若い貴族が自分たちに対する厄介事を起こそうとしても、地元の上流人士にはなんの影響力を及ぼすこともできないだろうし、地元の大衆の共感を得て自分たちの大義に同調してもらうこともできないだろう。皇帝はそれとおなじことを六つの征服したティロウ国家の降伏した兵士やその家族に対してもおこなった。

この住み替え政策は貴族のあいだでは非常に不評だったが、ダラ諸島の市井の民の生活を豊かにするという利点があった。住み替えになった貴族はそれぞれの故国の食べ物や衣服を切望し、商人たちはダラ全土を旅し、地元民には風変わりなものに思えても、追放された貴族が熱心にあがなう商品を輸送した。貴族たちは少しでも故郷を思い出させるものや昔の暮らし方を懐かしんでいた。散り散りになった貴族たちは、そのようにして庶民にとっての嗜好の教師になった。庶民は以前よりも世界主義的《コスモポリタン》になり、普遍的な趣味を持つことを学んだ。

かくしてズディはダラ全土からやってきた追放貴族一族をもてなし、貴族たちは新しい習慣や新しい料理、街の活気のない市場や地味な茶房では以前はけっして聞かれたことのない新しい方言や言葉でズディを充たした。

行政官としてのマピデレ皇帝に成績をつけるなら、ズディの市場の多様さを改善させたのは、まちがいなく加点評価になるだろうな、とクニは思った。通りはダラ全土からやってきたあらゆる新奇なものを売る物売りでいっぱいになっていた。たとえば、アムの竹とんぼ――棒の先端に急速回転する羽根を付け、小さな蜻蛉のように宙を飛ぶ軽やかなおもちゃ。ファサの生きた紙人形――硝子《ガラス》棒で絹布のついた天井をこすると、小さな舞台の上で、紙の切り抜きが面紗をかぶった踊り子のように飛んだりはねたりする。ハアンの魔法の計算器――枝道ごとに小さな扉が付いている木の迷路で、ビー玉が転がり抜けると扉がはじかれるようになっており、熟練した使い手だと、それを使って合計を計算できる。リマの鉄人形――自力で坂を歩いて下りることができる精妙な仕掛けの機械人間や動物、などなど。

だが、クニがもっとも関心を寄せていたのは食べ物だった――もともとザナの本拠の群島で食べられていた仔羊肉の唐揚げが好物だった。とくにダスのピリ辛のものが好みだった。狼の足島の商人が提供する洗練された刺身を見つけた――檬果酒《マンゴ》と、ファサの、シナネ山脈奥深くの小さな香草農園で育った辛味洋芥子少々で和えると抜群の味わいだった。さまざまな店に飾られた軽食類を美味しそうに眺めながら、クニは涎を数回飲みこまねばならなかった。

懐にあるのは総計銅貨二枚だけで、砂糖をまぶした姫林檎一房すら買えない金額だった。

「まあ、体重に気をつけないといけないからな」クニは独りごち、悲しげに太鼓腹を叩いた。ここのところろくに運動をしておらず、ひたすら宴会三昧と酒飲み三昧だった。

クニはため息をつき、市場から離れ、どこか昼寝に都合のいい静かな場所を探そうとしたちょうどそのとき、声高な言い争いに関心を惹かれた。

「お願いです、この子を連れていかないで」ザナの農民の伝統的な身なり――幸運と繁栄の象徴と思しき結び目をつけた飾り房《タッセル》と色鮮やかな幾何学模様の当て布をいっぱいつけた服装だが、それを身につけている者にかぎって幸運も繁栄もどちらも持ち合わせていない――の年老いた女性が帝国兵に懇願していた。「この子はまだ十五で、末っ子なんです。長男は霊廟でもう働いています。法律では、末子は手元に置いておけることになっています」

この老女と息子の顔色はコウクルの住民の大半よりも白かったが、それ自体はたいした意味を持たない。

ダラのさまざまな場所からきた人々は肉体的特徴が異なっているものの、つねに一定の移住と交雑があった。〈大統一〉以降加速された過程だ。そしてさまざまなティロウ国家の住民は、たんなる外見よりも文化的な差異や言語的差異のほうを重視するのがつねだった。とはいえ、ザナの服装と訛りを勘案すれば、彼女がコウクル生まれではないのは明白だった。

故郷からはるばる離れてここにいるんだ、とクニは思った。たぶん、ザナ兵の未亡人が〈大統一〉後にここに取り残されたのだろう。爪の乗り手による暗殺未遂が七年まえに起こって以来、ズディにはザナ兵の大規模駐留がつづいていた――皇帝の部下たちは乗り手を見つけられずにいたが、不確かな証拠に基づいて多くのズディ市民を監禁し、処刑し、きわめて過酷なズディの支配をつづけていた。少なくとも皇帝の代理人たちはいっさいのえこひいきなく法を執行していた。ザナ出身の貧乏人は、征服された国家の貧乏人と同様の扱いを受けていた。

「そのふたりの息子の出生証明書を出せと求めたのにおまえはなにも出してこないじゃないか」兵士はいらだって女の訴えかける指を払い除《の》けた。男の訛《なま》りから彼もまたザナ出身であることを示していた。男はデブで弛《たる》んだ体つきだった。戦う男というよりも役人だ。そして老女の隣に立っている若者をニヤニヤと冷たい笑いを浮かべて見つめ、若者が向こう見ずな行動をしでかすよう仕掛けていた。

クニはこの手の人間をよく知っていた。たぶん〈大統一戦争〉のあいだは戦わねばならない羽目に陥るのを避け、和平が宣言されるやいなや、征服地域の賦役監督官として任命されるよう、賄賂を使ってザナ軍の将校に任官されたのだろう。皇帝の基幹施設構築大計画のひとつにあたらせる屈強な体を持つ人足の現地調達計画を達成するのがこの男の仕事だった。ほんの少しの労力しかいらないが、職権濫用の余地はたっぷりある立場だ。また、とてももうかる立場でもあった——子息が徴用されるのを見たくない家族は、高額の代償を進んで支払うだろう。

「おまえみたいなずる賢い女のことはよく知っているぞ」男はつづけた。「おまえの長男の話は、親愛なるマピデレ皇帝陛下の来世にふさわしい宮殿を建設するに際して、応分の負担から逃れるための真っ赤な嘘だな。陛下に永久の命を」

「陛下に永久の命を。ですが、ほんとうの話をしているんです」老女はお追従を述べようとした。「あなたさまは賢く、勇敢であらせられます。わたしを哀れんで下さいますのがわかっております」

「おまえに必要なのは哀れみではないわ」賦役監督官は言った。「もし書類を差し出せぬというのなら——」

「書類は故郷のルイの役所にあるんです——」

「そうか、われわれは、いまルイにはおらんのじゃないのか？　それからわたしの言葉を遮るな。この不愉快な出来事を忘れられるようおまえに繁栄税を支払う機会を与えた。しかるに、おまえが払おうとしないので、やむなく——」

「払います！　払います！　でも、時間を下さらないと。商売はずっとうまくいっていないんです。時間が必要で——」

「遮るなと言っただろ！」男は手を上げ、老女の横っ面をひっぱたいた。母親の隣に立っていた若者が兵士に飛びかかろうとしたが、老女は息子の腕をつかみ、監督官と息子のあいだに強引に割りこもうとした。

「お願いです、後生だから！　愚かな息子をお許し下さい。この子の犯した罪のせいでわたしをもう一度ぶって下さい」

監督官は笑い声をあげ、老女に唾を吐きかけた。それを見てクニの心に自身の母、ナレの顔と、ましな人生を歩もうとしていないといって母に叱られているときのことが思い浮かんだ。酩酊感覚が雲散霧消した。

「その繁栄税というのはおいくらでしょう？」クニはのんびりした足取りで三人に近づいた。ほかの通行人たちは道をあけた。だれも賦役監督官の関心を惹きたくなかった。

男はクニ・ガルをねめつけた――太鼓腹、おもねるような笑み、酒のせいで赤ら顔になり、髪は乱れ、皺の寄った服――それで、クニがなんの脅威にもならないと判断した。「銀貨二十五枚だ。それがおまえになんの関係がある？ このガキの肩代わりをして賦役に就こうというのか？」

クニの父親、フェソウ・ガルは代々の賦役監督官に賄賂を払ってきた。クニは自分が賦役免除されていることを示す書類を持っていた。また、クニはこの監督官を怖れていなかった。クニはかなり腕のいい喧嘩屋であり、もし喧嘩になったら、それなりの腕をふるえるだろうと思っていた。だが、いまは力ではなく、若干の手練手管を要するときだった。

「わたしはフィン・クルケドリです」クニは言った。

クルケドリ家はズディ最大の宝石店を所有しており、長男のフィンは、高額の賭け金のサイコロ賭博でクニに恥をかかされたあとで、安寧を乱した罪で保安隊にクニとその仲間を引き渡そうとした過去があった。フィンの父親もしみったれで知られており、慈善活動に寄付したことがいっさいなかった――だが、彼の息子は浪費家として知られていた。「そしてわたしは金より好きなものはありません」

「だったら、おまえは金にしがみついていろ。他人のもめ事には関わりあうな」

クニは土をつついている鶏のようにうなずいた。「賢明なる助言です！」困ったかのように両手を広げた。「ですが、この年取った女性は、うちの料理人の義理の母親の隣人の友人なんです。もしこの人がその隣人に伝え、その隣人が義理の母親に伝え、その義理の母親が娘に伝え、娘が夫に伝えたのなら、わたしのお気に入りの鰻の蒲焼き家鴨卵添えを料理してくれなくなるかもしれません――」

監督官はどこにも向かわないその話の行方を追おうとしたあげく、首を振った。「意味の無い戯言《たわごと》をやめろ！　この女のために金を払うのか、払わないのか？」

「もちろん！　もちろん払います！　ああ、この鰻の蒲焼きを味わうまでは本物の料理を食べたことがないと言っても過言ではありません。翡翠で口をいっぱいにしたかのようになめらかなんです。それに家鴨の卵を添えるだなんて、ああ、なんて……」

クニはザナの監督官を口八丁で煙に巻きながら、すぐそばにある料理屋の女給に合図した。クニの正体をたいへんよく心得ている女給は、笑い出さないように気をつけながら、クニに紙と筆を渡した。

「……さて、いくらとおっしゃいましたか？　銀貨二十五枚？　少しまけてもらえないでしょうか？　ほら、鰻の蒲焼きの素晴らしさをご紹介したでしょう！　二十枚では？……」

クニは、この書きつけの持参者が銀貨二十枚をクルケドリ家の事務方で支払われるものとする、と紙に書いた。その書きつけに飾り書きで署名をし、自分の偽造の腕前を自画自賛した。そののち、こんな場合に備えて持ち歩いている印章――あまりに古くて、ぼろぼろになっており、印影がぐしゃぐしゃで、何本か線がある以外は読み取れない――に墨をつけて、書きつけに押しつけた。

クニはため息をつき、その紙を渋々手渡した。「はいどうぞ。時間があるときにうちの家にいき、門番に見せて下さい。召使いがすぐにお金を持ってくるでしょう」

「うむ、確かに受け取った」監督官は、書きつけに書かれた額面を見て、満面に笑みを浮かべ、礼儀正しく言った。このフィン・クルケドリのような、愚かで金を持っている男は、近づきになるにはうってつけの地元名士のたぐいだった。「新しい友を作るのはいつも嬉しいものだ。いっしょに飲みにいかないか？」

「誘ってくれないのかなと思ってましたよ」そう言ってクニは帝国の役人の肩を嬉しげにぴしゃりと叩いた。「残念ながら、ちょっと気分転換をしに外出したので、現金の持ち合わせがありません。次の機会に家にご招待して鰻の蒲焼きをご馳走しましょう。ですが、今回は少々融通していただければ……」

「もちろん、もちろん。困ったときの友というからな」

ふたり連れだって立ち去りながら、クニは老女をちらっと顧みた。彼女は立ち上がっており、なにも言わず、凍りついていた。口をひらき、目も大きく見ひらいていた。たぶん驚きすぎ、また感謝の思いが強すぎて話せないんだろう、とクニは思った。またしても自分の母親のことを思い出した。ふいに熱くなった目をしばたたいて、澄まし、安心させるため老女に片目をつぶると、向き直り、賦役監督官と冗談を交わした。

老女の息子が母親の肩をそっと揺すった。「母ちゃん、いこう。あの豚野郎の気の変わらないうちに街を出なきゃ」

老女は夢から覚めたかのようだった。

「若い衆」遠ざかっていくクニ・ガルの姿に向かって、つぶやく。「あんたは怠け者で馬鹿の振りをしているかもしれないけど、わたしはあんたの心を見たよ。明るくて強い花は、名も知れぬまま埋もれやしない」

クニはすでに遠くにいっており、老女の言葉は聞こえなかった。

だが、担ぎ手が飲み物を取りに宿屋に入っていったため路肩に停まっていた輿《こし》のなかにいた若い女性は、老女の言葉を耳にした。輿の窓にかかった布の隅を持ち上げて、若い女性は全場面を見ていた。クニが老女を振り返ったのも、その目が濡れていたことも。

彼女は老女の言葉について考えていたが、やがて笑みがその青白い顔に浮かんだ。燃えるような赤い髪の房をもてあそぶ。リボン様の尾びれを持ち、虹色の鱗をした飛び魚、ダイランの優雅な体に似たその細長い目で遠くを見つめた。あからさまにならぬように気を遣って善行をなそうとしたあの若者には、なにかがあった。若者のことをもっと知りたいと彼女は思った。

第四章　ジア・マティザ

ズディ
明天二十一年五の月

数日後、クニは親しい友人たち――酒場での喧嘩で助け合い、そのあといっしょに藍の家にでかけた若者たちの一団――と会うため、〈すてきな酒壺〉に戻った。

「クニ、いつになったら自分の人生で有意義なことをやる気になるんだ?」リン・コウダが訊いた。相変わらずひょろっとした体で、神経質そうなリンは、ザナ駐屯隊の無筆の兵士に代わって手紙を書いてやることで生計を立てていた。「会うたびに、おまえの母さんはぼくにため息をついて、いい友だちになってちょうだい、仕事に就くよう励ましてちょうだいと言うんだぞ。今晩もここに来る途中でおまえの父さんに呼び止められて、おまえはぼくに悪影響を与えていると言われた」

父親の寸評は自分でも認めたくないくらいクニの気に障った。空威張りをして、それを打ち消そうとする。

「おれには立派な野望ってものがあるんだ」

「ふん！　そいつは立派なこった」サン・カルコウノが言った。サンは市長の厩舎長で、ときおり、人間より馬のほうを理解しているといって、友人たちにからかわれていた。「まともな仕事を見つけてやろうとおれたちのだれかがおまえに勧めると、いつだっておまえは馬鹿げた反対理由をでっちあげる。馬が自分のことを怖がるだろうから、おれとは働きたくないとかな――」

「怖がっているさ！」クニは反論した。「馬は変わった性格で、高い知性の人間がそばにいると驚きやすいんだ――」

サンはクニの戯言を無視した。「おまえがコウゴを助けたくないのは、役人仕事が退屈だと思っているからだろう――」

「おれの言葉を間違って引用しているぞ」クニは言った。「おれの創造性は役人仕事に閉じこめられるわけがないと言ったのであって――」

「リンの仕事を手伝いたくないのは、兵士の恋文にロウィン先生から教えられた古典を引用するのを先生に見られたら、恥をかかせるだろうと思っているからだったな。いったいおまえがほんとにやりたいことはなんだ？」

実を言えば、兵士の恋文にロウィン先生から教わった金言をまぶすのは楽しかろうとクニは思っていたが、自分のほうが優れた書き手だとわかっていたので、リンから仕事を奪いたくなかったのだ。だが、そんな理由はけっして口に出して言うわけにはいかなかった。

なにか途方もないことを達成したいと願っていると言いたかった。偉大な行進の先頭をいく男のように敬われたい、と。だが、なんらかの具体的な内容を思いつくたびに、外れくじを引いてしまった。ときどき、自分について父や兄が言っていることが正しいのかもしれないと思った――ただの浮き草にすぎず、なんの役にも立たずに流されるままに人生を送っていくのだ、と。

「おれは待っているんだ――」

「好機が来るのを」サンとリンが声を揃えてクニの代わりに締めくくった。

「ずいぶんましになったな」リンが言った。「最近じゃ、それを一日おきにしか言わなくなっている」

クニは傷ついた表情を浮かべた。

「おれにはわかるぞ」サンが言う。「市長が絹張りの輿に乗って訪ねてきて、ズディの花としておまえを皇帝に献上したいと頼むのを待っているんだ」

みんながどっと笑った。

「ただの燕に鷲の考えがわかろうはずがあるものか」クニは胸を膨らませ、これ見よがしに酒を飲み干した。

「同感だ。鷲がおまえを見たら、まわりに群がるだろう」リンが言った。

「ほんとか?」クニはそのお世辞にぱっと顔を輝かせた。

「もちろんさ。おまえは羽をむしられた鶏みたいだからな。何里も先から鷲や禿鷹が引き寄せられるだろう」

クニ・ガルは力をこめずに友に拳を入れた。

「あのな、クニ」コウゴ・イェルが言った。「市長が宴をひらく。来たいか? そこには多くの要人が出席するだろう。普通なら会えないような人間が来る。おまえのいう機会が訪れるかもしれないぞ」

コウゴはクニより十歳ほど年上だった。努力家で、勉強熱心な男であり、帝国の公務員試験に高得点で合格していた。だが、官僚機構の役職分配網に入りこんでいない平凡な家の出であることから、たぶんどんなに役職が上がっても市政府の三号職どまりだろうと思われていた。

しかしながら、コウゴは自分の仕事を気に入っていた。市長は、その名誉職を金で買ったものの、行政にはあまり興味を抱いていないザナ出身の男で、ほとんどの決定にコウゴの助言をあおいでいた。コウゴは地方自治に関する事柄に魅了されており、市長の抱える問題を解決するコツをつかんでいた。

ほかの連中はクニを怠惰でぶらぶらしている若者で、救貧院行きか犯罪者の人生を送る運命にあると見なしていたかもしれないが、コウゴは、クニの屈託のない態度と鋭い知性のきらめきを買っていた。クニは独特な存在だった。それはズディの大半の住民には当てはまらないものだった。冗談を言える相手としてクニがいれば、自分にとって宴は退屈なものではなくなるだろう。

「いいとも」クニは元気になった。宴はいつでも興味があるものだった——酒はタダで、食べ物もタダだ！

「市長の友人で、マティザという名の男がズディに最近越してきたんだ。旧ファサの裕福な牧場主だったが、現地の役所ともめたんだ。こっちへ引っ越してきて心機一転まき直すつもりだが、資産の大半は、すぐには現金化できない家畜の群れで、現地に留め置かれている。市長は彼のために歓迎の宴を催して——」

「もちろん、宴の本当の目的は、市長の歓心を買うため、そのマティザへの多くの贈り物を持ってくる客を集め、彼の現金収入の問題を解決するところにある」と、サン・カルコウノが言った。

「ひょっとしたらおまえは臨時で雇われた召使いとして宴に来られるかもしれない」コウゴが提案した。

「料理を運ぶついでに要人と二言三言話す機会が得ら

れるだろう」

「いいや」クニ・ガルはその提案を退けた。「コウゴ《コウグ》兄《ジィ》、料理や手間賃のためへいこらするつもりはない。おれは招待客としていく」

「だけど、市長は招待状に、贈り物として少なくとも銀貨百枚の献上を推奨すると書いているんだぞ！」

クニは両眉を上げた。「おれには機転と見た目のよさがある。その価値は値がつけられない」

コウゴは首を横に振り、だれもが一斉に笑い声をあげた。

市長公邸の正面には眩《まばゆ》い黄色の提灯がぶら下がっていた。正面玄関の両側にはコウクルの伝統的な夜会服を着た若い女性たちが立っており、香水を染みこませた煙棒を吸いこみ、やってくる客にシャボン玉を吹きつけていた。シャボン玉が客に当たって弾けると、芳香を解き放った——茉莉花《ジャスミン》、金木犀、薔薇、白檀。

コウゴ・イェルは受付係として働き、招待客たちを迎え、彼らの贈り物を台帳に記録した（「主賓のマティザがちゃんと礼状をお送りできるように」とコウゴは説明した）。だが、あとで市長がその台帳を読むのはみんなわかっていた。誰かが将来ズディで事業を成し遂げようとする場合、それがどれだけ容易かは、その者の名前の隣にある金額の大きさによるのだろう。

クニはひとりでやってきた。清潔な下着と一番ツギの当たっていない上着を着、髪を洗ってきた。酔っ払ってもいなかった。それはクニにとって〝盛装〟と見なしうるものだった。

コウゴは入り口でクニを止めた。

「本気だぞ、クニ。贈り物を持参していないなら、なかに通すわけにはいかん。その場合は、あそこの乞食用の卓に加わってもらわねばならん」コウゴは門から五十尺ほど離れた、地所の外壁に設置されている卓を指さした。まだこんな早い時間でも、乞食や栄養失調の孤児たちが卓のまわりで席を争っていた。「招待客の食事が済んだら、残り物があそこに運ばれてくる」

クニ・ガルはコウゴに片目をつぶり、袖のなかに手を伸ばすと、三つ折りになった一枚のぱりっとした紙を取り出した。「ほかのだれかとお間違えでは。わたしはフィン・クルケドリだ。ここに銀貨百枚分を持ってきている。さあ、これは家の事務方に見せればわたしの口座からそれだけの金額を引き出せる書きつけだ」

コウゴが返事をするまえに女性の声が話を中断させた。「かの有名なクルケドリさんにふたたびお目にかかれるとは光栄です！」

コウゴとクニが振り向くと、まだ二十代になったばかりの若い娘が中庭に立っているのが門越しに見えた。彼女はいたずらっぽい笑みを浮かべてクニを見ていた。ファサではありふれている肌の白さと明るい赤の巻き毛は、ズディでは少し目立っていたが、クニはなによりも彼女の目に打たれた。飛び魚、ダイランの形をしたその目は、深い緑の葡萄酒を湛えたようだった。その瞳を覗きこんだ男はだれでも心惑う運命にあった。

「お嬢さん」クニはそう言ってから咳払いをした。「なにか面白いことがありますか？」

「面白いのはあなたです」若い女性は言った。「フィン・クルケドリさんがお父上といっしょにやってきてから十分も経っていません。わたしたちは楽しくおしゃべりして、彼はわたしにたくさんお世辞を言ってくれました。なのにここにあなたがまたおられる。そして姿がぜんぜんちがう」

クニは真剣な表情になった。「わたしの……いとこと混同されたのにちがいありません。いとこはフィンですが、わたしはフ、イ、ンです」発音の違いを強調しようとして、クニは唇をすぼめた。「たぶんお嬢さんはコウクル方言に慣れておられないんでしょう。発音の違いがとても微妙なんです」

「あら、そうなの？　なら、あなたはいとこの方としょっちゅう混同されているにちがいありませんわね。きっと市場にいたザナの役人もそんな微妙な違いに慣れていなかったんですね」

クニの顔が一瞬赤くなったが、笑い飛ばした。「だれかがわたしを見張っていたようですな」

「わたしはジア・マティザ、あなたが騙そうとしている男の娘です」

「騙すというのはきつい言葉だ」クニは間髪を容れずに答えた。「マティザさんのお嬢さんは、魚のなかでもダイランのようにめったにいないくらいたいへん美しいと聞いておりました」ジアはそれを聞いて目を丸くした。「わたしの願いは、ここにいる友、コウゴ兄に」――クニはコウゴのいるほうを身振りで指し、コウゴは首を横に振って否定した――「偽の身分でなかに入れてもらい、彼女を称賛する機会を得たいというものでした。ですが、なかに入らずとも、わたしの目的は達成された以上、コウゴの名誉とわたしの名誉は傷つかずにすみました。ここでお暇《いとま》すべきでしょう」

「ほんとに恥知らずな人ですね」ジア・マティザは言った。だが、彼女の目は笑っており、言葉に刺《とげ》はなかった。「わたしの客として入ってくればいい。あなたはとんでもない人ですが、興味深い人でもあります」

十二歳のとき、ジアは教師の夢想薬草を少し盗んだ。そして、地味な灰色で木綿の長衣を着た男の夢を見た。

「あなたはわたしになにをくれるの？」ジアは訊ねた。

「苦労と孤独と長くつづく心労を」男は言った。

ジアは男の顔を見られなかったが、男の声の響きを気に入った――優しくて真剣だったが、そこにかすかに笑みが隠れていた。

「いい取り合わせに聞こえないわね」ジアは言った。

「いい取り合わせは物語と歌の材料にならない」男は

言った。「ともに耐える苦しみがあるたびに、喜びが二倍大きくなるんだ。千年のあいだ、おれたちは歌に詠まれるだろう」

男が黄色い絹の式服姿に変わっていたのをジアは見た。すると、男はジアに接吻した。その接吻は塩と葡萄酒の味がした。

そしてジアは知った。この男こそ自分が結婚する運命にある人だ、と。

数日まえの宴のことがまだジアの心に残っていた。

「ルルセンの詩が、藍の家で夜中に起きたことを歌っているなんてはじめて聞きました」笑いながらジアは言った。

「伝統的な解釈では、政治など高尚な話題を取り上げていることになっているけれど」クニは言った。「でも、ここの行を聞いてみてほしい――『この世は酔っ払いだ／おれだけが素面《しらふ》。この世は眠っている／おれは起きている』これは明らかに藍の家が酒を水で割っていることを歌っている。それを裏付ける証拠がある」

「きっと証拠を握っているんでしょうね。その解釈をあなたの先生に披露したの？」

「したさ。だけど、先生は自分のやり方に固執するあまり、おれの聡明さを認識できなかったんだ」クニは通り過ぎる給仕の盆から二皿の料理をかっ攫《さら》った。「肉団子を練り梅に浸して食べられることを知ってたかい？」

ジアは顔をしかめた。「おいしくなさそう。そのふたつの味はまったく合わないわ――ファサの料理とコウクルの料理を混ぜ合わせている」

「試してみたことがないなら、おいしくないってどうしてわかるんだい？」

そしてジアはクニの創作料理を試してみた――美味だった。驚くほどおいしかった。

「詩よりも料理のほうに天分があるんじゃないかしら」ジアはそう言って、練り梅に浸された焼き餃子に手を伸ばした。

「だけど、ルルセンの詩の場合もおなじふうだとはけっして思わないんだろ?」

「ジア!」母親の声でジアは我に返った。

目のまえに座っている若者は、不細工ではない、とジアは結論を下した。だけど、わざわざそう見えるようにしてしまっている気がした。若者の目はジアの顔と体をなめ回すように見ていた。知性の表れをいっさい欠いている目だ。口角からは涎《よだれ》が細い流れとなって垂れている。

絶対にこの人じゃない。

「……おじさまはトゥアザと定期航行している商船を二十隻もお持ちなの」仲人が言った。卓の下に手を伸ばし、楊枝でジアをつついた。もっと上品にほほ笑むように命じる合図だと仲人はまえもってジアに説明していた。

ジアは両腕を伸ばし、わざわざ口を覆わずにあくびした。母のルーが目でたしなめた。

「タボウ、でしたかしら?」ジアはまえに身を乗り出して訊いた。

「タドウです」

「ええ、そうでした。タドウ、十年後にあなたはどこにいるのか、教えて下さらない?」

タドウの顔がいっそうぽかんとしたものになった。だが、ぎこちない瞬間が過ぎて、タドウは顔に皺を寄せて、晴れやかな笑みを浮かべた。「ああ、やっと質問の意味がわかった。心配しないで、愛しい人。十年後には湖のそばに屋敷を構えているだろう」

ジアはうなずいた。その顔から表情は読めなかった。彼女はそれ以上なにも言わずに若者の涎が垂れている口元をじっと見つめた。室内にいるほかのだれもがもぞもぞと身じろぎした。永遠の時が流れるかに思えた。

「マティザお嬢さんは、優れた薬草医なんですよ」仲人は、居心地の悪い沈黙を破ろうとして、話を持ちかけた。「ファサの最高の教師のもとで学ばれたんです。幸運な旦那さんを健康にし、おおぜいの可愛いお子さんをこしらえてあげる方法を色々ご存じですよ」

「少なくとも五人は子どもがほしいな」タドウは大らかに付け加えた。「ひょっとしたらもっとたくさんほしいかもしれない」

「どうやらあなたはわたしのことを自分が耕すたんなる畑だと見ているようですね」ジアは言った。仲人は卓の下でふたたびジアをつついた。

「マティザさんは優れた詩人だとうかがいました」タドウはおもねるように話を持ちかけた。

「あら？　詩にも興味がおあり？」ジアは彼女を知らない人間には蠱惑的に見えるであろう仕草で、赤毛の束をくるくるまわした。だが、ジアの母親は娘の馬鹿にした態度をわかっており、疑いの視線を向けた。

「ぼくは詩を読むのがとても好きです」タドウは絹の長衣の袖で涎を拭った。

「そうかしら」あのいたずらっぽい笑みがまた浮かんだ。ジアは涎の流れがなくなり、視線を向ける対象が消えたことに少しがっかりした。「いい考えが浮かびました！　いまここで詩を書いて下さらない？　どんな題材を選んでもいい。一時間後に戻ってきて読ませていただきますわ。もしその詩を気に入ったら、あなたと結婚します」

仲人がなにか言うまえにジアは腰を上げ、立ち去り、寝室に戻っていった。

彼女を叱ろうと息巻いてついてきた母にジアは言った。

「あの人、びびって出ていったかしら？」

「いいえ。詩を書こうとしている」

「しつこいなあ！　感心するわ」

「結婚にふさわしい若い男性をどれだけおおぜい怒ら

せて追い払わないといけないの？　あなたの最初の仲人に話を持っていったのは蛙年だったのに、いまはもうクルーベン年よ！」

「お母さま、娘に幸せになってもらいたくないの？」

「もちろん、なってほしいわよ。だけど、あなたは行かず後家になると決めたみたいね」

「でも、そうなったら、永遠にお母さまのおそばから離れずにいられるじゃないですか！」

ルーはまじまじと娘を見て、目を細くした。「わたしに話していないことがあるのね？　ひょっとして、内緒の求婚者がいるの？」

ジアはなにも言わず、そっぽを向いた。それは昔から彼女の癖だった。嘘はつかないが、自分が言わねばならないことが歓迎されない場合には答えるのを拒むのだ。母親はため息をついた。

「こんな態度をとり続けてごらんなさい。すぐにズディの仲人はだれもおまえの縁談を取り持とうとしなくなる。ファサに残してきたのとおなじくらい悪い評判が立つわ」

一時間が経ち、ジアは居間に戻った。それから一枚の紙を手に取り、咳払いをひとつして、読み上げた——


きみの髪の毛は炎のようだ。

きみの瞳は水のようだ。

きみをぼくの妻にしたい。

きみの美しさは人生に新しい意味を与えてくれる。


ジアは考えこむようにうなずいた。

若者は昂奮を抑えられなくなりそうだった。「気に入ったかい？」

「これを読んでわたしも詩が浮かんだわ」


あなたの目は涸れ井戸のよう。

あなたの涎はミミズのよう。
あなたには妻を持ってほしい。
この仲人はどうかしら？　つつくのが得意なんだから！

若者と仲人はマティザの住居から憤然と出ていき、ジアは笑い声をあげた。長々とつづく、とても大きな笑い声を。

クニがマティザ邸を訪ねる術はなかった。将来性のない与太者が、マティザ家のようにまだ無名ながら、社会でのし上がっていこうとしている、尊敬にあたいする一家に相応《ふさわ》しい結婚相手になりうると提案するほど愚かな仲人はいるわけがない。

幸運にも、ジアは家から付き添いなしで出かける完璧な言い訳があった——地元の薬草を研究し、薬用に集めるため、ズディ周辺の田舎に何度も出かけていた。

クニはジアを自分のお気に入りの場所に連れていった——釣りにはうってつけの川の曲がり箇所、昼寝をするのに最高の東屋と木、最高の酒場と茶房、育ちのいい良家の令嬢の姿などけっして見かけない場所、〝相応しい〟かどうかを気にしている人たちのまわりにいつも集まっているような、息がつまる決まり事や絶望的な不安がなく、清々しいほどごまかしがないとジアが気づいた場所。そうした場所で、ジアはクニとその友人たちといっしょにいることを楽しんだ。彼らはジアのお辞儀の仕方がどれほど適切なものかとか、言葉遣いがどれほど優雅だろうかとかを気にせず、自分たちといっしょにジアが酒を飲んだときに喝采を浴びせ、ジアが本心を話すと耳を傾けてくれた。

お返しにジアはクニに彼が一度も関心を払ったことのない新しい宇宙を見せた——足下や長い田舎道沿いの藪に生えている草の宇宙を。当初、クニの関心は薄かった——ジアが効用を説明しようとしている花よりも彼女の唇のほうにはるかに興味を抱いていた——だが、生姜と待宵草《マツヨイグサ》を嚙むことがしょっちゅう襲われている二日酔いにどれほど劇的な効果を上げるか教えられたあとで、クニはほんとうの弟子になった。

「これはなんだい？」クニは白い五枚の花弁からなる花と両手で祈りを捧げているような形をした二分葉のついている草を指さして訊いた。

「それは実際には一本の植物ではなく、二本の植物なの」ジアが答える。「葉の部分は、慈悲亜麻と呼ばれている草のもの。花は烏殺し《カラスゴロシ》と呼ばれている」

クニはもっとよく見ようとして、服が汚れるのもいっさいかまわず、すぐに四つん這いになった。ジアは大のおとなが好奇心いっぱいの少年のように振る舞う光景に笑い声をあげた。クニは、だれもが受け入れている決まりは自分には当てはまらないというように行動しており、それがジアをも自由な気分にさせた。

「きみの言うとおりだ」クニは驚きで声を弾ませて言った。「だけど、離れたところから見るとまるで一本の植物に見える」

「烏殺し《カラスゴロシ》は遅効性の毒なの。だけど、花がとても綺麗なので、聖なるカナ神とラパ神のこしらえたように賢い鳥も、その美しさに逆らえない。鳥は自分たちの巣を飾ろうとして花を摘み、やがて花から立ち上る有毒ガスや花の蜜のせいで死んでしまう」

いましがた花の香りを嗅いだクニはあわてて身を引いた。ジアの大きな笑い声が野原に響いた。

「心配しないで、あなたは鳥よりはるかに大きい。そんな少量では実害をこうむったりしない。そのうえ、もうひとつの植物、慈悲亜麻は、天然の解毒剤なの」

クニは慈悲亜麻から数枚葉を摘み取り、嚙んでみた。

「毒とその解毒剤がこんなにも接近して生えているのは不思議だ」

ジアはうなずいた。「薬草学の原理のひとつに、そのような対《つい》は普遍的である、というものがあるの。致命的な毒蛇であるファサの七歩死蛇は、泣き童茸がよく生えている陽の当たらない谷間に巣を構えている。泣き童茸は、解毒剤を分泌するの。寒い冬の夜に最適の辛い香辛料である火噴き蜥蜴草は、解熱作用が大きいので知られている雪の花《ユキノハナ》の隣によく生えている。創造というものは、敵になる運命のものを友達にするのが好きみたいね」

クニはその話をじっくり考えた。「雑草にそんなにすごい哲学と智慧が隠されているなんて、だれにわかるだろう？」

「驚いた？　薬草治療の業は女たちの業で、本物の学者や医者の与《あず》り知らぬことだから？」

クニはジアのほうを向いて、お辞儀した。「物知らずな発言をした。馬鹿にするつもりじゃなかったんだ」

ジアはジリの形で、深くお辞儀を返した。「あなたは自分がだれよりも優れているとは思っていない。それってほんとうに心が広い証拠よ」

ふたりはほほ笑みあい、歩きつづけた。

「きみのお気に入りの植物はなんだい？」クニは訊いた。

ジアは少し考えてから、身をかがめて、黄色い満開の花冠をつけた小さな花を摘み取った。「植物はみんなわたしにとって愛しい。だけど、一番好きなのは蒲公英《タンポポ》。頑丈で、毅然としていて、順応力が高く、実用的。この花は小さな菊みたいだけど、はるかに役に立ち、はるかに丈夫なの。詩人は菊に捧げる詩を作るかもしれないけど、蒲公英の葉と花は、お腹を満たすことができ、その液汁はイボの薬になり、根は熱を冷ましてくれる。蒲公英のお茶は、意識をはっきりさせてくれるし、根を嚙めば、気が立って震えている手を落ち着かせてくれる。蒲公英の液汁は透明墨汁をこしらえるのに利用できる。石耳茸の汁と混ぜると、消えた文字が浮かんでくるの。用途が多く、人が信頼できる役に立つ植物だわ。それに遊びに使えて、楽しいし」ジアは冠毛になっている蒲公英を摘み、息を吹きかけて、小さな綿毛付き種子を宙に飛ばした。何個かはクニの髪の毛に着地した。

クニはそれを払い除ける仕草はしなかった。「菊は高貴な花だ」

「そのとおりね。秋に咲く最後の花で、冬に逆らっている。香りはえもいわれぬくらい素晴らしく、どんな相手も敵わない。お茶にすると、魂を目覚めさせてくれる――花束にすると、そのなかでひときわ目立つ。だけど、人に慕われる花じゃない」

「あまり高貴なものは好きじゃないんじゃ？」

「真の高貴さははるかに偉ぶらない形で示されるものだと考えているの」

クニはうなずいた。「マティザお嬢さまは、ほんとうに広い心の持ち主だ」

「あら、お世辞はあなたに似合わないわ、ガル大人《たいじん》」ジアはそう言って、笑った。すぐに真顔になる。「教えて、十年後にあなたはどこにいると思っている？」

「見当もつかん」クニは言った。「あらゆる人生は実験だ。そんな先の計画をだれができる？　おれは機会があるたびに一番面白いと思うことをすると自分に約束しているだけだ。もし大体の場合、その約束を破らないようにすれば、十年後におれがけっして後悔していないのは確かだろう」

「どうしてそんな約束をしないといけないの？」

「機会が生じたときに一番面白いことをするのは、極めてまれなんだ。たいていの人間は思いきってそうすることをしない――招待されていない宴にはったりかまして入っていくようなことをな。だけど、おれの人生がいまどれほど楽しいものになっているのか、見てみろよ。おれはきみを知ることができたんだ」

「一番面白いことは、一番簡単なことでない場合がよくある」ジアが言った。「苦しみや苦労、失望や失敗があるかもしれない。あなた自身とあなたが愛している人にとって」

クニも真剣な面持ちになった。「だけど、辛い思いを耐えなければ、本来得られるべき甘い思いを充分に得られはしないとおれは信じている」

ジアはクニを正面から見て、片手をクニの腕に置いた。「あなたは立派なことをすると信じているわ」

温かい気持ちがクニの心を充たした。ジアに会うまで、真の友になる女性に会ったことは一度もない、とクニは悟った。

「おれがかい？」口の端を歪めて、にやりと笑うと、クニは訊いた。「自分が騙されていないとどうやってわかるんだい？」

「わたしは騙されないくらい頭がいいの」ジアはためらわずに答えた。ふたりは人目を気にせず、抱き合った。

クニは自分がこの世で一番幸運な男だという気がした。ジアの父親にふさわしい婚資を払えるほどの金はなかったが、なんとしてもジアと結婚せねばならないと思った。

「ときには、一番興味深いものが同時に一番退屈なものであることがある。責任ってやつだ」クニは独り言を言った。

クニはズディの市政府にいき、コウゴに仕事を欲しいと頼んだ。

「おまえはなにをやったらいいのか知らないじゃないか」コウゴはしかめ面をして言った。

だが、友が困っているとあって、コウゴは訊ねまわり、新しく徴用した男たちや、重労働刑の判決を受けた小悪党どもを見張る監視を賦役局が必要としているのを見つけた。この犯罪者たちは、割り当て作業にまとめて送れるよう人数が揃うまで、数日、監獄に留め置かれるのだ。ときには、監視員もまた、そのような派遣の旅では徴用者と犯罪者に同行するよう頼まれた。訓練した猿に棒を持たせるだけでできる仕事に思えた。クニですら、ヘマをできるわけがなかった。

「自分がこんな風に皇帝に仕えるとは夢にも思わなかったな」ある意味では、あの賦役監督官がおれをジアに引き合わせたんだな、と考えながら、クニは言った。未来の同僚の気分を害さないよう、うまい食事を奢らないとならないだろう。「だけど、〝繁栄税〟の埋め合わせをするつもりはないぞ——まあ、とても裕福な人間でないかぎり、払う必要はないんだが」

「つましく暮らしていくかぎり、大丈夫さ」コウゴは言った。「給料はとても安定している」

金貸しのところにいき、将来の収入をカタに、ジアの両親に会いにいけるよう手土産の金を借りられるくらい安定していた。

ギロウ・マティザは理解できなかった。どう考えても、クニ・ガルは、なんの役に立つ技能もなんの将来性もない怠け者の若者に過ぎなかった。金も、資産も、つい最近まで仕事もなかった——家族ですら彼を追いだしていた。ふしだらな女性を連れ歩くのを好んでいるという噂があり、おおぜいの女友だちがいた。

どうして喜ばせることが不可能だとすべての仲人に知られているうちの娘が、こんな男の求婚を受けようというのだ？

「わたしは一番興味深いことをやりたいんです」と、ジアは言った。そしてそれ以上父親になにも言おうとしなかった。

なにがあってもジアを思いとどまらせられないだろう。いったん心が定まれば、ジアの意志は鋼鉄のようだった。そのため、ギロウは少なくとも若者の話を聞かねばならなかった。

「わたしの評判があまりよくないのはわかっていま

す」背をぴんと伸ばしたミパ・ラリの姿勢で正座して、クニは言った。視線は鼻の先端に向けられている。

「ですが、かつてかの賢明なるルルセンが言ったように、『この世は酔っ払っているが、わたしだけが素面《しらふ》だ。この世は眠っているが、わたしは起きている』のです」

ギロウは驚いた。コウクルの古典からの引用が出てくるとは思わなかった。「それがきみの求婚とどう関係しているんだね？」

「詩人は、疑いを抱えた人生を送ったのち、突然の明快さに襲われた経験を詠んでいます。わたしがジアとあなたにお会いするまでは、この詩の意味するものを理解していませんでした。改心した人間は生まれながらに徳の高い人間十人分の価値があります。というのも、誘惑がなんであるか理解しており、道を踏み外さぬようより一層の努力をするでしょうから」

ギロウは態度を和らげた。ジアに良縁を見つけようと願っていた——裕福な地元の商人あるいは政府で要職につく未来が待っている若い学者といった相手を——だが、このクニという男は、学があり、礼儀をわきまえていた。それは重要なことだ。ひょっとして、この男に関する噂はすべて間違っているかもしれない。

ギロウはため息をつくと、クニの結婚の申し込みを受け入れた。

「もうひとつのルルセンの詩の解釈を父とわかちあわないようにしたのね。さすがね——あそこでのあの話が再現されるのだと危うく信じそうになったわ」

「村でよく言われているじゃないか、『狼を見たら遠吠えをしろ、猿を見たら頭を掻け』と」

「あとどれくらいあの詩の解釈があるの？」

「おれたちがいっしょに過ごす日々とおなじくらいたくさんある」

クニの兄カドウと父フェソウはクニを家にふたたび迎え入れ、放蕩息子がついに帰ってきたと信じていた。ナレ・ガルは嬉しさのあまり、ジアを抱き締め、離そうとせず、ジアの美しい服の肩を涙で濡らした。「あなたは息子を救ってくれました！」クニの母は何度も何度も繰り返し、ジアは頬を染め、苦笑した。

そして盛大な結婚式が挙げられ──費用はギロウがもった──何日ものあいだ、ズディで評判になった。ギロウは若夫婦に贅沢な生活を送らせるような援助をするのは拒んだものの（「おまえがあの男を選んだのだから、あの男の給料の範囲内で暮らさないとだめだぞ」）、ジアの持参金で小さな家を買うことができ、クニはあとどれくらいで友人の忍耐心が切れるのか勘定し、あらたな寝る場所を探さねばならない暮らしをせずにすむようになった。

クニは毎日仕事にでかけ、事務所に座り、報告書を作成し、大隧道《ずいどう》や霊廟での労働に派遣されるのを待っているあいだ、監獄に収容されて、ぼうっとしている男たちが悪さをしていないか確認するため一時間ごとに巡回にでかけた。

たちまち、クニは仕事を嫌うようになった──いまでは自分がぼうっとしているような気になっていた。毎日、クニはジアに不満をこぼした。

「くよくよしないで、旦那さま」ジアは言った。「ただじっと待つ者にも果報はあるもの。大きく飛び立てるときもあれば、下っていくときもある。動くときもあれば、休むときもある。行動を起こすときもあれば、用意を整えるときもある」

「これだからきみは詩人なんだ」クニは言った。「書類仕事ですら刺激的なものにしてしまう」

「わたしはこう考えます──機会はいろんな形でやってくる、と。兎が巣穴から跳びだしたとき、たまたま罠の準備ができていることもあるのでは？　あなたは穀潰《ごくつぶ》しだったときに長いあいだ、ズディでおおぜいの友だちをこしらえてきた――」

「おい、その言い方はないだろう――」

「わたしがあなたと結婚したんじゃなくて？」ジアは夫をなだめるため、軽く頰に口づけした。「だけど、言いたいのは、あなたはいまやズディの官僚機構の一員である以上、さまざまな種類の友人をつくる機会があるはずだということ。それを利用して、交友範囲を広げなさい。あなたは人間が好きでしょ」

クニはジアの助言を受け入れ、仕事のあとで同僚たちと茶房に出かけたり、ときには上司の家を訪ねる努力を懸命にした。偉ぶらず、礼儀をわきまえ、自分が話すよりも人の話に耳を傾けた。気に入った相手を見つけると、クニとジアは彼らとその家族を自分たちの小さな家に招き、より深い会話に興じた。

まもなくして、クニは、裏路地や混み合った市場をよく知っているのとおなじように、ズディの市政府の部局を知るようになった。

「連中は退屈なたぐいの人間だと思っていたんだ」クニは言った。「だけど、いったん相手をよく知るようになれば、それほど悪い連中じゃない。連中はたんに……おれの昔の仲間たちとちがっているだけだ」

「鳥は飛ぶために長い羽と短い羽の両方が必要なの」ジアは言った。「あなたはいろんな種類の人たちといっしょに働くことを学ばないと」

クニはうなずき、ジアの深い智慧を嬉しく思った。

夏の終わりだった。空気には漂う蒲公英の種が充ちていた。家に帰ると毎日、クニは小さな綿毛のついた種がこともなげに風に乗って飛んでいくのを憧憬の思いとともに見つめた。そして、目と鼻の先で踊る雪をかぶったような冠毛も見つめた。

種子の飛ぶ様子を想像した。とても軽いので、強い風が吹けば何里も先まで運ばれていく。一つの種が大島の端から端まで飛んでいけない理由はなかった。海の上をはるばる飛んで、三日月島まで、オウゲまで、エコウフィまで飛んでいけない理由はなかった。ラパ山とキジ山の頂上まで旅をできない理由はなかった。ルフィゾウ瀑布の霧を味わえない理由はなかった。必要なのは、自然のささやかな優しさだけだった。それだけで種は世界じゅうを旅できるのだ。

クニは、自分では説明できない形で、いま送っている暮らしとは違う暮らしをする運命にあるような気がした。ある日、あの蒲公英の種のように、ずいぶん昔に目撃したあの凧の乗り手のように空高く宙に舞い上がる運命にあるのだ、と。

クニは、萎びた花にまだ縛られている種のようで、夏の終わりの淀んだ空気が弾けるのを、嵐がはじまるのを待っていた。

第五章

皇帝の死

エコウフィ島

明天二十三年十の月

マピデレ皇帝はもう何週間も鏡を見ていなかった。最後に思い切って見たとき、生気のない、革の仮面がこちらを見返していた。一万人の妻を未亡人にし、七カ国の王冠をひとつにした、端整で傲岸で怖れを知らぬ男は消えていた。

皇帝の肉体は、死の恐怖に囚われた老人に侵害されていた。

皇帝はエコウフィ島にいた。陸地は平らで、草の海が目の届くかぎり広がっている。塔玉座のてっぺんに座って、皇帝は遠くの象の群れが威風堂々と視界を横切っていくのを眺めた。エコウフィは諸島巡遊の中継地としてお気に入りの場所のひとつだった。都市のせわしさや陰謀渦巻くパンの宮殿から何里も離れ、皇帝は自分がひとりきりで、自由であるところを想像した。

だが、皇帝は胃の痛みを否定できなかった。その痛みのせいで、もはや自分の脚では塔玉座を下りられなくなっていた。手を貸す人間を呼ばねばならない。

「お薬をお持ちしましょうか、陛下《レンガ》？」

皇帝はなにも言わなかった。だが、ゴウラン・ピラ侍従長は、いつものように鋭く観察していた。「多くの秘密を知ると言われているエコウフィの女薬師が用意した薬です。ご不快を和らげられるかと存じます」

皇帝はためらったが、折れた。苦い飲み薬を口に含むと、わずかに痛みが和らいだような気がした。

「ありがとう」皇帝は言った。それから、ゴウランしか聞く者がいないので、付け加えた。「死はわれらみなに追いつくものだ」

「陛下、そのようなことをおっしゃってはなりません。お休みになられないと」

征服におのが人生を費やしてきたあらゆる人間がそうであるように、皇帝もずいぶんまえに究極の敵に目を向けていた。永年、パンには永遠の生命と若さをもたらす霊薬《エリクサー》に取り組む錬金術師がごまんと溢れていた。ペテン師や詐欺師が新しい首都パンになだれこみ、なんら役に立つものを生みださないように思える手のこんだ錬金所や研究の申し出で国の富を搾り取った。賢い連中は、監査が入る時期になると、荷物をまとめ、どこにも姿が見えなくなった。

皇帝は彼らのつくる丸薬を服用した。千種類の魚の有効成分を抽出した丸薬——なかには、山奥のたったひとつの湖にしか生息していないほど貴重な魚も含まれている。フィソウェオ山の聖なる火で用意された丸薬。百の病から皇帝を守り、玉体が時の経過に影響されないようにするはずの丸薬。それらはすべてニセモノだった。現に皇帝の姿を見るがいい。あらゆる医師が異なる名前を与えたものの、みな一様に無力だった疾病がその体を蹂躙《じゅうりん》し、とぐろを巻いた蛇のように繰り返し、胃に痛みを与えて、食事を困難にさせていた。

だが、この薬はほんとうによく効くな、と皇帝は思った。

「ゴウラン」皇帝は言った。「痛みがずいぶんましになった。いい薬を見つけたな」

ピラ侍従長は頭を下げた。「わたくしは陛下の忠実なる僕《しもべ》です、いつものように」

「おまえは余の友よ」皇帝は言った。「ただひとりの真の友だ」

「お休みにならないと、陛下。この薬は眠気を催させるものでもあります」

(確かに眠い)

(だが、しなければならないことがまだたくさんある)

ザナ征服以前、若きマピデレがまだレオンと呼ばれていたころよりもまえ、レオンの髪の毛がまだふさふさでつやつやしており、顔には皺が刻まれていなかったころよりまえ、何世紀ものあいだ、七カ国はダラ諸島の支配を巡って、争っていた。はるか北西に位置する不毛の僻地のザナ国は、ルイ島とダス島しか支配地はなかった。優雅で傲慢なアム国は、雨の多い、穏やかな気候のアルルギと、川に挟まれた土地ゲフィカの肥沃な草原で防備を固めていた。森林のなかのリマ国、砂漠のハアン国、峨々たる岩の国ファサという三つの兄弟国は、大島の北半分を占めていた。東の裕福で洗練されたガン国には大都市と取引の盛んな商港がいたるところにあった。そして、最後に南の平原にある武張った国家コウクルは、勇敢な戦士と知略に秀でた将軍を揃えていることで有名だった。

七ヵ国の同盟や敵対関係の変遷が織りなす網は、絶えず変化すると同時に、混乱をもたらしていた。たとえば、朝にザナ王とガン王がたがいを兄弟と呼んでいたはずなのに、その夜、ガンの船が、奇襲をかけようと大島をすでに出発し、しかも、過去の侵略からけっしてガンを許さぬとその朝誓ったばかりのファサ王から俊足騎馬隊の支援を受けて、といったように。

だが、そこにレオンが登場し、すべてが変わった。

皇帝はあたりを見まわした。

彼は完全無欠の都市パンにいた。宮殿まえの広大なキジ広場のまんなかに立っていた。ふだん、広場はがらんとしていた。例外は、春と夏に凧遊びをし、冬に氷の彫刻を立てて遊ぶ子どもたちだけだった。たまに、帝国の飛行船が広場に着陸し、近隣の市民が見物にやってくることはあった。

だが、きょう、広場はふだんとはちがっていた。皇帝は、ダラの神々の巨大な像に囲まれていた。それぞれ塔玉座ほどの高さのある像は、青銅と鉄でできており、明るい、まるで生きているような色に塗られていた。

はるか昔、世界の父サソウルオは、すべての神の王であるモウエノに呼び出され、二度と帰らなかった。サソウルオは、すべての水の源、妻ダラメアをあとに残した。ダラメアは妊娠していた。たったひとり虚空に残され、ダラメアは号泣し、溶岩の大きな涙を流しながら出産した。ジュージューと音を立てている涙が天から海に落ち、凝り固まってダラの諸島になった。

八柱の子どもが生まれた。ダラの神として、彼らは諸島の所有権を主張し、原住民を見守った。ダラメアは安心して、大海原に引き籠もり、ダラの責任を子どもたちに任せた。のちに、アノウ族がやってきて、全諸島に広がっていくと、彼らの運命もまた、神々のおこなうこと、およびおこなわぬことと、ほどきがたく絡み合うようになった。

皇帝はダラの武器をすべて押収するのが長年の夢だった。すべての剣と槍、すべての短刀と弓を押収し、溶かして、神々を敬う像の原料にする。武器がなければ、世界に永遠の平和が訪れるだろう。

ずっと忙しすぎて、壮大な構想を実現する暇はなかったのだが、どういうわけか、ここにその像があった。ひょっとして、これは神々に直接自分の言い分を訴えて、長命と健康、そして若さの恢復を願う好機かもしれない。

マピデレはまずザナの力の源、キジ神像のまえにひざまずいた。神像は白いほおひげを生やした中年の男の姿だった。禿頭で、白い外套をまとっている。マピデレは外套の精妙な意匠に感心した。風と飛翔と鳥をキジ神が支配していることを示している。キジ神の肩には、その神使《パウィ》、ミンゲン鷹が留まっていた。

「キジ神さま、わが敬神の印、この像を喜んでいただけましたか？　あなたさまを崇めるためわたしにできることがまだたくさんあります。ですが、わたしにはもっと時間が必要なのです！」

皇帝は自分の祈りが聞き届けられた徴《しるし》を神が与えてくれるのを願った。だが、神々の意思というものは、曖昧な謎の形で届くのを皇帝はよく知っていた。

キジ神の隣は双子の女神、コウクルの守護者、カナとラパだった。カナ神は、黒い衣装を身につけ、茶色の肌、長いつややかな黒髪、濃い茶色の瞳の持ち主である一方、ラパ神は、おなじ顔をして、白い衣装を身につけ、白い肌、雪のように白い髪、明るい灰色の瞳の持ち主だった。姉妹神の肩には、その神使《パウィ》、一対の鳥が留まっていた。一羽は黒い鳥で、もう一羽は白い鳥だ。

マピデレはすべてのティロウ国家を征服したかもしれないが、すべての神の賛同を求めた。隣の二柱の女神に頭を垂れた。「尊顔を拝したてまつります、カナ女神さま、炎と灰と死の女主人。尊顔を拝したてまつります、ラパ女神さま、氷と雪と眠りの女主人。わたしは男たちの武器を奪い去り、彼らの戦いに終止符を打ちました。彼らがみな、その心をおふたりの御心に向けるように。どうか、わたくしに何年もの命をお与え下さい」

女神の像が動き、命を宿した。

皇帝は驚愕のあまり、動くこともしゃべることもできなかった。

カナ神は青銅の目をひざまずいているマピデレに向けた。まるで女性が一匹の蟻に視線を向けたかのように。彼女の声はやかましく、辛辣で耳障りなもので、錆びた剣を古い砥石に当てているときの音を思い出させた。

「たとえコウクルがひとりの男の心のなかにしか生きていないとしても、それがザナの没落をもたらすであろう」

マピデレは身震いした。

「わしが傍観してなにもせぬと思うか？」

マピデレは振り返り、その雷鳴のような、朗々とした声が、おなじく命を宿したキジ神のものだとわかった。神像が一歩まえに踏みだすと、地面がマピデレの足下で震えた。ミンゲン鷹がキジ神の肩から飛び立ち、神々の像の上空を旋回した。カナ神とラパ神の二羽の鳥も飛び立ち、鷹に向かって挑戦的に鳴いた。

「盟約をお忘れか？」ラパ神が言った。その声は甘美で、涼しげで、耳に快かったが、カナの声と負けず劣らず力強かった。ラパ神とカナ神は、氷と炎ほど遠かったが、眠りと死ほど近くもあった。

「わしは、さらなる流血を煽動する者ではない」キジ神が言った。小指を欠いている左手を持ち上げると、人差し指と中指を口にくわえ、指笛を鳴らした。凶悪な目つきを鳥にまだ向けていたミンゲン鷹が渋々、キジ神の肩に戻った。「ザナは勝利を得た。戦争のときは終わった。マピデレは平和をもたらした。おぬしたちちがどれほどこやつを嫌っていようともな」

黒曜石の槍頭のついた長槍を手にし、革の鎧をまとった、細身の筋肉質の男の姿をしたリマのフィソウェオ神の像が身じろぎし、次に口をひらいた。「男たちの武器を奪ったとて、平和はもたらされぬ。彼らは棒と石で戦うだろう。歯と爪で戦うだろう。マピデレの平和は恐怖によってのみ支えられている。腐った枝にかけた巣ほどの安定しかない」

マピデレは、狩猟の神、金属と石、戦争と平和の神であるフィソウェオ神の言葉に絶望した。皇帝は神の目を覗きこんだ。フィソウェオ山から採れた冷たく黒い黒曜石の目を。そこには慈愛の心はいっさい見えなかった。フィソウェオ神の神使《パウィ》の狼が、主《あるじ》の不満気な発言が終わるや、唸り声をあげた。

フィソウェオ神はキジ神に向かって歯を剝きだし、血も凍るような鬨《とき》の声をあげた。

「わが自制を弱さと誤解するでない」キジ神は言った。「わが鷹がおぬしの目をつつきだし、おぬしが代わりに石を入れてから永劫の時が流れた。盲《めし》いた身をまた経験したいのか？」

「口に気をつけなさい！」カナ神の耳障りな笑い声にキジ神は顔をしかめた。「このまえわれらがあなたと戦ったとき、わたしがあなたの頭の髪の毛をみな焼き焦がしたおかげで、いまあなたはその馬鹿げたほおひげで取り繕わねばならなくなっているではないですか。もっと深い傷を加えてやるに吝《やぶさ》かではありません——」

「——あるいは、凍傷で失うのが小指だけではすまなくさせてあげようかしら」ラパ神が言った。彼女の愛らしい、冷たい声が、その脅しをいっそう恐ろしいものに変えていた。

マピデレは地面に倒れ、生命と治癒と緑の牧草の神、ファサのルフィゾウ神の像まであわてて逃げた。皇帝は両手で大きな爪先にしがみついたが、冷たい金属はなんの慰めももたらしてくれなかった。

「ルフィゾウ神さま」マピデレは声をあげた。「お守りを！　あなたの同胞《はらから》の争いをお止め下さい」

ルフィゾウ神は、背の高い、痩せた若者で、鳶色《とびいろ》の外套をまとっていた。悲しげなその目に命が宿り、慎重に足を振って、マピデレを土塊《つちくれ》のように払いのけた。彼はキジとフィソウェオと双子姉妹のあいだに割って入り、ルフィゾウ瀑布から水を注がれている池のように穏やかで、心を落ち着かせる声で話しかけた。瀑布の水は一年じゅう温かく、ファサ高地地帯の寒冷気候にもかかわらず、最寄りの牧草を青々と茂らせていた。

「見え透いた芝居はもう充分です、兄さん、姉さん。われわれみながわが母を大層悲しませることになった四散戦争のあとで、神々はおたがいを傷つけてはならぬと誓ったではありませんか。われらが母がわれらの証人です。マピデレの戦いの年月のあいだも、われらはおたがいの平和を保ってきた。きょうは、その約束を破っていい日ではありません」

マピデレは地面に横たわっていながら、その演説にほっとした。神々が古代アノウ族の英雄たちを戦場に同行させた、神話的で血まみれな四散戦争の余波のなかで、神々兄弟姉妹たちは二度とたがいに武器を手にして戦うまいと誓いをしたのをマピデレは思い出した。それ以来、神々は人間の所業に説得や計略、天啓や予言を用いた間接的方法でしか干渉しなくなった。神々はまた、二度と直接、死すべき者すなわち人間たちと戦わず、ほかの人間たちを通じて働きかけることに同意した。

神々は面目にかけて、たんなる死すべき者である自分に危害を与えぬであろうという考えの余勢をかって、マピデレは、立ち上がり、弱々しい体が出せるかぎりの精一杯の声を張って、ルフィゾウ神に呼びかけた。

「あなたさまには、あらゆる神々のなかで、わたくしがいかにしてすべての戦争を終わらせるための戦争に人生を捧げてきたのかご理解いただけるはずです」

「貴様は血を流し過ぎた」ルフィゾウはため息をつき、神使《パウィ》の白い鳩がクーッと鳴いた。

「それ以上の血が流れぬように血を流したのです」マピデレは食い下がった。

竜巻のように激しく、つむじ風のように混沌とした笑い声が皇帝の背後で起こった。タズ神だ。変身を得意とするガンの神。鮫の歯でできた帯を飾りにした魚皮の長衣に身を包んだ、しなやかな姿をしていた。

「おまえの論理は気に入ったぞ、マピデレ」タズ神は言った。「もっとほしい」神使《パウィ》の巨大な鮫が足下の水たまりから飛び上がった。その顎《あぎと》が死の笑みを浮かべてひらいた。「おまえは溺れた人間と沈んだ宝物というわしの収集物をおおいに増やしてくれた」

タズの足下の渦巻く水たまりが大きくなり、マピデレは這々《ほうほう》の体《てい》で広がる水から逃れた。神々はその怒りを死すべき者たちに積極的に向けはしないと約束したものの、アノウ族の偉大なる立法者アルアノウは、その約束には、人間と神々を縛るすべての法律同様、解釈の余地が残されていると記していた。神々はその母親であるすべての水の源、ダラメア神に、自然世界の運営を任されていた。キジ神は風と嵐を司る。ラパ神は未来永劫、氷河の流れを導く。カナ神は火山の激しい噴火を抑える、等々。もし死すべき者たちが、タズの有名なつむじ風と荒れ狂う潮流のような自然の力の行く手にたまたま出くわせば、彼らの死は、契約違反にはならない。マピデレは、神々のなかでもっとも予測しがたい神、タズ神が自分の約束をどう解釈しているのか確かめるつもりはさらさらなかった。

タズ神はさらに大きな声で笑い、巨大鮫はその足下の水たまりにふたたび潜った。だが、水たまりが広がるのをやめたとき、マピデレの下にある地面が、ルソウ海浜の有名な砂とおなじくらい黒い流砂に変わった。マピデレは首まで呑みこまれた。息ができないのに皇帝は気づいた。

「わたくしはみなさまをずっと崇《あが》めてまいりました」か細い声でマピデレは言った。タズ神が笑いつづけているため、その声はほとんど聞こえなかった。「人の世をより完璧なものにしようと、神々の世界に近づけようとしてきただけです」

ハアンの神、新しく硬化した溶岩のように黒い肌をした、ふとりじしの年老いた漁師の姿をしているルソウ神が、神使《パウィ》の巨大海亀から片脚を外し、背に負っていた投網を放り、マピデレを安全なところに引き上げた。「往々にして、完璧と邪悪のあいだに境界はないのだ」

マピデレは懸命に呼吸しようとした。ルソウ神の言葉は皇帝には要領をえなかったが、計略と数学と占いの神、人智を超えたところを活躍の場とする神の言葉だから意外なことではなかった。

「タズ、驚いたぞ」ルソウ神は言った。年老いたハシバミ色の目が、見かけの年齢が嘘であるのを示す聡明さでキラリと光った。「おまえが来たるべき戦争に賛同するとは思ってもみなかった。では、キジ対双子神、フィソウェオ、それにおまえか？」

いまや蚊帳の外に置かれているマピデレは心臓がギュッと摑まれるのを感じた。では、また戦争になるのか？　余の生涯をかけた計画は無駄だったのか？

「ああ、どちらかの側につくようなちまちましたことをわざわざしたくはないな」タズ神が言った。「わしの興味は、水中のわが宮殿にもっと宝物と骨がやってくることだけだ。そのどちらかがもっと手に入るのに役立つことならなんでもやるぞ。わしは、そこにおるルフィゾウのように、中立の傍観者だとでも言おうか。ただし、ルフィゾウは人が死なないほうがいいと望んでいるが、わしは正反対だ。おぬしはどうだ、ご老体？」

「わしか？」ルソゥ神は驚いたふりをして言った。「わしには戦いや政治の才能があったためしがないのは知っておろう。わしが興味があったのは、マピデレの錬金術師たちだけだ」

「そうかな」タズが冷やかした。「おぬしはどちらかが優勢になるのを待って、機会を窺っているのだろう、この破壊者め」

ルソゥ神は笑い声をあげたが、なにも言わなかった。

アムの優美な女神、チュチュティカ神がチュチュティカ湖の波の立たない、静謐《せいひつ》な湖面のように冷静で、好ましげな声で最後に口をひらいた。磨き立てられた胡桃《クルミ》材の色をした肌、金髪、空色の瞳をした女神の発言は、ほかの神々を黙らせた。

「みなさまのなかでもっとも若輩で、もっとも経験の浅いものとして、みなさまの力と血への嗜好を理解できたためしがございません。わたしの願いは、わが領地の美しさとわが民からの称賛を愛《め》でることだけです。なぜいつもわたしたちはバラバラの家のようになってしまわねばならないのですか？ 死すべき者たちの事柄には関わらないと、なぜたがいに約束できないのでしょう？」

ほかの神々は黙っていた。しばらくして、キジ神が口をひらいた。「おまえの口ぶりでは、歴史は重要ではないというようだな。マピデレの戦いがはじまるまえ、ザナ国民がほかの国にどのように扱われていたのかよく知っておろうが。蔑まれ、騙され、利用され、ザナは永年苦しみ、血と宝物を失ってきたのだ。我慢の限界まで蔑まれたのだ。ようやく敬意をもって扱われているいま、彼らが脅かされるときにどうしてわしがなにもできずにおられようか？」

「ご自分たちの歴史だけ口にするのはおやめ下さい」と、チュチュティカ神は言った。「アムの民の苦しみは、マピデレの征服のあいだ、非常に大きなものだったのです」

「まさしく」キジ神は勝ち誇ったように言った。「もしアムの民が死に際してそなたの助けをふたたび求めて叫んだなら、傍観し、耳を塞ぐのか、アルルギ島の日没を愛でるように？　街が焼かれている煙や灰によって日没がいっそう美しくなるのはまちがいないのに？」

　チュチュティカ神は下唇を嚙み、ため息をついた。

「われらが死すべき者たちを導いているのか、あるいは死すべき者たちがわれらを導いているのか、どちらなのでしょう」

「そなたは歴史の重みから逃れられぬ」キジ神が言った。

「アムを見逃して下さい」

「戦争は独自の論理を持っておるのだ、妹よ」フィソウェオ神が言った。「われらは導くことはできるが、操ることはできぬ」

「死すべき者たちが何度も何度も学んできた教訓がある――」ラパ神が言った。「――だが、学びとったようには思えぬ」カナ神があとを引き継いだ。

　チュチュティカ神は忘れられていたマピデレに視線を向けた。「では、この男を哀れんでやるべきです。この男の仕事は未完成に終わろうとしています。偉大な男たちはつねにみずからの加齢のせいで真価を認められずにいる。そして偉大であるからといって、善良であることは滅多にない」

　女神はマピデレのほうにするすると近づいた。青い絹の外衣が静かな空のように広がる。彼女の神使《パウィ》、黄金の鯉が生きている飛行船のように女神のまえの空中を泳いでいた。そのきらきら輝く鱗に皇帝は目がくらんだ。

「いきなさい」チュチュティカ神は言った。「そなたにはもう時間がない」

ただの夢だ、皇帝は思った。

なかには重要な夢がある――徴、前兆、知られざる可能性の瞥見《べっけん》。だが、それ以外の夢は、忙しい心が生んだたんなる意味のない作り事にすぎない。偉大な男は実現可能な夢にだけ関心を払わねばならぬ。

何世代にもわたるザナ国の王たちの夢は、ダラ諸島のほかの国から尊敬を勝ち取ることだった。たがいにもっと近く、人口ももっと多いほかのティロウ国家の民は、僻地のザナをつねに軽蔑をもって相手にしていた――アムのお笑い芸人はザナ訛りをばかにし、ガンからきた商人はザナの買い手を騙し、コウクルからきた詩人はザナを、〈入植〉まえにダラに住んでいた野蛮人たちと大差ない礼儀知らずが住む地だと想像した。そうした軽蔑と軽視は、外部の人間と出会うすべてのザナの子どもの記憶の一部になった。

尊敬は力で勝ち取らねばならなかった。ダラの人々は、ザナの大きな力のまえに震えさせねばならなかった。

ザナの隆盛はゆっくりしたもので、長い年月を要した。

遠い昔から、ダラの子どもたちは紙と竹で気球をこしらえてきた。その気球に蠟燭をぶら下げ、解き放たれた紙仕掛けは、果てしない海の上の暗い夜空に浮かび上がる。蠟燭に熱せられた熱い空気で膨らんだ小さな袋は、空に輝く水母のようにふわふわと漂う。

ある夜、マピデレの父親、デザン王は王宮近くで、空飛ぶ提灯を使って遊んでいる子どもたちを観察していると、パッと閃くものがあった。あの気球をうまく大きくすれば、戦いの潮目を変えられる。

デザン王は鋼線と竹の枠組みのまわりを何層もの絹布で巻いてこしらえた気球からはじめた。沼に発生する気体をつめた燃える袋から生じる熱い空気でその気球は浮かんだ。気球から吊った籠に乗った一名ないし二名の兵士は、待ち伏せの可能性のある場所をつきとめたり、遠くの船隊を偵察する見張りとして行動できた。やがて、炎爆弾――籠から投下する粘つく乾留液《タール》を熱い油と混ぜた火炎瓶――の使用が、気球に攻撃能力を与えた。ほかのティロウ国家はすぐさまザナの発明品を模倣した。

だが、そこで、ザナの工兵、キノウ・イェによる大発見があった。空気より軽く、臭いも色もない気体の発見だ。この気体はキジ山の斜面にある、ブクブク泡立つダコウ湖にしか見つからなかった。気密性の高い袋に密閉すれば、気球は途方もない浮揚力をもたらし、船を宙にいつまでも浮かせておくことができた。巨大な翼様の櫂に推進力を受け、これらの強力な飛行船は、他の国家が上げる受動的で不安定な熱気球を速やかに駆逐した。

さらにこの飛行船は、木製の船体と布製の帆を持つ敵の水軍にとって致命的だった。数機の飛行船で、ひとつの船隊を丸ごと奇襲して壊滅できた。唯一有効な対抗手段は、火矢で進む長距離弓だったが、それらは高価であるうえ、水面に浮かんでいる友軍のほかの船にとっていっそう危険なものになることがしばしば証明された。長く弧を描く飛行の最後に、まだ燃えたまま飛び戻ってくるのだ。

デザン王はたんにほかのティロウ国家の尊敬を勝ち取るだけで満足していた。その後継者、若くて野心に燃えるレオン王は、もっと大きな夢を見たがった。アノウ族の日々以来だれもあえて口に出したことはない夢を。全ティロウ国家を征服し、ダラ諸島を統一するのだ。

大飛行船隊の助けを借りて、ザナの水軍と陸軍は、勝利に次ぐ勝利をあげた。レオン王がほかの六つのティロウ国を征服するまで、三十年の終《た》わらぬ戦いが必要だった。名高い騎士団と技に長けた剣士団を持つ、偉大なコウクルですら、戦場ではレオン王の敵ではなかった。首都サルザが陥落したとき、レオンの王宮で裸の虜囚になるのを耐えられず、コウクルの最後の王は海に身を投じた。

そしてレオンは、全ダラの主であることを宣言し、始皇帝マピデレと改名した。彼は自分を新たな種類の力のはじまりとして見ていた。この世界を変えるであろう力の。

「諸王の時代は終わった。余は王のなかの王である」

あらたな夜明けが訪れたが、皇帝行列はいまの場所にとどまったままだった。

皇帝はまだ天幕のなかで横になっていた。胃の痛みがあまりに激しく、起き上がれなかった。呼吸ですらあまりに大きな精力を要するように思えた。

「最速の飛行船を送り出せ。皇太子を余のもとに連れてくるのだ」

来たるべき戦に備えるよう、プロウに警告せねばならん、と皇帝は考えた。神々が戦を予言した。だが、ことによると、まだ止められるかもしれぬ――神々ですら、必ずしもいつも操れるわけではないと認めたではないか。

ゴウラン・ピラ侍従長は皇帝のわななく口元に耳を近づけ、うなずいた。だが、その目にキラリと光るものがあった。皇帝が目にしなかった光だ。

皇帝は横たわり、おのれの大計画の夢を見ていた。まだやらねばならないことがたくさんある。たくさんの課題が未達成のままだ。

ピラはリュゴウ・クルポウ宰相を自分の天幕に呼び出した。齢三十の巻き貝の隣に身を潜めているヤドカリのように、巨大な皇帝の大型天幕の隣にあるちっぽけででしゃばらない円形天幕だった。

「皇帝の病は重篤です」ピラは言った。湯呑みを持つ手は安定していた。「陛下の病の真の状態はだれも知りません。わたしを除いて、まだ――それにいまあなたが知った。陛下は皇太子に会いたいと仰せです」

「〈時の矢〉号をいかせよう」クルポウは言った。皇太子プロウは遠くルイにいて、ゴウサ・トウニエティ将軍とともに大隧道《ずいどう》の建設を監督していた。交替制を敷いた徴集人足に止まることなく櫂を漕がせる帝国最速の飛行船、〈時の矢〉号ですら、ルイまでほぼ丸二日かかり、戻ってくるのにさらに二日かかるだろう。

「まあ、その件を少し考えようではありませんか」ピラは言った。

「考えるというのは？」

「よろしいか、宰相、皇太子の御心のなかで、もっとも重きを置かれているのはだれぞ？　あなたか、トウニエティ将軍か？　だれがザナにもっとも貢献したと皇太子はお考えか？　皇太子が信頼しているのはだれぞ？」

「それは馬鹿げた質問だ。トウニエティ将軍は、六カ国のなかで最後まで、もっとも反抗的だったコウクルの征服に功績があった人物であり、皇太子は戦場で永年将軍とともに過ごし、事実上、将軍のそばで成長したと言っていい。皇太子が将軍を高く評価しているのは充分理解できることだ」

「ですが、宰相はこの二十年の大部分、帝国を統治してきたではないですか。数百万人の運命を推し量り、あらゆる困難な決断を下し、皇帝陛下の夢を現実のものにするための差配をあらん限りの力を振り絞ってやってきたではありませんか。戦い方と殺し方しか知らぬ年老いた戦士よりもあなたの貢献のほうがはるかに価値があると信じておられぬのですか？」

クルポウ宰相はなにも言わず、茶を口に含んだ。

ピラは笑みを浮かべ、さらに迫った。「もし皇太子が即位されれば、宰相職はトウニエティに受け継がれるやもしれません。そして、どなたかは新しい仕事を探す羽目になるでしょう」

「忠実な僕《しもべ》は、自分ではどうしようもない事柄を考えたりせぬものだ」

「ですが、あなたの弟子である、若きロウシ皇子が、兄に代わって即位することになれば、事情は大幅に変わってくるやもしれませぬ」

クルポウは背中の毛が逆立つのを感じた。目を大きく見開く。「そなたの申しておるのは……口にすべきことではない」

「わたしがなにを言おうと言うまいと、宰相、この世は規則に従って進んでいくのです。アノゥの賢人が言うように、〝幸運は血を好む〟」

ピラは茶盆になにかを置いた。両袖を持ち上げ、クルポウがちらっとかいま見えるようにした。それは帝国の国璽《こくじ》だった。その印章を押された書類はどんなものであれ、この国の法となる。

クルポウは濃い茶色の目でピラをじっと見つめ、ピラは落ち着いて視線を返した。

一瞬間があってから、クルポウの顔が弛んだ。ため息をつく。「この世は混沌としておるな、侍従長。僕《しもべ》がおのれの忠誠をはっきり口にするのがときには難しくなる。わたしはそなたの導きに従おう」

ピラはほほ笑んだ。


寝台に横たわりながら、マピデレ皇帝はダラがいかにあるべきかについてのおのれの構想を思い返した。

まず思いついた計画は、大隧道だった。ダラを海底隧道網で結びつける。そうすれば諸島は競合する国家に二度と分かれはしないだろう。隧道を整えれば、諸島間で交易が進み、人々が混じり合う。帝国の兵士たちは、船や飛行船に乗ることなく、ダラの一端から一端まで移動できるようになる。

狂気の沙汰です！ 技師や学者たちは声高に叫んだ。**自然および神々が許しません。旅行者はなにを飲み食いするのですか？ 海底の暗闇のなかで、彼らはどうやって息をするのです？ それにそんな大工事をする**

人手がどこにありますか?

皇帝は彼らの懸念を一蹴した。ザナが勝利を収めるのは不可能だとも彼らは思わなかったか? ダラのすべての島を征服するのは無理だとも? 人間相手の戦いは愉快だが、天を曲げ、海を均《なら》し、地の形を変えるのはもっと愉快ではないか。

問題には解法がある。八里かそこらおきに横穴を掘り、島と島のあいだに旅行者のための中継地点を設ける。光を放つ茸を暗闇のなかで育て、食料にあて、水は湿った空気を霧囲いで集めて、溜めればよい。必要なら、巨大ふいごを各隧道の入り口に設置し、竹の管で新鮮な空気を隧道網全体に送りこめばよかろう。

皇帝は、籤《くじ》で選ばれたすべての男子は、職を辞し、畑を、工房を、家族を離れ、皇帝の命じる場所に赴き、ザナ兵の監視のもと、労働に励まねばならないと法に定めた。若い男たちは、強制的に十年かそれ以上家族のもとを離れ、永遠の暗闇に囚われたまま海底で歳を重ね、不可能と同義語の壮大な夢のため、あくせくと働いた。男たちが死ぬと、遺体は茶毘に付され、その遺骨は、残りの骨と果物の種を載せておく木の盆と変わらぬ大きさの小さな、なんの印もない箱に納められて家族に送り返された。そしてその息子たちが徴用され、父親の穴を埋めた。

浅慮で先見の明のない農民は、皇帝の構想を理解できなかった。彼らは不満を漏らし、密かにマピデレの名を呪った。だが、皇帝は諦めなかった。進捗状況が芳しくないのを目にすると、皇帝はたんにさらなる男たちを徴用した。

陛下の法の厳しさは唯一無二の真の賢人、コウン・フィジの教えに反しておられる——皇帝顧問のひとり、大学者フゾゥ・チュアンが言った。**陛下の法は、賢明なる統治者のおこないではありません。**

皇帝は失望した。マピデレは昔からチュアンに敬意を抱いており、かくも聡明な人間が他の者より先を見られることを期待していた。だが、そんな批判をしたあとで、彼を生かしておくわけにはいかなかった。マピデレはチュアンに盛大な葬儀を営み、死後、皇帝みずからが編纂したチュアンの著作集を刊行した。

この世を改良するためにほかにも多くの考えがマピデレにはあった。たとえば、各地が古代アノウの表語文字の独自異形と、ジンダリ文字の文字枡での独自の並べ方を維持する代わりに、ダラの民は全員おなじように書くべきだと考えた。

話し言葉と書き言葉の統一勅令に、征服されたティロウ諸国の学者たちがどれほど悲痛にわめいたかを思い出すだけで、皇帝の顔に笑みが浮かんだ。勅令はザナの方言とザナの書き文字をダラ全土の標準語まで引き上げた。ルイとダス両母島以外の知識人は、事実上全員、口角泡を飛ばして、この勅令を文明に対する犯罪だと呼んだ。だが、マピデレは、彼らが実際には権力の喪失に反対していることを万事承知していた。いったんすべての子どもが、ひとつの標準書き文字と、ひとつの標準語の下で教育を受けると、各地の学者たちは、自分たちの影響の及ぶ領域のなかで広めうるどんな思想も、もはや書き取らせることができなくなった。外部からの新しい考え方——勅令や詩やほかのティロウ諸国の文化的果実、地方での解釈を押しのける正史——は、七つの互換性のない書き言葉によって設けられた古代からの障壁に妨げられることなく、ダラ全土に広げられた。そして、もし学者たちが、七つの異なるやり方でおなじことを書く方法を知っていることで、自分たちの博識をもはや示せなくなったとしたら、いい厄介払いだ！

また、マピデレは、だれもが自分たちの船をおなじ設計図に従って建造すべきだと考えた——皇帝が最高のものと考えた設計図に。マピデレは、古い書物は、くだらなく、将来にとって有用なことをなにひとつ含んでいないと信じていた。それで古い書物を集め、それぞれ一冊を除いて、すべて燃やし、それらの最後の一冊は全部、あらゆるものが新しい完全無欠の都市パンにある大図書館内部の奥深くに収納した。そこで、時代遅れの愚かさに腐敗したりはしない者だけがそれらの所蔵本を見ることができた。

学者たちは抗議し、マピデレを暴君と弾劾する非難文を書いた。だが、彼らは学者に過ぎず、剣を持ち上げる力を持っていなかった。皇帝は二百人の学者を生き埋めにさせ、千人以上の学者の利き手を切り落とさせた。抗議と非難文は止んだ。

この世はまだとても不完全で、偉大な男たちはつねにみずからの加齢のせいで真価を認められずにいる。

〈時の矢〉号がルイに到着した。そこで、皇帝の親書を携えた使者たちは、嗅覚の鋭い犬に案内されて、地下深くに潜り、海底深くに掘られた大隧道を通り、やがて犬たちがプロウ皇太子とゴウサ・トウニエティ将軍の臭いを嗅ぎつけた。

皇太子は巻かれた手紙をひろげ、小さなにおい袋が同梱されているのに気づいた。読み進めるうちに皇太子は青ざめた。

「悪い知らせですか？」トウニエティ将軍が訊いた。

プロウは親書を将軍に渡した。「これは偽書にちがいない」読み終わるとトウニエティは言った。

皇太子は首を横に振った。「国璽の印章は本物だ。角に欠けたところが見えるだろ？　子どものころ、国璽をよく目にした。本物だよ」

「では、なんらかの間違いがあったにちがいありません。どうして突然皇帝陛下があなたの称号を剝奪し、幼い弟君を皇太子にするとお決めになるというのですか？　それにそのにおい袋はなんです？」

「毒だよ」プロウ皇太子は言った。「父は、わたしが弟と跡目争いの戦争を起こすかもしれぬと怖れている」

「こんなこと、まったく理にかなっていません。あなたはご兄弟のなかでいちばん優しいお方だ。工夫たちを鞭打たせるのにも困っておられるほどだ」

「父は読みにくい人なんだ」父がなにをしようとプロウはもはや動揺しなかった。信頼されていた顧問たちが、うかつな意見をひとつ述べただけで首を刎《は》ねられるのをプロウは目にしてきた。プロウは何度も何度も彼らを弁護し、助命を願った。そしてそのせいで、父親はプロウを軟弱者とずっと考えていた。プロウがこの計画の責任者に任命された第一の理由がそれだったーーおまえは強者が弱者を命に従わせる術を学ばねばならん。

「陛下の下《もと》に参上し、この説明をお願いするべきです」

プロウはため息をついた。「いったん父が決心したら、変更は不可能だ。幼い弟のほうがわたしより皇帝になるのに相応しいと判断されたにちがいない。たぶん、父の考えは正しいだろう」穏やかに、恭しく、プロウは手紙を巻きなおし、使者に手渡した。におい袋の中身をてのひらに空けると、大きな丸薬がふたつ現れ、皇太子はそれを一呑みにした。

「将軍、弟ではなく、わたしに付き従うことを選んだそなたを心から気の毒に思う」

皇太子は眠ろうとするかのように地面に横たわった。しばらくして、彼は目をつむり、息をするのを止めた。

トゥニエティはひざまずき、若者の動かぬ体を抱きかかえた。涙の向こうに使者たちが全員剣を抜いたのを目にした。

「では、これがザナに仕えた見返りか」トゥニエティは言った。

使者たちが将軍を斬り倒したあとも、その憤怒の叫びは隧道のなかに長く響き渡った。

「プロウはここにおるか?」皇帝が訊ねた。かろうじて唇だけを動かすことができた。

「まもなく。あと二、三日でございます」ピラが言った。

皇帝は目を閉じた。

ピラは一時間待った。まえに屈んでみたが、皇帝の鼻孔から発せられるものはなにもなかった。手を伸ばし、皇帝の唇に触れてみた。冷たくなっていた。

ピラは天幕から出た。「陛下が崩御《おかくれ》になった！　陛下に永久の命を！」

パン
明天二十三年十一の月

十二歳の少年、ロウシ皇子が即位し、古アノウ語で「継続」を意味する単語をとって、あらたに皇帝エリシと名乗った。宰相のクルポウは摂政となり、侍従長ピラは新卜占《ぼくせん》長官となった。

ピラは新しい治世の元号を発表した――「正統なる力」の謂《いい》である、「義力」と。そして暦があらたまった。パンは十日間続けて、新皇帝即位を祝った。

だが、おおぜいの大臣たちが皇位継承について、皇帝の崩御周辺の奇妙な状況について、重大な不正があるのではと囁いた。クルポウとピラは、プロウ皇太子とトウニエティ将軍が海賊や腹黒い謀反人たちと手を組んで、ルイ島を占拠し、独立したティロウ国家を建国しようと企み、陰謀が発覚したとき、恐怖から自殺を図ったことを証明する文書を提出した。だが、その証拠は、一部の大臣や将軍たちにとっては、根拠薄弱に見えた。

クルポウ摂政は、疑っている者たちをあぶりだそうと決めた。

マピデレ皇帝の崩御から一カ月ほど経ったある朝、大臣や将軍たちが大謁見室に集まり、山賊と飢饉に関する最新の報告書を皇帝と協議しようとしていると、遅れてクルポウ摂政が入ってきた。彼は、王宮でのエリシ皇帝のお気に入りの場所のひとつである帝国動物園からおとなの牡鹿を一頭連れてきた。牡鹿は大きな角を持ち、大臣と将軍たちは揃って広間のまわりに退き、牡鹿から充分な距離を開けた。

「陛下《レンガ》」クルポウは深々と頭を下げて言った。「良き馬を連れてきました。陛下ならびにお集まりの大臣諸兄は、いかがお思いでしょう？」

少年皇帝の小柄な体は座っている巨大な玉座に呑みこまれてしまいそうに見えた。摂政がいったいなんの冗談を言っているのか、彼には理解できなかった。年老いた師の衒学的《げんがくてき》で、複雑な教えを理解するのをつねづね難しく思っており、この師は自分のことを教え子として素養に欠けているのに気づいているのだと確信していることから、この男に親しみを覚えていなかった。クルポウもひどく変わった男だった——この摂政は、真夜中に少年を訪ねてきて、いまからあなたは皇帝陛下だと説明し、そのあとほとんどなにもやることを少年に与えず、ただ楽しく過ごしていればいい、ピラと遊戯に興じ、終わりなくつづく、踊りの一座や曲芸師、動物使い、奇術師を楽しむようにと告げた。摂政のことは好きだと自分を納得させようとしたものの、実際には、この男に少なからず脅かされていた。

「わからない」エリシ皇帝は言った。「馬は見えない。鹿が見えるぞ」

クルポウはふたたび深く頭を下げた。「陛下、見間違いをされておられます。ですが、それは予想されたこと。陛下はお若く、まだ学ばねばならないことがたくさんおありだ。ことによると、ここにおいでのほかの大臣や将軍が陛下の蒙《もう》を啓《ひら》くお力になってくれるやもしれません」

クルポウは室内をゆっくりと見まわした。右手で牡鹿の背を軽く撫でる。摂政の視線は冷たく、厳しいものだった。だれもあえて視線を合わせようとしなかった。

「教えたもうや、諸卿、わたしが見えているものが見えているのか？　これは立派な馬なのか、それとも鹿なのか？」

風向きの変化に敏感で、聡《さと》い者たちが摂政の意図を理解した。

「みごとな馬でございます、摂政」

「とても立派な馬じゃ」

「美しい馬が見える」

「陛下《レンガ》、賢き摂政の言葉に耳を傾けねばなりませぬぞ。あれは馬です」

「あれが鹿という者はだれであれ、わが剣に立ち向かわねばならん！」

だが、一部の大臣たち、とりわけ将軍たちが、不信の面持ちで首を横に振った。「恥ずべきことだ」マピデレ皇帝の父と祖父の下にすら仕えた、ザナ軍に五十年以上在籍しているスミ・ユマ将軍が言った。「あれは鹿じゃ。クルポウ、そなたは権勢を誇っているのかもしれんが、真実ではないことを人に信じさせたり、言わせたりすることはできん」

「真実とはなんでしょう？」摂政は慎重に言葉を選んで言った。「大隧道でなにが起こったのか？　エコウフィ島でなにが起こったのか？　それらの出来事は史書に書かれるにちがいなく、なにが書かれるべきかだれかが決めねばなりませぬ」

ユマ将軍の発言に意を強くして、ほかの大臣たちがまえに進み出て、摂政は大謁見室に鹿を連れてきたのだとはっきり言った。だが、馬支持派は引き下がろうとしなかった。両派は大声でやりあいはじめた。クルポウは笑みを浮かべ、思案ありげにあごを撫でた。エリシ皇帝は両方の派を交互に眺め、笑い声をあげた。これもまたクルポウの奇妙な冗談のひとつだと思ったのだ。

数ヵ月が経つにつれ、あの日、クルポウに反対の立場を取った者たちが徐々に姿を消した。多くは不祥事を起こしたプロウ皇太子の共謀者であることが判明し、有罪と定められたあとで、獄中から、王位に対する自らの犯罪を涙ながらに自白する手紙を書いた。彼らとその家族は処刑された。それがザナの法だった――裏切りは血の汚れであり、その罪を五世代先まで償うことになる。

ユマ将軍ですら、失敗に終わった計略の首謀者のひとりであると判明した――こともあろうに、皇帝の生存しているほかの兄弟とも共謀しようとしたという証拠が見つかった。皇帝の近衛兵たちが捕らえようとする直前、それらのほかの皇子たちはみな毒を服《の》んだ。

だが、ほかの共謀者と異なり、ユマは有罪の動かしがたい証拠を見せられたあとでも自白を拒んだ。皇帝はこの裏切りの知らせに心から打ちのめされた。

「自白さえすれば」皇帝は言った。「余はあの者を赦そう。ザナへの貢献を考えて！」

「悲しいかな」摂政は言った。「魂を浄化させてくれる、肉体への苦痛を慎重に与えることによって、ユマの良心を取り戻させようとしました。ですが、あの男はとても頑固なのです」

「偉大なるユマ将軍でさえ叛逆を考えているとすれば、どうすれば人を信用できようぞ？」

摂政は頭を垂れ、なにも言わなかった。

摂政が大謁見室に馬を連れてきた次の機会には、だれもがそれがまさに立派な馬であることに同意した。

若い皇帝エリシは途方に暮れた。「余にはまだ角が見える」と、ひとりごちた。「どうしてあれが馬でありうるのか？」

「ご心配召されるな、陛下《レンガ》」ピラが少年皇帝の耳元で囁いた。「あなたにはまだ学ぶことがたくさんございます」

第六章　賦役

キエサ
義力三年八の月

　フノウ・クリマとゾウパ・シギンは、賦役人足の年毎の割当定員を満たすためキエサ村から派遣された男たちの一団のなかでもっとも背が高かったため、共同団長に選ばれた。クリマは細身で、磨き立てられた川石のように禿げていた。シギンはリマ生まれの母から受け継いだ麦わら色の髪、広い肩、頼もしい水牛を思わせる太い首の持ち主だった。ふたりとも、長時間野良仕事をしているコウクル農民特有の赤銅色の肌をしていた。

　賦役隊の隊長は、ふたりの義務を説明した――「おまえらは、ここからマピデレ皇帝――御霊安らかなれ――の大霊廟建設地まで賦役隊を連れていくのに十日の猶予がある。摂政殿下と皇帝陛下は、皇帝父君の永遠の館建設が遅れていることにたいへん心を痛めておられる。

　もし一日遅れれば、おまえらはふたりとも片方の耳を失う。もし二日遅れれば、ふたりとも片方の目を失う。もし三日遅れれば、ふたりとも死ぬ。だが、それ以上遅れれば、おまえらの嫁と母親は売春宿に売られるだろうし、おまえらの父親と子どもたちは罰として、永遠に強制労働に徴用されるだろう」

　フノウ・クリマとゾウパ・シギンは震え上がった。ふたりは空を見上げ、賦役隊を率いて、港湾都市カンフィンに向かって西への旅をはじめ、そこで沿岸沿いに北上する船に乗り、リル川を遡って、パン近くの大霊廟建設地にたどり着くまで、天気が穏やかなままでいるよう祈った。嵐は遅延を意味するのだ。

数にして三十名の賦役人足たちは、夜明けに三台の馬車の荷台に押しこまれた。逃亡の誘惑にかられぬよう扉は施錠された。ふたりの帝国兵がこの車馬隊に護衛として次の街まで同行する。そこで地元の駐屯隊が引き継ぎ、次の停留地まで同行する二人の護衛を出すことになっていた。

車馬隊が道に沿って西へ向かうと、男たちは窓の外を見た。

作物が熟《う》れているべき晩夏なのに、畑は穀物で金色になってはおらず、働いている農民の姿もほとんど見当たらなかった。今年は何年かぶりで颶風がだれの記憶にあるよりもひどく、多くの畑で作物が雨や泥で腐ってダメになっていた。夫や息子を皇帝の壮大な構想のための労役で取られている女たちが自分たちだけで、畑を保っていこうと苦心した。なんとか収穫できたものは、すべて帝国の徴税吏に取り立てられた。餓えた男や女は、税の一時的な軽減を請願したが、パンからの回答は決まって、断じてならぬというものだった。

それどころか、賦役の負担と税は増えつづけていた。新しい皇帝エリシは、大隧道の工事を止めたが、自分自身の新しい宮殿建設を望み、子としてふさわしい孝行心を証明するため、大霊廟の意匠を何度も何度も拡張した。

男たちは、道ばたに捨てられた、餓死した男女の死骸をうつろな目で眺めた――骸骨のように痩せ細り、腐り、持ち物はすべてはぎ取られていた。服の形をしたボロ切れさえも。多くの村で飢饉が起きていたが、駐屯隊の司令官たちは、軍が使うため保存していた帝国の穀倉をひらくことを拒んだ。食べられるものはすべてすでに食べられていた――茹でた木の皮を食べたり、地中に潜む昆虫の幼虫を掘りだすという手段に訴える者もいた。女と子どもと老人たちは、まだ食べ物があると噂されているところに歩いていこうとしたが、ときに彼らは道ばたにばったり倒れた。あと一歩進む力が体に残っていなかったのだ。彼らの生命を失った空虚な目はおなじように空虚な空を見上げていた。たまに、死んだ母親の隣でまだ生きている赤ん坊が最後の力を振り絞ってか細い泣き声をあげていた。

賦役に徴用されなかった若い男たちが山に逃げこんで山賊になることがときどきあった。山中で彼らは駆除業者に追われる鼠のように、帝国陸軍に駆り立てられた。

車馬隊は先を進んだ。死体のかたわらを通り過ぎ、空っぽな畑を通り過ぎ、打ち捨てられた小屋が並ぶ廃墟を通り過ぎ、カンフィンの港を目指し、そこから帝国の首都、完全無欠の壮麗なパンに向かうのだった。

車馬隊は小さな街の中心にある広場を通りかかった。半裸の老人がまろぶように出てきて、荷馬車と通行人たちに向かって叫んだ。

「ラパ山が五十年ぶりに奥深くで音を立てているのが聞こえるぞ。ルフィゾウ瀑布が涸れた。ルソウ海浜の黒い砂が血で赤く染まった。神々はザナ王家にご不満だ！」

「あいつの言っていることはほんとうだろうか？」クリマが訊いた。禿げ頭を掻きむしる。「そんな奇妙な兆しは聞いたことがない」

「さあ、どうだろう。ひょっとしたら、神々はほんとうに怒っているかもしれない。あるいは、ひょっとしたら、あの男は腹が空いたあまり、頭がおかしくなっているだけかも」シギンが言った。

車馬隊に同行している兵士たちは老人の言葉が聞こえていないふりをした。

兵士たちもまた、農民の出であり、ルイやダスにある故郷の村では住民はそんな様子だとみなわかっていた。マピデレ皇帝はダラ全土に大勢の未亡人や孤児を残したが、故郷のザナの島々でも容赦なかった。ときには、怒りが募ったあまり、人々はたんに息をつづけるだけのために叛逆的な思いを口にせざるをえなかった。そうした連中の全員が必ずしも頭がおかしいわけではないかもしれないが、関係するだれにとっても、彼らがそうであるふりをするのが賢明な対処法だった。帝国の国庫が兵士たちの給与を払っていたかもしれないが、だからといって、兵士たちが自分たちは何者なのか忘れていたわけではなかった。

四日目、雨は容赦なく降りつづいた。クリマとシギンは宿屋の窓から外を眺め、絶望して両手で顔を覆った。

彼らはナピにいた。まだカンフィンの港までおよそ二十里ほどあったが、道は馬車で進むにはぬかるみすぎていた。それにたとえどうにかして沿岸までたどり着けたとしても、この天候で帆を張ろうという船は一艘もないだろう。

昨日が、締切まえにリル川の河口にたどり着き、パンまでのぼっていく現実的な機会がある最後の日だった。一分過ぎるごとに、ますます悪い運命が彼らと家族を待ち受けていた。帝国の判事が文書に従って、あるいは精神に従って法を解釈するかどうかは、関係なかった——どちらにせよ、慈悲はないのだ。

「無駄だよ」クリマは言った。「たとえパンにたどり着いたとしても、おれたちは障碍者にされるか、もっと悪い運命が待ち受けているかのどちらかだ」

シギンはうなずいた。「金を出し合おう。少なくとも、きょうは美味い飯を食おうぜ」

クリマとシギンは護衛から許可を得て、宿を離れ、市場にいった。

「ことしは海にろくに魚がいないんだ」魚屋がふたりに言った。「ひょっとしたら、魚も徴税吏を怖がってているのかもしれんて」

「あるいは、ひょっとして、ダラの餓えた人間たち全員の腹ぺこの口を怖がっているだけかもな」

だが、ふたりは魚にしては法外なほど高い代金を払い、さらに若干の葡萄酒代を支払った。手持ちの金はそっくり無くなってしまった。死んだ人間に銅貨の価値などあるまい。

「さあ、集まれ、集まれ」──ふたりは宿屋にいるほかの男たちを手招きした──「悲しんでいる男ですら、耳や目を失うことになっている男ですら、食べにゃならん。たっぷり食べろ！」

男たちはうなずいた。それこそほんとうの知恵だった。賦役人足として、人生は単純だった。次から次へと鞭打たれるだけ。腹を満たすことはほかのなににも増して大切だと判断するまえは、長いあいだひたすら怖がっていただけだった。

「腕のいい料理人はおまえたちのなかにいないか？」

クリマが訊ねた。口をつかんで大きな魚を掲げ持った──腕ほどの長さのある、銀の鱗、虹色のヒレのついた魚だった。男たちは口のなかに唾が湧いてくるのを感じた。新鮮な魚など、久しく食べていなかった。

「ぼくらだ」

発言したのはふたりの兄弟、ダフィロウとラソウ・ミロウ、十六歳と十四歳で、ほとんど子どもといっていいふたりだった。パンは賦役用の男子が手に入るよう、徴用年齢を下げつづけていた。

「母親に料理を教えてもらったのか？」

「いいや」弟のラソウが言った。「おやじが大隧道で死んだあと、おふくろはたいてい眠るか酒を飲むかのどちらかで──」だが、兄が弟を黙らせた。

「ぼくらは腕のいい料理人だよ」ダフィロウはそう言って、まわりの男たちと自分の弟を順番に見回し、いま弟の言ったことをだれも馬鹿にしたりしないよう牽制した。「それにぼくらはその魚を盗んで独り占めしたりしない」

男たちはダフィロウの視線を避けた。彼らはミロウ兄弟のような家族をあまりにたくさん知っていた。料理の腕がいいのは、子どものころ自分で料理をしなければならなかったからだ。さもなければ、餓えた。

「ありがとな」クリマが言った。「みごとな仕事をしてくれるのはわかってるぜ。魚を捌《さば》くときに気をつけてくれ。魚屋の話だと、この手の魚の苦胆は、浅いところにあるそうだ」

ほかの男たちは宿屋の酒場に残って、酒を飲んだ。彼らは、ついにパンにたどり着いたとき自分たちの身になにが起こるのかを忘れるまで酒を飲みたいと願っていた。

「クリマ団長！　シギン団長！　こっちへ来て、これを見て！」ミロウ兄弟が台所から叫んだ。

男たちはおぼつかない足取りで立ち上がると、よろめきながら台所に向かった。フノウ・クリマとゾウパ・シギンは、一瞬、ためらい、たがいに意味ありげな視線を交わした。

「さあ、いよいよだぞ」シギンが言った。

「もう逃げ道はない」クリマは同意した。そしてふたりはほかの男たちのあとを追って、台所に入った。

魚の内臓を掃除しようとして腹を切ったところ、腹のなかで見つけたものがある、とラソウが説明した。ジンダリ文字がいっぱいに書かれた一本の絹の巻物だった。

フノウ・クリマが王になるだろう。

人足たちは目を丸くして、口をぽかんと開け、たがいの顔を見た。

ダラの民衆は予言や神託をつねに信じていた。この世は神々が書いた一冊の本である。筆耕が筆と墨と蠟と小刀で書くのとおなじように。小刀で蠟を刻んで、触って感じられる表語文字が作られるように、神々は大地や海の形をこしらえた。人の男や女は、神々が気まぐれな心の赴くままにこしらえた壮大な叙事詩のなかのジンダリ文字や句読点だった。

ルイだけが飛行船を飛ばせる気体を所有するだろうと神々が定めたとき、それは、ほかのすべてのティロウ国家より上にザナを持ち上げ、大統一を実現させたいと神々が願っていることを意味した。マピデレ皇帝がミンゲン鷹の背中に乗ってダラ諸島の上空を飛ぶ夢を見たとき、それは神々がすべての人間の上に立つよう皇帝を称えたことを意味した。ザナの権勢にほかの六カ国が抵抗しても無駄だった。なぜなら、神々はどのように物語が進むのか、すでに決めていたからだ。正しい形に作られるのを拒む蠟の固まりが、書き手によって削り取られ、新しいしなやかな蠟に取ってかわられるのと同じように、運命に逆らう人間は、吹き飛ばされ、運の行方に鋭敏な者に取ってかわられた。

颱風が以前よりも頻繁に諸島の沿岸に吹きつけてくるのはどういう意味だろう？ 奇妙な雲と奇妙な光がダラ全土で目撃されているのはどういう意味だろう？ 巨大なクルーベンがルイ近辺ではなく、西の海のいたるところで浮上し、潮を吹いているのが目撃されているのはどういう意味だろう？ 飢饉と伝染病がもたらすお告げの意味はなんだろう？

とりわけ、フノウ・クリマとゾウパ・シギンが魚の腹のなかにあった巻物を明かりに掲げたとき、それをぽかんと見つめていた男たちに告げられたのはなんだろう？

「おれたちは死人だ」フノウ・クリマが言った。「それはおれたちの家族もおなじだ。おれたちは時間切れになってしまった」

台所にぎゅうぎゅうに詰め合った男たちは息を潜め、

耳を澄ました。クリマは大きな声では話していなかった。炉床の炎が彼らの顔にちらつく影を投げかけている。

「おれは予言なんて好きじゃない。予言は計画をひっくり返すし、おれたちを神々の手駒にしてしまう。だけど、予言が与えられたときそれに逆らうのは、さらにまずい。もしザナの法律によりおれたちはもう死んでいるとして、それでも神々がおれたちに異なることを告げるというのなら、おれは神々の言葉に耳を傾けよう。

この部屋にいるのは三十人だ。街全体では、おれたちとおなじ、時間までにたどり着く望みがないままパンに向かうほかの賦役隊員がおおぜいいる。おれたちみんなが生ける屍《しかばね》だ。おれたちにはなにも失うものがない。

なぜおれたちはザナの法典に書かれた言葉に従わねばならないのだ？　おれはむしろ神々の言葉に従いたい。ザナの繁栄の日々が余命幾ばくもないことを示す予兆はいたるところにある。男たちは奴隷にされ、女たちは娼婦にされてきた。年老いたものは飢えで死に、若者は山賊になる。おれたちが苦しみ、その理由をわからずにいる一方で、皇帝と大臣たちは召使いの若い娘の柔らかい手から与えられる多すぎるほどの砂糖菓子を食べて、げっぷを漏らしている。そんなことはこの世界の定められた運命であるわけがない。

ことによると、あらたな物語がさすらいの吟遊詩人によって語られるべきときかもしれない」

ラソウとダフィロウのミロウ兄弟は、いちばん若く、小柄であるためにもっとも危険がなさそうに見えるだろうという理由から、もっとも困難な任務を与えられた。兄弟はふたりとも黒い巻き毛で、小柄な体軀だった。ラソウは年下で、より衝動的だったため、その割当仕事をただちに受諾した。ダフィロウは弟を見て、ため息をつき、うなずいた。

酒と魚を載せた二枚の盆を手に、ふたりは賦役隊員たちを護衛しているふたりの兵士の部屋にいき、ふたりの警護になにかお礼をしたいとみなが願っているのと説明した——人夫たちが酒をのんでぐでんぐでんになろうとしているあいだ、護衛のおふたりは見て見ぬふりをして下さるのでは？

兵士たちは盛大に飲み食いした。温かい米酒とピリ辛の魚汁はふたりに汗をかかせ、もっと楽な姿になろうとして、ふたりは鎧と軍服を脱ぎ、下着姿で腰を下ろした。まもなくすると、ふたりの舌がもつれ、瞼が垂れてきた。

「もっと酒をどうです、大人？」ラソウが訊いた。兵士たちはうなずき、ラソウは盃に酒をつぎ足そうとして駆け寄った。だが、盃はふたたび手に取られることはなかった。兵士たちは背布団に寄りかかり、口を大きく開けて、眠りこけた。

ダフィロウ・ミロウは袖に隠し持っていた長い料理包丁を取り出した。豚や鶏をさばいたことはあったが、人間は勝手がずいぶん違っていた。ダフィロウは弟と視線をからめた。ふたりとも一瞬、息を止めた。

「おれはおやじのように鞭打たれて死にはしない」ラソウが言った。

ダフィロウはうなずいた。

ここから退却する道はないだろう。

ダフィロウは包丁をひとりの兵士のあばらに突き立て、心臓をまっすぐ突き刺した。

ダフィロウは弟を見た。もうひとりの兵士におなじことをすでにやり終えていた。ラソウの顔に浮かんだ表情は、昂奮と恐怖と喜びがないまぜになったもので、ダフィロウを悲しませた。

小さなラソウはいつも兄を見上げていた。ダフィロウは村のほかの子どもたちとの喧嘩でいつもラソウを守ってやった。父親がはやくに亡くなり、母親は生きているときですら一日の大半起きていなかったため、事実上ダフィロウが弟を育てた。弟を守ることができるとダフィロウはずっと信じていた。そして、この瞬間、自分はそれに失敗したと感じた。

それでもラソウは、とても幸せそうな表情を浮かべていた。

帝国軍のふたりの兵士が、ナピのなかで最大の簡易宿泊所である〈跳躍するクルーベン〉亭に到着した。あきらかに採用されたばかりの新兵で、軍服が体にあまり合っていなかった。

宿泊所の二階と三階がそっくり、賦役人足と重労働刑判決を受けた犯罪者たち用の臨時宿泊施設として接収されていた。彼らを警護している兵士たちは階段に一番近い二階のつづき部屋に滞在し、ほかの部屋のだれかが気づかれずに出ていくのを防ぐため、扉を開けっ放しにしていた。

ふたりの帝国軍の兵士は、開いた扉を叩いて、指名手配中の犯罪者を捜しに、地元の駐屯隊から派遣されたのだ、と説明した。自分たちが監視下の男たちを調べてみても構わないだろうか、と護衛たちに訊ねた。

札遊びをしていた護衛たちは、ふたりの新参者に手を振って追い払った。「好きなだけ調べてみな。捜している男はここにいないよ」

フノウ・クリマとゾウパ・シギンが礼を述べると、護衛たちは酒と賭け事に戻った。ふたりは一部屋ずつすべての部屋を訪ね、自分たちの計略を賦役人足と犯罪者たちに説明した。ここが最後の立ち寄り先だった。ふたりはこの街で自分たちのような男たちが拘束されているほかのすべての場所をすでに訪問済みだった。

ナピじゅうで、真夜中に、人足や犯罪者たちが一斉に蜂起し、眠っている警護兵を殺した。彼らは簡易宿泊所や宿屋に火を放ち、往来に集まった。

「ザナに死を!」彼らは叫んだ。「皇帝に死を!」禁断の言葉を叫ぶと気分が高揚した。あらゆる男たちの心のなかにあった言葉だ。その言葉を口にするだけで、無敵になったような気がした。

「フノウ・クリマは王になる!」

まもなくすると、往来にいた男たち、物乞いや盗人、餓えた者や破産した者、夫や息子を海底や山のなかの奴隷になるため奪われた女たちがおなじ叫びをあげた。

料理包丁や素手のこぶしだけを振り回し、彼らは兵器庫に突進し、侵入し、扉を守っていた兵士たちを圧倒した。いまは本物の武器で武装し、彼らは軍の穀倉を襲い、すぐにモロコシと米の袋や干物の束が往来を行き来した。洪水の流れのように、通りにあふれたおおぜいの男たちの背中に負われていく。

彼らは市長公邸に駆けつけ、建物を占拠した。だれかが翼を広げたミンゲン鷹の絵が描かれているザナの白い旗を切り落とし、一枚の布を掲げた。そこには飛びはねる魚のへたくそな絵が描かれていた——銀の鱗と虹色のヒレを持ち、「フノウ・クリマは王になる!」という文字で充たされた巻物が添えられていた。

現地の駐屯隊の兵士たちは、その多くがコウクル出身であり、自分たちの同胞に向かって行軍するのを拒んだ。まもなくして、ザナの司令官たちは降伏するか、みずからの部下たちに虐殺されるかの選択に迫られているのに気づいた。

クリマとシギンは、いまや数千人に膨らんだ叛乱軍の指導者だった——その大半は絶望的になった人足や山賊、あるいは囚人たちとともに叛乱に加わった帝国軍の兵士だった。

降伏した帝国軍の司令官たちは、多額の報酬を約束され、市の公庫から押収した金——コウクルの民の血と汗と涙で染まった税金——によって即座に払われた。

ナピを占領し、近隣都市に駐屯するザナ軍からの予想される反撃に備えて門を閉ざすと、クリマとシギンは略奪品を享受する仕事に取りかかった。商人と貴族の家が略奪され、料理店や売春宿は、叛乱軍を特別料理で祝った。契約書と借金は無効にされた。金持ちが嘆いている一方、貧乏人は祝った。

「で、おれたちは王を自称しようか？」シギンが囁いた。

クリマは首を横に振った。「早すぎる。おまえとおれには、まず、象徴が必要だ」

自分たちの叛乱に正当性を与えるため、クリマとシギンはただちにファサに代表団を派遣し、流浪の羊飼いとなっていると噂されているコウクル王朝の後継者を見つけさせることにした。ふたりは、失われた後継者を正当な地位に復権させるつもりであると宣言した。

急使がダラ諸島のいたるところに派遣され、六カ国の貴族たちに、先祖伝来の領地に戻り、叛乱軍に加わるよう呼びかけた。ティロウ国家は大統一の灰から蘇り、ともにパンにいる皇帝の玉座を転覆させようではないか、と。

夏の嵐がダラの北西の隅にある空で荒れ狂った。ルイとダスの農民たちは家のなかに縮こまり、翼を持つザナのキジ神、風と大雨の神の怒りが、収穫間近の穀物を滅ぼさないよう祈った。

慎重に耳を澄ませば、雷鳴と土砂降りの雨音のなかに、ひとつの声を聞き分けられるかもしれなかった。

――おぬしだとは露とも思わなかったな、ハアンのルソウよ、最初に攻撃してくるものになろうとは。魚と巻物のあの仕掛けは、どこをとってもおぬしの仕業なのがありありとしている。

亀を供にしている計算と策略の神、ルソウ神の年老いた、革のように頑丈な声による返事は、海豹《アザラシ》が波をわかつように穏やかで、貝殻が月光を浴びた砂にこすれるように柔らかだった。

見つけておらぬだろう。

——断言するが、あれにはわしはなんの関与もしておらんぞ、兄弟よ。たしかにわしは予言の技の持ち主だが、今回のアレで驚いたのは、そなたと同じだ。

——では、コウクルの双子神、炎と氷の姉妹神の仕業か？

ふたりの声が同時に発せられた。耳障りでありながら耳に快く、憤然としてかつ冷静な声。氷河の隣で溶岩の川が流れているかのようだ。カナ神とラパ神の声だった。鳥を供にしている炎と氷、死と眠りの両女神。

——死すべき者たちは、見つけようとする場所で兆しを見つけるもの。われらはこの事態がはじまるのにあたって、なんの関係もありません——

——ですが、われらがこれを終わらせると、思われてもいいでしょう。たとえコウクルがひとりの男の心のなかにしか生きていなくとも——

キジ神が女神たちの言葉を遮った。

——黙っておれ。そのただひとりの正統な男を、まだ

第七章　マタの武勇

ツノウア群島のファルン
義力三年九の月

ツノウア群島の最北にある北ツノウア島のファルンで、ダツン・ザトウマ司令官は、大島での叛乱の知らせに困っていた。

信憑性のある情報をつかむのが難しかった。事態はじつに混沌としていた。山賊フノウ・クリマとゾウパ・シギンがコウクル王朝の正統な後継者を発見したと主張しており、この新しい〝コウクル王〟は、自軍に部隊の兵士を参加させた帝国の司令官をだれでも貴族にすると約束していた。

帝国は大混乱に陥っていた。ゴウサ・トウニエティ将軍の自殺とスミ・ユマ将軍の処刑以来、帝国軍は適切な総司令官を欠いてしまっていた。二年間、摂政と若き皇帝は軍のことをすっかり忘れてしまったかのようで、各地の司令官たちはそれぞれの裁量に任されていた。そして、真正の叛乱が勃発したいま、パンは機能不全に陥ったかのごとき状態で、一カ月経ったいまも、叛乱を鎮める任を託された帝国軍の将軍はひとりもいなかった。各地の駐屯隊の司令官めいめいがどうすべきか決めようとしていた。

風向きがどちらなのか、判断しがたい、とザトウマ司令官は思った。ことによると、おれが主導権を握ったほうがいいかもしれない。動くのが早ければ早いほど、おれの貢献は大きくなる。〝ザトウマ公〟というのは、なかなか心地良い響きがする。

だが、彼は馬に乗るより机の向こうに座っているほうが心地良かった。優れた有能な側近が必要だった。

この点において、ザトウマは運がよかった。ファルンが任地だったのだ。ツノウアはダラ全土のなかでもっとも武張った地域のひとつだった。好戦的な原住民を平定せねばならなかったアノウ族が最後に入植した土地だった。ファルンでは、年若い女でも投げ槍の投じ方をよく学んでおり、五歳以上の男子は全員、父親の槍をぶざまなところを見せることなく操れた。

もしザトウマが適切な男たちに話を持ちかければ、転落した家の名誉を幾分か恢復する機会を得られたことに大変感謝し、ザトウマに忠実に仕えるかもしれない。おれが頭を担当し、連中がおれの腕になるのだ。

フィン・ジンドゥは、先祖の城の広々とした広間と長い廊下を通り抜けながら、心中の動揺を顔に表さないようにしていた。四半世紀まえ、ジンドゥ一族の最悪のときに追放されたあの日以来、はじめてここに戻った。征服者を装った平民、ダツン・ザトウマのたっての頼みで戻ってくるのは、自分が想像していた帰還とは異なっていた。

フィンのうしろで、マタが豪華なつづれ織りや窓に施された精妙な鉄製格子細工、祖先たちの偉業を描いた絵画を食い入るように見ていた。何枚かの絵画の登場人物の顔は、征服直後の略奪で、記念品としてザナ兵士によって破り取られていた。そして、軽蔑すべきダツン・ザトウマは、それらの粗略に扱われた絵画をただそのままにしておいた。ジンドゥ一族の恥ずべき没落を思い起こさせるものとしてかもしれない。マタは怒りを沸騰させまいとして歯を嚙みしめた。ここにあるものすべてが、すなわち、自分の正当な遺産が、地位を簒奪し、ここに呼び出した豚に奪われたのだ。

「ここで待て」フィン・ジンドゥはマタに言った。叔父と甥は、意味ありげな視線を交わし、マタはうなずいた。

「ようこそ、ジンドゥ殿！」ダツン・ザトウマは、熱烈かつ——腹のなかでどう思っているにせよ——丁重だった。フィン・ジンドゥの肩を抱きしめたが、相手はその仕草を返さなかった。ばつが悪そうにザトウマは、一瞬、うしろに下がると、相手に座るよう手で示した。ザトウマは脚を折り、両方の足を反対側の太ものも下に敷くゲュパの姿勢で座り、自分たちが友人として話をしていることを示したが、フィンは座布団の上に堅苦しいミパ・ラリの姿勢で座った。

「大島の噂は聞いておろうな？」ザトウマが訊いた。

フィン・ジンドゥはなにも言わなかった。司令官が先をつづけるのを待つ。

「ずっと考えておったのだ」ここは慎重を要する。ザトウマは自分の意図が誤解されることなくジンドゥに伝わるよう、最大限の注意を払いたかった——しかも、もし皇帝の兵隊が優勢になり、叛乱軍を粉砕するようなら、自分が発した言葉をあとで納得のいくように説明できるようでなければなるまい。「そなたの家はコウクルの王に何代にもわたって忠実に仕えた。多くの偉大な将軍がジンドゥ家の人間だった。幼い子どもですら知っている事実だ」

フィン・ジンドゥはかろうじてわかる程度にうなずいた。

「戦争が迫っておる。戦争では、戦い方を知っている男たちが報酬を受ける。ジンドゥ家の人間は、わたしの見るところでは、興味深い機会をまえにしているようだ」

「われわれジンドゥの者は、コウクルのためだけに戦います」ジンドゥは言った。

いいぞ、とザトウマは思った。言う必要があることを言ったのはおまえだ、わたしではない。

ザトウマは、たったいまジンドゥが叛逆罪に匹敵する発言をした事実がなかったかのように、つづけた。

「わたしの指揮下の兵隊は、もはや強弓を引けない歳を取った老兵か、あるいは突きと受け流しの区別すらつかない新米徴集兵だ。びしびししごいて形にする必要がある。しかも、すぐにだ。もしそなたとそなたの甥がその鍛錬に協力してくれるなら、ありがたい。変化のときにあって、われらはともに上り詰め、手を取り合って勝利を味わうことができよう」

フィンはこのザナの男を見た。帝国軍の司令官らしき人物を。男の手は白く、太っていて、滑らかで、女性用指輪の真珠の色をしていた。剣の握り方や斧の振るい方を知らぬ手だ。役人の手だ、とフィンは思った。ソロバンの珠の弾き方と上司の顔色のうかがい方しか知らぬ男が、ザナによる征服の略奪品を守るため、兵を率いる役目につけられている。農民の叛乱のまえにかくも簡単に帝国がつまずいたのも不思議ではない。

だが、フィンはザトウマにほほ笑み、うなずいた。嫌悪感も軽蔑の心もいっさい表情に出さなかった。自分とマタがなにをするのかをすでに決めていた。「甥を廊下から呼ばせて下さい。あいつもあなたにお目にかかるのを楽しみにしています」

「もちろんだ、もちろん！　若い英雄に会うのはつねづね楽しみにしていることだ」

フィンが司令官の部屋から現れ、マタにうなずくと、若者はおじのあとから部屋に入った。ザトウマが近づいた。顔に満面の笑みを浮かべ、両腕を広げて、若い者を抱擁しようとした。だが、その歓迎の態度は、少し無理をしてこしらえたものだった。二十五歳のマタは身の丈八尺を超え、人をひるまさずにはいられない外見だった。しかも、マタの重瞳は、他人に目を逸らさせるのがつねだった。マタと目を合わせたままでいるのは不可能だった――どちらの瞳に焦点を当てていいのかわからないのだ。

ザトウマはそうした目を覗きこむのに慣れる術をけっして学ぶことはないだろう。はじめてその目を見たときが、最後の機会となった。

ザトウマは信じられぬ思いで下を見た。駄津《ダツ》のように細く、いまやザトウマの血で赤く染まった短剣がマタの左手にあり、ザトウマの胸から抜かれようとしていた。その瞬間、ザトウマが考えられたのは、ばかでかい男の手にその小さな武器がひどく不釣り合いに見えるということだけだった。

ザトウマが見ていると、マタは短剣をふたたび持ち上げ、ザトウマの首目がけて横に一閃し、気管と大動脈を断ち切った。ザトウマはしゃべることができずに喉を鳴らし、床に倒れた。自分自身の血で窒息しながら、手脚をぴくぴくと痙攣させた。

「さあ、いま、おまえはおれの家を出ていくんだ」マタは言った。ダツン・ザトウマはマタが殺した最初の男だった。その昂奮に身震いしたが、後悔や哀れみは感じなかった。

マタは部屋の隅にある武器架台に歩いていった。ジンドゥ一族から奪った美しい古代の剣と槍と棍棒がすべての架台を埋めていた。ザトウマは、装飾品としてのみ、これらの武器を見ており、どの武器の表面にも分厚く埃が積もっていた。

マタは一番上の架台にある重たい剣を手に取った——外見から、青銅製だと見て取る。分厚い刃と長い柄があり、両手で振るうためのものであるようだった。

埃を息で吹き飛ばし、竹を絹でくるんだ鞘から、途中まで刃を抜いた。刃の金属の見た目は、風変わりだった——だれもが予想するように、刃の中央はくすんだ青銅色だったが、両端は窓からすり抜けてきた陽の光に冷たく青い輝きを見せていた。マタは手のなかで剣を回転させ、精妙な彫刻が剣の両面に施されているのに感嘆した——表語文字で書かれた古代の戦いの詩だ。

「それはおまえの祖父が、現役時代の大半で使っていた剣だ。師のメドゥの下で修行を終えたとき、師からいただいたものなのだ」フィンが声に誇りをにじませて言った。「おまえの祖父は青銅の剣をつねに好んでいた。鉄や鋼よりも重いからだ。刃の切れ味と強さでは劣るのだがな。たいていの人間は両手でこの剣を持ち上げることすらできなかったが、おまえの祖父は片手で振り回した」

マタは鞘から最後まで剣を引き抜き、数回、宙に振るってみた。片手だけで。剣は体のまえで簡単に振り回せた。満開の菊花のように光を反射させた。剣が引き起こすひんやりとした風を顔に感じる。

マタは剣の釣り合いと重さに驚嘆した。修練に使っていた鋼の剣の大半は、軽すぎて、薄いその刃は脆く感じられた。だが、この剣は、自分のために鍛えられたように思えた。

「まるでおまえの祖父のように振るいおる」フィンが言った。その声は、落ち着きを取り戻しつつあった。

マタは親指で剣の刃を試した――これほど長い歳月が経っているのにまだ鋭い。刃こぼれひとつ、ひび一本見つけられなかった。叔父に問いかけるような視線を送った。

「その鋭い刃については、ある物語がある」フィンが言った。「おまえの祖父がコウクルの元帥に任命されたとき、ソウト王がめでたき冬の日にツノウアにやってこられ、縦横九十九尺、高さ九十九尺の式壇を作らせ、万人に見えるように式壇の上で祖父ダズに三度、頭を下げられたのだ」

「国王が祖父に頭を下げられたのですか？」

「いかにも」誇りがフィンの声から溢れ出た。「それがティロウ王たちの古代からの習わしなのだ。ティロウの国が元帥を任命するとき、それはもっとも厳粛な機会となる。というのも、王が軍隊を、もっとも恐るべき国の原動力を、自分以外の他人の手に委ねるのだから。王が元帥に任命した男に寄せられる大きな名誉と敬意を示すため、その独自の儀式はおこなわれなければならない。王がほかの人間に頭を下げるのは、そのときだけだ。わが一族の領地であるツノウアは、ダラ諸島にあるどの場所よりも数多く、その儀式を目撃してきたのだ」

　マタはうなずき、またしても肩にかかる重荷を感じた。自分のなかに流れる歴史を感じた。自分は、傑出した戦士、王たちが頭を下げた戦士の長く連なる鎖のまさに一環なのだ。

「おれもそのような儀式を自分の目で見てみたい」マタは言った。

「見られるさ」フィンはそう言うと、甥の背中を軽く叩いた。「きっと見られる。元帥の権威の象徴として、ソウト王は千の槌で鍛えられた鋼製の新しい剣をダズに与えた。人が知るなかでもっとも強く、鋭い鋼の刃を持つ剣だ。だが、ダズは自分の古い剣も諦めたくなかった。というのも、師に認められた印だったからだ」

　マタはうなずいた。人がみずからの師に負う尊敬の義務をマタは理解していた。というのも師は人の技能や学びの手本であり、雛形であるからだ。父親が人のおこないと礼儀の手本であり、雛形であるように。それらは古くから連綿とつづく義務だった。その礎《いしずえ》の上にこの世界をつなぎ止めているたぐいのものだった。個人的な絆であったが、人が自分の主君や王に負っている公的な義務とおなじように重要で、破ることができないものだった。何十年もまえのダズ・ジンドゥの抱えた苦悩をマタはありありと、はっきり感じた。

　マピデレはそうした個人的な絆を抑圧し、皇帝への義務を最上のものとして持ち上げようとした。だからこそ、彼の帝国は非常に混沌として、公平さを欠くものになったのだ。マタは、マピデレが自分の元帥たちに頭を下げはしなかったのを訊かずともわかった。

　フィンはつづけた。「どの武器を使うのか決められず、おまえの祖父はリマまで旅をし、全ダラ一の剣鍛冶、スマ・ジを探し出して、助けを求めた。スマ・ジは、三日三晩フィソウェオ神に祈りを捧げて導きを乞うた。啓示を受け、スマ・ジは回答を得た。それは同時に合成剣造りという新奇な方法に繋がった。

剣鍛冶名人は、元帥の新しい剣を溶かした。古い剣を芯にして、槌で鍛えた鋼を何層にもして巻き、一本の刃に鍛造した。青銅の重さと釣り合いに鋼の強靭さと鋭利さを合成したのだ。鍛造が完了すると、スマ・ジは狼の血で焼き冷まし、フィソウェオ神に捧げた」

マタは剣の冷たい刃を撫で、長い歳月のあいだ、この剣が何人の血を啜ったのだろうと思った。「この剣の名前は？」

「スマ・ジは、その剣をナ＝アロウエンナと名づけた」フィンが答えた。

「疑いを終わらせるもの」古アノウ語を翻訳して、マタは言った。

フィンはうなずいた。「その剣を鞘走らせるとき、ダズの心のなかでは、戦いの結果に対してなんの疑いもなかった」

マタは剣をぎゅっと握り締めた。おれはこの武器に相応しいものになる。

武器架台をさらに調べながら、マタは槍と剣と鞭と弓に視線を走らせ、それらをいずれもナ＝アロウエンナの相棒とするには相応しくないと切って捨てたが、最後に一番下の架台で目が止まった。

マタは鉄樹の棍棒を手に取った。自分の手首ほどの厚さのある柄は、何年ものあいだに滲《し》みた血と汗で黒く汚れた白絹でくるまれていた。棍棒は先端に向かって太くなっており、先端には白い歯が複層の輪になって埋められていた。

「ザナの将軍リオウ・コウツモの武器だ。コウツモは十人力の持ち主だったと言われている」フィンが言った。

マタは棍棒を右に左に回してみた。歯の先に光が反射した。歯のなかには見分けがつくものがあった――狼、鮫、クルーベンから取ったものかもしれない数本もあった。歯の一部は血で汚れていた。この棍棒はいったいいくつの兜や頭蓋骨を叩き潰してきたのだろう？

「ダズとリオウ・コウツモは、リルの岸辺で五日間戦ったが、どちらを勝者と決めることはできなかった。ついに六日目になって、コウツモはぐらついた岩に足を取られたせいでつまずき、ダズはコウツモの首を刎ねることができた。だが、ダズは自分の勝利は不当なものであると考え、盛大な埋葬をすることでコウツモに敬意を表し、彼の武器を形見として手元に置いた」

「この棍棒に名前はあるんですか？」マタが訊いた。

フィンは首を横に振った。「もしあったとしても、おまえの祖父はそれを知ることはなかった」

「では、おれがこの棍棒をゴウレマウと名づけましょう。ナ＝アロウエンナの相棒として」

「盾は使わんのか」

マタは馬鹿にしたような笑い声をあげた。「三度振るえば敵は死んでしまうのに、盾など必要ですか？」

マタは右手で剣をしっかり支えたまま、左手で棍棒を鋭く振るった。棍棒は甘く、純粋な音色を立て、城の長い通廊に反響して、長いあいだ消えなかった。

フィンとマタ・ジンドゥは、城のなかを戦いながら前進した。

最初の血を味わってからというもの、マタは殺人の欲望に取り憑かれた。海豹の群れに放たれた鮫も同然だった。城の狭い通廊で、ザナ兵たちは数の有利さを利用できず、マタはひとり、ないしふたりでやってくる彼らを手際よく片づけた。ナ＝アロウエンナを凄まじい力で振るうと、身を守ろうとして空しく掲げられた盾や腕は砕け散った。ゴウレマウを剛力で叩きつけると、人間の頭蓋骨はぐしゃぐしゃになって胴体にめりこんだ。

城の駐屯隊には二百名の兵士がいた。その日、マタは百七十三名の兵を殺した。残りの二十七名は、フィン・ジンドゥに片付けられた。フィンは、隣で戦っている血まみれの若者に、自分自身の父親、偉大なるダズ・ジンドゥの面影を見て、笑いながら戦った。

　翌日、マタは城にコウクルの旗を掲げた。赤地に一対の鳥が描かれている旗だ。一羽は黒く、もう一羽は白い鳥。そして、ジンドゥ一族の菊の紋章が城門に再び吊された。ザナ駐屯隊にマタが勝利を収めた知らせは、ツノウア群島に広がっていくにつれ、物語になり、伝説になり、そして神話になった。子どもですら、ナ＝アロウエンナとゴウレマウの名前を識《し》った。

「コウクルが戻った」ツノウア群島の男も女もたがいに囁いた。彼らはまだダズ・ジンドゥの勇猛な逸話を覚えており、その孫は、ダズに勝るとも劣らぬという。ひょっとしたら、この叛乱には希望があるかもしれない。

　男たちがジンドゥ城を訪れはじめた。コウクルのために戦おうと志願して。まもなく、ふたりのジンドゥは、自分たちのまわりに八百名からなる軍を集めた。

　それは九の月の末のことであり、フノウ・クリマとゾウパ・シギンが魚のなかに予言を見てから一カ月後のことだった。

第八章　クニの選択

ズディ郊外
義力三年九の月

前夜、クニ・ガルはまだ五十人の囚人の身柄を預かっていた——数人がズディ出身だったが、大半ははるか遠くの地の人間で、なんらかの犯罪を犯し、賦役隊での重労働刑を科せられた者たちだった。

　ひとりの男の脚が悪かったため、囚人たちはゆっくり歩いてきた。時間通りに次の町にたどり着けなかったため、クニは山のなかで露営することに決めた。

　翌朝には、十五人の囚人しか残っていなかった。

「いったい連中はなにを考えているんだ？」クニは憤然として言い放った。「ダラ諸島のどこにも隠れるところなんかない。捕まってしまうだろうし、家族が連中の逃亡の埋め合わせに処刑されたり、重労働のために徴用されるだろう。おれは連中を寛大に扱っていたし、夜に鎖で繋がせもしなかった。なのに、その見返りがこの仕打ちか？　おれも一巻の終わりだ！」

　クニは二年まえに賦役局の局長に昇進していた。通常ならば、囚人たちを連行するのは、部下がやる仕事だった。だが、今回の任務は自分で担当することにした。参加者の一人が脚が悪いため、たぶん目的地に指定の時刻通りに到着しないだろうとわかっていたからだ——クニは、自分ならパンの司令官を説得して大目に見てもらえるだろうと確信していた。それに、パンには行ったことがなく、前々から完全無欠の都市をこの目で見てみたかったということもあった。

「おれはいちばん面白いことをやらねばならなかったのに」クニは自分をなじった。「おれはいま楽しんでいるのか?」その瞬間、クニはなによりもジアといっしょに家にいたいと願った。妻が試している配合で淹れた薬草茶を飲んでいたい。安全で退屈な場所で。

「知らなかったのかい?」フペという名の兵士のひとりが信じられないというかのように訊いた。「囚人たちはきのうずっと声を潜めて、計略を練っていたんだ。あんたは予言を信じていたから、きっと知っていて、わざと勝手にやらせたんだと思っていた。皇帝に宣戦布告して、すべての囚人と徴用人足を解放すると約束した叛乱軍に、連中は加わりたいんだ」

クニはきのう、囚人たちがやたらとひそひそ話していたのを覚えていた。それにクニは、ズディにいるほかのだれもとおなじように、叛乱に関する噂を耳にしていた。だが、歩きながら山の美しさに見とれており、点と点をつないでいなかった。

すっかり恥じ入って、クニはフペに叛乱軍について知っていることをもっと教えてほしいと頼んだ。

「魚のなかに巻物だと!」クニは声をあげた。「たまたま買った魚だって。そんなペテンなんておれは五歳のときにやるのをやめてしまったぞ。それなのにみんなはそれを信じたのか?」

「神々のことを悪く言うんじゃない」フペは、とても敬虔な男だったので、声をこわばらせた。

「ま、ちょっと困った状態だな」クニはつぶやいた。

気分を落ち着かせようとして、腰の巾着から嚙み薬草を一口分取りだし、口に放りこみ、舌の下に置いた。ジアは、空を飛んでいる気分にさせ、虹色のクルーベンやダイランがいたるところに見えるようになる薬草の調合方法を知っていた——クニとジアはそれを使って楽しんだ——が、反対の効果をもたらす薬草の調合方法も知っていた——緊張を覚え、頭を明晰にさせることが絶対的に必要なとき、物の動きをゆっくりにし、選択肢を比較的はっきりとわかるようにしてくれる薬草だった。

五十名を連れてこいと言われたのにパンに十五名の囚人を連れていってなんの意味があるのか？　どんなに懸命に言い逃れをしようとしても、処刑執行人との約束をしたも同然だった。それはジアもほぼおなじ立場だろう。皇帝の使用人としてのクニの人生は終わった——安全へと戻る道はもはやない。手中にある選択肢はすべて危険なものだった。

（だが、ほかよりも面白い選択肢があるにはある。それにおれは自分に誓ったではないか）

今回の叛乱はついにおれがずっと探し求めてきた機会になるのではないか？

「皇帝、王、将軍、公爵」クニは小声で独りごちた。「それらはたんに呼称にすぎん。そうした連中の家系図を最初まで遡《さかのぼ》ってみろ。思い切って機会をつかんだ平民が見つかるはずだ」

クニは岩の上にのぼり、兵士たちと残っている囚人たちに顔を向けた——一人残らず、怯えている。「おれのもとに残っていてくれて感謝している。だけど、これ以上進んでも無駄だ。ザナの法律では、おれたちはみんな厳しく罰せられるだろう。自由にいきたいところへいってくれ。あるいは叛乱軍に加わるのも自由だ」

「あんたは叛乱軍に加わらないのか？」フペが熱のこもった口調で訊いた。「あの予言があったんだぞ！」

「いまはどんな予言のことも考えられない。まず山のなかに隠れて、自分の家族を救う方法を探ろうと思う」

「じゃあ、山賊になるつもりなのか？」

「おれの見方はこうだ——もし法律に従おうとしたら、どのみち裁判官はおれを罪人と呼ぶだろう。だとすれば、罪人のように行動してもおなじだ」

満足したことに、そして驚きではなかったが、全員が進んでクニのもとに残ることにした。

（最高の支持者というものは、自分自身の考えで支持

すると思っている連中だ）

クニ・ガルは、帝国軍の巡回隊と遭遇する危険を最小限にするため、自分の隊をエル・メ山脈の奥深くに連れていく決断を下した。山道は、斜面を九十九折《つづら》りにゆっくり登っていくもので、険しくはなく、秋の午後の気候は心地良かった。一行はかなりの距離を進んだ。

だが、元兵士と元囚人のあいだに仲間意識はほとんどなかった。彼らはたがいを嫌い、先の見通しは判然としていなかった。

クニは額の汗を拭い、山道の曲がり角に立ったまま、眼下の草木に覆われた谷と、その向こうのポウリン平原のどこまでもつづく平らな広がりという景観を眺めた。巾着から嚙み薬草をあらたに一口分取りだし、さも楽しげに嚙んだ。この薬草は、薄荷《ハッカ》の味がして、爽快な気分にさせてくれ、ここで一席ぶたねばなるまいという気にさせた。

「あの景色を見ろ！」クニは言った。「おれはとても自堕落な暮らしを送ってきた」――男たちのなかでクニの経歴を知っている者たちが、クスッと笑った――「一ヵ月休暇を取ってここに小屋を借り、妻を連れてエル・メ山脈を散策してまわれるほどの金を稼いだことは一度もない。おれの義理の父親はそんなことができるくらい金を持っているが、義父は仕事が忙しくてそんなことはできない。こんなに美しい場所がここにあるのに、おれたちのだれもそれを楽しめなかったんだ」

一行は彩り鮮やかな秋の草花を愛でた。明るい赤の猿苺と遅咲きの蒲公英がそこかしこに咲いてあわせ絵のような模様を形成していた。数人の男は、深呼吸して、山の空気で肺を充たし、黄金の太陽の光を浴びてきた落ちたばかりの葉と、土の香りを嗅いだ。銅貨と流れる下水の臭いが圧倒的だったズディの通りの空気とは、あまりにちがっていた。

「ほらな、山賊になるのは、そう悪いことじゃないだろう」クニが言った。すると男たちは全員笑い声をあげた。歩みを再開すると、みな足取りが軽くなった気がした。

突然、先頭にいたフペがぴたりと足を止めた。「蛇だ！」

まさに道のどまんなかに、大きくて白い蛇がいた。おとなの男性の太ももくらいの太さがあり、胴体が道を完全にふさいでいるというのに、尻尾はまだ林のなかにあるくらい長かった。クニの一行のだれもが尻込みし、できるだけ蛇から遠ざかろうとした。だが、蛇は鎌首をもたげると、オウソ・クリンという名のひょろ長い背丈の囚人に巻きついた。

あとになって、自分が次にしたことの理由をクニは説明できなかった。クニは蛇が好きではなかった。衝動的に危険に飛びこんでいく性質の人間でもなかった。発作的な昂奮が血管のなかを通り抜け、クニは口のなかの薬草を吐き捨てた。考える暇もあらばこそ、フペの剣を抜いて、白い大蛇に飛びかかった。一振りで、クニは大蛇の首を切り落とした。胴体のほかの部分がとぐろを巻いて、鞭のように体を振り回し、クニはひどく驚いた。とはいえ、オウソ・クリンは無事だった。

「大丈夫ですか、ガル隊長？」

クニは首を横に振った。めまいを覚えていた。

（おれは……なにをしたんだ？）

クニの目は路肩の蒲公英の種に落ちた。それを見ていると、一陣の風が蒲公英の白い冠毛を吹き飛ばし、種は宙に浮いて、蜉蝣《カゲロウ》の一団もかくやというほどになった。

クニは剣をフペに返そうとした。だが、男は首を横に振った。

「持っていてくれ、隊長。あんたがそんなにすばらしい剣士だったとは知らなかった」

男たちはのぼりつづけたが、彼らのあいだの囁き声が白楊樹《ポプラ》の立木の葉を撫でるそよ風のように徐々に大きくなっていった。

クニは立ち止まり、振り返った。囁き声が止んだ。男たちの目のなかに、敬意と畏怖、それにかすかな恐怖さえもが認められた。

「いったいなにが起こっているんだ？」クニは訊いた。

男たちはたがいの顔を見て、やがてフペがまえに進み出た。

「わたしはきのうの夜、夢を見た」まだ幻影に囲まれているかのように抑揚のない声でフペは言った。「砂漠を歩いていた。そこの砂は石炭のように黒かった。すると、遠くに白いなにかが地面に横たわっているのが見えたんだ。近づくにつれて、それが巨大な白い蛇の死体だとわかった。

だが、その地点に近づくと、死体が消えた。その代わり、年老いた女が立って泣いていた。わたしは彼女に訊いた。「ばあさん、どうして泣いているんだね？」

「ああ、息子が殺されたんじゃ」

「あなたの息子さんというのはだれだい？」わたしは訊いた。

「息子は白い皇帝じゃ。赤い皇帝が息子を殺したんじゃ」

フペはクニ・ガルをじっと見つめた。ほかの者たちの視線がつづいた。白はザナの色であり、赤はコウクルの色だった。

ああ、またしても予言か、とクニは思った。首を横に振り、力なく笑った。

「この山賊商売がうまくいかなかったら」クニは言った。「吟遊詩人になるのもいいかもしれんな」そう言うと、フペの背中をぴしゃりと叩いた。「だが、話し方に取り組む必要があるし、もっと真実味のある筋を考え出さんと！」

笑い声が山の空気に谺《こだま》した。恐怖は男たちの視線から消えたが、畏怖は残ったままだった。

火山灰のように乾き、砂の混じった熱いそよ風が、山の頂上に近い木々の葉をサラサラと鳴らした。

——あれはどういうこと、わが半身？　この死すべき者に興味を抱いたのはなぜ？

氷河の欠片のようにもろく、ひんやりとした冷たいそよ風が最初の風に加わった。

——なんの話かわからない、カナ。

——あなたが蛇を送りこむか、あの男に夢を見させたんじゃないの？　あなたのやりそうな徴《しるし》だわ。

——魚の予言と同様、なにもしていません。

——じゃあ、だれが？　戦争大好きフィソウェオ？　計算大得意ルソウ？

——どうかな。あのふたりはほかのところで忙しくしている。だけど……あの死すべき者にいま興味がわいたな。

——あいつは弱虫で、平民で、それに……ちっとも神を敬っていない。あんな男に時間を無駄にすべきじゃない。氷をまといしラパ、われらのもっとも有望な戦士は——

——若きジンドゥ。ええ、炎から出でしカナ、あの男が生まれた日からお気に入りなのは知っている……だけど、もうひとりの男のまわりに奇妙なことが起こりつづけているじゃない！

——単なる偶然。

——いまにして思えば、偶然じゃなく運命だったことがあるのでは？

クニと配下の者たちの山賊商売は良好だった。エル・メ山脈の高度の高いところに露営地を設け、数日おきに、御者や護衛がくたびれ、眠くなっている夕暮れや、出発準備をはじめたばかりの夜明けに隊商を襲った。

彼らは殺さないよう、重傷を負わせないよう気をつけ、奪ったもののわけまえを山のなかに散らばって住んでいる山の民にもかならず配った。「名誉を重んじる山賊の篤実の道をおれたちはたどっているんだ」クニは部下に声を合わせて朗誦することを教えた。「おれたちはザナの法が正直者の生きる余地を残さないからこそ無法者になっている」

最寄りの町の駐屯隊が先遣隊を派遣してこのならず者たちを追おうとしても、山の民たちはきまってなにも知らず、なにも見ていないようだった。

クニが部下を篤《あつ》く待遇しているという評判が高まると、逃散人足や脱走兵が次々と一味に加わった。

今回の隊商襲撃は最初から事情がちがっていた。

山賊が接近すると蜘蛛の子を散らすように逃げていくかわりに、商人たちはいまいるところにとどまり、篝火《かがりび》の隣に集まった。それを手がかりにすべきだったのに。クニは自分をなじった。

だが、それまでの成功で、クニは傲慢になっていた。襲撃を中止するのではなく、全員にそのまま進むよう命じてしまった――「棍棒で後頭部を殴りつけて、縛り上げろ。だれも殺すな！」

ところが、山賊たちがぎりぎりまで近づいたとたん、牛車の荷台の覆い布が広くひらかれ、武装したおおぜいの護衛が剣を抜き、矢をつがえて、飛び出してきた。なにを運んでいたにせよ、商人たちは大金を投じて、本職の用心棒を雇っていたのだ。クニの一味は完全に不意をつかれた。

数分もしないうち、クニの部下のふたりが首に矢を突き立てて倒れた。衝撃を受け、クニはその場に突っ立っていた。

「クニ！」フペがクニに向かって叫んだ。「退却命令を出さないと」

「退け！　中止だ！　飛べ！　ずらかれ！　三十六計！」山賊に関するクニの概念はすべて、市場の講談師の語りを聴いたり、コウン・フィジの道徳寓話を読んだりして得たものだった。覚えているかぎりの「泥棒の符牒」を投げかけたが、自分でもなにをやろうとしているのか、言おうとしているのかわからなかった。

クニの手下たちは混乱のまま散り散りになり、商人の武装した護衛たちが追った。あらたな弓矢が一斉に宙を飛んだ。

「連中は馬を持っている」フペが言った。「われわれがただ逃げまわれば、虫けらのように蹴散らされてしまうだろう。一部が留まって、戦わないと」

「わかった」クニは言った。計画を与えられて、落ち着きを取り戻した。「フィとガサといっしょにおれが残る。あんたは残りの連中を連れて、逃げてくれ」

フペは首を横に振った。「酒場での喧嘩とはわけがちがうんだ、クニ。あんたがだれかを殺したり、真剣での戦いをしたことがないのはわかっている。だが、わたしは軍にいた。もし残るべき人間がいるとしたら、それはわたしだ」

「だけど、おれは首領だ！」

「馬鹿を言うな。あんたは妻も兄弟も親もズディに残してきているじゃないか。わたしにはだれもいない。それにほかの連中は街にいる家族を救う希望を持ってあんたに頼っている。わたしは夢のなかであんたを見た。それに魚の予言を信じている。それを忘れないでくれ」

フペは剣――本物の剣をクニに与えてから、木の枝を削ってこしらえたものだった――を高く掲げ、向かってくる護衛に突進し、声を限りに身震いさせるほどの雄叫びをあげた。

腹に突き立った矢を握り締め、悲鳴をあげながら、あらたな男がクニの隣で倒れた。

「ここから脱出しないと！　いますぐに！」クニは怒鳴った。必死になって残りの山賊たちを集め、一行は商人の露営地から山奥に向かって走って逃げた。足に力が入らなくなり、肺に火が点いたようになるまで止まることはなかった。

フペはついに戻ってこなかった。

クニは天幕に籠もり、出てこようとしなかった。

「せめてなにか食べないとダメですよ」オウソ・クリンが言った。巨大な白蛇からクニが救ってやった男だ。

「あっちへいけ」

山賊行為は、吟遊詩人の語りやコウン・フィジの寓話で描かれているのとはまったく異なっていた。現実の人間は死ぬのだ。おれの愚かな判断のせいで死んだんだ。

「おれたちに加わろうと新しい志願者が何人か来てます」オウソは言った。


「あっちへいけとそいつらにも伝えろ」クニは言った。

「あなたに会うまで出ていかないですよ」

クニは天幕から出て、眩い陽光に目をしばたたいた。目は真っ赤になり、腫れぼったくなっていた。モロコシ酒が一本あれば、なにもかも忘れられるのに、と思った。

目のまえにふたりの男が立っていた。ふたりとも左手がないのにクニは気づいた。

「おれたちを覚えていますか？」年かさのほうの男が訊いた。

ふたりともどことなく見覚えがあった。

「去年、あなたにパンに送られたんです」

クニはふたりの顔に目を凝らした。「あんたたちは、父親と息子だ。税を払わなかったので、ふたりとも賦役をしなければならなかった」クニは思い出そうとして目をつむった。「あんたの名前はムルだ、札遊びの〝両手ラミー〟をするのが好きだった」その言葉が口に出るや、クニは言わねばよかったと後悔した。目のまえの男はもはやそのお気に入りの遊びができないのは明白だった。また、失った手に関心を向けざるをえなかったのをすまなく思った。

だが、ムルは顔に笑みを浮かべてうなずいた。「覚えてるだろうとわかってた、クニ・ガル。あんたはもう皇帝のために働いていないし、おれもあんたの囚人じゃない。だけど、あんたはおれたちが友だちであるかのように話してくれた」

「なにがあったんだ？」

「おれの息子は霊廟にある像を壊したので、左手を切り落とされた。事故だったと説明しようとしたせいで、おれの手もおなじように切り落とされた。一年の年季が明けると、おれたちは家に送り帰された。だが、おれの嫁さんは……なにも食べるものがなく、この冬を乗り切れなかった」

「お気の毒に」クニは言った。何年ものあいだ、パンに送りこんできた男たちのことを考える。確かに、クニは彼らが自分の管轄下にいるときは、彼らに親切に対応してきた。だが、自分が引き渡す連中の運命について、いままで考えたことが、本気で考えたことがあっただろうか？

「おれたちは運がいいほうだった。ほかのおおぜいの連中は二度と帰ってこないだろう」

クニはぼんやりとうなずいた。「おれに怒る権利があんたらにはある」

「怒るって？　いや。おれたちはあんたといっしょに戦うために来たんだ」

クニはわけがわからずにふたりを見た。

「妻にちゃんとした葬式をあげてやるためには、土地を抵当に入れなければならなかったが、今年の天候ではキジ神と双子女神がたがいに腹を立てているようだ――それを取り返せそうにないのは確かだ。息子とおれに山賊になる以外にどんな道がひらけているという？　だけど、山賊の首領でおれたちを引き受ける者はいないだろう。こんな不自由な体じゃな。だけど、そんなとき、あんたも山賊になったと聞いたんだ」

「おれはひどい山賊だ」クニは言った。「人を率いる術をなにひとつ知らないんだ」

ムルは首を横に振った。「息子とおれがあんたに身柄を預けられているとき、あんたはおれたちと札遊びをして、麦酒を奢ってくれたのを覚えている。あんたは自分の部下に、おれの足首には傷があるから鎖をかけるなと言ってくれた。いま、あんたは名誉を重んずる山賊の道をたどっていて、強きに対して弱きを守っていると噂されている。仲間を助けるため蛇と戦い、襲撃が失敗したとき、しんがりをつとめたという噂だ。おれはその噂を信じた。あんたはいい人間だ、クニ・ガル」

クニ・ガルは、わっと泣き崩れた。

クニは山賊行為に関する非現実的な考えを退け、部下たちに助言を求めた。とくに、重労働刑の判決を受けるまえは無頼漢だった連中に。クニはさらに用心深くなり、慎重に獲物を偵察し、合図方法を開発した。襲撃をおこなうとき、部下たちをたがいに支援することができる組に分け、攻撃まえに退却の計画をつねに立てるようにした。

人命がクニにかかっていた。クニは二度と注意を怠るまいと思った。クニの評判は高まっていき、望みをすべて失った男や女が彼のもとに集った。とりわけ、ほかの山賊団に拒まれた連中が――彼らは、手脚を失っていたり、若過ぎたり、年を取り過ぎていたり、未亡人であったりした。

クニは全員を採用した。ときどき、部隊長たちが新参者はたいしたことができないのに食わせなければならないとぼやいたが、新しい採用者が貢献できる方法をクニは見つけだした。彼らは山賊らしくなかったので、理想的な斥候になり、隊商を効果的に不意打ちできた――たんにズディの道路脇に茶店を出し、眠り薬を混ぜた飲み物を商人たちに飲ませるだけで、剣を抜かずに何度か金品奪取に成功した。

だが、クニのほんとうの目標は、けっして山賊行為だけではなかった。賦役隊を送り届けられなかったせいで、家族を政府からの報復という危険に晒していた。ズディの駐屯隊は、叛乱に気を取られていて、皇帝の法を執行できていないようだった――あるいは、ひょっとすると、風向きの変化を見極めようと待っているのかもしれない――クニは運任せにするつもりはなかった。ことによると、市長が友人のギロウ・マティザとその娘ジアを守ろうとしてくれているのかもしれないが、その庇護がいつまでつづくのかだれにわかろう？　クニの両親と兄、それにジアの家族は、あまりにたくさんの財産を持っていて、それを全部捨ててくるわけにはいくまい。彼らを説得して自分の山賊団に加わってもらえるかどうかは疑わしかった。だが、ジアは？　可能なかぎりはやく救わねばならないジアは？

安定した拠点を築けたのがわかると、クニはジアに加わってもらうため、人をやってジアを連れてきてもらおうと決めた。ズディではあまり知られておらず、そのため顔見知りの帝国兵に出くわす可能性の低い人間でなくてはならず、同時に心から信頼できる人間でなくてはならない。クニはオウソ・クリンに決めた。

「さっきもここを通ったんじゃないかしら？」

ことここにいたるまでは、ジアは痩せた若者の案内に任せていたが、ついに彼の能力に疑念が生じた。林のなかのおなじ空き地に三度出くわし、あたりはすっかり暗くなっていた。

オウソ・クリンは前方を歩くことで、この一時間、ジアから顔を隠していた。ついに振り返って、ジアと面と向かった。動揺しているその表情を見て、自分たちが迷ったのではという疑いは確かなものだとジアにはわかった。

「近いはずです」オウソはジアの目を見ずに、おどおどと言った。

「あなたはどこの出身、オウソ?」

「なんとおっしゃいました?」

「あなたの訛りを聞いて、ズディの近くの出身じゃないと思うの。このあたりの地理を知らないんじゃない?」

「はい、知りません」

ジアはため息をついた。この哀れな竹のようにやせっぽちな男に腹を立てても無駄だった。彼女は疲れていた。妊娠しているせいでなおさら疲れている。ジアとクニはしばらく子作りに励んだが、うまくいかなかった。しかし、夫が旅立つ直前、ジアは薬草の正しい組み合わせに出くわしたのだ。これは一刻も早くクニに伝えたいちょっとした報せだった——一カ月のあいだ、一言も連絡なく妻を放っておいたことをきつく叱ったすぐあとで。実際のところ、山賊になったことでは夫を怒っていなかった——むしろ、夫の計画のなかに自分を含めていてほしいと願っていた。内心、いてもたってもいられなくなっていたのだ——自分とクニにとって冒険のときが来たのだ。

だが、まず、ジアはここで先頭に立たねばならなかった。

「今夜はここで野宿しましょう。あした、再開すればいい」

オウソ・クリンはジアを見た。彼女はオウソよりさほど年上ではなかった。彼女はけっして声を荒らげることはなかったが、その目に浮かんでいる表情は、これから息子を叱ろうとしているときの母の表情を思い起こさせた。オウソは顔を伏せ、黙って従った。

ジアは小枝と葉を集めて、自分のための寝床をこしらえた。オウソが困りきって突っ立っているのを見て、さらに小枝と葉を集めて、彼のための寝床もこしらえてやった。

「お腹空いてる？」ジアは訊いた。

若者はうなずいた。

「いっしょに来て」

ジアはオウソをうしろに従え、新しい糞を探した。身を屈め、探し回って、けもの道の隣に薬草の生えた区画を見つけた。茎をむしり、それを丁寧に並べた。そしてかばんから小壜を取り出すと、薬草になにかの粉を撒いた。

唇に指を当て、ジアはついてくるようにオウソを手招きした。ふたりはおよそ五十尺ほど後退し、藪のなかに身を潜めて、待った。

二羽の兎がけもの道を跳ねてきて、ジアが置いていった薬草の束を疑わしそうに嗅いだ。だが、なにも悪いことが起こりそうになかったので、しばらくして、兎は落ち着き、食べはじめた。

数分後、兎は耳をぴんと立て、空気を嗅いで、ピョンピョンと走り去っていった。

「さあ、つけるわよ」ジアは囁いた。

オウソはジアに追いつこうと急いだ。この婦人が恐ろしく速く森のなかを動いていくのにオウソは驚いた。噂では、金持ちの箱入り娘だというのに。

ふたりが森のなかの小川に行き当たったところ、二羽の兎は水辺に横たわり、痙攣《けいれん》していたが、走って逃げることはできずにいた。

「さっさと殺して、あまり痛みを与えないようにしてくれる？　いまなにかを殺すのは、わたしには不吉なの……この体の状態では」

オウソはうなずき、ジアがなんのことを言っているのかあえて訊ねはしなかった。大きな石を拾い上げ、兎の頭に振り下ろし、即死させた。

「さあ、食事ができる」ジアは明るく言った。

「でも……でも、これは……」オウソはもじもじして、顔を赤くした。

「はい？」

「……毒では？」

ジアは笑い声をあげた。「毒で殺したんじゃないわ。わたしが摘んだ薬草は、兎薄荷《ウサギハッカ》。この手の生き物が好んで食べる甘い植物なの。わたしが振りかけた粉は、わたしの調合したもので、曹達《ソーダ》灰と乾燥檸檬《レモン》を混ぜたもの。この調合薬は、無害だけど、湿気に触れると大量の泡を発生させる。そのため、食べてしばらくしたら兎はとても不快な気分になった。自然と水を飲もうとしてここに来て、気持ちをよくしようとしたんだけど、よけいまずい事態になった。お腹が空気で膨れあがって、呼吸ができなくなり、動けなくなった。この肉は食べてもまったく問題ありません」

「どうやってそんな技を学んだんです？」クニ・ガルの妻はオウソには魔女か魔法使いに思えた。

「たくさんの本を読み、たくさんの処方を試してみたの」ジアは言った。「この世のことを充分学べば、一枚の葉っぱだって武器になりうるのよ」

ジアはいまにも眠りに落ちそうになっているとき、オウソが啜《すす》り泣くのを耳にした。

「一晩じゅう泣いているつもり？」

「ごめんなさい」

だが、相変わらず鼻をくすんくすん鳴らしていた。

ジアは上体を起こした。「どうしたの？」

「母が恋しい」

「お母さんはどこにいるの？」

「父は早くに亡くなり、ぼくには母しかいなかったんです。母はぼくのすべてだった。去年、うちの村を飢饉が襲ったとき、母はお粥に余分な水を混ぜ、食べ物のほとんどをぼくに出してくれているのを疑わせなかったんです。母が死んだとき、ぼくはどうしたらいいのかわからなかった。それでぼくは泥棒になってしまった。捕まって、重労働の刑を受け、いまは無法者になってしまった。母が生きていたら、とても恥ずかしく思うでしょう」

ジアは若者を気の毒に思ったが、感傷や悲嘆に耽《ふけ》る行為に価値を感じてはいなかった。「あなたのお母さんが恥ずかしく思っているかどうか、わたしにはわからない。いまお母さんがあなたを助けてあげられない以上、なんとしてもあなたに生きてもらいたいはず」

「ほんとにそう思います?」

ジアは内心ため息をついた。クニが盗賊になったと聞いたとき、ジアの両親は、クニが捕まったときのことを怖れて、ジアを義絶した。だが、彼女はこの若者を励まそうとした。落ちこませるのではなく。「もちろん。両親というものは、自分の子どもたちが選んだ道をどこまでも走っていけるようといつも願っているもの。もしあなたが山賊になるのを選んだとしたなら、自分にできるかぎりの最高の山賊になりなさい。そうすればお母さんはあなたを誇りに思うわ」

オウソはうつむいた。「でも、ぼくは強い戦士じゃない。手先も器用じゃない。露営地に戻る道さえ見つけられない。それに……結局あなたに頼って食べさせてもらわなければならなかった!」

ジアは笑い出したかったが、若者に対する慈しみの波が襲ってくるのを感じた。「いい、わたしたちはみんな、なにかが得意なの。夫はたぶんあなたになにかがあると見たはず。わたしを彼のもとに連れていくのにあなたを寄越した以上ね」

「たぶんぼくが山賊に見えすらしないからだと思います」オウソは言った。「それに……失敗した盗みに加わっていたとき、ぼくは犬を置いていこうとしなかったので、みんなに馬鹿にされました」

「犬って?」

「隊商の露営地に忍びこむ際に、犬をおとなしくさせるため乾燥肉《ジャーキー》をぼくが与えたんです。だけど、商人たちが目を覚まして、ぼくらが退却するとき、商人たちのひとりが役に立たない犬を殺してしまおうと言うのを聞いたんです。気の毒になって、ぼくはその犬を連れ帰ってしまった」

「あなたには誠意がある」ジアは言った。「それは意味があるわ」

ジアはカバンに手を伸ばし、小壜を取り出した。

「さあ、これを飲んで」ジアの声は優しかった。「クニの身になにがあったのかわからなくて、ここ数週間よく眠れなかったからこれをこしらえたの。あしたちゃんと動けるように眠らないと。ほら、夢でお母さんに会えるかもしれない!」

「ありがとう」オウソは礼を言うと、小壜を受け取った。「あなたは親切だ」

「あしたになったらなにもかも良くなっているように思えるわ」ジアは笑みを浮かべると、若者に背を向け、すぐに眠りに落ちた。

オウソは焚き火のそばに座って、小壜をもてあそびながら、眠っているジアの姿を夜遅くまで見つめていた。小壜を手にしていたときのジアの温もりがまだそこに感じられるような気がした。

ジアは「ママ、ママ」と呼ぶ、かすかな声を耳にした。

赤ん坊が子宮を通して話しかけてきたにちがいない。ジアはほほ笑み、お腹を軽く叩いた。

陽はのぼっていた。突然、緑と赤の鸚鵡《おうむ》が舞い降りてきて、ジアの隣に着地した。鸚鵡はジアを見て、一瞬、小首を傾げると、翼を広げ、空に向かって飛び立った。ジアの視線は鳥を追った。鸚鵡は巨大な虹に飛びこんでいった。虹は、いまいる空き地からはじまり、反対側に向かって曲線を描いていた。

ジアは目覚めた。

「お湯を沸かしましたよ」オウソが言った。彼は鍋を彼女のもとに運んだ。

「ありがとう」ジアは礼を言った。

昨晩よりずいぶん顔色が良くなったな、とジアは思った。顔と態度にある種の気恥ずかしさのまじった喜びが窺えた。たぶん、愛しい人を思い出したのだ。

お湯で顔を洗い、顔を乾かしながら、ジアは露営地のまわりを見渡した。朝になるといつも、なにもかもずっと良くなっている気がする。

ジアは目を見開いた。夢で見たのとおなじ巨大な虹が東にかかっていた。あの虹をたどっていかねばならない、とジアにはわかった。

ほどなくして、ジアはクニの露営地にたどり着いた。

「次の機会には」ジアは言った。「部下を送り出すまえに、戻ってくる道を教えておくようにしてちょうだい。犬を寄越してくれたほうがましだったでしょうね」

と言いながら、ジアはオウソの手の甲を軽く叩き、冗談を言っていることを示した。「ちょっとした冒険もしたし」ジアは言った。オウソは顔を真っ赤にしながら笑い声をあげた。

クニはジアを抱き締め、赤い巻き毛に顔をうずめた。おれのジアはいつだって自分の身は自分で守れる。

「さて、わたしたちはちょっとひどいことになっているんじゃない？」ジアは言った。「あなたのお父さまとお兄さまは、あなたが無法者になったせいでとっても怒っていて、わたしをおふたりの家に入れてくれようともしなかったわ——あなたを昔のいい加減な生き方に戻したのは、わたしに責任があると考えておられるの——そうなのかしら？　それにわたしの両親は、わたしと無関係でいようとしている。わたしがあなたと結婚するのをせがんだのだから、おまえはその結果を甘んじて受けなきゃいけないと言ってね。あなたのお母さまだけが、こっそりお金を送ってくれてわたしを助けようとしてくれました。訪ねてこられると、お母さまは涙が止まらなくなって――それにつられてわたしも泣いてしまうの」

クニは首を横に振った。「そんなふうなのに血は水より濃いという連中がいるんだ！　おれの親父はどうして――」

「叛乱に関係するのは、一族郎党への処罰につながりうる犯罪なの、覚えてる？」

「おれはまだ叛乱には加わっていない」

ジアはしげしげとクニを見つめた。「加わっていない？　じゃあ、あなたはこの山の基地でなにをしようとしているの？　あなたの山賊の女王として、わたしがここに何年もいるだろうなんて夢に見ているんじゃないでしょうね！」

「次の段階をよく考えていなかったんだ」クニは認めた。「あのとき目のまえにひらけていたように思えた道をたどっただけなんだ。少なくとも、こっちの道だと、きみを帝国軍の手に落とさずにすむ」

「いいこと、わたしは文句を言ってるんじゃないの。だけど、なにか面白いことをやるなら、もっといいときを選べたはずなのに」ジアは笑みを浮かべ、クニの頭を引き寄せて、二言三言、耳元で囁いた。

「ほんとか？」クニは言った。笑い声をあげ、ジアに熱く接吻した。「さあ、それこそ、いい知らせだ」クニは下を向き、ジアのお腹を見た。「きみは露営地に残って、どこにもいっちゃいかん」

「わかった、なにをしたらいいのか、言ってもらわないとね、ここ何年のあいだそうしてくれたみたいに」ジアは目をむいて言ったものの、クニの腕を優しく撫でさすった。「あなたにあげたあの勇気の薬草は気に入った？」

「いったいなんの話だい？」

ジアはいたずらっぽくほほ笑んだ。「あなたにあげた沈静用薬草の袋を覚えている？　あそこに勇気が出る薬草を一服分、忍ばせておいたの。あなたは一番面白いことをつねにしたいのよね？」

クニは山中の道でのあの日のことを思い出した。白い大蛇をまえにして自分がした奇妙な行動のことを。

「それがたまたまどんなに良い結果に結びついたのか、きみには想像もつかないだろうな」

ジアはクニの頬に口づけした。「あなたがあることを幸運だとみなすとき、わたしはそれを、用意を整えたうえでの結果だと考えるわ」

「ところで、オウソが道に迷ったっていうのに、どうやっておれを見つけたんだい？」

ジアはクニに虹の夢のことを話した。「神々からのお告げよ、絶対に」

また予言か、とクニは思った。ときどき、神々――というのが何者であれ――が人のために立てる計画よりもましな計画を、人は立てられない気がする。

クニ・ガルの伝説は増えていった。

およそ一月後、クニの信奉者のふたりが後ろ手に縛られたガタイの大きい男を露営地に連れてきた。

「ずっと言ってるだろうが」男は怒鳴った。「おれはあんたの大親分の友だちだと。こんなふうに手荒く扱うのは、まちがいだ」

「あるいは、おまえは密偵かもしれん」護衛たちが言い返した。

男は道々苦労しながら歩いてきて、息を切らしていた。激しい運動のせいで斑になり、汗まみれの顔を見て、クニは吹き出さないようこらえた。男はもじゃもじゃの黒いひげを顔じゅうに生やしており、玉の汗が朝に草の葉から垂れる雫のように、束ねたひげの先端から滴っていた。たくましい筋肉質の男で、護衛たちは腕を抑えている縄をとてもきつく縛っていた。

「ああ、驚いたぞ。ミュン・サクリじゃないか！」クニは言った。「おまえがおれの仲間になりにくるくらい、ズディの状況は悪いのか？　ここでは隊長にしてやるぜ」クニは護衛たちに縄を緩めてやるよう指示した。

ミュン・サクリは、肉屋を商っており、クニが刑務官の仕事に就くまえは、よくいっしょに酔っ払って、ズディの路上で浮かれ騒いだものだった。

「しっかり統制が取れているな」サクリは血行を恢復させようと腕を伸ばしながら言った。「あんたは、近郷近在で〝白蛇山賊〟として有名だ。だけど、おれがあんたのことを訊いたら、この山の人間はみんな知らんぷりだ」

「銅鍋なみの大きさの拳とそのひげのせいで、連中を怖がらせた可能性があるな──正直言って、見た目は、おれよりもはるかに山賊っぽいじゃないか！」

サクリはクニの冗談を無視した。「たぶん、やたら質問しすぎたんだな。ふたりの山の民に飛びかかられ、あんたの手下のところに連れていかれた」

少年がお茶を差し出したが、サクリは茶碗に手をつけようとしなかった。クニは笑い声をあげ、その代わりに黒麦酒を入れた大きめの湯呑みをふたつ持ってくるよう頼んだ。

「役所の仕事で来たんだ」サクリは言った。「市長からの依頼で」

「おいおい」クニは言った。「市長がおれに関して望んでいるのは、監獄におれを放りこむことだけだろう。そして、おれはそう
いうことにはまったく興味はない」

「実を言うと、市長はザナの官吏への、寝返れという
クリマとシギンの呼びかけに心を惹かれているんだ。もしズディを叛乱軍に差し出すことができれば、爵位を得られるかもしれないと考えている。それにあんたに助言してもらいたがっている。市長の知っている本

物の叛乱軍に一番近いのはあんただから。おれがあんたの友だちだと知っているから、市長はおれにあんたを呼びにいかせたんだ」

「なにが問題？」ジアが訊いた。「あなたがずっと待っていた機会でしょ？」

「だけど、おれのことでみんなが話しているいろんな話は」クニは言った。「まったく真実じゃない。たんに大げさに話を広げているだけだ」

クニはフペやほかの者たちの死について考えた。

「おれは叛乱軍に向いているかい？　現実の世界は物語のなかの冒険とはまったく異なっているんだ」

「ささやかな自信喪失はいいことよ」ジアは言った。「でも、過剰な自信喪失は疑問だわ。わたしたちはときにほかの人たちが語っている物語に沿って暮らすものなの。まわりを見て――数百人があなたについてきて、あなたを信じている。彼らはあなたに家族を救ってもらいたいの――もしあなたがズディを手に入れれば、あなただけがそれをできる」

クニはムルと彼の息子のことを考えた。市場で息子を守ろうとした年老いたザナ出身の母親のことを考えた。夫や息子が二度と帰ってこないであろう未亡人のことを考えた。帝国が考えなしに命を奪ってきた男や女のことを考えた。

「山賊なら、充分な金を払えば、赦免されるかすかな可能性にまだ賭けることができる」クニは言った。「でも、叛徒になったら、もう逃げ道はないぞ」

「面白いことをするのはいつだっておっかないわ」ジアが言った。「それが同時に正しいことであるのかどうか自分の胸に訊いてみなさい」

（わたしはあなたについて見た夢を信じているの。それを忘れないで）

ミュン・サクリとクニ・ガルとクニの山賊一味がズ

ディに到着したころには、夕暮れになっていた。街の門は閉まっていた。

「開門！」サクリは怒鳴った。「クニ・ガルだ、市長の賓客だぞ」

「クニ・ガルは犯罪者だ」壁の上の兵士が怒鳴った。

「市長は門を閉ざす命令を出された」

「怖じ気づいたな」クニは言った。「叛乱軍に加わるのは、頭のなかでは良い考えに思えたんだが、いざ実行に移すとなると、市長はできなかったんだ」

クニの説は、サン・カルコウノとコウゴ・イェルが路肩の藪のなかから姿を現し、一行に加わって証明された。

「おまえの友人だからという理由で、おれたちは市長に街から追い出された」コウゴが言った。「きのう、やつは叛乱軍が優勢だと聞いて、おれたちを夕食に招いた。寝返りの計画を練るためにだ。きょう、やつは、皇帝がついに叛乱を真剣に受けとめ、すぐに帝国軍を派遣するつもりだと聞いて、こういう仕打ちに出た。あの男は風に舞う葉っぱのようなやつだ」

クニは笑みを浮かべた。「もうあいつが心変わりするには遅すぎるだろうな」

クニは部下のひとりに弓を渡すように命じた。袖から一本の絹の巻物を取りだし、矢にくくりつけた。そののち、その矢をつがえ、空高く放った。一行は矢が高い弧を描いて、壁を越え、ズディのなかに落ちるのを見た。

「さあ、待機だ」

優柔不断な市長が心変わりをするかもしれないのを予期して、その日早くに門が閉ざされるまえに、クニは、数人の部下をズディに忍びこませていた。部下たちは午後の残りを使って、英雄クニ・ガルが叛乱軍を率い、ズディをザナから解放し、復活したコウクルに返しにくるという噂を広めた。

「もう税はないんだと」彼らは囁いた。「もう賦役はない。もう、ひとりの犯罪のため家族が殺されることもない」

街へクニが届けた手紙は、市民に蜂起し、市長を権力の座から放逐するよう求めるものだった。「諸君はコウクルの解放軍の支援を受ける」とその手紙は約束していた。仮に市民が山賊集団を〝軍〟と見なし、そして仮にコウクル王はクニ・ガルが何者か知らないという事実を無視してはじめて、その手紙は真実を語っていると見なしうるものだった。

だが、市民たちはクニが求めたことをした。通りでは混乱が勃発し、ザナの法律の締め付けにずっと腹を立てていた市民たちは、市長とその部下たちを速やかに始末した。重たい門が勢いよくひらき、市民が驚異の面持ちで見守るなか、クニ・ガルと山賊たちの小集団は堂々と街に入っていった。

「コウクル軍はどこだ？」暴動の煽動者のひとりが訊いた。

クニは手近にある家の露台にのぼり、通りを埋める群衆を眺めた。

「諸君がコウクル軍だ！」クニは叫んだ。「諸君が怖れることなく行動したとき、自分たちがどんなにすごい力を持っているかわかったか？　たとえコウクルがひとりの男の心にしか生きていないとしても、それでも彼はザナを撃ち倒すだろう！」

陳腐な演説であろうとなかろうと、群衆は一斉に歓声をあげた。満場一致で、クニ・ガルはズディ公になった。本来そのような民主的なやり方では、貴族の爵位は与えられない、と指摘する人間もいるにはいたが、そういう興をそぐ意見は無視された。

それは十一の月の末のことであり、フノウ・クリマとゾウパ・シギンが魚のなかに予言を見てから三カ月後のことだった。

第九章　エリシ皇帝

パン
義力三年十一の月

パンでは、葡萄酒は流れることをけっして止めなかった。王宮の大謁見室の床にある噴水は、色とりどりの葡萄酒を噴き上げ、振り撒き、翡翠で縁取られた水受けに注ぎこむ。水路や管が水受けに繋がっていて、葡萄酒が混ざり合い、空気を泡立て、そのまわりを縫って、恐る恐る皇帝に近づく者たちを酩酊させた。

ゴウラン・ピラ侍従長は、若き皇帝に助言した。ひょっとしたら、海を表すように水受けを形作ることができるかもしれません、乾いたままの床の部分はダラの数々の諸島を表すように利用できるかもしれません、と。

楽しいではありませんか、とピラは皇帝に控え目に申し出た。皇帝陛下が玉座からご自分の領土を睥睨《へいげい》できますのは。ただ視線を下ろすだけで、文字通り濃い葡萄酒色の海を見て、大臣や将軍たちが報告書を上程し、相談するため歩いていこうとして島飛びをしている光景を楽しめる。

若き皇帝は手を叩いて喜んだ。ピラ侍従長——実際には卜占長官ピラだったが、陛下に対してより親しい気になれるのだと言って、へりくだって元の官名を名乗っていた——は、いつもそんなすてきな考えを持っている！　エリシ皇帝は何時間もかけ、設計図を書き、職人に指示を出し、大謁見室の床に敷かれた金のレンガを掘り起こさせ、諸島のもっとも有名な地理的名所の彫刻模型を据えさせた——カナ山である噴石丘には赤珊瑚の彫刻、氷河をいただいたラパ山には白珊瑚の彫刻、キジ山のなだらかな斜面には真珠を配し、アリスソウ湖に見立てた巨大なインレイ蒼玉《サファイア》とダコウ湖に見立てた翠玉《エメラルド》を添え……古きリマの聳《そび》えるオークの代わりに入念に育てた盆栽を使った小さな庭で締めくくる。幼い皇帝にとって、巨人が大地を闊歩するふりをするのは、途方もなく面白かった。自分の領土を縮めたもので死と生を分配するのは。

大臣や将軍たちが帝国の遠くの片隅で起こっている厄介な叛乱の報告書を持ってやってくると、皇帝はもどかしげに彼らを追い払った。摂政に話にいけ！　ピラ侍従長と遊ぶのに忙しいのがわからんのか？　若いあいだは働きすぎず、楽しむことを忘れないようにしなければならないといつも警告してくれるすばらしい友と。それが皇帝でいる本質じゃないのか？

「陛下《レンガ》」ピラが言った。「新鮮な魚と美味しい肉でこしらえた迷路というのはどうでしょう？　天井からあらゆる種類の美味しい料理をぶら下げ、陛下は目かくしをして、味だけを頼りに迷路を抜けようとされるのです」

それは、またあらたなすばらしい助言だ。エリシ皇帝はただちにそんな気晴らしのための計画に取りかかった。

もしだれかが皇帝に、茶碗一杯の米が無いために、諸島では毎日人が死んでいると伝えたとしたなら、皇帝はさぞかし驚いただろう。「米を食べることになぜこだわるのだ？　肉のほうがもっと美味しいではないか！」

第十章　摂　政

パン
義力三年十一の月

クルポウ摂政は自分の仕事を楽しんでいなかった。

父に敬意を表す最上の方法は、大霊廟を築くことだと皇帝に説明したのは、ピラ侍従長だった。永遠の死後の生を送るための家は、パンの宮殿よりもはるかに素晴らしいものでなくてはならぬ、と。現皇帝の母親はマピデレの不興を買ってずいぶんまえに亡くなっていたので、現皇帝が祝うことができる親は父だけだった。偉大なるアノウ族の賢者、コウン・フィジは、子としてふさわしい孝行心を持つ子どもは、つねに全力を尽くして両親を敬うものだと教えなかったか？

だが、その夢の実現は、リュゴウ・クルポウにかかっていた。摂政は、皇帝の子どもっぽいお絵かきを現実の計画に変え、その計画を実現するための人間を選抜し、なまけものの人足たちに仕事を果たさせるよう兵士たちに命じなければならなかった。

「なぜ皇帝の頭にそんな馬鹿げた考えを吹きこむのだ？」クルポウは訊いた。

「摂政、われらがこんにちいるところにどうやってたどり着いたのか思い出されよ。マピデレ皇帝の幽霊がわれらを見張っているのを感じられぬか？」

クルポウは背筋を寒気が駆け上がるのを覚えた。だが、彼は理性的な人間であり、幽霊を信じていなかった。

「済んだことはとりかえせない」

「では、世間の目にどう見られているのか感じるがよかろう。献身の姿を見せているかどうか、われらを穿《せん》鑿《さく》している。あなたが言ったように、仕える身の者がおのが忠義をはっきり口にするのは難しいことがときどきある。マピデレ皇帝の記念建造物を、心の平穏とわれらの地位を確保するための複雑な方法だと考えるがよろしかろう」

クルポウはピラの言葉の智慧にうなずいたものだった。摂政は亡き皇帝の追慕のため、数千人の男を奴隷にし、彼らの抗議に耳を貸さなかった。血統の正統性を追求するのに犠牲は不可欠だった。

その初期のピラとのやりとりでは、ふたりのあいだにその後も保たれる有り様も決めた。クルポウは、摂政で、ザナ国璽の管理者であり、行為の実行者だった。ピラは、皇帝の遊び相手、皇帝の注意を逸《そ》らせておく声だった。彼らはいっしょにエリシ皇帝という操り人形を動かす糸を引っ張った。いい取り決めのように思えた。自分は、分け前の取り分の多いほうの役割を得たと、クルポウには思えた。だが、近頃、確信が持てなくなっていた。

なるほど、クルポウは権力を切望していた。大きな権力を。ピラがあの大胆な計画を胸に会いにきたとき、クルポウはその機会に飛びついた。だが、実際にザナの玉座から発する権力を行使するのは、想像していたほど楽しいものではなかった。確かに、ほかの大臣や将軍が目のまえで身をすくめ、深々とお辞儀をするのを見るのは楽しかったが、摂政であることでおこなう仕事のあまりに多くが、たんに退屈なものだった！

収穫の数字や、餓えた農民の請願、賦役からの脱走者や今回の最新の流行《はや》り病の報告、叛乱に不平を漏らす駐屯隊の指揮官たちの苦情など聞きたくなかった。なぜ責任を負っている地域の山賊を自分で処理できないのだ？　彼らは兵士であり、それは彼らの仕事なのだ。

権限委任、権限委任だ。クルポウはできるかぎりあらゆることを委任した。それでも、彼らは決定を求めにクルポウのところにやってくるのだった。

リュゴウ・クルポウは学者だった。文人だ。そのようなつまらない問題で動きが取れなくなるのはうんざりだった。壮大な構想や新しい法制度の起草者、何十年も光り輝くであろう新しい哲学の創始者になりたかった。だが、人々が十五分おきに扉を叩く状態で哲学に耽る暇があるだろうか？

クルポウはコウクルで生まれた。まだ絶えず戦いを繰り広げているティロウ国家のなかで、コウクルが最強だった当時だ。両親は、小さな町の貧乏なパン屋で、国境の小競り合いに巻きこまれて死んだ。クルポウは山賊に捕らえられ、ティロウ国家のなかでもっとも学問の進んでいるハアンに連れていかれ、無給労働の使用人として売られるところだったが、ハアンの首都ギンペンで、山賊たちは警察の手入れを受け、クルポウは解放されて、往来に放り出された。

クルポウのような状況に置かれた少年には、ろくな将来がないのが一般的だった。だが、クルポウは運が良かった。ギンペンの往来で食べ物を物乞いしていたとき、著名な立法者にして多くの王の顧問をしていた大学者ギ・アンジが通りかかった。

ギ・アンジは、ギンペンに暮らしている大勢の人間同様忙しい男で、災難に見舞われた身の上話を訴えるおおぜいの孤児や物乞いに対し、心を鬼にし、無視することを学んでいた——だれが真実を話しているのか見定めるのは不可能だった。だが、その日、ギ・アンジは、リュゴウ・クルポウの濃い茶色の目のなかになにかを見た。たんなる食べ物への飢えだけではなく、なにかより大きなものに対する渇望がキラリと光っていた。ギ・アンジは、立ち止まり、少年に近づくよう手招きした。

そして、クルポウはアンジの弟子になった。クルポウは、課題を苦も無く習得してしまう——著名なハアンの学者の子息である早熟な天才で、ギ・アンジのお気に入りだったタン・フェウジのような——聡明な弟子のひとりではなかった。アンジの私塾に適応するのになかなか苦労した。

アンジが気に入っている指導方法は、弟子たちと集団で対話することだった。彼らの理解を確かめるため巧みに作られた質問をして、彼らの仮定に異議を唱え、あらたな思考の道筋に導くのだった。

アンジがひとつ質問すると、フェウジはたちどころに三つの異なる回答を導けたのに、クルポウはアンジがその質問をすることによる狙いすら理解するのに苦労した。クルポウは必死に努力して、じりじりと進んでいかねばならなかった。ジンダリ文字を学ぶのに長い時間がかかり、アンジが著した比較的簡単な専門書を読めるだけの表語文字を習得するにはさらに時間がかかった。しばしば、師は少年に痺れを切らし、がっかりして諦めることがあった。聡明なフェウジと会話するほうがはるかに楽しかったのだ。

それでもクルポウはしぶとくがんばった。なによりも師のアンジを喜ばせたかった。それが本の意味を吸収するのに三度読まねばならず、おなじ表語文字を百回蠟刻《ろうこく》し、書き写さねばならず、何時間も座ってたとえ話を謎のように解かねばならないとしても、不平をこぼさずにそれらを全部やってのけた。クルポウは、勤勉を絵に描いたような人間で、寸刻を惜しんで学んだ——食べながら読み、ほかの少年と遊ばず、莫蓙に座って心地良くなって眠ってしまうかわりに、集中できるよう尖った小石の上に座った。

次第にクルポウはアンジの優等生のひとりになった。王と話すとき、アンジは、自分が生涯教えてきた若き門弟のなかで、フェウジとクルポウだけが、教えねばならないすべてのことを理解し、新しい認識という未知の領域に踏みこんだと語ることがしばしばあった。

アンジの学び舎《や》を去ると、クルポウは故郷のコウクルの裁判所顧問になろうとした。だが、王はクルポウを丁重に遇《ぐう》したが、クルポウは正規の役職を与えられることはけっしてなかった。そのかわり、王に進講して支えねばならなかった。

講義や小冊子に加えて、クルポウの書は、とりわけ文人に愛でられた。入念に構成した小論や緻密に構築した論考と対照的に、剣士の情熱的な奔放さと子どもの感受性をもって表語文字を蠟に書き、筆で書かれるジンダリ文字は、渡りの雁の群れが静かな沼の上を飛行しているところで捕獲されたかのように、頁から飛び立とうとしていた。多くの者がクルポウの書を真似たが、匹敵する者はもちろんのこと、彼の腕前に近づく者すらいなかった。

だが、人の称賛には、クルポウの胸を苛《さいな》む一定の見下した態度があった。一部の人間は、とても卑しい生まれの男がかように創造的で芸術的な文字の造り手になりうることに驚いていた。その認識の背後には、暗黙の蔑みがあった。あたかもクルポウの勤勉は、フェウジの生来の聡明さにけっして肩を並べることはできないとでもいうかのようだった。

クルポウはタン・フェウジほど有名になることはけっしてなかった。タンは、二十歳でハアンの宰相になり、統治に関する彼の小論は、クルポウの書いたどんなものよりも広範に出回り、高く評価された。六カ国の学者を良く言うことはほとんどなかった未来のマピデレ皇帝、ザナのレオン王ですら、フェウジの書く物はとてもためになると語った。

だが、クルポウは、フェウジの小論は退屈だと思った。美辞麗句過多で、非論理的だ！　〝有徳の支配者〟や〝調和した社会〟や〝偏らぬ進路〟に関するあらゆる配慮は、クルポウに吐き気を催させた。いずれの論も、うわべだけの美辞麗句と気の利いた文言を使った砂上の楼閣であり、根本に対する配慮はなかった。

フェウジの支配者についての信念は、クルポウには、どうしようもなくおめでたく思えた。支配はするが、刻苦と進取の精神でみずからの暮らし向きを改善することのできる民衆が生まれれば、そっと身を引く支配者。クルポウの考えでは、戦乱で荒廃したティロウ国家に暮らすことで人がなにかを教えられたとすれば、一般民衆は、動物と大差なく、広い視野をもつ人間の助言を受けた強力な支配者にまとめられ、檻に入れられなければならないということだった。強力な国家に必要なのは、容赦なく効率的に適用される厳格な法律だった。

そして、すべての王も大臣も心の奥底では、フェウジにではなく、自分に賛成していることをクルポウは知っていた。彼らが本当に聞く必要がある意見を言っているのはクルポウだったが、それでも彼らはフェウジだけを褒め称えつづけた。クルポウは、おのれの専門的知識の提供を申し出る書状をサルザにあるコウクルの宮廷にさんざん送ったものの、いっさい返事はなかった。

クルポウはしょげかえり、嫉妬の思いで身を焦がした。

クルポウはギ・アンジのもとに出向いた。「師父、わたしはタンよりもはるかに熱心に働いています。なぜわたしはおなじように尊敬されないのでしょう？」

「タンは、いま現状の世界についてではなく、そうなるべき世界について書いている」アンジは言った。

クルポウは師に頭を垂れた。「わたしが書き手としては、上だとは師は思われないのですか？」

ギ・アンジは弟子を見て、ため息をついた。「タンは他人を喜ばせることを心配せずに書いている。だからこそ、人はタンの声を新鮮で独創的だと気づくのだ」

その遠回しな批判は胸に応えた。

ある日、便所に入っていると、便所の鼠が痩せて、病気にかかっているように見えた。まえに穀倉で見た鼠は太って生き生きしていたのを思い出す。

（人の境遇は才能で決まるものではない）クルポウは

考えた。（才能を生かすと決めた場所によって変わるのだ。ザナは強力でコウクルは脆弱だ。沈む船に乗っていっしょに沈むのは愚か者だけだ）

クルポウはコウクルを捨て、ザナの王宮に向かった。そこで彼はすぐに出世した。ギ・アンジの教えを受けた弟子を抱えるのは、タン・フェウジ自身を手に入れるのに次ぐ、すばらしいことだとレオン王が考えていたからだった。

だが、相談を受けるたびにクルポウは王の言葉の裏に口にされぬ後悔を耳にするのだった――余とともにタン・フェウジがここに座っていてくれれば、この男ではなく……。

クルポウはレオン王が、現に所有しているもの以上に所有できなかったものを高く評価しているのだと思って、憤慨した。自分がまことにけっこうだと思われているのではなく、次善の存在にすぎないと思われている苦しみに頻繁に苛まれた。クルポウは以前にも増して熱心に働き、ザナを強化し、ほかのティロウ国家を弱体化させるための方法を次々と立案しようとした。いつか、王に認めさせたかった。フェウジがやれたかもしれないものよりも自分のほうがはるかに価値があるのだ、と。

ハアンの首都、ギンペンが陥落したのち、タン・フェウジは捕らえられた。

レオンは有頂天になった。「やっとだ」王は大臣たちに声高に言った。大臣たちのなかにクルポウも立っていた。「偉大な男を余の大義に加わるよう説得する機会が持てるだろう。あの男の智慧に感服する者が諸島にはおおぜいおる。あの男をザナの味方にすることは、千頭の馬や十人の怖れを知らぬ将軍よりも価値があるだろう。あの男は、クルーベンがたんなる鯨より抜きんでているように、ダイランがたんなる魚より抜きんでているように、たんなる学者より抜きんでている」

クルポウは目をつむった。おれはこの幻影からけっして逃れられない。真実のかわりに理想について書く、調子のいいだけの男という幻影から。あの男の言ったことが役に立たないときですら、レオン王はフェウジという名前の威光をほしがった。

クルポウはその夜、牢獄に囚われているタン・フェウジを訪ねた。

王がどれほど高くこの特別な囚人を評価しているか知っているので、獄司たちはフェウジを賓客のように遇していた。獄司長の部屋を与えられ、獄司たちは敬意をもって話しかけていた。牢獄を出ていかぬかぎり、好きなようにできた。

「久しぶりだな」クルポウは旧友に会うと、言った。タンの滑らかな漆黒の顔には皺がなく、クルポウは友が送ってきた安楽な暮らしを想像した。王や貴族にちやほやされ、一度も生活の苦労をせずにすんだのだ。

「久しぶり！」フェウジはそう言うと、クルポウの両腕をがっしりつかんだ。「アンジ師父の葬儀で会えるかと思っていたが、おまえは忙しすぎたんだよな。師父は晩年の数年、しょっちゅうおまえのことを考えていた」

「師が？」クルポウはフェウジの腕を同様の温かさでつかもうとした。だが、気後れし、神経が高ぶり、ぎこちなかった。一拍間を置いてから、クルポウはうしろに一歩下がった。

ふたりは床の柔らかな座布団に腰を下ろした。ふたりのあいだには茶を淹れた急須があった。クルポウは最初ミパ・ラリの正規の姿勢を取って座った。背をまっすぐ伸ばし、ひざに体重をかけた。

卓をはさんで向こうに座っているフェウジが笑い声をあげた。「リュゴウ、おれたちは学童のころからの知り合いだということを忘れてしまったんじゃないのか？　てっきり旧友を訪ねにここにきたんだと思っていた。まるで条約の交渉をしているような座り方をなぜするんだ？」

ばつの悪い思いをして、クルポウはフェウジに合わせて、ざっくばらんなゲュパの姿勢を取った。尻を床につき、両脚を交差し、足を反対側の太ももの下に敷く。

「どうしてそんなに落ち着かない様子なんだ？」フェウジが訊いた。「なにか隠しているだろ」

クルポウは口をひらこうとして、茶碗に淹れた茶を少しこぼした。

「事情はわかってる」フェウジは言った。「友よ、おまえがおれに会いに来たのは、レオン王に頭のおかしな征服構想を破棄するよう説得できなかったことを謝りたかったからだろ」

クルポウは袖で赤くなった顔を隠しながら、落ち着きを取り戻そうとした。

「そして、ハアンが倒れ、おれがここにいるときに謝罪は不適当だと思っているから、決まり悪がっている。処刑を待っている囚人としてな。言うべき言葉を知らないんだ」

クルポウは茶碗を下ろした。「おれが自分のことを知っている以上におれのことを知っているんだな」と、つぶやく。袖の奥に隠していた緑色の陶器の小罎を取り出す。「おれたちの友情は、茶より強い。もっとふさわしいものを提供させてくれ」クルポウはフェウジのまえの空いた茶碗に液体を注いだ。

「無意味な戦争でレオンに虐殺された数千人に責任を覚えているんだな」フェウジは言った。「おまえは優しいよ、クルポウ。だけど、自分のものではない重荷で苦しい思いをするな。暴君に道理を説こうとして最善を尽くしたのはわかっている。おれの命を救おうとしたのもわかっている。だが、かくも長く逆らってきたあとでおれをレオンが生かしておこうとするはずがない。ありがとう、友よ、それから疚《やま》しさを感じたりするのを禁じるぞ！　責任があるのは暴君レオンだ」

クルポウはうなずき、熱い涙をこぼした。「おまえはおれの魂のまさに鏡だ」

「さあ、いっしょに楽しく飲もうじゃないか」フェウジはそう言って、茶碗のなかの液体を一息で飲んだ。

クルポウも飲んだ。

「ああ、自分の茶碗に注ぐのを忘れたな」フェウジは笑いながら言った。「それはまだ茶だぞ」

クルポウはなにも言わずに待った。すぐにフェウジの表情が変わった。腹を両手で抱え、喋ろうとしたが、喘ぎ以外なんの音も出なかった。立ち上がろうとしたが、つまずいて倒れた。しばらくして、フェウジは座布団の上でもがくのを止めた。

クルポウは立ち上がった。「おれはもう次善の存在じゃない」

永年かかってクルポウはついに自分の夢を実現したと思った。無類の存在になった。この地でもっとも大きな権力を持つ人間になった。最初からずっと自分が感嘆と称賛に値する人間だったということをこの世に知らしめる機会をついに得た。

自分は尊敬されるだろう。

それなのにやっている仕事はあまりにも満足感に乏しく、あまりにもちんけだった。

「摂政殿下、叛乱軍に対する総司令官にだれを任命すべきでありましょうか?」

(叛乱軍だと? あの山賊どものことか? 帝国軍の強力な力にかなうものか? 猿回しの猿に軍を率いさせても勝てるだろう。なぜそんなことでわたしを煩《わずら》わす? 玉座からさらに金と資源を巻きあげようとして脅威を大げさに吹聴している木っ端《こっぱ》役人たちの見え透いた手に決まっている。欺されるものか)

クルポウは宮廷でもっとも自分を煩わせている人間はだれなのか考えた。パンからはるか遠くに追いやって、顔を見ずにすむようにしてやりたい人間はだれだ？

部屋の隅にある、キジ神を祀った祠《ほこら》にちらっと目を走らせながら、至急と記された請願書の山を見た。どれだけ懸命に働いても、やることがあまりにも多すぎるように思えた。請願書を祠の隣に積み、どれだけ大量に処理しなければならないかキジ神に見せれば、なんらかの霊験があらたかになって、神が介入して仕事を減らしてくれはしまいかとぼんやりと願った。

書類の山の頂上近くにある請願書はすべてひとりの男から出されたものだった。

ああ、クルポウは合点した。確かにこれはキジ神ご自身からのお告げだ。財務大臣のキンドウ・マラナは、税制度の改善に関するいくつもの提案をもって、何日もクルポウに付きまとっていた。あの血色の悪い顔をした小男は、税や財政のような些細な事柄に取り憑かれていた。壮大な構想や摂政が心を砕いている大きな絵を理解できずにいた。山賊対応の軍を監督するのに徴税の長、豆数え人のなかの豆数え人を派遣するのは、じつに愉快なばかばかしい策に思え、摂政は自分の機知に感心した。

「キンドウ・マラナを呼べ」

(ことによると、統治に関する論文にとりくめる少しの平穏がようやく手に入るかもしれない。それはタン・フェウジがこれまでに著したどんなものより優れたものになるだろう。十倍、いや、二十倍は優れているものに)

第十一章　侍従長

パン
義力三年十一の月

侍従長《シャトレイン》はたんなる美化された執事にすぎない、ゴウラン・ピラはつねづねそう考えていた。古きティロウ国家の初期の時代には、城代《シャトレイン》というのは、城の防衛を指揮し、貴族の一員として扱われていた。今日では、ピラの仕事は、マピデレの妻たちのあいだの言い争いを収めたり、召使いたちの躾《しつけ》をしたり、宮殿予算の管理をしたり（とてつもなく大きな予算ではあったが）、皇帝の遊び相手になることだったりした。

　ピラはこの地位を父親から世襲した。父はマピデレ皇帝の父親、デザン王に仕えていた。ピラはルイにある、ザナの旧首都クリフィの元の宮殿で育ち、若きレオン皇太子といっしょに遊んだ。ふたりはレオンの父親のずいぶん若い夫人たちの寝室の窓を覗こうとして、しょっちゅう叱られていた。

　捕まると、ピラは、首謀者は自分であるとつねに主張した。皇太子の道を誤らせたのは自分である、と。尻をぶたれ、鞭打たれるのは、ピラだった。

「おまえはとっても勇敢だなあ」レオンは言った。「おまえは真の友だ」

「レ」ピラはぶたれた尻の痛みに顔を歪めながら言った。「ぼくはいつだってあなたの友ですよ。でも、次回はもう少しだけ静かにしてほしいな」

　その友情はレオンがザナの玉座にのぼりつめたときも続いていた。征服と戦争の長い歳月のあいだも続き、ピラは征服の進捗状況が思わしくなくて苛立っているときによくレオンを宥《なだ》め、外交的に屈辱を受けたときには慰めた。六カ国を征服し、マピデレ皇帝になったあと、尊大な数々の常軌を逸した行為をしばしばしでかすようになってからも続いた。マピデレ皇帝は小指をほんのわずかに動かすだけで、大臣や将軍たちを震え上がらせたかもしれないが、謁見室を離れ、宮殿の生活空間に戻れば、ただのレに戻った。ピラの子ども時代の友人に。

だが、友情は、マイン妃をあいだに挟んでは続かなかった。

マインはアム出身で、ザナ軍への降伏を拒んだある公爵の娘だった。捕虜としてパンに連れてこられた。そこではマピデレ皇帝が新しい首都を建設中であり、宮殿の厨房で給仕娘として働かされることになった。

ピラは宮殿の女性にこれといって関心を払うことは一度もなかった。それは仕事を続けていくために必要なことの一部だった。主人のおおぜいいる美しい妻や捕虜たちの誘惑に抵抗できないような侍従長は、あまり長く自分の仕事を続けていけなかった。

ピラは両親が選んだザナの女性と結婚した。ふたりはたがいに礼儀正しく夫婦生活を送ったが、ピラがほぼ常時レオンのかたわらに伺候するようになって以来、ともに過ごす時間は滅多になくなっていた。夫人はピラの子どもを宿すことはなかったが、ピラは気にしていなかった。侍従長の人生は、息子に託したいと思うほどすばらしいものではないとピラは思っていた。ずいぶんまえに、ピラはおのれの男としての衝動を押し殺すことを学んでいた。

だが、マインはピラのなかのなにかを呼び起こした。自分の運命をけっして嘆かないその生き方によってだろうか？　公爵の娘から奴隷の身に堕ちたというのに。自分を奴隷としてけっして扱わないその態度によってだろうか？　頭を高く保ち、まっすぐ見つめる。ごくささいなことにも喜びを見つける様子によってだろうか？　蛇口の水漏れを使って音楽を奏でたり、巨大な料理用の炉の炎から発する光で壁に指人形の影絵を踊らせたりする方法を厨房のほかの女使用人たちに教えていた。ピラはそんな喜びを知らなかったが、自分が彼女を愛しているのは知っていた。

ふたりは会話を交わすようになり、ピラはマインだけが自分のことをほんとうに理解している人間だと感じた。自分が仕事の総量以上の存在であるのをわかってくれ、春に解ける氷や夏の星がゆっくりと頭上で回転するのを眺めていることや、群衆のなかの孤独について、また、大量の金や銀に触れはするものの、親しみのある手にはろくに触れられていないことを、ときどき詩に詠んでいるのを知ってくれていた。

「わたしは見栄えのする奴隷にすぎない」ピラはマインに言い、それが事実であることに気づいた。「われわれのどちらも自由ではない」

マインといっしょにいることで、ついにピラはほんとうの親しさの意味を教えられた。自分はレと近しいと思っていたものの、彼らは結局のところ対等の立場ではなく、真の親しさは対等な立場でいることを必要としていた。

ある夜、マピデレ皇帝は将軍たちと祝宴をひらいていた。ピラは祝宴が終わるまで待ち、皇帝の機嫌がいいときを見計らって、頼みごとをしようと思っていた。レに、旧友であり遊び友だちであった男に、マインを奴隷の身分から解放し、自分にくれるよう頼むつもりだった。

マインはその夜、眼梶木《メカジキ》の炙り焼きを給仕した。彼女は皇帝の卓まえを通り過ぎた。魚の皿を高く差し上げていた。皇帝は退屈していた。なにか気分転換になるものを探していた。すると、マインの細い腰が目に入った。マインの流れるような明るい茶色の髪の毛を見た。ずっと自分のものであったのに、忙しすぎて楽しむことができなかったものを目にしたのだ。

マピデレ皇帝はその夜、マインを寝所に呼びつけた。

そして彼女はマイン妃になった。おおぜいいるマピデレの配偶者のあらたなひとりに。マピデレはけっして后妃を指名せず、古い妃よりも新しい妃を好んだ。

ピラの心はその夜、死んだ。

それはほかのあらゆる女奴隷が夢に見ている運命だったとはいえ、翌朝、ピラが皇帝を起こしにやってくると、マインは喜んでいるよりも怯えているようだった。彼女はピラの視線を避けた。ピラは平静な声で慎重に口をひらいた。夢のなかで、ピラは何度も何度も彼女に別れを告げた。

マイン妃は妊娠し、ほかの妃や召使いたちは心から彼女を祝福した。あらたなる皇族の子どもをもたらす妃として、マイン妃の地位は盤石なものになった。だが、祝いを述べる者たちにマインはなにも言わなかった。腹が大きくなるにつれ、彼女はいっそう無口になっていた。

予定より二ヵ月早く、赤ん坊が生まれた。男子だった。早産にもかかわらず、赤ん坊は健康かつ元気で、月充ちて生まれたほかの男子とおなじくらいの体重があった。

医師は疑いを抱き、召使いと看護師たちを退出させ、疲れ切ったマイン妃を一時間にわたって訊問した。ついに彼女から真実を聞き出すと、医師はその知らせをもってピラのもとに急いだ。

そのとき以来、ピラは心のなかで何千、何万回とその日を思い返してきた。わたしは自分の息子を救えただろうか？ マインを救えただろうか？ 黄金と宝石で医師を黙らせることはできただろうか？ 皇帝の足下にひれ伏し、慈悲を乞うことができただろうか？ わたしは、この世でただひとり愛した人を守ることすらできない臆病者なのか？ なにもかも打ち捨てて、小さな魚釣り船でマインとともに脱出し、見知らぬ港に向かって、たえず肩越しに振り返る生涯を送るところを想像する——それでも、彼女は生きながらえただろう。生きていられたのだ。

だが、すべての台本はおなじ結果で終わった――家族全員の死だ。両親、妻、おじやおばが死ぬ。裏切りは血の汚れであり、裏切り者の罪は家族全体におよぶ。自分が打てる異なる手を思いつけなかった。それでもピラはおのれをなじった。

ピラはマピデレ皇帝のところにいき、医師が言ったことを伝えた。

「父親はだれだ？」皇帝は激怒した。

「言おうとしません」ピラは答えた。死んだような声で。

レオンを説得したかった。レオンが彼女を望むまえに自分が会ったと説明したかった。だから、自分たちは実際には裏切り行為をしていない、と。だが、侍従長として、ピラは、宮中の法を知悉《ちしつ》していた。奴隷の娘は皇帝のものだった。たとえ皇帝が彼女に一度も触れたことがなく、名前すら知らず、顔さえ思い出せなくとも。ピラとマインはまさしく裏切り行為を犯したのだった。ピラが皇帝の所有物以外のなにかとして彼女を見た瞬間から。

そして、ピラが見つめており、なにも言わないでいるあいだに、赤ん坊はマイン妃のまえで息を止められた。ピラが見つめ、なにも言わないでいるあいだに、近衛兵たちがマイン妃の首を絞めて殺した。そののち、ピラはふたりの遺体の処分にとりかかり、彼女の冷たい肌に両手が触れたときも顔になんの表情も出すまいと努めた。

だが、ピラは誓いを立てた――マインの復讐をしてやる、ザナ王家を滅ぼしてやる、と。まさに、派手に、ほんとうに裏切るつもりだった。

「侍従長、叛乱の報告書にはもううんざりだ。どうしたらいい？」

「陛下《レンガ》、連中はたんなる山賊と追いはぎでございます、陛下のお気になさるにはおよびません。そんな者どものことを考えて陛下のお時間を一秒でも無駄にするのは陛下の沽券《こけん》にかかわります。そんなつまらない案件の報告書を持ってくる者は、死刑に処すと言っておやりなされ。陛下の代わりに摂政にめんどうを見させてやりましょう」

「おまえだけが余の真の友だよ、侍従長。なにが余にとっていちばんよいことなのか、つねに考えてくれている」

「ありがとうございます。さあ、きょうはなにをいたしましょう？　帝国動物園兼水族館にいって、赤ん坊のクルーベンを可愛がってきましょうか？　それとも、ファサから連れてきた新しい乙女たちをご覧になりますか？」

牡鹿を追う

第十二章　叛乱拡大

大島
義力四年三の月

　おもちゃの帝国で葡萄酒が流れ、宝石がきらめいているあいだに、エリシ皇帝の本物の帝国は、ずたずたになっていた。

　現在までに二万人の兵力がフノウ・クリマとゾウパ・シギンの魚の予言が書かれた旗のもとに集まっていた。ふたりはコウクル王位の正統な後継者、二十三歳の羊飼いを、ファサの北にある田園地方での家畜に囲まれた静かな暮らしから強引に引っ張ってきて、スフィ王として玉座に復権させた。

　若者はそれまでのところ羊にのみにらみを利かせる暮らしをずっと送ってきたにもかかわらず、すぐに優雅さと気安さをもって、男たちに命令する役割をこなすようになった。

「ほらね」ラソウ・ミロウは兄に言った。「王家の血はいまも特別なんだ。羊飼いになるべくして育った少年が、国全体の責任者になって突然あんなにくつろいでいられるなんて、ほかに説明する術《すべ》はない！　なんて優雅なんだ。なんて凛々しく命じるんだ！」

　ダフィロウは目を丸くして、呆れた表情をした。

「身なりのいい男たちがおおぜいやってきて、あなたは王になる運命なのですと言い、一日じゅうぼくのまわりをついてまわって、ぼくがたいそう賢い人間であるかのようにふるまい、ぼくの言うことになんでもうなずき、ぼくに大きな重たい王冠と黄色い絹の式服を着せて、黄金の玉座に座らせてみろ。ぼくだってたぶん自信満々で王様っぽく振る舞うようになるさ。まるでぼくの背中が最初から玉座にくっついていたかのようにな」

「どうかな」ラソウはそう言って、兄を疑り深そうに見た。「兄ちゃんの得意なのはおれに偉そうに命令することだけじゃん。絹の式服なんか着たら、曲芸の猿みたいに見えるのがおちだぜ」

サルザ中央にある炎と氷の古き大寺で、スフィ王は、コウクルの守護者である、カナとラパの両女神に祈った。

「ザナの罪は数多い」スフィ王は広場に集まったおおぜいの民衆に話しかけた。「だが、裁きの日は近い。ティロウ全国家がふたたび立ち上がった。世界は正しい姿に戻されるだろう」

期待にどよめいている群衆のまえで、スフィ王はクリマをコウクルの元帥、ナピ公に任じ、シギンをコウクルの副元帥、カンフィン公に任じた。ふたりはいたるところでザナの勢力を攻撃するよう命を受けた。元のコウクルの領土すべてが解放されるまで。クリマとシギンは軍の先頭に立って、サルザを堂々と出ていき、人々は花と、サルザの海岸から船で運んできた細かな白い砂をふたりに浴びせた。

「これこそ人生ってもんだよな」ラソウ・ミロウは言った。彼は通りに並んで歓声をあげている綺麗な娘たちを見てほほ笑んだ。

「われわれはまだザナのほんとうの軍に出会っていない」ダフィロウ・ミロウは言った。「祝うのは早すぎる」

叛乱の種は風が吹くところならどこでも広がった。ほどなくして、征服されていたティロウ国家が、長い冬が明けて新鮮な筍《たけのこ》が生えてくるように動きはじめた。

大島の北部では、最後のファサ王の孫、シルエという名の男がボウアマで王位に就いた。彼の部隊はすぐに一万に達した。

東では、富と文化の地、ガン王家の分家筋の子孫がガンのダロウ王を自称した。狼の足島にある元のガンの首都、トウアザにいたザナの駐屯隊は、弓一本放つことなく降伏した。駐屯隊はすぐさまガン王家守護隊と名前を変え、前のザナの司令官は嬉々として、伯爵の称号を受け取った。ガンは、また、トウアザ港に停泊していたザナ海軍の船を接収し、ダロウ王は古きガンの肥沃な沖積平野を取り戻すため、大島への侵攻準備をした。

一方、ソウナル砂漠の南、マジ半島の諸都市は、独立連盟の一員であると宣言した。マジは歴史上様々な時期にコウクルおよびガンの行政下に入っていたことがあったため、諸都市はずる賢く、両ティロウ国への部分的な忠誠を誓った。

西では、優雅と洗練で名高いアム国が、美しきアルルギ島でふたたび建国された。大島にある以前のアム領土は、ザナの強力な支配下に置かれたままであったが。

復活したリマ国は、ファサ国の協力を得て、ダム山脈とシナネ山脈の北部地域の返還を要求した。リマ兵たちはまた、できるかぎり山脈の南側まで領地を広げようとした。もしザナが倒れれば、リマは元のアムとつねに領有権を争っていた地域の優先権を得るだろうという期待を寄せていた。

六カ国のなかで、ハアン国だけが、完全にザナの占領下にとどまったままだった。だが、ハアンの亡命政府があり、ハアンのコウスギ王は、三十年まえに若者だったときマピデレ皇帝に降伏したのだが、いまはあらたに王位に就いたコウクルのスフィ王の賓客として、サルザに住んでいた。

「まもなくギンペンをふたたびご覧になれますよ」ス

フィ王はコウスギ王に約束した。

コウスギはうなずき、強《こわ》い灰色のひげを揺らした。固まったばかりの溶岩のように黒く、皺だらけの顔から神経質そうに外を覗いている濁った一対の目は、最近の出来事の変化をほとんど信じられずにいた。ほんの数カ月まえ、ザナは盤石に思え、ハアン国を再興する夢はお伽噺《とぎばなし》に思えたのだ。

スフィはふたたび生まれた六カ国の王全員をサルザに招き、戦争大会議を開くことにした。そこで諸王は元首《プリンケプス》を選び、戦争の最善策を決めることになろう。

第十三章 キンドウ・マラナ

大島
義力四年三の月

キンドウ・マラナは、ソロバンをどけ、鎧を身につけ、腰に剣を佩《は》かねばならない日が訪れるとは夢にも思わなかった。

大量に人を殺す方法について考えるよりも、皇帝の金庫が全ダラ諸島から徴集した金で充ちるのを見るほうが好きだった。戦略を立案し、死傷者報告書を吟味するのではなく、脱税者を捕らえる方法を考案するのに時間を費やしたかった。

彼は学生時代に優秀な成績を収め、数字に強いところを示し、苦労して官僚の出世階段をこつこつとのぼってきた。硬貨の山、豆の袋、反物、油壜、魚の乾物の束、貝を紐で括ったもの、米や麦やモロコシの袋、羊毛の袋、小銭を入れた鉱缶《ブリキ》の数を数えるのが楽しかった。物事を分類し、しかるべき場所に置き、帳面上のそれらの名前を確認することに喜びを覚えていた。年を取って引退するまで、そういうことをして楽しく過ごせたはずだった。

だが、摂政の命令は明白だった。どういうわけか人生で一日も戦ったことのない職業役人が、いまや、ザナ軍元帥である。ザナの陸海空軍すべての総司令官なのだ。

まあ、僕《しもべ》の役割は、おのれの役職の義務を粛々とこなすことだ。キンドウ・マラナは、自分が一番得意なことからはじめるつもりだった――自分が動かさねばならないものの在庫調べだ。

名目上、ザナの地上軍は、十万人を数える。だが、国庫への年間歳入をキンドウ・マラナが見積もった数字がけっして実際の歳入と合致しないのと同様、兵力の数はさまざまな形で割り引かねばならなかった。

まず、支配の問題がある。皇帝がまだ実質的に支配している領地は、ザナ本国のダスとルイ両島と、北西の三日月島、南西のエコウフィ島、ゲフィカとゲジラの肥沃な平原からなる大島中央の蝶の形をした一画のみだった。ダム山脈とシナネ山脈のそそり立つ高峰と、ソウナル川の急流が、いまのところ、叛乱軍を食い止めていた――そして、ゴウンロギ砂漠のとんでもない広がりも役に立っていた。

大島の北西角にあるハアンもまた、依然として帝国の完全な支配下にあった。だが、ほかの領地の駐屯隊は、降伏して叛乱軍に加わるか、あるいは街を封鎖されていて、キンドウ・マラナの指令が届かなくなっているかのどちらかだった。それらを元帳の資産の項目に勘定することはできない。マラナがほんとうに指令を与えられる部隊は、完全無欠の都市周辺に配置されているもっとも忠実な部隊からなる、わずか一万人程度だった。

第二に、ザナがまだ支配している地域ですら、状況は安定からほど遠かった。大霊廟と大隧道建設に従事させるため、ダラ全土から強制的に徴用したおおぜいの囚人と賦役人足は、容易に暴動を起こす大群になりかねなかった。もし叛乱軍が帝国の中心地に調整攻撃をかけるようなことがあれば、連中はそれぞれの故郷の叛乱者たちを自分たちの〝解放者〟として歓迎するだろう。

第三に、海軍と空軍はひどい状態だった。大飛行船は保守維持に金がかかる。浮揚用ガスはゆっくりと、だが着実に絹の気嚢から漏れ、定期的に再注入しなければならなかった。浮揚用ガスの供給源は全世界にただひとつであることから、再注入のための飛行を予定に組むのは、多くの空軍司令官が平時には避けたがっている雑用だった。マピデレ皇帝が頻繁におこなっていた巡遊に同行する数機の飛行船を除いて、大統一戦争で使用されていたザナの飛行船の大半は、何年も地上に置かれたままだった。海軍もまた、以前の姿の抜け殻に過ぎなかった。北方で海賊を警戒して哨戒している船を別にして、海軍の船は何年も船渠《せんきょ》のなかで待機したままになっており、船食虫《フナクイムシ》がはびこり、かろうじて浮かんでいる有様だった。これらはさらなる負債だった。

最後に、士気が救いようもなく低下していた。マラナは、人がなにかに取り組むときに、そのやり方に影響を与えるものをどう感じるのかよく理解していた。ザナがまだ七カ国のなかの一国に過ぎず、帝国ではなかったころ、ザナの民衆は、ほかの島の住人に、やぼったい田舎者、半分未開の貧しいいとことして扱われるやり方に憤慨していた。レオン王が征服戦争をはじめ、それを支えるために税金を引き上げねばならなかったとき、ザナはダラでの正統な地位を求めるために戦わねばならないというはっきりとした目的意識がザナの民衆のなかにあり、人々は徴税吏たちにほとんど快く税を払った。ところがいまは、希望や目的意識が六ヵ国の叛乱軍にある一方、ザナの兵士たちは、逃げ回り、落ちこみ、自分たちの戦う理由の正統性に不安を覚えていた。

貸借対照表を集計し、マラナはひとつひとつ着実にその改善に取り組んだ。それはマラナが慣れ親しんでいる仕事だった。先帝の治世の後年、そして現帝の治世においては特に、宮殿は財務省に多くの筋の通らぬ要求をしてきた。それでも、マラナはそれを満足させる方法をどうにかしてつねに見つけてきた。

マラナはまず、負債を資産に変えることからはじめた。賦役人足は帝国軍に移すことができる。囚人と奴隷たちは、戦闘で目覚ましい活躍を示すという条件で解放する。これらの男たちを訓練するために、ザナの精鋭部隊の古参兵を昇進させて、あらたに拡大した軍での分隊長や軍曹や五十卒長、百卒長にする。経験のない徴集兵たちは、おなじ故郷出身の兵士があまり多くならないよう構成された分隊に組み入れる。そのように分割され、ザナの古参兵に訓練され、見守られれば、新兵たちは、帝国の中心地での叛乱軍による攻撃を食い止めるのに効果を見せるかもしれない、少なくとも一時的には。通貨の価値を落とすだけでは、長期での予算の問題をけっして解決しはしないものの、しばらくそれで保つだろう。

だが、真の解決策はルイとダスのなかにあった。ザナの中心地だ。ザナと帝国の大義をひたむきに信じている者たちからなる軍を育てねばならないだろう。

帝国の法律の峻烈さはどうでもいい。ザナの貧者が、ほかの国の貧者と同様に、帝国のくびきの下で声高に不満を叫ぶのもどうでもいい。もし国への愛情と男としての誇りを焚きつけることができれば、ザナの新しい兵士たちはマピデレ皇帝の夢がふたたび成就するまで、六カ国をひとつずつ再征服することができるだろう。無理難題に思えるかもしれない。帝国の商人や農民に税法に従わせようとしたのとおなじくらい挑戦的な仕事だろう。だが、わたしはそれをみごとにやり遂げたのではなかったか？　ひょっとしたら、税法は帝国を動かすすべての政策の小宇宙であるのとおなじように、税を司ることについてマラナの知っていることは、経世の小宇宙であるかもしれなかった。

ひょっとしたら、摂政は理由があってマラナを選んだのかもしれなかった。

キンドウ・マラナはため息をついた。やらねばならぬことがたっぷりあった。

クリマ＝シギン遠征軍は、早期に成功をおさめた。

クリマ元帥とシギン副元帥は、残存するザナの駐屯隊をリル川の南岸から一掃することで進軍をはじめることに決めた。リル川自体は、帝国海軍が哨戒しており、幅広い川を横断するのは、いまのところ取るべき手ではなかった。

次々と街は叛乱軍に落ちていった。戦闘がない場合がほとんどだった。帝国兵は抵抗する意思を持たず、叛乱軍が迫ると、市の門をかんたんにひらき、軍服を脱ぎ捨て、市民に紛れようとした。

クリマとシギンはこの勝利を自分たち自身の才能と勇敢さの賜物だとした。軍略書や用兵書をだれが必要とする？　そういう書物は、古い貴族が自分たちの価値を高めるために利用する数多くの方法のひとつにすぎない。彼らふたり、たんなる農民の出の人間が、彼らの旗印を見ただけで怖れを知らぬ帝国兵たちを逃げ出させたのだ。

ふたりのなりたての公爵は、けっして軍事訓練をおこなわず、あるいは軍勢に戦闘隊形を作らせようとしなかった。そんなことをしてなんになる？　自分たちの軍は、人々の正しい力と怒りに基づいた無敵の軍なのだ！

ふたりはあらゆる形の訓練と指揮系統を無視した。軍服ですら、任意だった。どの叛乱兵も自分の好きな服装ができたが、もし自分の革命に対する熱意を表す印がほんとうに欲しければ、コウクルの双子の鳥の紋章がついている赤いバンダナを頭に巻くことができた。だれもがそれぞれの望むような速さ、あるいは遅さで行軍した。

武器に関しては、占領した帝国の武器庫から奪った剣を振るうか、もし使い勝手がいいと思うなら、農場や台所の道具を手放さないでもよかった。給金はなかった――ただし、征服した街で帝国を支持していると報告された市民から略奪できた。叛乱軍の兵士は、それぞれの好きなように笑い声をあげ、冗談を言い、雑談をし、昼寝をむさぼるためにしゃがみこみすらした。遠征軍が街に近づくとき、それはまるで農民の大集団が市場に向かっているようだった。

だが、叛乱軍のみさかいのない行軍がコウクル北部を通り抜ける際に出くわした不運な商人や農民や木こりや漁師にとっては災難だった。商品や金、家畜、収穫物――叛乱軍は欲しいものをすべて奪っていった。「コウクル解放のためこれを徴発する」彼らは持ち主にそう言うのがつねだった。「貴様らはザナの専制を打ち破り、スフィ王の栄光に貢献したいと本気で思うておる、そうだろ？」そうした説得力のある議論に納得しない持ち主は、すぐに拳やそれよりひどいもので得心させられるのだった。

茫然とした被害者は、地面に残され、こうむった傷の手当をしながら、無秩序な軍が蹴り上げる土埃が遠くに薄れていくのを眺めた。叛乱軍が通っていった田舎は、蝗《イナゴ》に綺麗に食い尽くされた畑のように見えた。

「おれたちは山賊とどうちがうんだろう？」ラソウは兄に訊ねた。ふたりは道で最後に出くわした隊商から略奪した品物で膨れあがった袋を抱えていた。「解放者のような気がしないんだ」

「ラット、気にするな」ダフィロウが言った。彼は以前よりも雄弁になっていた。「おまえの仕事は理由を訊ねることじゃない。おまえの仕事は元帥たちにやれと言われたことをすることだ。これがむかしから戦争というもののやり方だ。哲学的な考察と分類はぼくらより賢い連中に任せるんだ」

コウクルの新しい元帥と副元帥の手柄に関する噂を耳にすると、フィン・ジンドゥは、両手を上げて嫌悪の仕草をした。「スフィ王はなにを考えておられる？　われらは王が正統な古代の儀式にのっとり、吉日を選んでツノウアにお越しになり、コウクル軍の指揮をわれらに委ねられるのをずっと待っているというのに。おまえの祖父の時代におこなわれたようにな。だが、王は期待されていることをおわかりになっておられないようだ」

「それではうまくいかないでしょう、叔父上」マタは言った。「われわれは大島まで渡らねばなりません。もしスフィ王がわれわれのところにお越しにならないのなら、こちらから王のもとに参上せねば。コウクルにはふたたびジンドゥ一族の力強い手が必要なのです。コウクルの真の元帥の手が」

コウクルの二羽の鳥の旗とジンドゥ一族の菊ののぼりが海から吹いてくる冷たい風にはためいているなか、八百人の男たちが岸辺に密集隊形を組んで並んでいた。釣り船の船団が海に浮かび、男たちを大島に運ぶのを待っていた。

フィンはゆっくりと男たちのまえを行き来し、順番に個々の兵士と目を合わせた。

「感謝する」フィンは言った。「諸君こそ、コウクルが再び生きていく拠り所だ。諸君を率いることができて光栄だ」

数人の兵士が詠唱をはじめた。まもなくほかの声が加わり、やがて八百人の男たちがひとつになって声を張り上げた。

「ジンドゥ！　ジンドゥ！　ジンドゥ！」

フィンはうなずき、笑みを浮かべ、涙を拭おうとした。

フィンの背後にいたマタが碇石に飛び乗り、集まった男たちよりひときわ高いところに立って、一同の頭上に声を鳴り響かせた。

「諸君はツノウアでもっとも勇敢な男たちだ。いったんあの船に足を踏み入れたなら、おれがエリシ皇帝の首を奪うまで、おれたちはここに戻らん！」

「ジンドゥ！　ジンドゥ！　ジンドゥ！」

「そしておれたちが戻ってくるとき」兵士のひとりが叫んだ。「おれたちはみんな背の高い馬に乗り、絹をまとっているんだ！」

男たちは全員笑い声をあげた。マタが一番大きな声で笑った。彼らの笑い声は槍のように持ち上がり、空の中心を突き刺すかに思えた。

風が強さを増し、南東に向きを変え、大島に向かって吹いているのを男たちは感じた。まだ春のはじめだというのに、煙をくすぶらせているカナ山の熱い吐息のように、風は暖かかった。

「カナ神がおれたちに味方してくれている」男たちはたがいに囁きあった。「マタこそカナ神の戦士だ」

コウクルのカナ山の火口が噴火し、煙と火のついた灰からなる濃い噴煙を吐き出した。

——奇妙な戦略ね、キジ。徴税吏を本物の元帥にぶつけるつもり？

一陣の激しい風が火口に吹きつけ、内部のどんよりとした色の溶岩が明るく輝いた。

——ザナを見くびるのは、おまえたち姉妹によい結果をもたらさぬぞ。

――どうやってソロバンが疑いを終わらせるもの《ナ＝アロウェンナ》に打ち勝つのかわからない。

――歯のついたあの野蛮な棍棒の存在も忘れるな。なぜおまえが復讐のことしか頭にない、この血に餓えた死すべき者を選んだのかわかっておる。

近くにあるラパ山の氷河がひび割れ、動くかに見えた。

――どういう意味だ？　われらの蒙を啓いておくれ。

――なぜなら、おまえたちはあの男がフィソウェオ好みの人間だと思っており、この企みで、戦争の神《フィソウェオ》を自陣に引き入れようと願っているからだ。フィソウェオが、一方の側の刃を強くしたり、他方の馬をはやく疲れさせようとしても、厳密には直接干渉しないというわれらの盟約違反にならないだろうからな。

――で、そっちがあの戦士を選んだのは、ルソウに計算機男の助けをさせられると考えたからでしょう。あなたはあなたの山にあるあの湖のように透明だわ。

――だれがより魅力のある選択肢を提示したのか、見守らねばならぬであろう。


大島に上陸すると、フィン・ジンドゥはすぐにサルザに向かいたかった。

だが、マタは異なる考えを持っていた。

「このフノウ・クリマという男をこの目で見にいきたい」マタは言った。「王や大使とどうやって話していいのかあまりわからないんだが、戦う男との話し方はわかっている。ひょっとしたら、この男と仲間の平民たちをわけているなにかがあるかもしれない。それがスフィ王がやつをおれたち以上に重んじている理由かもしれん」

「おまえが戻ってくるまで、サルザの外で八百名の志願兵とともに待とう」フィンは言った。「双子の鳥がおまえの足取りを速めてくれますように」そしてマタが声の届かないところにいくと、フィンはため息をつき、首を横に振った。「おまえは時間を無駄にしておる。王であろうと、堅い表面で試してみなければ、金剛石《ダイヤモンド》と透明な黄玉《トパーズ》の区別はつかぬ」フィンはつぶやいた。

かくしてマタは一人で馬に乗り、コウクルの広大な平原とうねる丘を西に向かい、クリマ＝シギン遠征軍の進んだ道をたどった。マタはたいていの馬にとって、体重が重すぎ、背が高すぎた。フィンは家族の居城から追放された身でマタと暮らしている時期、マタに乗馬を教えるだけの資金を欠いていた。若者にとって、長距離乗馬は、いい練習の機会だった。サルザの郊外の市場で大枚をはたいて買っていま乗っているのは、ザナ産の馬で、コウクル産のたいていの馬よりも背が高く、力が強かった。

マタは馬といっしょにいるのを自分がずいぶん楽しんでいることに気づいた。馬は生来、権威に対する敬意があった。というのも、馬にとっての自然な役割に合致するからだった。馬に乗ってさらに西へ西へ進みながら、マタは馬と乗り手の複雑な舞踏について考えた。滑らかな乗馬をおこなうのに必要な協同作業を、領臣と領主、臣下と王のあいだの相互的な義務と責任という複雑な網に相似したものとして考えるのだ。

だが、たとえザナの馬がたくましく大きな体軀をしていても、マタは単純に重すぎた。クリマとシギンを追って何日か経つと、マタが何度も篤《あつ》い世話を試みたにもかかわらず、馬は消耗しつくした。コウクル西海岸のリル川河口に位置するディムの街のすぐ外で、馬はよろめいて、足を折り、マタは転げ落ちた。大きな悲しみとともに、マタは愛馬の命をナ＝アロウエンナですっぱり断ち切った。

目をしばたたいて、予想外の熱い涙を払い、とはいえ、マタは、コウクルが正当な元帥を見つけなければならないと信じているのとおなじように、自分に合った馬を見つけねばならないと考えていた。

　叛乱を正当なものにするため、コウクル王家の後継者を見つけるのだ、とシギンが提案したとき、それはいい考えに思えたが、いまクリマはそれほど確かなことだとは思わなくなっていた。

　彼とシギンが、自分たちの首を危険にさらして、ザナに反旗を翻したのだ。自分たちの名前こそ、兵士たちが認識し、ついてきた名前だった。街から街へ帝国の部隊を追い出したのは自分たちだ。それなのに、あの若者、正しい父親を持っている以外になにも成し遂げていないたんなる若造が、コウクルの玉座に座っていた。若者は、あれこれ指差し、あれこれ言い、シギンとクリマはそんな彼に従わねばならない。

　これは正しいことに思えなかった。

　そしてあの予言だ——まあ、あの予言はクリマとシギンがでっちあげたペテンにすぎなかったが、クリマはそういうふうに考えないようにしていた。まさしく、こうなると予言が告げていたように物事はほぼ進んだではないか？　おれたちは勝利を収めようとしているのではないか？　だから、ひょっとしたら、第一に、巻物の考えをおれたちに与えようとしたのは神々だったかもしれない。そしてひょっとしたら、神々がおれたちの手と指を動かし、あの予言の文言を紡がせ、巻物にして、魚の腹に押しこませたのかもしれない。おれはたんなる神々の道具だった。

　おれはそんなふうにあのことを考えるべきではないのか？　神々があんなふうに行動しなかったと、だれが確信を持って言える？　すべてはもっとも頭のいい思想家にとっても謎ではないのか？

　シギンはつねにあまりにも近視眼的な人間であり、そうした考えをするクリマを馬鹿にした。「おれの書いたものが神々から授かったものだと思っているって？　ハハ、むかし見た劇からあの文言を採用して、書いたんだ」

だが、いま、クリマは、あの予言は、なにかまったく外部から自分にもたらされたものだと考えていた。自分に神々から与えられた真のお告げである、と。そんな出来事の見方に異議を唱えるかもしれない唯一の人間がシギンだった……。

そして予言ではクリマが王になるとされていた。たんなるナピ公ではなく、たんなるコウクル元帥ではなく、王に。王に。

フノウ・クリマが西コウクル王の名乗りを上げたという知らせにサルザは騒然となった。スフィ王の顧問たちは、ただちにクリマからすべての——うかつにも許された——称号をはぎ取り、懲罰隊を派遣して、あの男を捕らえ、連れ戻して、叛逆罪に問うべきだと王に迫った。

「あの男を連れ戻す?」スフィ王は苦笑いをした。「わたしにそんなことをせよとどの口で申すのだ? 軍の大半はあの男の手中にある。彼の兵は最初の日から彼に従ってきた。ある意味で、あの男の言いたいことはわかる。彼がすべての仕事をやってきたのだ。なぜわたしがすべての栄光を手にすべきなのだ?」

顧問たちは黙りこくった。

「彼が全部を主張するのではなく、西コウクルと主張するに留めたのをわたしは感謝すべきだ。彼を祝福する以外にわたしに選択の余地はない」

「それは恐るべき前例になります」顧問たちはぶつぶつ呟いた。「〝西コウクル〟のようなものは存在しません」

「われわれがいまここでやっていることにいかなる前例もない。ふたりの人足が自分たちになにも失うものはないと判断したせいで、帝国が震えることになるだろうとだれに予想できただろう?

新しいティロウ国家が霞から生まれ出たというの

か？　この世の多くのことは、人々が現実になると信じたときに現実になるのだ。クリマは自分が王であると名乗った。彼には意見を同じくする二万人の武装した男たちがいる。わたしの見るところでは、それが強固な証拠だ。さあ、われらがやらねばならぬことをやり、ティロウ国家の王の仲間入りを歓迎しようではないか」

王家の使者がフノウ王の戴冠を祝うため派遣された。

「考えてみろよ、おれたちは、王がおれたちと大して変わらない者だったときに知り合ったんだぜ」ラソウは不思議そうに言った。「巻物の入った魚の腹を切ったのはおれだったんだ」

ラソウは宴会場の反対側の端にある玉座に座っているフノウ王をじっと見た——宴会場とは名ばかりで、元はここ、リル川の河口に位置する大港湾都市ディムにある、ザナ騎兵隊の厩舎だった。

厩舎はフノウ王の目的に合致する形と大きさを備える唯一の建物だった。とはいえ、あまり清潔ではなかった。そのため、降伏した帝国兵たちは、厩舎を戴冠の祝宴にふさわしいものにする作業に従事させられた。彼らは三日かけて掃除をし、モップをかけた。床には埃を立たないようにさせるため、海薔薇で香りをつけた水を撒いた。外は雨だったが、窓という窓が新鮮な空気を入れるため開け放たれた。

それでも、永年ひとところに馬を飼っていた臭いが、汗ばんだ体や安い葡萄酒、ひどい出来の料理の臭いの陰に潜んでいるのが感知できた。

街じゅうのすべての料理屋の卓が徴発され、性急に並べられて、ゆがんだ祝宴用長卓になり、窓覆いや旗を継ぎ合わせた粗末な布で覆われた。おおぜいの人間がぎゅうぎゅうに詰めこまれて、宴会場のなかは暗かった。そのため、置けるところにはどの隅であろうと、どの台であろうと、松明《たいまつ》や蠟燭が突っこまれた。雰囲気は明るく、温かく、お祭り気分だったが……王にふさわしいものではなかった。

「あの人は一度もぼくやおまえみたいじゃなかった」ダフィロウが言った。「ぼくらは自分たちに王国を与えてくれるような予言を夢に見たりしない。正直言うと、このすべてがあの魚からはじまったとき、あの人といっしょにいたことはけっして口にしないほうが賢明だ。自分の卑しい出自について大いに語られるのを耳にすることに王は興味を持たなくなるんじゃないかという気がしている」

儀式を神々に確実に気に入ってもらうため、フノウ・クリマは、ディムにいるすべての石工と大工と彫刻家と僧侶——どんな神に仕えていようとかまわない——をかき集め、三日間で、戴冠の祝宴にふさわしい、ダラの神々八柱の真新しい像をこしらえるよう命じた。

「げんす……えーっ……王様」街でフィソウェオ神に仕える寺の住職は、ほかの者たちより勇気があり、反対しようとした。「そんな短期間でそのような恐れ多い目的にふさわしい像をこしらえるのは単純に不可能です。わが寺のフィソウェオ神の像を造るのに、十人の職人で丸一年かかりました。しかるべき材料をそろえるのに時間がかかります。ふさわしい姿の下絵を描くのに時間がかかります。寸法を取って切り出し、粗彫りし、細かく手を入れ、金箔を貼り、着色するのに時間がかかります。吉日を選んで、開眼と開口して奉納するのに時間がかかります。王が命じられたことは絶対に不可能です」

クリマは僧侶を蔑むように見て、地面に唾を吐いた。(おれが玉座にいる皇帝を震え上がらせたのだ。おれが神々の道具だ。なにが可能でなにが不可能だとおれに得々としゃべっているこの虫けらはなにものだ?)

「一体の像を彫るのに十人で一年かかったと言ったな。だが、おれは一万人以上の人間をおまえに預けよう。

それだけいればおなじ量の仕事を三日でできるだろう」

「ですが、その論理では」僧侶は言ってしまった。「もし十人の女がいれば、一カ月であなたさまの子どもをひとり産めることになりましょう」

僧侶の尊大な口調にクリマは、たちまち激怒した。僧侶は不敬者と呼ばれた――というのも、神々のおこないはすばやくできないと主張したからだ。そして、フィソウェオ神の寺院のまえで、腹を断ち割られる公開刑に処された。頑迷さと内なる無知のせいで、僧侶の内臓がどれほどもつれあっているのか、全員に見せるために。

ほかの僧侶たちはみな、フノウ王に王の論理は完璧であると保証し、力のかぎり必死に働かせてくれと頼んだ。

そして八柱の神々の巨大像が、厩舎を宴会場に変えた場所の両側にいま並んでいた。時間に押されて、僧侶たちと職人たちは、自分たちが誇れる仕事はしなかった。たとえば、チュチュティカ神の像は、藁を積み重ねたものに布をあわただしく巻きつけたものでできあがっていた。像の肌に空いた穴は、石膏の塊で埋められ、けばけばしい絵の具がモップ状の筆で分厚く塗りたくられていた。精緻な作業をする配慮など毛ほどもなかった。その最終結果は、美の女神の荘厳な似姿どころか、どこかの農夫が案山子《かかし》を作ろうとした試みを特大の大きさにしたものに似ていた。

ほかの神々は、あろうことか、さらにもっとひどく見えた。ごたまぜの材料が使われていた――寺院建造の端材の石や材木、街の壁の壊れた破片、リル川から集められた浮遊ゴミ、古い冬用外套の詰め物――やけっぱちな職人たちは近隣の家族を無理矢理立ち退かせ、さらなる建像材料を手に入れるため、彼らの家を壊すことまでした。すべての神像が、それぞれの個性にふさわしいものにするよりも、像造りの容易さを優先させた強ばった姿勢を取っており、すべての顔の造作が、まだ触ると濡れている金彩をべたべた塗って、雑であり、まだらになっていた。

たぶんフィソウェオ神の像がなかでも最悪だった。年老いた住職が処刑されたあとで、副住職はもっとも安全なのは、寺院にある古いフィソウェオ神の像をばらばらにして、解体したものをここに運んで組み立て直すことだと判断した。そのような行為の瀆神性など気にするものか――自分も腹を断ち割られるかもしれないという恐怖は、教義を融通無碍《ゆうずうむげ》にした。ばらばらにしたものをここに運び、もう一度組み合わせ、継ぎ目をバケツに入れた石膏で塞ぎ、絵の具を塗り直すのは、途方もない仕事で、ぎりぎりまで完成しなかった。

この仕事に割り当てられた男たちは、幸運にも大きな荷馬を利用できた。厩舎にいたほかの馬とともにクリマとシギンに捕らえられたこの大型の馬は、最初、征服者たちの驚異だった。ザナ最大の種馬よりも優に二倍の体長があり、背丈はほぼ半分の、この巨大で、流れるたてがみのある真っ黒な馬は、偉大な王の乗る馬にふさわしいように思え、クリマはすぐに自分のものにすると言った。

だが、クリマは、すぐにこの馬が厩舎のもっとも暗い隅に置かれていたことに気づいた。この馬は、へそまがりで意固地で、優雅に動くことはなく、命令に従うことを拒絶した。ザナの駐屯隊司令官は、最高の調教師でも、この獣になにかをさせることはできなかったと説明した。というのも、こいつはどうやら頭が悪すぎて、正しく手綱に応じられないようです、と。乗り手を安全に運ぶことができないため、ひっきりなしに鞭打って、重たい荷物を運ばせるしか使い途はなかった。

がっかりしたクリマは馬鹿な荷馬を、神像建造に協力させる任務につけた。そして、いま、馬はフィソウェオ神の像の足下で、ぶるぶる震え、喘ぎながら立っていた。血の滲むような重労働の日々からまだ恢復できずにいた。そのまわりに寝転がっている人間の作業員たちも、まともな状態ではなく、安全な場所を見つけて、王の視線から逃れて居眠りをしようとしていた。

スフィ王の祝いの書状が、フノゥ王の主張の正当性を疑っていた者たちを黙らせ、隊長や副隊長たちは順番に立ち上がり、新王に乾杯した。新王はすでに酔っ払っていた――へべれけだった。だれかが乾杯するたびに、新王は、その場しのぎでつくられた玉座――市長の古い綿入り椅子を金色に塗り、四つの水桶の上に設置したもの――からかろうじて腰を上げ、脚付き杯に口を触れるだけで、うなずいた。

フノゥ王は幸せだった。とても幸せだった。

もはやだれもシギン公がいないことに気づいていないようだった――あるいは気づいていても、なにも言わなかった。

祝宴のはじまったばかりの頃、王の副隊長のひとり――あの大きな荷馬と同様の、血の巡りの悪い輩――が、かかる祝いの場でシギン公はどこにいるのかと不思議がり同僚たちに問いかけた。同僚たちは男の言うことが聞こえないふりをして、より大きな声で歓声をあげようとしたが、この男はおのれの疑問を押しとどめようとする気がなかった。

その騒ぎがフノゥ王の関心を惹いた。彼は眉根を寄せて男のいる方向に視線を向けた。すぐにフノゥの護衛隊隊長――フノゥの望んでいることをつねにわかっているかに思えるとても賢い男――が、命令を下した。愚かな男の同僚たちは本能的に卓の下に身を隠し、大口叩きの愚か者は、王の護衛たちが射た十本あまりの矢に貫かれた。

そのあと、宴会場にいる祝賀者にとって、シギン公はもとから存在していないも同然だった。

ダフィロウは、王を見ているというより、芝居で王の役を演じている役者を見ているという風変わりな考えを持っていた。子どものころ、彼と弟は、彩り鮮やかな操り人形と明るい絹の幕、やかましい打楽器《シンバル》と喇叭《トランペット》をもって諸島じゅうを旅してまわる影絵芝居一座がたいそう好きだった。一座は午後に兄弟の故郷の村に到着し、すべての家の中央にある空き地に小さな芝居小屋を建てた。

夕刻になると、野良仕事を終え、夕食を食べ終えた最初の見物客が訪れる。人形芝居の一座は、徐々に増えてくる観客を楽しませつづけるため、軽い喜劇を上演する。操り手たちは、高くした舞台のうしろに隠れ、彼らの背後で燃え盛る炎が、関節を繋いだ複雑な操り人形の彩り豊かな影を幕に浮かび上がらせる。打楽器《シンバル》の大きな打音に区切りをつけられながら、みだらな冗談がそこに添えられる。

そして、夜になり、村人の大半が舞台のまわりに集まると、一座は目玉の演し物をはじめる。通常は、星を股にかける恋人たちや美しいお姫様と勇敢な英雄、悪の宰相、愚かな老いた王などを取り上げた昔からの悲劇だった。操り人形は、ココヤシのリュートと竹笛の伴奏で、長く、甘く、悲しい詠唱曲《アリア》を歌う。ダフィロウとラソウは、耳から離れないその歌を聴き頭上をゆっくり巡る満天の星を眺めながら、たがいに寄りかかって寝てしまうことがよくあった。

そして、そうした芝居のなかで、いまダフィロウが思い出したものがあった。乞食《こじき》が娼婦の式服と紙の王冠を身につけ、王のふりをするという芝居だった。乞食は滑稽で、人形が舞台を踊りまわると村人たちは笑い転げた――孔雀、いや、孔雀の真似をする雄鶏だった。

歴史書に出てくる決まり文句を繋ぎ合わせた、美辞麗句にまみれた、洗練のかけらもない演説を終えた隊長が、腰を下ろした。彼は額の汗を拭い、うっかり新王の機嫌をそこねるようなことをなにも言わなかったことにほっとした。

あらたな男が立ち上がった。すぐに男は宴会場にいた全員の関心を惹いた──身の丈八尺、葡萄酒の酒樽のように分厚い胴体、そしてその目！　四つの剣先が松明のなかで輝いていた。男は立ったままで、乾杯のための酒器を掲げようとしなかった。宴会場のつぶやき声が止んだ。

「おまえは……何者だ？」フノゥ王が問うた。

「おれはマタ・ジンドゥだ」見知らぬ者が言った。「フノウ・クリマとゾウパ・シギンを学びに来た。叛乱の英雄たちをな。ところが、おれに見えるのは、人間の服を着ている猿だけだ。貴様は、マピデレが本来の居場所より持ち上げてやった馬鹿者どもとなんら変わりない。帝国の命であろうと、民衆が喝采しようと、蟻を象にはできん。人は生まれ持ったものではない役割を果たすことはできないものだ」

恐ろしいほどの沈黙。

「き……貴様……」フノゥ王は憤怒のあまりまともに喋れなかった。護衛隊隊長が口笛を吹き、マタのまわりの招待客たちは、身を守ろうとしゃがみこんだ。衛兵たちは弓を満月のように引き絞った。マタは、盾として使えるよう、目のまえの卓をひっくり返し、鉢や葡萄酒壜や酒杯が四方八方に飛び散った。

フィソウェオ神像のそばにいた巨大荷馬がいななき、立っていたところから跳躍した。馬が跳ねると、神像の足にくくられていた手綱がちぎれた。だが、神像はしっかりした土台に載っていなかった。大きな唸りと共に、フィソウェオ神像が倒れはじめた。

宴会場ではなにもかもゆっくりと倒れていくかに思えた。矢が放たれ、神像が倒れつづけ、馬がマタのまえに到着し、マタが馬に飛び乗り──馬の身の丈と背の高さはマタのために誂《あつら》えたようだった──神像が地面に落ちて砕け、弓矢が神像に突き刺さり、埃と壊れた卓と皿と酒杯がいたるところではじけ飛び、男たちが悲鳴をあげた。

そしてそののち、全身真っ黒な馬にまたがって、マタは宴会場から姿を消した。馬の動きは風のようにすばやく、水のようにしなやかで、マタ自身の動きと合致していた。夜が一匹狼とよく合致しているように。

(おまえをレフィロウアと名づけよう)馬にまたがってサルザに戻っていきながら、マタは思った。(よく合致しているもの、という意味だ)風がマタの髪をなびかせ、こんな自由あるいは速さの感覚に陥ったのははじめてだった。まさに人馬一体だった。

(おまえはおれがずっと探していた馬だ。おまえがずっと乗り手を探していたようにな。ほんとうに長いあいだ、おれたちはふたりとも世界という舞台での真の役から遠く離れ、名も無きつらい暮らしを送ってきた。真の資質がその立場と合致してはじめて、世界はふたたび栄えることができるのだ)

「あれこそ真の英雄の姿だ」ラソウはダフィロウに囁いた。

今回だけは、ダフィロウは気の利いた言い返しができなかった。

——危険な前例だぞ、フィソウェオ、わが兄弟よ。

——キジ、わしはなにも変わったことはしておらん。わしが積極的にあるいは直接傷つけた死すべき者がおるか？

——おぬしは自分の像をあの男のために盾にしたではないか——

——傷つくのを防ぐことは、傷つけることとはおなじではない。われらの約束は守られておる。

——おぬしの弁はルソウの雇われ訴訟人のような口ぶりだ——

——そっちで勝手にやればいいではないか、兄弟姉妹よ。看過と委任という行為の違いが哲学者たちを困らせてきたことを強調しておきたい――

――もう充分だ！　わしはあの者をいかせよう、フィソウェオ。今回だけは。

一週間後、シギン公の死体がディムの壁の外の堀に浮かんでいるのが見つかった。王は友の死をおおっぴらに、声高に嘆き、シギンが堀の水に転落して溺れた原因になった飲酒を呪った。

だれもが王の悲しみに自分たちの悲しみを合わせた。もしフノゥ王が三十秒泣くなら、だれもそれ以上長く泣こうとしなかった。もし王が魚の予言の発見について話す際にある名前に触れないとしたら、ほかのだれも触れようとはしなかった。もし王が、実際にはシギン公はいつも少し臆病で、叛乱での自分の役割を大げさに吹聴する傾向があり――彼はたんなる従者だった――飲酒という悪癖をやめられなかったのを、自分たちの友情ゆえに、必死に覆い隠そうとしてきたのだと説明したなら……歴史家や書記は、王のほのめかしに合うよう記録を慎重に編集した。

「兄貴とおれは物事をとんでもなく間違えて覚えていたのかな？」ラソゥが訊ねた。「誓ってもいいが――」

ダフィロゥは弟の口に手をやった。「黙れ、弟よ。貧しくて、かつかつの暮らしを送っているときは、兄弟のように親しい友人になるのは簡単だが、事態が良くなってくると、はるかに難しくなる。友というのは、けっして血族ほど近しくはない。それを忘れるな、ラット」

そしてもちろん、だれも、けっして、シギン公の遺体の首のまわりに見つかったかすかな赤い輪のことを口にしなかった。その輪は、縄によって付けられた跡にそっくりだった。

「この件にはなにかおかしなところがあるんじゃない

か？」ミュン・サクリがぶっきらぼうに訊いた。「西コウクル王が突然無から生じたことは、ほんとにおかしいとは思わぬか？」

クニ・ガルは肩をすくめた。「おれは民衆の支持のお陰でズディ公になった。それが予言に基づく戴冠より正当だと言えるか？」

「これが受け入れられるなら、王や公が雨後の茸のように湧いて出るだろうな」コウゴ・イェルが当然のことのように言った。彼は首を横に振った。「われわれはみなこの日を後悔することになるだろう」

「まあ、好きにさせるがいいさ」クニは言った。「称号を手に入れるのは簡単だ。それを維持するのは難しい」

フノウ王はおおぜいの人間を昇進させたが、彼らのだれも彼とともに叛乱をはじめた三十人の賦役人足一団の出身ではなかった。実際のところ、シギン公の死後、人足たちのだれも、フノウ王とかつていっしょにいたことを認めようとすらしなくなった。ああ、魚の話か。ああ、そうだな、あれはとてもいい話だ。ほかのだれかから聞いたよ。

フノウ王は以前より健やかに夜眠れるようになった。

第十四章　行政者クニ

ズディ　義力四年三の月

ズディ公でいるのは、たぶんクニ・ガルがほんとうに楽しいと思えた最初の仕事だった。

唯一不満なのは、ジアの家族と自分の家族が自分と関わり合いを持つのをまだ拒んでいることだった——彼らは、この勝利が一時的なものに過ぎず、帝国がいずれ逆襲するだろうと確信していた。

「あの人たちはザナの法律の厳しさを十二分にわかっているのにな」クニはむかっ腹を立てて言った。「もし帝国が戻ってくれれば、全員殺されてしまうに決まってる。おれに全部賭けたほうがましなのに」

だが、クニの父親とジアの父親は、エリシ皇帝はマピデレ皇帝よりも慈悲深いだろうと期待し、命運の尽きた叛乱とは距離を置き、工作する余地を自分たちに残したほうが賢いと考えた。クニは近づかずにいることで彼らを喜ばせた。（ルー・マティザが、友人を通じて娘ジアに、もしクニが調子よくやりつづけるなら、結局、夫ギロウは妥協するだろうと伝えてきた）

しかし、ナレ・ガルは、夫の意向を無視し、息子とジアをお忍びで数度訪れ、妊婦のジアに助言をし、クニの好きな料理をこしらえてやった。

「お袋、おれはいいおとなだぜ」ナレがタロイモ甘露煮ご飯を息子のお椀にしつこくよそおうとするので、クニは言った。

「いいおとなは、母親の頭痛の種になることをしょっちゅうしないものだよ」ナレは言った。「おまえのせいで髪の毛がどれほど白くなったかご覧」

それでクニはタロイモ甘露煮ご飯を口に詰めこみつづけ、ジアはほほ笑みながら見守っていた。クニは母親に誇りに思ってもらおうと誓った――ジア同様、クニの人生において、母はけっして自分を見捨てようとしない数少ない人間のひとりだった。

クニは太陽とともに起き、街の外で、兵士の朝の訓練を監督し、戻ってきて手早く遅い朝食を摂ると、昼過ぎまで行政案件に目を通した――ズディ市政府に勤めていたのが役に立った。官僚たち、すなわち元の同僚たちと良好な関係を築いていたためだ。それにクニは彼ら役人のありふれた仕事の重要性を理解していた。短い昼寝ののち、ズディの実業界の有力者たちや、地方からやってきた長老たちと会い、彼らの心配事に耳を傾けた。クニは彼らを夕食に誘い、それから就寝時間が来るまでさらに書類に目を通した。

「双子神にかけて、あなたがそんなに熱心に働いているのは見たことがないわ」ジアが言った。彼女はクニの髪の毛と背中を慈しむように撫でた。元気で大きな犬を可愛がるように。

「ちょっといいかな」クニは言った。「おれは食事のときしか酒を飲まないようにしてきた。それが健康的なことだとはどうも思えないんだ」クニは舌なめずりをしたが、酒壜を探してきょろきょろするのは控えた。

ジアはもうクニといっしょに酒を飲もうとはしていなかった。いまの妊娠状態を考えると、安全だとは思えないからと言って。（「少し飲んだくらいで問題ないだろ？」「クニ、わたしは妊娠しにくかったの。どんな危険も冒す気はありません」）

「どうしてあの年取った農民たちと会わなければならないの？」ジアが訊ねる。「市長はけっしてあの人たちにかかずらわなかった。あまりにたくさんの仕事をあなたは背負いこんでいる」

クニは真剣な表情を浮かべた。「むかし、おれが往来をほっつきまわっていたのをみんな見ているんだ。

大声をあげ、友と酔っ払っていたのを。みんなはおれが未熟な若者だと思っていた。つぎに給金をもらって皇帝の使用人として働くようになったおれを見て、なんの野心もない退屈な役人だとみんなは思った。だけど、彼らはまちがっていた。

むかしのおれは、あの農民たちがなんの学もないから話すことがほとんどないのだと思っていた。人足たちが粗野なのは、心のなかにすぐれた感情のための容れ物がないからだと思っていた。だけど、おれはまちがっていた。

刑務官として、おれは自分の責任を一度も理解していなかった。だが、自分が山賊になったとき、社会の最下層中の最下層の人間のそばで多くの時間を過ごした——犯罪者や奴隷になっていた連中、脱走兵、失うものがなにもない男たちと。おれが予期していたのとちがって、連中は最低限の美しさと優雅さを持っているのに気づいた。連中は生まれついての敵意を持っているんじゃなく、支配者の敵意が連中を敵対的な人間にしているんだ。貧しい者は、多くのことを甘受しているけれど、皇帝は彼らからすべてを奪い取った。

あの連中には平凡な夢がある——ほんの少しの土地とほんの少しの財産と暖かい家、友とのおしゃべり、幸せそうな妻と健康な子どもたちを持ちたいという夢だ。連中はほんのささいな親切を覚えていて、大げさに強調された話のせいで、おれを善人だと思っている。連中はおれを担ぎ上げて、公爵と呼んでくれた。おれには連中の夢に少しでも近づかせるよう力を貸す義務があるんだ」

ジアはじっと耳を傾けていた。クニの話にはいつものおふざけが感じられなかった。ジアはクニの目を探り、そこに何年もまえに将来について訊ねたときに見たのとおなじ真摯な煌めきを捉えた。

心がいっぱいに膨れあがり、破裂するかもしれないとジアは思った。

「じゃあ、仕事をつづけなさい」クニの肩に触れている指をなかなか離さずにいたが、やがてジアは眠るため、退出した。

ジアが退出したあと、クニはこっそり抜けだして、〈すてきな酒壺〉でリン・コウダと二、三杯引っかけてこようかと考えた。

リンは今夜出てくればすばらしい時を過ごせると約束していた。「ワス未亡人はおれたちのためになにかすごく楽しませてくれるものを用意しているんだ。未亡人はおまえが昔、しょっちゅう店に来ていたし、まだおまえの信用を得ているんだと客にいつも話している。もしおまえが姿を見せれば、昔の友に大きな恩恵を与えることになるぜ」

ズディ公でいることはたいへん疲れる仕事だったし、一日じゅうミパ・ラリの姿勢で正座していて背中が痛くなった。クニはでかけて、見場《みば》を気にせず地面にゲュパの姿勢でくつろげる場所で、旧友たちといっしょに過ごしたかった。そこなら、あらゆる言葉を穿鑿《せんさく》される代わりに、いちいち気にせずに心のなかの思いを口にできるだろう。そこなら、大きな責任を抱えている代わりに、昔の自分になれるだろう。

だが、それは不可能な望みだとわかっていた。好むと好まざるとにかかわらず、クニはいまやズディ公であり、もはや与太者のクニ・ガルではない。どこにいってもほんとうにくつろぐことはもうできない。どこにいようと、この新しい肩書きが人々の目に映る自分の一部になっていた。

ワス未亡人が店にクニを呼びたがっているのは、この肩書きの魔法のような力を少しなりとも利用して、客を酔わせ、小銭を稼げるからでもあるだろう。

リンもまた、ズディ公との「コネ」と引き換えに金を受け取れる商売を楽しく営んでいた。そしてワスは、たぶんリンの新しい顧客のひとりだ。

コウゴ・イェルは、そんな商売自体を認めていなかったが、リンは古アノウ族のことわざを引用して、コウゴに答えた――「水清ければ魚棲まず」

組織犯罪の世界になんらかのつながりを維持しておくのが重要だという考えにクニは同意していたし、リンに金を払った連中に、なんらかの不当な便宜を図りはしないとコウゴに約束していた。

だが、クニにはやることがたくさんあった。きょう早くに面談した村の長老たちは、灌漑用水路の修理の必要性について話していた。リンが推薦してきた石工から提出された入札見積もり金額を吟味し、それが適正な価格だと確かめたかった。おそらく、あと数件の請願に目を通せば……。

ほどなくしてクニは机に突っ伏して眠った。顔の下になった書類を涎で汚しながら、大杯に注がれた甘くて温かいモロコシ酒を夢に見た。

「ガル卿、財政について話をする必要があります」コウゴ・イェルが言った。

昔の友に「ガル卿」と呼ばれるのを聞くと、クニは面白がると同時に困惑した。確かに、昔、自分や仲間に嫌がらせをしていた帝国の元警官や元兵士からその呼びかけを聞くのは痛快だったが、コウゴのような、つねづね兄と思っていた相手からその呼びかけを聞くと、妙な感じがした。

「その〝ガル卿〟というのをやめてくれないか？　昔からの仲間だろ。まるで見知らぬ人間のようで水くさいぞ」

「われわれはいまも昔からの仲間だよ」コウゴが言った。「だけど、人には役割とかぶっている仮面がある。そのふたつに個々人の現実が伴っている。権威は扱いの難しいものだ。統治する者と統治される者双方からの正しい決まり事と行動によって、慎重に育んでいかねばならない」

「コウゴ兄、おれはきょうまだ一杯の酒すら飲んでいないんだ。あんたの哲学の授業を伺うには、お天道さまが高すぎる」

コウゴはため息をつき、笑みを漏らした。因習を尊重しないクニの態度は、この男に付き従いたいと願っている理由であり、それがもたらす結果を怖れている理由でもあった。コウゴはこの若者に手を貸したかった。彼は、まだ、尻の青い未熟な青年にしか見えない。

「クニ、おまえが昔なじみの友だちを対等な者として扱っているのを見たら、人はおまえの言うことを真剣に受け取ろうとしないだろう。舞台で王を演じている役者は、共演者が全員、彼が王であるかのようにふるまい、ふさわしい態度を示してはじめて、彼がほんとうに王であると観客に信じこませることができる。だが、一座のひとりが観客に目くばせすれば、その幻想は崩れてしまう。おまえはいまやズディ公であり、たとえだれと話していようと、公の役目を背負っていることを明白にしたほうがいいんだ」

クニは渋々うなずいた。「わかった、ほかの連中のまえでは、〝ガル卿〟と呼んでもかまわない。だけど、おれは、あんたを〝イェル大臣〟と呼んで、真顔をしてなんていられない。いや、反対するな。おれが新しい名前にどれほど惑わされているかわかってるだろ」

コウゴは首を横に振ったが、この件はさておくことにした。「財政です、ガル卿」

「それがどうしたんだ？」

「ズディの帝国の金庫から没収した金が尽きました。その大半は、スフィ王がクリマ＝シギン遠征軍の資金援助を呼びかけたとき、送りました。残りは、兵士の給与と、それから、えーっと、あなたの命令に従って、屋外宴会と無料の食料と衣服の資金としてズディの民衆のために使われました」

「で、推測するに、税収はそんなに早くには金庫に集まらないと言うんだろうな」

「ガル卿、あなたの寛大さは無類のものです。数多くの帝国の重課税を撤廃し、あなたが草案をこしらえた新税はとても公平で軽いものです。しかしながら、それをろくに徴収できていません。ズディの商売人たちは神経過敏に陥っています。叛乱軍が勝つと確信していないのです。もし帝国が戻ってくれれば、あなたに支払った税が無駄になると考えているのです。それで連中は……税金逃れをしている」

クニは頭を掻いた。「むろん、兵士たちには給料が支払われねばならない。あんたの給料や、この難しい時期におれについてきてくれたほかの連中のことも忘れちゃいない。だけど、法律遵守の問題をあまり強く推し進めたくないんだ――熱心すぎる徴税吏ほど人を怒らせるものはない」

「ガル卿はとても賢明です。ですが、わたしにひとつの提案があります」

「聞かせてくれ」

「食べ物屋商売を例に取りましょう。酒場や飲食店は、二重帳簿を付けることで、税金の満額支払いをずっと避けてこられています。彼らは一晩百五十銀の売上げを上げるかもしれませんが、彼らがわれわれに見せる帳簿にはたった五十銀の売上げしか記載されないんです。隠された入金に基づいて徴税する方法を見つける必要があるんです」

「で、どうやってそれをやろうというんだい？」

「新しい宝くじの導入を告知するよう提案します。ズディの幸運な自由市民に報酬を与える、と」

「それが税金逃れの問題とどう関連しているのか、わからないんだが」

「繋がっているんですよ。だけど、間接的に。お金というものは、すべて代替可能なものだから」

「それがあんたの素晴らしい考えというわけか？　おおぜいの人間に興味を抱いてもらうには、多額の当籤《とうせん》金を用意しないとならないぞ。もうこの街には、賭場がごまんとある。どうやってそれと競合できるんだ？」

「いや、宝くじはもっといいものの隠れ蓑にすぎません。いいですか、宝くじは直接買わないんです。その代わり、買い物をすると領収書の一種として、宝くじを受け取るんです。銀一枚使うたびにお店から宝くじを一枚ただでもらえるんです。買い物に金を使えば使うほど、さらに多くの宝くじが手に入る」

「で、店はどこで宝くじを手に入れるんだ？」

「われわれから購入しなければならないんです」

クニはこの件を考えてみた。計画は、不合理に思えたものの、それでも……効果的だ。

「コウゴ兄、あんたは悪《ワル》だな！」クニは相手の背中をぴしゃりと叩いた。「その計画だと、店は帳簿をごまかせない。店の客が自分たちの使った金額に基づいて正しい数の宝くじを求めようとするからな。それに店の経営者はわれわれから宝くじを買わねばならず、実際の所得金額に応じて代金をわれわれに払うことになる」

「税の働きとおなじように」

「あんたはズディの顧客全員をわれわれのための徴税吏に仕立てあげたんだ」もはや税逃れをできなくなったと悟ったときのワス未亡人の顔に浮かぶ表情をクニは想像し、気の毒になりそうになった。「あんたは恥を知らないのか？」

「わたしは最高の人から学んだだけです。ガル卿が高潔な山賊であるなら、あなたの信奉者は、あなたの目標を達成するための慣習にとらわれない方法を思いつくに決まってます」

コウゴとクニは顔を見合わせて笑い声をあげた。

クニは軍事的準備にクリマ＝シギンのやり方を真似なかった。ザナの主人たちを思いがけず打ち倒した一時的な喜びで意気軒昂となっている農民たちは、訓練された帝国軍にはかなわないだろう——山賊行為というものに対する甘い考えを打ち砕かれた経験が、クニをそんな思いにさせた。帝国がこのつまずきから立ち直り、本格的に立ち向かってくるのは時間の問題にすぎない。

「ガル卿！」クニがズディの街門近くの練兵場に姿を現すと、ムルがすばやく敬礼した。

ムルはまずまずの剣士であると判明していた。左前腕に盾をくくりつけることで、クニの一味のどの山賊とも互角に戦えるようになっていた。クニがズディを奪取したいま、ムルは主門を守る分隊のひとつを率いる伍長になっていた。

クニはムルに手を振って、休めの姿勢を取らせた。いまもなおムルの身に起こったことに疚《やま》しさを覚えており、伍長にそれほどの敬意を示されるとまごついた。

「フィはどうしている？」クニは訊いた。

ムルは練兵場の方向を顎で指し示した。「あそこにいます。サクリ司令官と熱心に訓練していますよ」

クニは元山賊たちと叛乱を起こした市民たちを本物の軍隊とある程度似ているものに変えるため自分ができることをやらねばならなかった。まず、兵士たちの訓練を指導する役として、ミュン・サクリを採用することからはじめた。

いま自分のまえに繰り広げられている光景にクニは衝撃を受けた。運動場に直径五十尺ほどの円形の柵が設けられていた。なかに水が注ぎこまれ、地面は泥だらけになっていた。五頭の大きな豚がキーキー鳴きながら、走り回っており、十人の男たちが——豚とおなじように泥まみれになって——よろめきながら、豚を追っていた。一歩進むごとに分厚い泥から足を抜こうともがいている。

「ここでなにをやってるんだ？」クニは問いかけた。

「おれは肉屋だから」サクリは誇らしげに胸を膨らまして言った。「おれの訓練方法は、ちょっと型破りに見えるかもしれないな」

「これが訓練？」

「泥のなかで豚と格闘するのは、人の敏捷性を増し、耐久力を高めるんだ、ガル卿」汗を流し、泥に覆われた訓練生と、大きな声で鳴いている豚を眺めているサクリのもじゃもじゃのひげが、針鼠《ハリネズミ》のように口のまわりでピンと跳ね上がっていた。「帝国の豚どもの奸計《かんけい》に遭っても対応できるようにこいつらはなるだろう」

クニはうなずき、笑い出すまえに立ち去った。認めざるをえない。ミュンの狂気には自分なりの論理があるのだ、と。

元厩舎長サン・カルコウノは、騎兵隊の責任者にされていた――もっとも、これは実際には、二百名に五十頭の馬が共有されているということだった。「もっと馬が要ります」ズディ公の姿を見るとすぐにいつもの嘆きがはじまった。

「あのな、おれにはもっといろんなものが要るんだ――もっと多くの人員、もっと多くの金、もっと多くの武器と補給物資。だけど、おれがそのことに文句を言っているのを見たことがないだろ。サン、手持ちのものでなんとかしてもらわないと」

「もっと馬が要ります」サンは頑なに言った。

「おまえが新しい話題を思いつくまで、おまえに会わないようにしよう」

より正規の戦術や攻城法、歩兵の陣形などの訓練は、ドウサ副隊長に委ねた。ドウサはズディの駐屯隊にいた最高位の帝国士官だった。ズディの蜂起した市民たちのまえに部下たちが武器を置いたあとで、ドウサは降伏し、いまは叛乱の大義に身を捧げているようだった。クニは必ずしもドウサを信用しているわけではなかったが、自分には選択の余地はないと感じていた。結局のところ、クニの配下はほかにだれも士官学校にいっていないのだから。

クニは周囲の田園地帯の定期的な巡回を部下たちにおこなわせ、山賊や追いはぎを一掃した。脅しと約束を組み合わせて、そのうちの多くを自分の軍に採用した——コウゴとリンは、あまりにも頻繁に人を殺した悪名高い首領たち数人をみせしめとして絞首刑にするようクニを説得しなければならなかった。クニは一時期ならず者商売に精を出していたかもしれないが、だからといって山賊の親分たちの最悪の敵にならない理由にはならなかった。またしても、たんなる経済の問題だった——商品を売って利益を上げる商人たちが税を生みだし、それがズディ公に必要なほかのあらゆるものの代金を支払うのだ。もし山賊たちが商取引の流れを疎外してしまったら、そんなことは起こらなくなってしまうだろう。

新年の三の月、商人たちはふたたびズディに通じる道を旅するようになった。そして街の市場はまた人であふれた。街の外にいる農民も、春の作付けをはじめた。そして、沿岸の魚さえ、ふたたびズディで見られるようになった。

「数人の囚人を並ばせておくことさえけっしてできなかっただれかさんにしては、あなたは街の運営にとてもいい仕事をしているわ」ジアが言った。

だが、クニは心配していた。自分にとって、なにもかもがうまく進んできた——うますぎるほどだ。これは堰が決壊するまえの一時的な小康状態にすぎないと確信していた。帝国はもうすぐ動き出すだろう。

第十五章　リマ王

ルイの小村と大島のナ・シオウン
義力四年三の月

タンノウ・ナメンは年老いていた。

ナメンは生涯ずっと兵士だった。母国に仕え、キジ神に栄光をもたらす使命を心に秘め、ゴウサ・トウニエティ将軍の父、コウル・トウニエティ将軍のもと、下級槍兵としてその経歴をはじめた。勇猛さと揺るがぬ献身によって、徐々に昇進していった。ザナ帝国の一将軍として引退するころには、戦場で五十年以上を過ごしていた。

引退後、ルイ島の北岸にある故郷の村に隠棲し、海沿いの広大な土地を購入した。阿利檏《オリーブ》と忍冬《スイカズラ》を植え、トウジィという名の犬を飼った。トウジィは脚が悪く、ナメンが夜、あまたの星を浮かび上がらせた海を見下ろす中庭でまどろんでいると、そのかたわらで眠るのがつねだった。

ナメンは小さな釣り船に乗ってガイン湾の荒波に揉まれて日々を過ごした。ときどき、海が穏やかなときに、二、三日、海上で過ごすことがあった。海流に乗って漂い、昼間は涼しさを求めて帆の陰で眠り、夜は温かくしておくため、米の酒を口に含んだ。気分が乗ってくると、船を停め、碇を下ろして、釣り竿を取り出した。

梶木《カジキ》や翻車魚《マンボウ》を釣って楽しんだ。新鮮な刺身ほど美味しいものはない。

ひとりきりでのその長い航海で、ときどき、優雅なダイランが日の出の海原から飛び出すのを見た。太陽の光を受けて、鱗が虹色に輝き、長い光沢のある尾が、船のまえを何本も並行する弧を描いて飛んでいく。そんなときには決まってナメンは立ち上がり、胸に恭しく手を置いて、頭を下げた。これまでの生涯ずっとかたわらに剣を置いて眠り、一度も結婚しなかったものの、ナメンは、ダイランに象徴されている女性の力に多大なる敬意を抱いていた。

ナメンの人生におけるひとつの大きな愛の対象は、ザナだった。彼女《ザナ》のために戦い、彼女のために血を流した。彼女がほかのすべてのティロウ国家の上に立つまで。自分の戦いの日々は終わった、とナメンは確信していた。

「わしを見ろ」ナメンは言った。「手脚はこわばり、のろのろとしか動かん。剣を持つ利き腕は、剣を振るおうとしたら震えおる。棺桶に片足を突っこんでおるのも同然じゃ。どうしてわざわざわしのところに来た?」

「摂政が」――キンドゥ・マラナは、正しい言葉を慎重に選びながら、ためらいがちに答えた――「不忠を疑って、大勢の将軍を罷免した。その容疑についてわたしがどう思っているのか、意見を言うわけにはいかない。だが、そのせいで、経験や技能の優れた古参司令官がほとんどいなくなってしまった。前進をつづける叛乱軍の波を食い止める手助けをしてくれる人間が必要なのだ。喉から手が出るほどに」

「もっと若い連中が立ち上がって、頼りにされねばならぬだろう」ナメンは身を屈めて、トウジィの背中を撫でた。「わしは自分の義務は果たした」

マラナは老人と飼い犬を見た。茶を口に含む。頭のなかで計算する。

「叛乱軍はザナが怠惰になったとほざいている」マラナは、独り言を言っているかのように、考えこむような口調の低い声で言った。「安楽な暮らしに慣れてしまい、戦い方を忘れてしまったと言ってるんだ」

ナメンは聞いているそぶりをまったく見せずに耳を傾けた。

「だが、なかにはザナはまったく変わっていないと言う者もいる。〈大統一〉は、六ヵ国が分裂し、弱かったから起こったのであり、ザナが非常に強力で勇敢だったからではないという。トゥニエティ将軍とユマ将軍の勇猛果敢の逸話を馬鹿にして、誇張あるいはたんなる政治的な宣伝だとくさしている」

ナメンは茶碗を壁に投げつけて砕いた。「なにも知らん愚か者どもめ！」トゥジィの耳がピンと立ち、主人がなににそんなに腹を立てたのか見ようとした。

「そいつらはゴウサ・トゥニエティの足下に接吻する資格もないわ。ましてや、その名を口にする資格もない。百人のフノウ・クリマのなかよりも、トゥニエティ将軍の爪先のなかにある勇気と誉れのほうが多いわ」

マラナは無表情を保ったまま、茶を飲みつづけた。


人を焚きつけるには、正しいツボを見つけて、こちらの望んでいることを自ら進んでやろうとするまで押してやればいい。脱税者の大切にしているものを見つけ、相手が財布をひらき、涙ながらに、持てるすべてのものを自ら進んで提供するまで脅しつけて完膚なきまでに叩き潰すのとおなじだ。

「では、叛乱軍はうまく立ち回っているんだな？」冷静さを取り戻すと、ナメンは訊いた。「信頼性の高い噂は、なかなかここまで伝わってこんのだ」

「ああ、その通り。連中はたいしたことがないように見えるかもしれないが、われわれの駐屯隊は、地平線に叛乱軍の群れが巻きあげる土埃を見たとたん、安全な場所に逃げこんでしまうのだ。六ヵ国の人民はザナの血が流れるところを見たがっている。復讐の飢えを満足させようとして。マピデレ皇帝とエリシ皇帝は……優しい手で……統治しなかったのでな」

ナメンはため息をつき、ゲュパの姿勢から足を崩した。卓をつかんで、若干苦労しながら立ち上がる。トウジィが近寄ってきて脚に体をこすりつけると、ナメンはかがんで犬の背を掻いてやろうとしたが、背中が痛み、また立ち上がらざるをえなかった。

ナメンは強ばっている背中を伸ばし、銀髪に手を走らせた。自分がふたたび馬に乗ったり、以前の力の十分の一しか残っていない手で剣を振るったりするところを想像できなかった。

だが、ナメンは徹頭徹尾ザナの愛国者だった。そして、いま、おのれの戦いの日々がまだ終わっていないのを悟った。

マラナがルイ島に残り、冒険を切望し、ザナが征服によって得たものを守るためには死を怖れぬ志願兵たちからなる軍を育てる一方で、ナメンは大島に向かって出帆した。パン周辺の防衛隊の指揮を引き受けるつもりであり、叛乱軍に付け入る隙を与える弱点がないか、確かめる気でいた。

大島の北西沿岸に沿って、ハアンの元の領土が広がっており、浅く、海水温の低いザシン湾を取り巻くそこは、まだ帝国の厳格な占領下だった。湾の棚には、貝や蟹や海老が豊富に生息し、季節によっては、海豹の群れが食べにやってきた。

沿岸から遠ざかるにつれ、陸地はゆるやかに上昇し、黒い森につづく。古代の、原始の、おおまかに菱形をした〈輪の森〉が、蘇ったティロウ国家リマの中心を形作っていた。陸地に囲まれ、人口が少ないリマは、〈大統一〉以前の七カ国のなかでもっとも小さく、もっとも弱い国だった。戦争と武器の神、鍛冶と虐殺の神であるフィソウェオ神が輪状の森に囲まれたリマをみずからの住まいと決めたのは、少し矛盾しているように思えた。

リマの高く聳えるオークの木は、ほかの国の海軍で多くの船の帆柱や船体に姿を変えていたが、リマ自体は海洋に進出する野望をついぞ持たなかった。リマの陸軍は、地下を掘り、敵勢の野営地の直下深くまでトンネルを築き、火薬で敵を吹き飛ばす能力で名高かった。リマの穴掘り職人たちが、ダム山脈とシナネ山脈の豊かな鉱脈で習得した技だった。

征服まえのザナの古い俗謡は、次のように歌っていた――

力は空白を忌み嫌い、
必要は補完するものを要する。
コウクルとファサは堅い大地から力を引き出し、
リマの地下深くの鉱夫は両手で炎を巧みに操る。
船を使って、アムとハアンとガンは、水の要素を支配するが、
空気を、空虚な領域を支配するものが
有利な地点を確保し、世界の舵を取る。

その歌は、ザナがいったん飛行船をわがものにした途端、ほかの全ティロウ国家に対して勝利を収めたことを説明していると言われている。だが、実際には、その歌で描かれているリマは少し誇張されていた。リマの炎を操る鉱夫は、確かにかつては怖れを知らなかったが、それははるか昔のことであり、消えかけている栄光の最後の熾火《おきび》に過ぎなかった。

ザナの征服のはるかまえ、リマの英雄たちが、全ダラのなかで最高の剣鍛冶に鍛えられた武器を振るって、大島を支配したことがあった。ハアンとリマとファサの三兄弟国家は、同盟を結び、ハアンの流線形をした最新式の船と、リマの卓越した兵器、ごつごつした地形をものともしないファサの歩兵隊が合わさって、止めることのできない軍事力を誇った。そして、その三カ国のなかで、リマの戦士がもっとも名高いものだった。

だが、それは軍の規模が小さく、鋼鉄が稀少で高価

であり、戦闘が個々の勇猛な戦士の真っ向勝負でおこなわれた時代のことだった。そのような方法だと、リマの少ない人口は、不利なものにならなかった。鉱山の富に力を得て、リマの王たちは少数の精鋭剣士を訓練し、ほかのティロウ国家に幅を利かせることが可能だった。また、リマの領土へのフィソウェオ神の偏愛は、はっきりわかるものだった。

だが、いったんティロウ国家が大規模な軍を配置するようになりはじめると、個々の戦士の武勇は、重要性を減らした。隊形を組んで、もろい鉄製の槍で戦う百人の兵士は、分厚い鎧をまとい、千回鍛えられた鋼の剣を振るうひとりの戦士を打ち倒せた。ダズ・ジンドゥのような戦闘における武勇は、主に象徴的なものであり、ダズ自身も、戦闘は、戦略や兵站や数の多寡で雌雄の決するものであると理解していた。

そのような戦い方では、リマの凋落は不可避だった。北東にあるはるかに人口の多い国ファサに支配されるようになり、かつての輝かしい過去は、たんなる遠い記憶になった。リマ王は、とうの昔に失われてしまった偉大だった時代の夢を生かしつづけてくれる儀式と式典に慰めを見出すようになった。

それがザナに征服されたときのリマであり、そのリマが蘇った。

「リマは空っぽです」ナメン将軍が送りこんだ間諜が報告した。「数カ月まえ、ファサ軍はわが方の駐屯隊を追い払い、リマを再興させました。ですが、ファサはガンとの紛争に軍の力を借りるため、軍を呼び戻したのです。リマ自体の兵士は、ろくな訓練を受けておらず、司令官たちは腰抜けです。連中は、金や女や皇帝からの寛大な措置の約束で簡単に買収できるでしょう」

ナメン将軍はうなずいた。闇に乗じて、三千名の帝国軍が、静かにミル川を船で渡り、ダム山脈の端を密かに回りこみ、リマの黒い森に姿を消した。

　ファサのシルエ王の助力を得て、〈大統一〉以前の最後のリマ王の孫、ジズ王は、古都ナ・シオウンで、玉座を取り戻した。

　若きジズは、みずからの環境の変化に当惑していた。彼は、つい先日まで、ザシン湾の海岸で牡蠣の養殖業者として生計を立てようとしていたただの十六歳の少年であり、最大の関心事は、村一番の美少女、パルの心を射止めることだった。

　それが、ある日、ファサの兵士たちがジズの小屋にやってきて、彼のまえにひざまずき、あなたはいまやリマの王であらせられます、と伝えた。彼らはジズの肩に金糸銀糸で織られた絹の式服をかけ、霧の深い海沿いの街ボウアマの宝石職人が珊瑚と真珠をはめこんだ古いクルーベンの骨を手渡すと、すばやく彼を海から連れだした。パルの黒い生き生きとした瞳から、なんの音も立てずにじつに雄弁に物語るその瞳から、引き離した。

　そして、ここナ・シオウンにジズは、いる。市内の通りは、砕いた火山性軽石を敷き詰めた上に白檀の木で舗装されており、リマの山並みから伐採した硬い鉄樹で築かれた宮殿は、月の宮殿であるかのように見慣れぬものに思えた。すべての通りの角にも、まだリマの名前が戦場で敬意と恐怖を感じさせた時代の大昔の英雄に捧げられた祠が置かれているようだった。

「ここはご先祖さまの故郷です」大臣を自称する男たちが、ジズに言った。「わたくしどもはあなたのお父上がここで育たれるのを見守っておりました。わたくしどもは、あなたのご家族が降伏を拒んで、ザナの兵士たちに二重の木の門のまえでなで斬りに遭ったとき、お父上が泣かれるのを見つめておりました。ああ、ご家族のみなさまが処刑人たちを落ち着いて見ていたときのその背中をピンと伸ばされたご様子！」

大臣たちは、当時の皇太子だったジズの父親を非難するのは差し控えた。皇太子は、王家の一族のなかでただひとり、ザナの将軍に膝を屈し、リマの国璽を差し出したのだった。皇太子は、旧ハアンのザシン湾にある海岸の村に追放の身となり、そこで漁師となり、息子を普通の人間として育て上げた。一日の大漁と、いつかいい伴侶を見つけることにしか関心を持たない人間に。

だが、頭を下げている大臣たちが、ひょっとしたら彼ら自身も明白には自覚していないにせよ、ジズの父親がザナの征服者たちに服従するよりもほかの家族の例に倣って、殺される道を選んでいてほしかったと願っているのが、ジズにはわかった。大臣たちの目に映っていたのは、ジズが生涯見知っていた、静かで思慮深い父親、熱い石の上で牡蠣を焼くのが好きで、ほんの少しの砕いた氷砂糖で風味をつけた蒲公英茶しか飲まず、けっして声を荒らげたことのない優しい男ではなかった。

「自分自身の人生ほど幸せなものはない」父はジズに言ったものだった。「話さねばならない台詞を与えられ、示さねばならない態度を教えられるような人生よりな。けっして野心を抱くんじゃない」父は、ナ・シオウンの宮殿での以前の暮らしを口にするのは、いつも気の進まない様子だった。海栗《うに》の毒棘《どくきょく》で怪我をしたことからくる長患いで亡くなるまで、その控えめな態度は続いた。

だが、大臣たちの目には、ジズの父親はたんなる象徴に過ぎなかった。リマの受けた恥辱の象徴だ。

ジズは、大臣たちに、自分の父親はいい人間だったと伝えたかった。もう充分な血が流れたと判断した男である、と。王であることは、生きていて、毎朝目を覚まして、陽の光が波を斑に染め、釣り船の舳先をダイランが飛び越えていくのを見ることより大切ではない、と。大臣たちの目に浮かんでいる軽蔑の色に逆らって、父の名誉を守りたかった。

だが、ジズはなにも言わず、大臣たちが祖父の、リマの最後の王の、ザナの征服者たちを挑発する不遜な言葉を繰り返すのを聞いていた。

リマの最後の民が死のうとも、われらは魂となって貴様らと戦いつづけよう。

貴様らと会うのはこれが最後ではない。彼岸で貴様らを待っていてやる。

ジズは大臣たちにやれと言われた指示に従って行動した。王の儀式をなにも知らなかったので、彼らの操り人形に専念した。彼らの命令に従い、言えと言われた言葉を鸚鵡《おうむ》返しに口にした。あたかも彼が命令を下す側であるかのように。

だが、ジズは愚かではなかった。シルエ王が単純に善意でジズが王位に就くのを助けたわけではないとわかっていた。リマは力がなく、ファサに依存していた。リマはゲフィカにある帝国の中核地帯とファサ自体とのあいだの緩衝地帯として機能していた。新しいティロウ国家がぶじ帝国を転覆させたなら、支配を巡る新たな抗争が勃発するだろうし、シルエ王は、ジズにくくり付けた目に見えない紐を引っ張ることで、ナ・シオウンで好きなように物事を動かせるなら、そのような抗争で優位に立てるだろう。ジズの大臣たちは、ほんとうにジズのものだろうか？　あるいは、彼らはファサから出ている命令にも耳を傾けているのだろうか？　ジズにはわからなかった。

巨大なハサミがその紐を断つところをジズは想像した。だが、だれがそんなハサミを使えるのだ？　ジズではなかった。

ジズはフィソウェオ神の導きを祈ったが、寺院にある神像は、じっとジズを見返すばかりで、なんのお告げも与えてくれなかった。ジズはひとりだった。

ジズはこの新しい生活を好きではなかったが、受け入れざるをえないと感じていた。べつの牡蠣養殖業者の娘に恋していた、牡蠣養殖業者としての日々に戻りたいと願っていたが、自分のなかの王の血がその夢を不可能にしていた。

三千名の帝国兵が幽霊のようにこっそりリマの森を抜けた。リマの司令官たちは、臆病なのか、あるいはザナの間諜に買収されていたのか、斥候の報告を退け、オークの木の壁に囲まれた要塞を離れて侵入者と対峙するのを拒んだ。皇帝の残虐さから永遠に自由になったと信じているリマの勇敢な木こりである、一部の兵士は、司令官たちの裏切りと怯懦《きょうだ》をものともせず、自分たちだけで立ち向かった。彼らは帝国軍にあっというまに片づけられた。

一週間後の霧の深い寒い朝、帝国軍は森から出て、ナ・シオウンのまわりの空き地に姿を現し、首都を包囲した。

防衛する兵士たちは、すぐにわずかな矢の蓄えを使い果たした。ジズの大臣たちは、一般民家を解体するよう命じた。壁をよじ登ろうとするザナの兵に投げつける武器として、こけら板や梁や壊した建築資材を使えるように。ナ・シオウンの民は、自宅を破壊され、路上で眠り、春の肌寒い夜気に震える羽目になった。

救援を求めてファサに送った伝令の鳩は、返事がなかった。ひょっとしたら、寝返ったリマの司令官がナメン将軍に献上した調教された鷹に狩られたのかもしれない。あるいは、ひょっとしたら、ファサの若い軍はナメン将軍と麾下の百戦錬磨の歴戦の勇士に敵わないので、救援は無駄であるとシルエ王が判断したのかもしれなかった。いずれにせよ、リマに助けはやってきそうになかった。

大臣たちは、確実な敗戦をまえにして、王に降伏を考えてくれるよう乞い願った。

「あなたたちはわが父の判断を認めていないと思ったのだが」

大臣たちはそれに応える術を持たなかった。だが、数人は自分たちだけでこっそり街を抜けだし、ザナの露営陣地に向かった。彼らの首は、白檀の箱に入れられ、ナ・シオウンに送り返された。

ナメン将軍の部下が柄に文書を巻きつけた矢をナ・シオウンに射ちこんだ。ザナは街の降伏に関心はない。帝国に対する叛乱は許されるものではないことをほかの叛乱を起こしたティロウ国家に示すための見せしめをおこなわねばならぬ。帝国に対する裏切り者は報いを受けねばならぬ。ナ・シオウンは、最後のひとりの男まで皆殺しにし、女たちは全員売り飛ばされるであろう。

ザナの慈悲あるいはファサの救援の希望が潰《つい》え、大臣たちはヤケになった。今度は王に、市民に徹底的に抵抗するよう命じさせたがった。ことによると、もし必死に抵抗すれば、ナメンに再考させられるかもしれない、と。

だが、ナメンは街への攻撃を止めた。部下に、ナ・シオウンに注ぎこむ川を堰き止めるよう命じ、飢餓と渇きと病気の蔓延が自分に成り代わって仕事をしてくれるのを待つことにした。

「水と食料が無くなりかけている」ジズ王はそう言って、ひび割れた唇を舐めた。宮殿とすべての役人に、ほかの市民に課したのとおなじ配給制限に従うよう命じていた。「民を救う方法を考えねばならない」

「陛下」大臣のひとりが声高に言った。「あなたさまはリマの民の意思の象徴です。人々は王のためなら、喜んで死ぬでしょう。彼らの肉体の輝かしい最後は、彼らの清廉な魂をいつまでも生きながらえさせるでありましょう」

「ことによると、リマへの忠誠を誇示するため、市民の一部に自殺するよう命じるべきかもしれません」大臣のひとりが提案した。「そうすることで、残りのわれわれの物資を温存できるでしょう」

「あるいは、女と子どもの一部を、包囲網突破部隊に仕立てることができるかもしれません」べつの大臣が提案した。「市の門を開け、彼らを帝国軍に突進させるのです。帝国の兵士たちは、おおぜいの女性と子どもの顔と向き合って、ためらうかもしれず、冷血に斬り倒せないかもしれません。もしやつらが女や子どもが逃げるのを許せば、われらは変装して、おおぜいのなかにまぎれ、安全なところまでたどり着くことができるでしょう。そしてもしやつらが女や子どもを殺しはじめたら、われらは撤退し、次の計画を練ればいい」

ジズ王はいま耳にしている内容が信じられなかった。

「恥を知れ！　この数カ月のあいだ、おまえたちはリマ王家の名誉についてわたしに講義してきたのではないか。王と貴族が民に対して負っている義務のことを。それなのにいま、おまえたちは、自分たちのくだらない命を救うため、リマの民を意味のない犠牲にしようと提案している。民が財産と労働を差しだし、われらに贅沢な暮らしをさせているのは、われらが危機に際して彼らを守るだろうという、ただひとつの期待のためだ。それなのに、女や子どもも死地に送りこむことでその唯一の義務すら逃れようと願っている。おまえたちにはうんざりだ」

ジズ王はナ・シオウンの壁の上に立ち、ナメン将軍に和平交渉を呼びかけた。

「あなたはご自分のために戦ってくれる若者たちの命を大切に思っておられよう、将軍」

ナメンは年若い少年を目を細めて見上げ、なにも言わなかった。

「あなたがナ・シオウンを攻撃しなかった理由はわか

っている。もし勝利を別の方法で獲得できるのなら、たったひとりの兵も死なせたくないのだ」

ザナの兵たちは、堂々と立ち、顔を動かさずにいる将軍を見た。

「この街は死に瀕している。わたしは決死の反撃をする命令を下すことができる。われらは間違いなく負けるだろうが、あなたの部下の何人かは死ぬだろうし、あなたの名前は何世代にもわたって、六ヵ国の人々のあいだで、女と子どもを殺した人間として軽蔑されるだろう」

ナメンの顔がひくついたが、耳を傾けつづけた。

「リマは武器と人員は乏しいが、象徴としては豊かだ。わたしはひょっとすると、最高の象徴かもしれない、将軍よ。もしほかの叛乱しているティロウ国家に見せしめにしたいのであれば、わたしを捕らえるだけで充分だ。ナ・シオウンの民はわたしの命令に従って、あなたに抵抗してきただけだ。もし彼らを救ってくれるなら、より少ない抵抗とより少ない人命の損失で、将来の戦いにあなたは勝てるかもしれない。だが、もし彼らを皆殺しにすれば、この先攻撃するどの街にも、けっして降伏しないと決心させることになるだけだろう」

ようやくナメン将軍は口を開いた。

「貴君は宮殿で育ったのではないかもしれないが、リマの玉座に値する人間だ」

降伏条件はとても明白だった。ジズと大臣たち全員は、エリシ皇帝に全面的恭順を誓い、すべての抵抗を止める。それと引き換えにナメン将軍はナ・シオウンの人民に危害を及ぼさない。

ジズは、ナメンが自分を戦時捕虜としてパンに連れていく計画であるのはわかっていた。そこで、叛逆の王に対する勝利を祝う熱狂的な市民が詰めかけた街の大通りを裸で引き回されるだろう。さらなる操り紐、さらなる操り人形だ。そののち、長い拷問にかけられ、公開刑に処されるかもしれない。あるいは、命は救われるかもしれない。エリシ皇帝の気分次第だった。

　夜になった。ナ・シオウンの門が開くと、ジズ王は道のまんなかにひざまずいた。王は片手でリマの国璽を掲げ、反対の手に松明を持っていた。暗闇にまわりを囲まれている円形の光のなかでジズ王はとても孤独に見えた。

「約束したことを忘れないでほしい」ジズ王は近づいてくるナメン将軍に言った。「わたしはすべての抵抗を止めさせた。わたしはあなたの意のままだ。それでいいと約束してくれるだろうか？」

　ナメン将軍はうなずいた。

　ジズは自分の大臣たちのほうを見た。彼らはナ・シオウンの大通りの両側にひざまずいていた。彼らは最上級の礼服を身にまとっていた。あたかもきょうが王の戴冠式の日であるかのように。その服の明るい色合いと生地は、彼らの背後に並んでいる一般民衆のボロボロの服と極めて対照的だった。大臣たち——彼らはひとつの式典、儀礼的で政治的な出来事に立ち会っていた——の顔に浮かんでいる冷静な威厳と、痩せ細った群衆の顔に浮かんだ恐怖と怒りとが好対照なのと似ていた。

　王は穏やかに笑い声をあげた。「さあ、よいか、わが忠義なる大臣たちよ、おまえたちが願った象徴を受け取るがいい。彼岸で待っているぞ」

　ジズ王は松明を落とし、その火が自分に燃え移るに任せた。服には香油をたっぷり浴びせていた。炎はすぐさまジズ王の体とリマの国璽を燃え上がらせた。王は何度も悲鳴をあげた。そのまわりにいた男たちは全員、ザナの人間もリマの人間もその場を動けず凍りついて突っ立っていた。

　ようやく彼らが炎を消したころには、ジズ王は死に、リマの国璽は判別がつかないほど損傷を負っていた。

「やつは約束に背きました」ナメンの副官のひとりが言った。「この黒焦げの死体を記念品としてパンに持ち帰り、勝利の行進をするわけにはいきません。街の人間を皆殺しにするべきでしょうか?」

ナメン将軍は首を横に振った。焼けた肉の臭いに胸が悪くなり、将軍はその瞬間、自分がひどく老いて、疲れているのを感じた。ナメンは、ジズの青白い顔を気に入っていた。巻き毛と細い鼻を気に入っていた。少年が背中を伸ばして立っている様子をあっぱれだと思っていた。自分を、征服者を落ち着いた灰色の目になんの恐怖も抱かずに見据えていた様子に感嘆していた。あの若者と、とても勇敢だと思った男と、腰を据えて、長話をしたいと思っていた。

キンドウ・マラナが自分を捜し出さなければよかったのに、とまたしてもナメンは悔やんだ。家の暖炉のまえに座って、満足しきったトウジィの背中を撫でていたかった。だが、老将軍はザナを愛しており、愛は犠牲を必要としていた。

(当面のところ、犠牲は充分だ)

「ジズ王はわたしにした以上の約束を果たした。ナ・シオウンの人民は、本日、ザナの剣にさらされることはない」

ナ・シオウンの押し合いへし合いしている民衆は、その声明に沈黙で応えた。彼らの目はひざまずいている大臣たちに向けられていた。彼らはいまや風にそよぐ葉っぱのように震えていた。

ナメンはため息をついた。(戦争は、自分の勢いで回転する重たい車輪のようだ)

ナメン将軍は抑揚のない声で続けた。「だが、ジズの大臣たちは全員、囚人荷馬車に乗せろ。きゃつらをパンに連れていき、皇帝の動物園の餌にしてくれるわ」

すると、民衆は、一気に激しい蛮声をあげて喝采した。踊りだし、踏みしめる足が、ザナ軍の足下の地面まで震動を伝えた。

第十六章　「陛下」

ディム
義力四年四の月

大河リル川が海に注いでいるディムでは、川幅が半里弱ある。ディムの対岸、河口の北側にはディムシ市がある。ディムより後にできた、より豊かで、より洗練されている姉妹都市だ。コウクルの中心部にある農場の生産物を載せた船がディムから出港する一方、ディムシの埠頭は、旧ティロウ国家アムの一部であるゲフィカの熟練工がこしらえた、千回鍛えた鋼や漆器や陶器を載せた船で埋まっていた。

〈大統一〉後、ダラ諸島全域から税や物品や人間がディムとディムシに集まり、リル川を航行して、帝国の輝かしい中心、パンに運ばれていった。川の両岸で無数の水車が回転し、水の交易路に商品を送り出す石臼と工房に動力を送りこんでいた。リル川の河口から金が流れ出せば出すほど、良いもの悪いもの、あらゆるものが流れ出していた。双子都市に旅する者は、もし美味い食べ物と正直な商人が欲しければ、ディムにいくが、美しい女と終わることのない夜を探しているなら、ディムシにいくとのたまった。

近頃では、ディムとディムシは、小さな谷を挟んで向かい合っている怒りに燃えた二頭の狼のように、たがいを見つめていた。ディムはフノウ王が王朝を創設した地であり、麾下の一万人の叛乱軍は、川を渡り、パンに行軍する機会を待っていた。ディムシにはタンノウ・ナメンが一万人の帝国軍とともに待機し、叛乱軍を叩き潰す機会を探していた。リル川自体は、帝国海軍の巨大船が哨戒していた。両者をわかつ、動く木製の壁だ。たまに巨大船の一隻が、ディムに向かって火炎桶を発射し、川岸にいた人々が悪態をつきながら逃げ惑うのを船の射出機操作手が見ては大笑いしていた。

ディムシの帝国軍は、ディムの防衛陣に対して低級の嫌がらせを絶えずおこなっている以外は、なにもせずに満足しているようだったので、フノウ・クリマは彼らを無視することに決めた。結局のところ、彼はいまフノウ王であり、心を砕かねばならないもっと重要なことがあった。

たとえば、新しい宮殿のような。

フノウ・クリマは、王であることについてあまり多くを知らなかったかもしれないが、偉大な王たるもの、偉大な宮殿を持っていなければならないという信条を抱いていた。ティロウ国家は、ほかのティロウ国家の宮殿のように壮麗な――いや、それよりもずっと壮麗な宮殿を持たないかぎり、まともに尊敬されないのだ、と。

そして西コウクルの兵は、訓練にではなく、木材を運び、レンガを積み、基礎を掘り、石を刻む作業に日々を費やした。

もっと早く、もっと高く、もっと大きく！ フノウ王は大臣と建築技師たちを叱りつけた。**なぜ宮殿建造の進捗はこんなにも遅いのか？**

もっと早く、もっと早く、もっと早く！ 大臣たちは、いまや建築現場の親方としてふるまっている軍の隊長や副隊長に強く要求した。**おまえたちが作業員をもっと熱心に働かせるんだ。**

もっと早く、もっと早く、もっと早く！ 親方たちは、人足としての仕事を押しつけられた兵士を怒鳴りつけた。しかも、親方たちは、自分たちの伝えたい内容を増幅するために、鞭や棒鞭やほかの方法を好き勝手に利用した。

兵士のなかには、エリシ皇帝のために、大霊廟や大隧道でおこなっていたのと、ほとんどおなじことをやっているのなら、なぜ自分たちは〝叛乱者〟なのだろう、と疑問に思いはじめる者もいた。

兵士の不満はフノウ王の耳に届いた。

王は、エリシ皇帝のような暴君のため気の進まぬままあくせく働くのと、自分たちの解放者と自分たちの新しい国の栄光のため熱心に貢献しようとするのとの違いがわからぬ恩知らずな男たちに激しい剣幕で怒った。そのような不満を口走る男たちは、帝国の間諜であるのは明白だった。不満と異議の種をここに撒いて、嘘や政治的な宣伝を広めようとしているのだ。そんな輩は根こそぎにせねばならぬ。

近衛隊隊長に率いられた信頼できる士官が王に任命され、特殊秘密部隊を結成し、隊員は夜間に露営地を歩きまわり、フノウ王と西コウクルの名誉に逆らう発言をする者に耳を澄ますことになった。彼らは自分たちの軍服に加えて、黒い手布《ハンカチ》を頭に巻いて、後頭部で強く結んだ。そして彼ら黒帽隊が裏切り者として訴えた者たちの消息は、二度と聞かれなくなった。

黒帽隊が裏切り者を捕らえれば捕らえるほど、フノウ王の不安は募った。帝国がいたるところに間諜を放っているように思えた。自分を正しく〝陛下〟と呼ぶのを忘れたぶるぶる震えている大臣たちを何分ものあいだ睨みつけるようになった。ある者に別の者をこっそり調べるように命じ、一時間後に、その相手の者に最初の者をこっそり調べるよう命じることを繰り返した。黒帽隊自体が帝国の間諜に潜入されていないと、どうして言い切れるのだろうか？

解決策は明白だった。フノウ王は、自分がとくに信頼している数人の男たちを集め、黒帽隊員を密かに調べる権限を与えた。そうした男たちは、信頼の段階が上がったのを示すため、白い手布を頭に巻いて、後頭部で結んだ。彼らが裏切りを摘発した最初の男が、前の近衛隊長であり、黒帽隊指揮官だった――その結果はフノウ王を失望させたものの、実に理にかなっていると王は考えた。魚は頭から腐ってくるのとおなじように、腐敗は頂点からはじまる。だから、当然、近衛隊の隊長は、王を裏切るだろう。

そのようにして、黒帽隊が人々を見張る一方、白帽隊が黒帽隊を見張った。だが、白帽隊をだれが見張るのだ？　このことがフノウ王を大変に困らせた。王は考えに考えて、灰色帽隊を思いついた。

すべての解決策があらたな問題を発生させるようだった。フノウ王は絶望に陥った。

夜のあいだに男たちはディムの露営地から逃げ出しはじめた――最初はちょろちょろとした流れだったが、次第に洪水になった。

「ことによると、ぼくらも逃げ出すべきかもしれない、ラット」ダフィロウは弟に囁いた。ほかのだれかに聞かれないよう、慎重に話した。だれが変装した黒帽隊員なのか、けっしてわからないのだ。「ぼくらも裏切り者と呼ばれるまえに」

だが、ラソウは首を横に振った。ザナの兵士に包丁を突き刺した瞬間のぞくぞくした感覚をまだ忘れずにいた。ラソウがはじめて殺した男だ。フノウ王は、自分もいっぱしの男のように立ち上がり、帝国が大霊廟の基礎を築くために砕石を作るのとおなじぞんざいさで磨《す》り潰されそうになっていた暮らしを取り戻せることを教えてくれた人だった。ラソウのような男が帝国を倒し、両親の仇を討つだろう、とフノウ王は断言してくれた。

ラソウはそれを忘れるつもりはなかった。

ディムの露営地にはまだ一万人分の場所があったが、寝床の半分以上が夜に空になっていた。

「どうして王宮はまだ完成せぬのだ?」フノウ王は激怒した。「急げと言ったではないか。急げ!」

大臣たちのだれも、建造工期を守れるだけの兵士がいなくなっていることを王にあえて伝えようとはしなかった。周囲の田園地帯をうろついているならず者たちに、まだ逃げ出していない男たちを強制的に徴用するよう命じた。捕らえられた脱走兵は、忠誠の教えを叩きこむため、残っている者たちの目のまえで処刑されたが、それは問題を悪化させるだけで、改善はしなかった。

ついには、リル川の堤防に配置されていた歩哨ですら、市内に引き戻され、宮殿建造の作業に就かされた。王が気にかけている唯一の事業に。

「将軍、戦闘凧を浮かべて送り出していた物見の報告では、夕食時、調理の火から立ち上る煙は、十の天幕のうち一つしか上がっておりません」

「頃合いだ」ナメン将軍は言った。

その真夜中、フノゥ王の兵士たちが、疲れ切って、恐怖に怯えながら眠っているあいだに、五千名の帝国歩兵隊が底浅の輸送船に乗って、ひそかにリル川を横断し、対岸の数里川上に上陸した。歩兵隊がディムに向かって進軍する一方で、防衛側がこれまでに見たことのないほどの激しさで、帝国海軍が岸に向かって爆撃をはじめた。燃える油を入れた回転する桶が描く眩い弧は、空を照らす隕石のようだった。そのちらつく明かりのなか、大量の弓矢がフノゥ王の最後の兵士たちが眠っている露営地に向かって甲高い音を立てて降り注いだ。

単純かつ純粋な完敗だった。西コウクルの兵士の半分は、ろくに目が覚めないままか、あるいは鎧を身につけぬうちに死んだ。ほかの半分は、どうにか抵抗を試みたが、剣と弓の修練をして日々を過ごすべきだったと気づいた。石を刻み、木を切って過ごすのではなく。だが、後悔するにはあまりに遅すぎた。

フノゥ王は笏《しゃく》と、翡翠で作られた西コウクルの新しいすべすべの国璽をひっつかんだ。馬車に飛び乗り、御者に急ぐよう怒鳴りつけた。すぐさまディムを脱出し、サルザに戻らねばならない。そこにいけば、この屈辱の敗戦に復讐できるよう、残りの叛乱軍の指揮権をスフィ王が与えてくれるはずだった。

こんなのはおかしい、とフノゥ王は憤慨した。部下たちがザナに対して共有していた義憤が、彼らを無敵にしなければならなかったのに。その唯一の説明は、王の軍が下士官のなかに隠れていた臆病者に裏切られてきたというものだった。王が負けたのは、帝国の将軍が、あの老いぼれで悪賢いナメンが、あまりに多くの汚い引っかけ技と間諜を有していたから、それだけだった。黒帽隊と白帽隊と灰色帽隊だけではなく、虹のすべての色の帽子が必要だった。

「もっと急げ、もっと急げ、**もっと急ぐのだ！**」フノゥ王は御者に吠えた。

御者は三十代の男だった。顔に入れられた刺青は、男がザナの法の下で、有罪判決を受けた重罪犯だったことを示していた。フノウ王が期待していたように馬に鞭を当てる代わりに、男は馬をのんびりしただく足で進ませると、振り返って王を見た。

「おれの名前は、セカ・キモウ。ツノウア群島の出身だ」

フノウはポカンとして男を見た。

「おれはナピでの叛乱の呼びかけに応え、あんたとシギン公の軍に加わった最初のひとりだ」セカは言った。「あんたとゾウパ・シギンは、あの夜、勝利のあとで、おれといっしょに酒を酌み交わした」

「余と対等の者であったかのようにシギンの名を出すな――」

だが、セカは王の言葉を遮った。「おれの弟は十日まえに病に倒れたが、百卒長は弟を休ませてくれなかった。全員があんたの宮殿を建てる仕事をしなければならないと言ってな。弟は昼の太陽を浴びて気を失った。親方が弟を死ぬまで鞭打った。そのことをあんたは知っていたか？」

フノウ王はこの男がなにをくっちゃべっているのかさっぱりわからなかったが、相手の態度のひとつの過ちを捕らえた。「貴様は余に話しかけるときは、〝陛下〟と言わねばならん。さあ、急いで、余をここから出してくれ」

「おれはそう思わないな、陛下」キモウは言った。手綱をグイッと引っ張り、馬車は急停止をし、フノウを座席から転がり出させた。そして、すばやく剣を振るって、キモウはフノウ・クリマの首を刎《は》ねた。

「さあ、好きなだけ壮大な宮殿の夢を見るがいい」キモウは馬車の馬具から一頭の馬を自由にし、鞍のないその背に飛び乗った。「だが、おれとしては、真の英雄を追いかけるつもりだ」

キモウは東へ向きを変え、サルザに向かって馬を走らせた。そこはツノウア出身の男であり、すでに伝説となっているマタ・ジンドゥがレフィロウアにまたがっている場所だった。

――われらは、この第一回戦で負けを認めるわ、キジ。マラナとナメンのふたりを完全に過小評価していた。

――おぬしらふたりとフィソウェオはいつもその轍を踏むようだな、毎度ザナを見くびる。

――好きなだけほくそ笑むがいい、兄弟、そなたの飛行船のように膨れあがるがいい。最後に笑う者が一番高笑いするだろう。

「その方たちに会えて、余の心は喜んでおる」サルザの門でフィン・ジンドゥとマタ・ジンドゥを歓迎しながら、スフィ王は言った。「コウクルには真の元帥が喉から手が出るほど必要なのだ」

第十七章　ズディの門

サルザとズディ
義力四年四の月

タンノウ・ナメンのディム奇襲は、リル川の南岸に沿っておこなわれた帝国軍の一大掃討戦のはじまりを印した。数週間で、クリマ＝シギン遠征軍に降伏した町や都市の大半は帝国の支配下に戻り、帝国軍は、コウクルの再征服を目指して、南へと止められない行軍を開始した。

コウクルのスフィ王によって招集されたサルザでの戦争大会議は、何週間も議論を交わしながら、ひとつの結論にも達していなかった。

スフィ王は会議場を見渡し、アムとファサとリマとガンの大使がハアンのコウスギ王とともに全員出席しているのを見た。それぞれの男が、分厚くすべすべした畳の上に個々のティロウ色をした座布団を敷いて、正規のミパ・ラリの姿勢で座っていた。背をピンと伸ばし、体重をひざとつまさきに均等に乗せている。

「ダラ諸島のなかでもっとも勇敢な君主であらせられたジズ王の思い出にきちんと敬意を示すことで、本日の会議をはじめなければなりません」リマの大使が言った。袖で目頭をそっと押さえた。

会議場の全員が同意してうなずき、ジズ王の勇敢な人生とさらに勇敢な死を称える、大仰な演説を順に立ち上がっておこなった。スフィ王は水時計の下がっていく水位にちらっと目を走らせ、苛立ちを隠そうとした。ここにいる連中のだれかが、リマの大使を含め、三週間まえに乞食の一団からでもジズ王を見分けることができたかどうか疑わしかった。だが、いまや彼らはみな、ジズ王を子どもの頃から知っているかのようにふるまっていた。

なかでもファサの大使がもっとも長い演説をして、繰り返し、ファサとリマのあいだの〝特別な関係〟を強調した。スフィ王は、目を白黒させて呆れた表情を浮かべる誘惑に屈すまいと必死にこらえたせいで、頭痛がしてきたのに気づいた。ファサの大使がようやく腰を下ろした。一時間が経っていた。

「本日、リマにお示し下さった敬意に感謝いたします」リマの大使が言った。その声は感動のあまり震えていた。「わたしが、」リマの亡命政府の首長を務めることになると思います」はしたないと見なされぬよう、会議場の人間全員にかろうじて聞こえるほどの小さな声で、大使は付け加えた。

スフィ王がこの会議で討議したいと思っていた本題に入ろうとしたそのとき、ファサの大使がふたたび立ち上がった。「西コウクルのフノウ王も悼むべきだと思います。あの方の態度は下品だったかもしれませぬが」――大使は忍び笑いを漏らしたガンとアムの大使に目くばせした――「それでもスフィ王に承認され、偉大なるティロウ国家の君主にのぼりつめたのです」

（貴様はフノウ・クリマを無粋な田舎者だと考えているかもしれないが、あの男がいなければ、今回の叛乱ははじまりすらしなかっただろう。貴様にできることがあるとすれば、あの男の思い出に多少の誠実さで敬意を示すことだけだ）

だが、スフィは怒りを抑えねばならなかった。話し合いたいさらに重要な案件があり、ファサを代表して話しているこの愚か者の協力が必要だった。

ひとりずつ、会議場のほかの参加者がふたたび立ち上がり、フノウ王に心にもない追悼の言葉を述べた。ありがたいことに、彼らの演説は今回、短かった。

やっとだ、とスフィ王は思った。「わがティロウの諸兄、われわれはタンノウ・ナメンのコウクル侵攻という喫緊の問題を話し合わねばなりません――」

だが、コウスギ王がスフィ王の発言に口をはさんだ。

「スフィ、老人に少し時間をいただきたい」

やっとの思いで、スフィ王は演説の残りを呑みこんで、コウスギにつづけるよううなずいた。コウスギがなにを言うつもりか、スフィにはすでにわかっていた。ハアンは帝国の支配から自由になってさえいないが、コウスギは、ハアンの〝領土保全〟を図ることに執着していた。この男には一曲しか持ち歌がなく、頻繁にその曲を歌うのだ。

それでも、スフィ王はコウスギに黙れと言えなかった。理論上、すべてのティロウ国家は平等だった。そのため、これまでのところ、ハアンは叛乱にまったくなんの貢献もしていないという事実にもかかわらず、大会議でコウスギに発言させるしかなかった。

「ナメンがコウクルに目を向けているのに乗じて、ファサの軍が、古来の、また自然権により、リマとハアンに属している土地を占領しているという、気が重くなるような噂を耳にした」コウスギ王は言った。

「陛下、あなたさまは間違っておられる」ファサの大使が言った。「ファサの司令官たちに与えられた地図は、誤ってハアンの領土を拡大させたやもしれない古い間違いをファサの費用負担で徹底的に吟味したものです。ですが、いまのご発言でほかのことをわたしは思い出しました。わたしは、ここでガンに異議を申し立てる必要があります。ガンの船がオウゲ群島のまわりでファサの漁師に嫌がらせをつづけているのです。この群島は昔からファサに属しており、ガンには属しておりません。ここにおられるみなさんがそうだと断言していただけるものと確信しております」

「ガンの年代記は、あなたの意見に同意していませんな」ガンの大使が言った。「まさしく、ファサによるあそこの群島の違法占領は、ガンが百年以上まえからザナに対処するのに忙殺されていたがため、おこなわれたにすぎないのです。そして、古い間違いを訂正する話題が出た以上言いますが、コウクルがようやく名誉あるおこないをして、ツノウア群島をガンに返還する潮時が来たのではないかと思います」

スフィ王は、こめかみをこすって、頭蓋骨を打ち壊しそうな鋭い痛みを和らげようと、空しい試みをした。

「わがティロウの諸兄」ようやくスフィ王は言った。あやうく敬称を省きそうになった。「みなさんは、帝国がすでに歴史になり、諍いの絶えなかった七カ国の昔に戻ったように思いこんでおられるように見受けられる。ですが、帝国軍が一秒ごとに迫ってきているのを忘れておられる。いま、われらは違いを乗り越えて、団結するか、あるいはそれぞれがリマの運命を繰り返し、ザナのくびきに繋がれるかのどちらかなのですぞ」

大使たちとコウスギ王は一瞬黙ったが、すぐに会議場は絶え間ない言い争いにふたたび充たされた。

スフィ王はこめかみをさらに強くこすった。

会議場の外の廊下で耳を傾けていたフィン・ジンドゥは首を横に振ると、なにも言わずに背を向けて、立ち去ろうとした。やらねばならぬ現実的な仕事があった。もはや時間を無駄にする余裕はなかった。


春であり、天候も暖かく、心地良かったため、クニ・ガルは、ジアとリン、コウゴ、ミュン、サンを連れて行楽《ピクニック》にいくことに決めた。どの報告書でも、ナメンと帝国軍はまだ西に何里と離れたところにおり、自分たちが行楽に出かけることで、どうすれば帝国の攻撃からズディを守れるのかについて住民が抱いている不安を軽減できるだろう。

「きょうは、もっと馬が必要だという話はいっさい聞きたくない」サン・カルコウノが馬を連れて一行のもとにやってくるとすぐにクニは言った。

サンは笑みを浮かべた。「一言も言いません」

一行は、ジアのため、ゆっくりとした歩調を保った。いつ子どもが生まれてもおかしくなかったが、ジアは新鮮な空気と、野花がいっぱいに咲いている丘を楽しんだ。ときどき、彼女は立ち止まり、興味を引かれた野草を摘むようほかの者に頼み、匂いを嗅いで、持っていた小袋にしまった。

ジアは行楽用の昼食も用意していた。新鮮な肉まん（道中、摘み取った新しい薬草の一部で風味を足していた。「摘みたてがいいの」とジアは言った）、砂糖と酢に漬けた筍、ダスの辛子をまぶした蟹の揚げ焼き、ズディ駐留の帝国駐屯隊の元司令官であり、帝国に逆らってクニの仲間に加わったドゥサ副隊長の収集物から取ってきた発泡葡萄酒。箸を使う代わりに、だれもが皿から手づかみで料理を食べた。

「美味い料理だったな」そう言ってクニは満足のげっぷをした。彼ら六人は陽に暖まった丘の斜面に横になった。腹一杯になって、たっぷり飲み、兎や雉子《キジ》を狩って疲れていた。馬を放し、好きなように草を食ませていた。じつにすてきな一日だった。街に戻り、現実の仕事をするのは残念だった。

サンが立ち上がって、伸びをし、馬が遠くにいきすぎないよう確かめようとした。「なぜ街に白い旗を掲げているんだろう？」サンは言った。

ほかの連中は物憂げに立ち上がり、手をかざして、遠くにあるズディの壁を見た。サンの言うとおりだった。黒と白の鳥が描かれた赤い旗の代わりに、白い旗が街の門の上にはためいていた。クニは旗に描かれた鳥がミンゲン鷹ではないのかという嫌な疑念を抱いた。

突然素面に返り、不安になって、クニと一行は、馬を駆って、ズディの門に駆け戻った。意外なことではなかったが、門は閉ざされ、閂《かんぬき》がかかっていた。

「申し訳ありません、ガル公」壁の上から叫んでいたのは、元帝国兵だった。

「ムルはどこだ？」クニは叫んだ。通常なら、門の開け閉めは、ムルの担当だった。

「あの男はあなたを裏切るつもりがなく、戦おうとした。それでドゥサ副隊長は彼を殺さなければならなかったんです」

クニは腸《はらわた》を強く殴られたような気がした。「おまえたちはなぜこんなことをする？」

「あなたが出かけているあいだに、ドゥサ副隊長が、帝国にふたたび忠誠を誓うことを街の長老たちに頼んだんです。ナメン将軍は、叛乱軍を追い出し、すぐに降伏する街を許してくれると聞いています。ですが、われわれが抵抗すれば、その見返りの罰は厳しいものになるでしょう。わたしはあなたがほんとに好きなんです、ガル公、あなたは立派な君主だと思います。ですが、わたしには妻と幼い娘がいます。娘がおとなになって結婚するところを見たいのです」

一瞬、クニはかつての疑念に苛まれた。顔を曇らせ、馬が後ろ脚で立って、あやうく落ちそうになった。

「くそ」クニはつぶやいた。「くそ」

「あなたはゼロからはじめたじゃないの」ジアが言った。「もう一度はじめたらいいじゃない?」

クニはジアの手に自分の手を伸ばして、強く握り締めた。

ふたたび顔を起こしたとき、クニの顔には断固たる決意が浮かんでいた。「わかった」クニは壁の上に向かって叫んだ。「そっちの決断を理解したとみんなに伝えてくれ。賛成はしていないにせよな。だが、諸君は二度とクニ・ガルと会うことはないだろう」

太陽が西に沈むと、六人の意気消沈した乗り手を運んでいた六頭の馬は、夜の野営にそなえて、小川のそばで止まった。しばらく考えてから、クニはもっとも賢明な取るべき道筋は、サルザに向かい、スフィ王にこの自称〝公爵〟を受け入れてもらい、ズディを取り戻すための部隊をいくらか貸してもらえるよう説得できるかどうか確かめてみることだと判断した。

この日早くに捕まえていた兎と雉子を焚き火で料理したが、焚き火のまわりの暗い雰囲気は、心が軽くなるようなお祭り騒ぎと残酷なほど対照的だった。

ひとりの背の高い男が川のそばにある林から姿を現し、一行に近づいた。サンとミュンは警戒し、剣の柄に手を走らせた。男は愛嬌のある笑みを浮かべ、武器を持っていない両手を掲げ、焚き火に向かってゆっくり歩いてきた。近づいてきて、焚き火が投げかける明かりの円のなかに入ると、男がガリガリに痩せており、その肌はルソウ海浜の名高い砂のように黒いのを目にした。明るい緑色の瞳がちらつく光に輝いた。

「おれはルアン・ジィア、ハアンの人間だ。見ず知らずのこのおれに食べ物をわけてくれないか? その代わりに革袋のなかの酒を喜んでご馳走しよう」

クニは見知らぬ男をじっと見た。このルアン・ジィアという男は……。その姿のなにかがクニの心を掻き回し、十年以上まえの記憶を思い出させた――自分とリン・コウダがズディのすぐ外でおこなわれたマピデレ皇帝の行進に感嘆した日を。

「あんたは凧の乗り手だ」クニは口を滑らせた。「あんたは皇帝を殺そうとした男だ」

第十八章 ルアン・ジィア

ギンペン
ザナの征服以前

気高きハアンでは、学問はたんなる贅沢ではなく、ひとつの生き方だった。

ザナの征服以前、田園地帯では、葦が茂る広大な干潟と岩がちの海浜のそばに、無数の寺子屋が砂の城のように次々と建てられていたものだった。そうした寺子屋の教師は、国が費用を負担し、貧しい者の子息に読み書きと基礎的な計算技能を教えていた。より才能があり、裕福な子弟はギンペンにいった。首都であり、ダラの有名な民間教育機関が揃っている場所だった。

ダラの高名な大学者たちの多くが、ギンペンの民間教育機関の講堂や研究室で成長期を過ごしていた――統治を芸術の形にまで洗練させた哲学者タン・フェウジ、帝国の摂政にして、比類なき書道家リュゴウ・クルポウ、そのふたりを教えたギ・アンジ、死を怖れずに面と向かってマピデレを批判したフゾウ・チュアンなどなどおおぜい。

むかしのハアンでは、旅人は畑を歩いている農夫を呼び止めて、政治や天文学や農業あるいは気象学について会話を交わし、それなりのものを学ぶことができた。ギンペンでは、一般の販売補助員ですら、立方根の計算ができ、だれの助けも借りずに魔方陣を埋めることができた。茶房や葡萄酒酒場――食事は簡単なもので、酒はまあまあ飲める程度のものしか出ない――で、ダラのなかでももっとも聡明な人士が政治問題や自然哲学を議論しているのに出くわすことができた。

ハアンはティロウ国家のなかでとりたてて仕事に精を出すほうの国ではなかったにせよ、同国の技師や発明家は、だれもが先を争って手に入れようとする設計の水車や風車を作り、もっとも正確な水時計をこしらえた。

だが、これらすべては征服後に変わった。ほかのティロウ国家と比較しても、マピデレの焚書坑儒《ふんしょこうじゅ》は、ハアンの精神により厳しい痛打を与えた――ギンペンの民間教育機関の多くが閉鎖した。生き延びたわずかな教育機関も、かつての面影はなく、学者たちは、真の答えを与えるのを怖れ、真の質問をするのをさらに怖れるようになってしまった。

ルアン・ジィアは人生の使命を諦めることを考えるたびに、亡くなった学者や燃やされた本、そして幽霊のような声での訴えが終わることなく響くかに思える無人の講堂を思い出すのだった。

ジィア一族は、記録に残らぬ大昔からハアン王家に仕えていた。直近の五世代でも、ジィア一族は、三人の宰相と二人の将軍、五人の卜占官をハアン王宮に送り出していた。

ルアン・ジィアは聡明な子どもだった。五歳で、古アノゥ語で書かれたハアンの詩人による三百篇の詩を諳んじることができた。七歳で、王立卜占官協会を愕然とさせる業績を上げることができた。

卜占はダラ諸島で古代からつづいている芸術だったが、学問好きのハアンほどその実践に専念しているティロウ国家はほかになかった。とどのつまり、ハアンは悪ふざけ好きで、数学の神であり、予言の神であるルソウ神のお気に入りの地だった。神々はつねに曖昧な発言をし、ときには人が訊ねているさなかに心を変えすらする。卜占は、本質的に当てにならない方法で未来を確かめる行為だった。

予言の正確性を向上させるには、おなじ質問を複数回して、なにがもっとも平均的な回答として出てくるか確かめるのがいちばんいいやり方だった。たとえば、王が今年の穀物の収穫や漁獲が昨年よりもいいかどうか知りたいとする。その問いに答えるために、卜占官協会では、ルソウ神への祈りにその質問を集めて形にする。

そして、十四の大海亀――ルソウ神の使者――の甲羅を乾かしたものをルソウ海浜の黒い砂の上に並べる。十本の鉄の棒が鞴《ふいご》で高温にされた石炭を満載した火鍋で熱せられ、鉄棒が赤く光るようになると、取り出され、ひびが入るまで甲羅に押しつけられる。すると卜占官たちが集まり、ひび割れの方向を表にまとめる。もしだいたい東西の方向に六つの甲羅が割れ、だいたい南北の方向に四つの甲羅が割れたなら、それはその年の穀物の収穫と漁獲が、昨年のものより五分の三の確率でよいだろうということになる。その結果は、個々のひび割れが、基本相の方角と比べた場合の正確な角度を測定することでさらに精度を上げることができる。

卜占官にとって、幾何学やほかの分野の数学は重要な道具だった。

ルアンの父は、主席卜占官だった。ルアンは子どものころ、父親の仕事を大きな関心を抱いてつぶさに見ていた。ルアンが七歳だったある日、父親のお供をして、ルソウ海浜にいった。そこで卜占官協会が王からの重要な質問への答えを相談することになっていた。

父とほかの白いひげをはやした卜占官たちが作業をしているあいだ、ルアンはひとりであてもなく歩きだし、自分が考案した遊びをはじめた。

ルアンは砂に正方形を描き、そのなかに内接する円を描いた。目をつむって、その図のあるおおまかな方向に小石を投げ、小石が正方形のなかに落ちた数と、同時に円のなかに落ちた数も紙に書き留めた。

儀式が終わって、父親が息子を呼びにやってきた。

「おまえがやってる遊びはなんだ、ル＝ティカ?」

ルアンは、遊んでいるんじゃないです、と返事した。ルソウ数の値を計算しているんです、と答えた。ルソウ数とは、直径に対する円周の割合だった。

ルアンは説明した。円の面積は、半径の二乗のルソウ数倍であり、一方、正方形の面積は、円の半径の二倍の二乗、あるいは半径の二乗の四倍である。ならば、正方形の面積に対する円の面積の割合は、ルソウ数を四で割ったものに等しい。

もし充分な数の小石を投げれば、円のなかに落ちた小石の数と正方形のなかに落ちた小石の数の割合は、図のそれぞれの面積の割合に等しくなる。その割合に四をかけることで、ルアンはルソウ数自体を概算できた。小石を投げれば投げるほど、その概算は正確さを増す。

そのようにして、ルアンは偶然から確実なものを導いた。混沌から秩序を。偶然のなりゆきから、やがて意味あるものに、完全なものに、美しいものに達する形を。

ルアンの父親は早熟の息子に愕然とした。もちろん、それは息子の知性の表れであったが、同時に息子の持っている神性の表れでもあった。確実にルソウ神はこの子を特別に見守っておられる。

通常の成り行きならば、ルアン・ジィアは、ハアンの主席卜占官として父のあとを継ぎ、生涯を数字と図形に、計算と定理に、証明と神託の推量に、とらえがたい神々の意思を概算するという終わることなき魅力的な仕事に捧げて過ごしただろう。

だが、そこにマピデレ皇帝がやってきた。

ジィア一族は、ハアン防衛に身を投じた。父は曲がった鏡を考案し、太陽の力以外のなにも使わずに、ハアンの海岸に姿を現したザナの船を燃え上がらせた。祖父は、火矢で強化した弩《いしゆみ》を設計し、低空を飛んでいるザナの飛行船を撃ち落とした。ルアン自身は、まだ十二歳だったが、革に細かい網目状の針金を重ねれば、より軽くて、より優れた盾になるという考えを思いつき、ザナの弓矢からおおぜいのハアンの兵士を守った。

だが、そのいずれも最終的には大きな効果をもたらさなかった。ザナ軍は損害を被りながらも、陸海空で着実に侵攻し、ハアンに残されていたのは首都ギンペンだけになった。ザナはギンペンを包囲し、断固たる決意をかためたザナ兵で何重にも囲んだ。ハアンの女たちが冬の舞を踊る際に長い絹布を何層にも体に巻き付けるかのように。それでも、ギンペンには自前の深い井戸とたっぷり倉庫に詰まった食糧があった。コウスギ王はほかのティロウ国家が救援を送ってくるまで、じっと包囲に耐える計画だった。

だが、ハアン王宮は、内部で堕落し、腐っていた。教育は、強欲に比肩するものではないと証明された。ひとりの王子が、ハアン王座への即位を支援するというザナの約束に誘惑され、ひそかに街の門を開くことに同意し、一晩で、ギンペンは墜ちた。コウスギ王は降伏したが、それはザナの侵略者たちがギンペンじゅうに血を流させ、黒い砂で舗装された通りを珊瑚のように、流れたての溶岩のように、沈む夕陽の向こうの西の空のように赤く染めてからのことだった。

ジィア一族の独創的な軍事発明品の成功に憤慨していたギンペン征服者、ユマ将軍は、ほかの兵士たちが市内を略奪し殺戮をしているなかで、特別にジィア一族の地所に向けて部隊を派遣した。

「ルー＝ティカ」ルアンの父親は、身を屈め、息子の額に自分の額を押し当てて、囁いた。「きょう、ジィア一族は、ハアンへの忠誠を示すために、神々への信心を示すために、あの暴君レオンへの軽蔑を示すために、おおぜいの命を諦めることになるだろう。だが、われらの死を意味あるものにするために、ジィア一族の一粒種は、生きて、成長する機会を与えられねばならんのだ。ザナの侵略者たちをおまえが追い出し、ハアンの栄光をふたたび取り戻すまで、ここには戻るな」

父親は忠実な老召使いを呼びつけ、ザナの兵士のような扮装をするよう指示した。

「ルアンに召使いの娘の服装をさせ、ここから連れ出すのだ。外の混乱のなかでは、だれもがおまえのことを、捕虜を捕らえたザナの侵略者だと考えるだろう。ギンペンから脱出し、わが息子を無事に守れ、ジィア一族の最後のひとりを。さあ、いけ！」

召使いに往来を引きずられていくあいだ、ルアンは悲鳴をあげ、泣きわめき、家族といっしょに死なせてくれと頼んだ。ほかのザナの兵士は、同僚の兵士が涙にくれて感情を高ぶらせた捕虜といっしょだと見なして、ふたりを無視した。のちに、少年は、父が偉大な卜占官だったことを悟る――ルアンが恐怖を感じ、取り乱しても、正体がばれないような扮装を選んだのだ。

父親の企みはうまくいき、ふたりは安全なところまで逃れた。だが、その夜、田舎の田園地帯で、眠っているうちに、囚われの若い娘をザナの乱暴から救おうと考えたハアンの村人たちに、召使いは殺されてしまった。

太陽がのぼり、ハアンの長い虜囚の初日がはじまると、ルアンは自分が見知らぬ者のなかにひとりでいて、これまで知っていたあらゆることから何里と離れていることに気づいた。

ほかの家族はだれもギンペン陥落を生き延びなかった。

ルアンが育つにつれ、六カ国は陥落していった。一国、また一国と。

つねに走り、隠れ、叛逆的な思想を胸に秘めている者を嗅ぎだそうと熱心になっている、人間の顔をした皇帝の無数の猟犬に見つからないようにしながら、ルアンは家族とハアン王家の復讐を誓った。父親の最後の願いを成就させる誓いを立てた。ルソウ神の意思を実現し、この逆さまになった世界の均衡を取り戻す誓いを立てた。

ルアンは戦場で攻撃を指揮できる人間ではなかった。熱のこもった弁舌で大衆を蜂起させられる人間ではなかった。どうやれば復讐の夢を成就できるのだろう？

ルアンは熱心に祈り、何度も何度も、神々のご意思を確認しようとした。

「ルソウ神、ハアンがふたたび立ち上がり、ザナが失墜するのがあなたのご意思なんでしょうか？　あなたのご意思を実現するのにわたしはなにをやらねばならないのでしょう？」

毎日、毎時間、起きているあいだはずっと、ルアンはおなじ質問をして、答えの兆しを探した。

通りかかった野花の草原で、細葉海蘭《ホソバウンラン》よりも、白人参が多いのはどんな意味があるのだろう？　前者は黄色い花で、後者は白い花であることから、それぞれハアンとザナの国の色であり、それは神々が帝国のほうを好んでいることを示しているのだろうか？

あるいはひょっとすると、花の形が鍵かもしれない――細葉海蘭《ホソバウンラン》は、キジ神の神使《パウィ》、ミンゲン鷹の曲がった嘴を思い出させる一方、繊細な白人参は、ルソウ神の投網を想起させる。その場合、神々はハアンへの好意を示していることを意味しているにちがいない。

あるいは――ルアンはあまりに必死に考えているせいで、道のまんなかで足を止めざるをえなかった――ひょっとすると、この答えは数学的難問のなかに隠されているのかもしれない。細葉海蘭《ホソバウンラン》の花を構成している花弁部分の面積を計算するのは簡単だが、白人参の散形花序の正確な面積を定めるのはとても簡単にはいかない。血管が毛細血管に分かれていくように、中心から茎が枝分かれし、さらに枝分かれしていき、最後はほとんど見えないほどの白い小花が付いていた。ルアンは、確固たる存在というより、穴や先端でできている、そのような面積を計算するのは、雪片の外周を計算するようなものだと、すでにわかっていた。新しい種類の数学が要る。無限小や自己相似を説明できるような数学が。

ということは、これは、ハアン復興の道のりは長く、曲がりくねり、可能性の低さを乗り越えられる新しい道を発見するために大変な努力が必要であるという神々からのほのめかしなのだろうか？

卜占に関するすべての技能をふるっても、ルアンに判断できたのは、神々はわかりやすく話すのを拒み、結果をはっきりさせないということだけだった。

どうやって進んだらいいのか神々からの教えは見つけられず、ルアンは世俗の事柄に集中した。彼の数学の知識は、占いの領域に限られているわけではなかった。力と抵抗、張力と力矩《トルク》の計算方法を理解しており、梃子と歯車と傾斜板を組み合わせて、複雑な装置にする方法を理解していた。そのような装置、推進機関は、ひとりの暗殺者に六カ国の軍が果たせなかった使命を果たさせることができるだろうか？

ひとりで、暗い地下や打ち捨てられた納屋に籠もり、ルアンは、マピデレ皇帝の暗殺計画を練りに練った。いまやダラ諸島全土に散ったハアンの旧貴族に慎重に連絡を取り、あらたな統治体制に対する忠誠心を試した。同情的な人士を見つけると、ルアンは彼らの助力を求めた――金や紹介状、秘密の工房を築かせてくれる場所。

ルアンは大胆な計画に取り組んだ。ザナの征服は、キジ山で採取される浮揚用ガスで浮力を付けた櫂漕ぎ巨大飛行船に大きく象徴されていた。そのため、詩的正義を示すため、ルアンは空からマピデレ皇帝に死をもたらすつもりだった。何時間も羽ばたかずに空中に浮かんでいられる、ハアンの吹きさらしの海岸線で見つかる大きな信天翁や崖に棲む鷹に着想を得て、ルアンは乗り手と数個の爆弾を浮かせていられる紐無し戦闘凧を設計した。皇帝の間諜の目の届かぬ、旧コウクルとガンの国境線に沿ってつづいているウィソウティ山脈のなかの、辺鄙《へんぴ》な人の住まぬ谷や山道で試作品の実験飛行をおこなった。試作品は徐々に大きくしていった。

なんどか試作品が墜落し、最寄りの村や町から何日もかかる谷底に取り残され、見当識を失い、死にかけ、骨折し、無数の傷口から血を流しながら、自分は頭がおかしいのだろうか、とルアンは思った。頭の上をゆっくりと星が回転するのを眺め、遠くで狼が遠吠えするのを聞き、自然界の永遠の無関心さと人生の短さについて思いを巡らせた。

神々がつねにどちらともとれる話し方をし、理解するのがじつに難しいのは、彼らがただの死すべき者たちとはことなる尺度で時空を経験しているからなのだろうか、とルアンは思った。ラパ神にとって、年に数寸動く氷河は、激しい洪水のように速く流れているし、カナ神にとって、溶けて固まる溶岩は、渓流のように定期的に流れている。年老いた亀であるルソウ神は、百万回の千年期を生きてきて、さらに何百万年も生きるだろうし、ダラの歴史に刻まれたすべての世代の人間たちは、ルソウ神の、しょっぱい涙を浮かべている革のような目が数回まばたくあいだに消えてしまうだろう。

神々はギンペンの玉座にだれが座っていようが気にしないだろう、とルアンは思った。だれが死に、だれが生きようと気にしないだろう。神々は人間の営みに関心を寄せていない。神々の意思を占えると思うのは愚かだった。マピデレ皇帝への仇討ちが、神々にとって、痛み、怒りに燃えるルアンの心への絆創膏以上のものだと考えるのは愚かだった。

そしてそこで、ルアンは目をぱちくりさせ、自分が人間の世界に戻ったことを悟った。ザナに支配されている世界に、おおぜいの人間が独裁制の下で暮らすのに満足している世界に、ルアンの誓いがいまだに果たされていない世界に。

ルアンにはやらねばならない仕事があった。脚に包帯を巻き、目をつむると、足をひきずりながらも谷を出られる力がわいてくるまで、疲れ切った体を横たえた。次には計算間違いを修正し、もう一度試みるのだ。

エル・メ山脈から飛び立ち、ズディの北の道で皇帝の命を狙うには、数年間の作業の積み重ねを必要とした。

つねに太陽に焼かれているポウリン平原は、紙凧を浮かべていられるほどの上昇気流を発生させていた。

ルアンは自分を紐で縛りつけ、最後にもう一度すべてを確認し、みずからを帝国の行列に向かって発進させた。眼下の広大な平地をゆっくり流れる川のように、野蛮な壮麗さを見せつけている行列に向かって。

そして、それでもルアンは失敗した。狙いは確かだったが、皇帝の近衛隊隊長は、勇敢で頭の回転が速かった。こんな好機は二度と訪れないだろう。いまやルアンはお尋ね者になり、帝国じゅうが彼を捜しまわった。だれよりもマピデレ皇帝暗殺にいちばん近かった男を。

皇帝を救ったのは神々の意思だったのだろうか？ルソウ神をキジ神が負かし、ザナを守ったのか？神々が望んでいることを知るのは不可能だった。

ルアンにとって帝国内に安全なところはどこにもなかった。旧友たちや、かつては協力してくれたハアンの貴族たちもみな、いまとなれば、ルアンを密告するのをためらわないだろう。ルアンを匿うことは五世代の死を意味するからだ。

行き先として思いつくのは一箇所しかなかった——タン・アデュ。野蛮な原住民がダラ諸島人を寄せつけないはるか南の島。既知の恐怖と未知の恐怖を天秤にかけ、ルアンは命を賭ける決断を下した。どのみち、ルソウは賭け事の神でもある。

ルアンは筏に乗って、飢えと渇きでなかば死にかけ、タン・アデュの海岸にたどり着いた。波の届かぬ砂浜に這い上がると、ルアンは深い眠りに落ちた。目覚めると、自分が対になった足にぐるりと囲まれているのに気づいた。足を見上げ、脚をたどり、裸の体を見、タン・アデュの戦士たちの目を覗きこむ。

アデュ族は、背が高く痩せており、とても筋肉質だった。ダラに住むおおぜいの人間と同様の茶色い肌をしていたが、精妙な濃い青の刺青に覆われていた。墨模様は、太陽の光を浴びて虹色に輝いていた。金色の髪《ブロンド》と青い瞳の彼らは槍を抱えていたが、その先端は鮫の歯のように鋭く見えた。

ルアンはまた気を失った。

アデュ族は情け容赦もなく人を殺す乱暴な食人族だ

と噂されていた――それがさまざまなティロウ国家、とりわけアムとコウクルが永年にわたってタン・アデュを征服しようとして失敗してきた理由の説明だった。ダラの文明化した人々は、単純に、アデュ族のように野蛮になれないのだ、と。

ところが、彼らはルアンが怖れたのと異なり、彼を殺しもせず、食べもしなかった。そうではなく、ルアンが目を覚ますと、アデュ族はいなくなっていた。彼らはルアンを放っておき、煩わさず、彼が島でひとりで暮らしていくのを許した。

ルアンはアデュ族の村から距離を置いて、自分で浜に小屋を建てた。自分で魚をとり、自前のタロイモ畑を耕した。夜になると、自分の小屋のまえに腰を下ろし、遠くの村のちらつく焚き火を眺めた。焚き火のまわりではしなやかな体と甘い声をした若い男女が歌い踊っているときもあれば、じっと座って目新しいやり方で語られる古い話に耳を傾けているときもあった。

だが、ルアンは自分の幸運を信じられなかった。彼らの奇妙な慈悲を正当化するため、自分がアデュ族にとって役に立つことを証明する必要がある、と思いこんでいた。ずばぬけて大きな魚を捕らえたり、ひとりでは食べきれないほど果肉の多い液果の茂みを見つけたりすると、余った分を村に運び、村の境界に供え物として置いてくるのだった。

好奇心の強いアデュ族の子どもたちがルアンの小屋を訪れるようになった。当初、彼らはなにか危険な獣の巣に近づくかのようなそぶりで、ルアンが彼らを目にしたような兆候を見せれば、金切り声をあげて笑いながら逃げていった。そのため、子どもたちがすぐそばにやってくるまで気がつかないふりをし、そんなふりがもはや不可能になるまで近づいてくると、顔を起こして、彼らにほほ笑んだ。肝っ玉の大きな子どもの何人かが、ルアンにほほ笑み返した。

身振り手振りで子どもたちと意思疎通ができること

にルアンは気づいた――彼らの開けっぴろげな笑みと伝染性の笑い声に向き合うと、人目を気にするのは不可能だった。

子どもたちのおかげで、自分が贈り物を残していく習慣のある変な奴だと村人たちに見なされているのがわかった。

ルアンは両手を広げ、困惑しているのを示す大げさな表情を浮かべた。

子どもたちはルアンの服――いまや、たんなるボロだが――を引っ張り、彼を自分たちといっしょに村に連れていった。踊りと宴が催された。ルアンはすでに村人の一員であるかのように飲み食いに参加させられた。

翌朝、ルアンは村に引っ越し、自分で新しい小屋を建てた。

数カ月後、なんとか彼らの言葉を使えるようになってはじめて、自分の行動がいかに奇妙に見えていたか、ようやくルアンは理解した。

「どうして離れたところにいたのだ?」族長の息子、キィゼンが訊いた。「まるで自分が見知らぬ者であるかのように」

「わたしは見知らぬ者ではなかったんですか?」

「海は広大で、島は少なく、小さい。海の力をまえにして、われらはみな生まれたての赤子のようによるべなく、裸だ。海岸にたどり着いたものはみな、同胞《はらから》になる」

野蛮だという評判の人々からそのような思いやりの言葉を聞くとは奇妙だったが、ルアン・ジィアは、ようやく自分がアデュ族についてなにも知らないことを受け入れる準備ができた。これまで智慧として受け取ってきた多くのことが智慧でもなんでもないのは、おぜいの人々が神々からの徴として想像していたことの多くがたんに頭のなかで考えていた願望に過ぎないのとおなじだった。人から話に聞いたものとしてではなく、ありのままの世界に関心を向けるのが最善の方法だった。

アデュ族はルアンをトゥル＝ノキと呼んだ。〝長い脚の蟹〟という意味だ。

「なぜそんな名前をわたしに付けるんです?」ルアンは訊ねた。

「海から這い上がってきたとき、おまえの姿がそのように見えたからだ」

ルアンは笑い声をあげ、彼らはともにココヤシの液汁を発酵させ、星が見えるくらいの〝効き〟がある、強くて甘いアラック酒がたっぷり入った酒器を空けた。

ルアン・ジィアは、アデュ族の一員として残りの生涯を幸せに暮らしたかった。神々の謎めいた徴や、子どものころ立てた不可能な誓いにふたたび関心を寄せることはけっしてせずに。

アデュ族が知っている秘密をルアンは学んだ——太陽を浴びて斑模様になっている海を特徴のない広がりとしてではなく、道路のようにきちんと設計された海流が縦横に走っている生きた領域として見ることを。鮮やかな色の鳥や賢い猿や獰猛な狼の鳴き声を真似るだけでなく、理解することを。なんであれ、目についたものから役に立つ道具をこしらえることを。

お返しに、ルアンは友人たちに、太陽と月の蝕を予測する方法や、正確に季節の移ろいを把握する方法、天気を予測し、来年のタロイモの収穫を見積もる方法を教えた。

だが、夜になると、ぐっしょりと汗を掻く悪夢ばかり見るようになりはじめた。古い記憶が浮かび上がり、沈もうとはしなかった。燃える書物の光景や死にかけた学者たちの声がルアンの心を捕らえた。捨ててきたと考えている任務を心が求めた。

「箱柳《ハコヤナギ》はじっと立っておこうと願っている」友人のキィゼンは、ルアン・ジィアの目に浮かんでいる表情を見て、言った。「だが、風は止まない」

「兄弟」ルアンは言った。ふたりの男は口を閉ざし、アラック酒を飲んだ。その行為は、どんな悲しい演説よりも雄弁だった。

そして、そう、ルアン・ジィアがトウル=ノキになってから七年後、彼は新しく知り合った人々に別れを告げ、ココヤシの筏に乗って大島を目指し、タン・アデュをあとにした。

ゆっくりとルアンは、大島を横断した。かかる長い歳月が経つと、ルアンへの追及の手は確かに緩んでいたが、変装して暮らすのはつづけ、講談師としてザシン湾の漁村を訪ねまわって、機会をうかがった。

ルアンを迎えた光景に彼はがっかりした。帝国は、旧ハアンの生活の隅から隅までその指を伸ばしていた。人々はいまやザナ流に文字を書くようになっており、帝国風の服装をし、征服者たちの訛りを真似ていた。

子どもたちに古いハアン訛りを馬鹿にされるのを耳にするのは苦痛だった。まるで自分が異邦人であるかのようだった。茶房の若い娘たちはココヤシのリュートを奏で、古いハアンの歌を歌っていた。人生の生き方の儚い美しさを愛でるため、宮廷詩人が作曲した歌だった——学びの小屋、石積みの教育機関、知識を集める方法を熱心に議論する男女を歌った曲。だが、若い娘たちは、それらの歌が別の国の歌であるかのように、神秘的な過去の歌であるかのように、自分たちとはまったく繋がりのない歌であるかのように歌っていた。彼女たちの笑い声は、国を失う痛みをまったく理解していないことを示していた。

ある日、まだ早朝の霧に包まれたまま、ハアンの小さな町の郊外にある砂浜の横を歩いていると、ひとりの年老いた釣り人が桟橋に座り、水面に脚を垂れて、長い竹竿で釣りをしているのを見た。ルアンが通り過ぎると、老人の靴が足から離れ、下の海に落ちて跳ねを上げるのを見た。

「止まれ」老人がルアンに言った。「下りていって、靴を拾ってこい」

『お願い』も『どうか』も『恐れ入りますが』もなかった。ルアン・ジィアは、高貴なジィア一族の息子であり、老人の口調に髪の毛が逆立つほど腹が立った。だが、むりやり力を抜くと、海に飛びこみ、老人の汚れたぼろ靴を拾い上げた。

ルアンが桟橋に戻ると、老人は言った。「足に履かせろ」老人の榛《ハシバミ》色の目は無表情で、ルアン自身の色より黒い皺だらけの顔からひたとねめつけていた。

『ありがとう』も『感謝する』も『すみませんが、履かせてもらえますか』もなかった。ルアンは腹が立つよりも、興味が湧いてきた。まだ海水を滴らせながらひざまずき、老人の足に靴を履かせた。老人の足には胼胝《たこ》ができており、ひび割れだらけだった。亀の革のような皮膚をルアンは思い浮かべた。

「おまえは教えを授けられないくらい傲慢ではないな」年老いた釣り人は言った。笑みを浮かべ、二列並んだ穴だらけの曲がった黄色い歯を見せた。「あすの朝一番にここに来るがいい。おまえにくれてやるものがあるかもしれん」

ルアンは翌日、寺院の一番鐘が鳴るまえに桟橋に姿を現した。太陽はかろうじて昇ったばかりだったが、老人はすでに前日とおなじ場所にいて、海に脚を垂らして、釣りをしていた。この老人は、とルアンは思った。釣り人なんかじゃなく、一日の労働のまえに一時間の勉強時間を絞り出そうとして夜明けに生徒たちが姿を現すのを古い学習小屋で待っている教師のようだ。

老人はルアンを見もしなかった。「わしは年寄りなのに、おまえは若い。わしは師であるのに、おまえは生徒だ。どうしてわしよりあとに姿を現すことができるのだ？　一週間後に戻ってきて、こんどはましな態度を示せ」

つづく一週間、ルアンは町を離れようと何度か思った――あの老人はたんなるいかさま師である可能性が高い。だが、〝もし万一〟という思いがルアンを悩ませ、〝希望〟がルアンを留まらせた。約束の日、ルアンは太陽が昇りもしないうちに桟橋に姿を現した。だが、またしても老人がすでに来ていて、脚を垂れ、釣りをしていた。

「もっと熱心にしないといかんな。最後の機会をやろう」

一週間後、ルアンは前夜から桟橋に野宿しようと決心した。毛布を持ってきていたが、海から吹きつけてくる夜気に、とても眠れるものではなかった。座って、毛布をかぶって震えながら、またしても自分は精神病院に入れられておくべきじゃないかと思った。

老人は夜明けの二時間まえに姿を現した。「でかした」老人は言った。「だが、なぜじゃ？　なぜおまえはここにおる？」

ルアンは、寒くて、疲れていて、腹も空いていて、この頭のおかしな老人に一言文句を言いそうになった。だが、ルアンは老人の目を覗きこみ、そこに星の光が温かく輝いているのを認めた。星降る夜に星座の名前や惑星の運行について質問するのがつねだった父親の目を思い出させた。

「なぜなら、わたしは自分がなにを知らないか知らないからです」ルアンはそう言って、深く頭を垂れた。

老人は満足してうなずいた。

老人はルアンに一冊の本を手渡した。じつに重たい本だ。蠟表語文字でいっぱいの巻物は、詩や歌に利用されている一方、このような、薄い紙を綴じ合わせて作られた厚い冊子様の本は、ジンダリ文字と数字が詰めこまれ、覚え書きを取り、実務的な知識を伝達するのに向いていた。

ルアンはその本の頁をめくり、精巧な機械や、世界のなりたちを理解するための新しい方法を示す数式や図でいっぱいになっているのを見た――その多くは、ルアンがすでに知っているものの、あいまいにしか把握していない思考を説明し、敷衍《ふえん》するものだった。「自然を理解するのは、人が神々を理解できるようになるのと似ておる」老人は言った。

ルアンは数頁を読もうとしたが、本文の充実ぶりと優雅さ両方に圧倒された。この頁を学ぼうとしたら生涯を費やせるだろう。

頁をめくりつづけていると、本の後半が空白なのに気づいた。困惑してルアンは老人を見た。

年老いた釣り人は笑みを浮かべ、声には出さずに『見よ』と口を動かした。

ルアンは視線を落とし、数字や言葉が空白だった頁に現れるのを目にして驚いた。はっきりしない染みのように表語文字が浮かび上がり、次第に輪郭をはっきりさせ、字体がなめらかになり、複雑な細部が現れた。その文字は充分実体があるように見えたが、ルアンが触ろうとすると、指は空気のような幻を通り抜けるだけだった。ジンダリ文字がかすかな痕跡のように頁の上でのたくり、動きまわり、舞い、ぴしっとした美しい隊列を組んだ。挿画がぼやけはじめ、黒と白の輪郭がゆっくりと明るい刺激的な色に変わりはじめた。

文章と挿画は、海から上昇する島のような形を取りはじめた。蜃気楼が実体を持つかのようだった。

「その本はおまえが成長するにつれて成長する」老人は言った。「おまえが学べば学ぶほど、学ぶことがますます増えてくる。その本はおまえの心の補助道具だ。混沌のなかに秩序を見出すおまえの能力の延長線上にあるものだ。発明のためのな。おまえはけっしてそこに書かれている知識を知り尽くすことはない。なぜなら、おまえの好奇心がそこに燃料を継ぎ足していくからだ。そしてしかるべきときが訪れれば、その本はおまえに、すでに知っているが、まだ考えてみていないものを示すだろう」

ルアンはひざまずいた。「ありがとうございます、師父」

「わしはもういく」老人は言った。「もしおまえが使命を果たすなら――おまえの真の使命だ、おまえが自分の使命だといま考えているものではない――ギンペンにあるルソウ神の大寺の裏にある小さな中庭で会おうぞ」

ルアンはあえて顔をあげなかった。彼は桟橋の木の羽目板に額を押しつけ、老人が立ち去る足音に耳を澄ました。年老いた亀がずるずると四肢をひきずりながら浜辺を歩いていく音のようだった。

「おまえたちが知っているよりもわれらは気にかけておるのだ」そう言って老人は姿を消した。

ルアンに与えられた魔法の大冊には書名がなかったため、ルアンはそれを『ギトレ・ュス』と呼ぶことにした。古アノウ語の語句で、「汝自身を知れ」という意味だった。偉大なるアノウの賢人、コウン・フィジからの引用だった。

諸島を旅してまわりながら、ルアンは地理や地方の慣習を『ギトレ・ュス』に書き留めた。灌漑用にリルの大河から水を引いた肥沃なゲフィカにある巨大風車を写生した。機織りや織物工房に動力を供給している精巧な歯車で動く水車の秘密を学ぼうと、勤勉なゲジラの技師に賄賂をつかませた。七カ国の戦闘凧の意匠を比較し、それぞれの利点と欠点を解明した。硝子職人や鍛冶屋、車大工、時計製造人、錬金術師に話しかけ、学び取ったものをすべて書き記した。天候の型や、哺乳類・魚類・鳥類の動き、植物の利用法と効能を日記にして記した。本のなかの図表に基づいて模型を作り、本のなかで教えているものを実験によって確認した。

ルアンは、自分がなにをちゃんと用意しようとしているのか定かではなかったが、もはや目的がないと感じることはなかった。いま集めている知識は、しかるべきときがくれば、なにか大きな使命で利用することができるのだろう、と理解した。

神々が明確に語らないことは、よくある。

第十九章　兄　弟

サルザ

義力四年四の月

「あの日のことを考えるのは、久しぶりだ」ルアン・ジィアは言った。焚き火のはるか向こうに視線を向ける。

「あの日、ひとりの人間でも世界を変えることができるんだ、とあんたはおれに教えてくれた」クニは言った。「不可能なことなんてないんだ、と」

ルアンは笑みを浮かべた。「おれは若く、向こう見ずだった。成功していたとしても、ろくな結果にはならなかったんじゃないかな」

クニは驚いた。「どうしてそんなことを言うんだい?」

「マピデレが死んだとき、おれは一時的に強い恐怖に襲われた。やつのせいでおれの家族は死に、おれの嘱望された将来は失われ、ハアンは滅んだ。永遠に復讐を実行する機会が失われたことで、おれは自分を責めた。

だが、そのとき、エリシ皇帝と摂政が帝国を彼らの箱庭に変えて、事態がいっそう悪化したのを見た。マピデレはただのひとりの男にすぎない——そしてまさに死の直前の老耄《ろうもう》状態にあったと噂に聞くかぎりでは、弱々しい、病に苦しむ男だった——だが、マピデレが生みだしたもの、すなわち帝国は、自分で命を持つようになった。皇帝を殺しても充分ではなかっただろう。われわれは帝国を殺さねばなるまい。

おれはサルザにいく途中だ。コウスギ王にお仕えするつもりでいる。ハアンを取り戻し、帝国のばかでかい図体を切り分ける頃合いだ」

クニはためらいがちに言った。「だが、おたがいに戦争しあっているティロウ国家の時代に戻ったほうが、ほんとうにいいのか? 帝国は苛烈だが、クリマとシギンが一般の市民にとっていい為政者だったかどうかというと、おれは時々疑問に思う。そのふたつという腐った選択肢よりましな方法があるはずじゃなかろうか」

ルアン・ジィアはこの風変わりな若者に感心した。自分たちの大義にこうもあけすけに疑問を口にする叛乱者に会ったのははじめてで、クニ・ガルを好きになっている自分に気づいた。

「叛乱ははじまりに過ぎないだろう」ルアンは言った。「鹿狩りのはじまりに似ている——おおぜいが野にいて、弓を放ち、槍を振り回しているが、牡鹿をだれが倒すか、それを知る術はまだない。狩りがどうなるかは、われわれ全員にかかっている」

クニとルアンはおたがいに笑みを浮かべ合った。ふたりはジアの香草で完璧な風味をつけて炙《あぶ》った兎と雉子をわかちあい、ルアンの酒袋に入った甘いアラック酒を飲んだ。

ふたりは、ほかの者たちが寝てしまい、焚き火がただの熾火になったあとも、夜が更けるまで、起きて話し合った。いつしか、あらたに結んだ友情のぎこちなさがほぐれ、慣れ親しんだ真摯なものに変わっていった。

「良き友とはいつだってあまりに早く別れるものだ」ルアン・ジィアはそう言うと、両手を組み合わせ、クニ・ガルに向かって掲げ、格式にのっとったハアンの伝統的な別れの仕草をした。

ふたりはサルザにある〈第二の波〉という、派手ではないが快適な宿のまえに立っていた。クニはここに自分の一行を泊まらせたのだった。

「たった一晩話をしただけでも、あんたから多くのことを学べた」クニは言った。「またしても、世界がどれほど大きく、自分がそれをろくに知らないかを教えてもらった」

「すぐにあなたはおれよりもたくさん世界を見るだろうという気がしている」ルアンは言った。「ガル卿、あなたは目覚める寸前の眠っているクルーベンだと信じている」

「それは予言かい？」

ルアンはためらった。「勘かな」

クニは笑い声をあげた。「ああ、あんたがそれをおれの親戚や友人たちのまえで言ってるんじゃないのが残念だ。彼らの多くが、いまだにおれを大したものじゃないと考えているんだ。でも、ちがうな、おれはクルーベンにはなりたくない。むしろ、蒲公英の種になりたい」

ルアンは一瞬驚いたが、すぐに破顔して笑みを浮かべた。「お許しを、ガル卿。お世辞と誤解されかねない言い方をするべきではないとわかっていてしかるべきだった。貴族に生まれたのではないかもしれないが、あなたは気高い心をお持ちだ」

クニは顔を赤らめ、答礼をした。そののち、視線をあげ、にこっと笑った。「わが友よ、この先なにがあろうと、あんたの席はわが食卓に用意されていると知っていていただきたい」

ルアン・ジィアは真顔でうなずいた。「ありがとう、ガル卿。だが、わが心はコウスギ王にお仕えすることで定まっている。王の下に向かい、ハアンへのわが務めを果たさねばなるまい」

「もちろん、おれは失礼なことを言うつもりはなかった。ただ、もっと早く会えればよかったのにと思っているだけさ」

スフィ王はこの〝ズディ公〟をどう扱っていいのかわからなかった。そんな伝統的称号や領地はなく、自分がそんなものをこしらえた記憶もなかった。だが、西コウクル王に関する知らせを扱ったときとおなじ流儀で、スフィ王は、公爵というよりも与太者と言ったほうがふさわしい、この小太りな若者を、ズディ公として全員に紹介した。

王のうわべだけの黙認を得て、クニ・ガルは、自分がその称号をより真剣に受け取らねばならなくなっていることに気づいて、面白いと思った。もし王ですらおれを公爵として扱うなら、それにふさわしい振る舞いをしなければならないのは、きわめて当然だった。

「陛下」クニは言った。「わたしがここに参りましたのは、陛下に表敬に参っただけではなく、重要な知らせをお伝えするためでもありました。タンノウ・ナメンの軍勢は南へ侵攻しており、クリマとシギンが奪った都市の多くが、ナメンの評判を怖れてナメンに寝返るやもしれません。まさにズディ自体、すでにこの寝聞いた、ディム陥落の内容が信じられるなら、ナメンは用意周到でやってきている。ここで迎え撃つほうがいいだろう」

甥は言い返そうとしたが、ズディ公クニ・ガルがジンドゥ元帥にお目にかかりにお越しです、と衛兵が報告した。

「ズディ公とは何者だ？　そんな封土を聞いたことがあるか？」フィンはマタに訊き、マタは肩をすくめた。

入室した瞬間、クニは息を呑んだ。天幕の中央に立っているのは、これまで見たことがある人間のなかでもっとも驚くべき見本だった。マタ・ジンドゥは身の丈八尺強、どちらの腕もクニの太ももを合わせたほどの太さがあった――そしてクニは控え目に言っても細身ではなかった。マタの長くて細い目は、目尻がつり上がり、ダイランの体のようだった。そして、それぞれの目に瞳がふたつあった。

だが、クニは賭場で長い時間を過ごした経験があり、返りをおこないました」

（では、おまえはなにも差し出すもののない自称〝公爵〟なのだな）とスフィ王は思った。（本質的におまえはペテン師だ。わたしがおまえを紹介するまでそのちょっとした知らせを口にしなかったのは、気に入ったぞ）

「わたしにはズディを取り返すための軍勢が必要です。われわれはあそこで立ちはだかり、帝国軍を押さえねばなりません」

（ああ、ただの乞食であるだけでなく、大胆な乞食だ！）

「軍事戦略に関する事柄はジンドゥ元帥と話し合わねばならぬ」スフィ王は言った。王はこの人間を一刻も早く目のまえから消し去りたかった。

「マタ、認めるわけにはいかん。あまりにも博奕だ」フィン・ジンドゥは言った。「もしセカ・キモウから札遊びをしているときの感情を読まれにくい表情の作り方をよく心得ていた。クニは両腕でマタの体を強くつかみ、目を覗きこんだ——マタの鼻梁に近いほうの瞳に焦点を当てようと決めていた——そして、コウクル元帥、伝説のツノウアのフィン・ジンドゥ公についにお目にかかれて嬉しい、と快活に伝えた。

「それはおれの叔父だ」この小男の率直さを面白がって、マタは言った。実際にはクニ・ガルはそれほど小柄というわけではなかった。平均的な身長であり、六尺を若干下回る程度だったが、マタと比較するとだれもが小柄に見えるのだった。そして、そのビール腹は、たぶんあまり優れた戦士ではない証拠——マタの目から見た欠点だった。だが、マタは、自分の背の高さや風変わりな目に、クニが怯えた表情を示さなかった事実を気に入った。

クニはおのれの誤解になんら恥じ入った様子を見せなかった。間髪を容れずにフィン・ジンドゥのほうを向き、話をつづけた。「むろん、そうでしょうな。おふたりが似ているのははっきりわかります。こんなすばらしい後継者がおられることをお祝い申し上げます、ジンドゥ元帥。コウクルはかくも優れたふたりの戦士に守られることになり、幸運です」

三人は床に敷いた実用的な座布団に腰を下ろした。クニは脚を楽にするため、いきなりゲュパの姿勢を取った。脚を交差して曲げ、床に尻を落ち着ける。一瞬のためらいののち、フィンとマタもおなじ姿勢を取った。どういうわけか、クニの不作法は、マタの気にならなかった。クニから放たれる温もりと熱気は、この男に対する本能的な敬意をマタに抱かせた。たとえクニがまったく貴族らしいふるまいをしていなくとも。

クニは自分がなんのために来たのかについて、そしてズディで戦うための計画について、手短に説明した。

マタ・ジンドゥとフィン・ジンドゥは、顔を見合わせて、いきなり噴きだして笑った。

「ガル公、こう言っても信じられないだろうが」フィン・ジンドゥは笑いの発作が治まってから言った。「貴公が入ってくる直前、わが甥はわたしと軍略の意見を戦わせていたのだ。わたしの意見は、われらはポウリン平原のこちら側に留まり、守りを強化し、ナメンがやってくるのを待つというものだった。その意見はいまも変わっておらん。コウクル北部の都市を全部諦めて用意をしなければならない。ナメンがわれらのいるところにたどり着くころには、敵の補給線は伸びすぎており、ナメンの部下は消耗しているだろう。やつを叩き潰す機会がより多くなるというわけだ」

「しかし、おれの見方は正反対だ」マタが言った。「ナメンをいますぐ叩くべきだとおれは考えている。これまでのところ、やつはまともな抵抗に遭っていない――あの愚かなクリマは自分がなにをしているのかわかっていなかった。あの男は傲慢であり、部下は自信過剰だった。もしフィン叔父とおれが最高の兵士たちを連れて、平原にある都市のいずれかでナメンと正面衝突すれば、やつがコウクルをそれほど奥まで侵攻しないうちに、打ち負かすことができるだろう。その勝利は、ジズ王の死以降、必要不可欠な叛乱軍の意気高揚に役立つだろう」

「あなたの考えには、ズディが格好の場所だと思います」クニはそう言って、マタの気を惹いた。

「わたしがいま言ったように、それは博奕だ」フィンはいったん口をつぐみ、頭のなかで計算した。「ナメンに勝つ機会を得るには、少なくとも五千名の兵が要るだろう。ズディを押さえることに失敗し、その五千名を失えば、ここサルザのそばでわが軍の防衛力を大幅に弱体化させ、ことによると戦いの潮目を変えさせてしまうかもしれない」

「人生はすべて大いなる賭博です」クニは言った。「戦争では、確実なものはなにもありません。博奕を打ってみる気がなければ、けっして勝てないでしょう」

マタ・ジンドゥはうなずいた。クニはまさにマタが思っていたことを口にしてくれた。

「それに倫理的な側面もあります」クニはつづけた。「もしコウクル北部のすべてがナメンの手に落ちるのを認めれば、ポウリン平原のすべての都市の住民は、クリマとシギンとスフィ王を支持してきたため、ザナの再占領の下で多大なる苦しみを味わうでしょう。われわれが現実に即さない戦略による冷血な計算で住民を見捨てれば、彼らの心も失ってしまいます。

住民たちは、帝国がなくなれば、生活がもっとよくなるという期待から、クリマとシギンの旗を掲げ、そののちスフィ王の旗を掲げたんです。われわれのなかには、その理想を実現させようと懸命に働いてきた者がおりますし、その夢をナメンに粉々にさせぬよう、われわれにできることはなんでも試みるべきです」

フィンは状況をじっくり考えた。マタが頭に血をのぼらせ、フィンの命令もきかなくなるのを懸念してきた。だが、このクニ・ガルという男は、良識があり、マタの剛胆さと戦場での武勇を補うように思えた。

フィンはうなずいた。「マタに五千の兵を与えよう。貴公は協同司令官として、マタといっしょにいかれるがよい。わたしを失望させないでくれ。

その間、わたしは軍を増強するため、ここで兵を募り、訓練を施しつづけよう。貴公たちがナメンを長く押さえておけばおくほど、わたしが出向いて、包囲攻撃を中止させる可能性が高まるだろう」

ジアは、自分の体調に鑑み、サルザに残ることに決めた。フィン・ジンドゥは自分の娘のようにジアの面倒をみると約束した。

「気をつけてね」ジアはクニに言い、気丈な表情を浮かべようとした。

「心配にはおよばないさ。無用な危険はけっして冒さない――エッヘン、特定の薬草を盛られないかぎり」

それを聞いてジアは笑い声をあげ、まだ涙が乾いていないときのジアはことさら美しく見えるとクニは思った。雨の降ったあとの桃の木のようだ。

クニの声は優しさを増した。「それに、きみはもうすぐおれの子を授かるんだし」

ふたりは手を握りあい、長いあいだなにも言わなかった。太陽が昇り、男たちと馬の立てる騒音が無視できないほど大きくなって、どちらからともなく、手を離した。クニは一度、ジアに強く接吻した。そしてジアを小さな家に残して、振り返らずに出ていった。

ズディに引き返す旅は、サルザに向かった旅よりも遙かに時間がかからなかった。五千頭の馬はじつにすばやく動けた。

クニは馬に乗って隣を走っているサンにほほ笑みかけた。「しばらくのあいだは、馬がもっと必要だと聞かなくて済むだろうな」

だが、サンは返事をしなかった。マタのこの世のものとは思えない馬レフィロウアにすっかり心を奪われていた。あんな馬が存在するとは信じられなかった。ましてや、乗りこなすことができようとは。機会があればあの馬のことをもっとよく知りたいと、心から願った。

コウクルの赤い旗が馬の立てる土埃のなかに見えると、ズディの壁に配置されていた兵士たちは、心変わりをした。ことによるとナメン将軍はまだ勝てるかもしれないが、帝国軍の姿はまだどこにも見えず、スフィ王の軍勢は門に迫っている。ドウサ副隊長はすぐさま逮捕され、縛り上げられ、壁にはためいている旗は道をやってくる馬の上にはためいている旗に取り替えられた。（しかしながら、壁を守る兵士たちは、帝国の白い旗を丁寧に折りたたんで隠した。数日後にまた必要になるかどうかだれにもわからないのだ――つね

に用意をしておくにこしたことはない)

マタ・ジンドゥは、全身を覆う鎖帷子《くさりかたびら》をまとい、「疑いを終わらせるもの」、ナ＝アロウエンナと、その対の武器ゴウレマウを背負っていた。出発まえにクニはマタの非凡な剣を見せてほしいと頼んだが、あまりに重すぎて、両手でかろうじて持ち上げられるほどであり、マタにもう一度持ってくれと頼みながら、舌を突き出して、自嘲の笑いを漏らした。

「百年鍛錬しても、あなたの十分の一の戦士にしかなれないだろうな」

マタはそのお世辞にうなずいたが、なにも言わなかった。クニは真摯な男であり、たんに歓心を買おうとしてそんなことを言ったのではないとわかっていた。

(おのれの弱さを堂々と認める者は、自分なりの方法で強いものだ)

マタの巨大な牡馬、レフィロウアは、マタがほかの乗り手を矮小に見せているのとおなじように、ほかの馬を矮小に見せていた。マタは手綱を絞り、力の劣る馬と歩調を合わせなければならないことにいらだった。

クニ・ガルは、旅行用長衣をまとい、年老いた白い牝馬にまたがってマタの隣を駆けていた。その白馬は生涯を輓馬《ばんば》として費やしてきた馬で、レフィロウアの隣にいると、ポニーか驢馬《ロバ》のように見えた。この馬の主な美徳は、安定性にあった。クニはさして乗馬が上手いわけではなかった。

その風変わりな二人連れは、隣り合って馬を進め、コウクル軍をズディに導いた。ズディの駐屯隊は、一行を歓迎するため、門に整列し、ほんの数時間まえまで帝国の旗を翻していたとはおくびにも出さなかった。数人のズディの兵士が市場に出す羊のように縛られたドウサ副隊長を連れてきて、マタとクニの馬の足下に放り出した。

ドウサ副隊長は自分の運命を諦めて、目をつむっていた。

「こいつがズディ公を裏切った男か？」マタ・ジンドゥが訊いた。「馬に引かせて四つ裂きにしてやろう。バラバラになった一部をナメンに歓迎の品として送ってくれるわ」

ドウサは身震いした。

「それはこの男には楽な最期かもしれない」クニ・ガルは言った。「だけど、ジンドゥ将軍、この男の処分は、おれに任せてくれないか？」

「むろんだ」マタは言った。「こいつは尊公を侮辱した。尊公が処罰を決めるのが当然であろう」

クニは馬を下り、縛られた男に歩いて近づいた。

「おれたちがナメンを相手にして勝てる見こみはないとほんとうに思ったんだな？」

「答えがすでにわかっている質問をなぜする？」ドウサの声は辛辣だった。

「それで、兵士と住民の命を無駄にする意味はないと判断した」

ドウサは弱々しくうなずいた。

「ズディを守るおれの能力をあまり信用していなかったんだ」

ドウサは笑い声をあげた。「おまえはただの山賊であり、与太者にすぎん！　戦争の戦い方をなにひとつ知らないではないか！」嘘をついても意味がなかった。この愚か者に本心を知らせたほうがましだった。

「言いたいことはわかる。もしおれがあんたの立場にいたら、おなじことをしたかもしれない」クニはひざをつき、ドウサのいましめをほどいた。「あんたがおれの両親や兄、係累縁者の命を含め、ズディの住民の命を救おうとした以上、コウン・フィジの教えに従い、あんたを厳罰に処するのは間違っているだろう。たとえあんたがおれを裏切ったとしてもな。だが、ナメンのおいぼれと帝国の殺し屋どもをわれわれが打ち破ると約束しよう。あんたへの処罰として、あんたに従ってきた男たちを率いる役目を引き受けてもらう。連中に信念と勇気を教えこめるようにな」

ドウサは自分の耳が信じられなかった。自由になった腕を見る。一瞬ののち、ドウサはクニ・ガルのまえにひざまずき、額を地面に押しつけた。

マタ・ジンドゥは渋い表情を浮かべた。これは明らかに間違いだった。ズディ公は、女のような慈悲の心を持ち、規律の意識が薄い。裏切り者に寛大にするのは、将来さらなる裏切りを招くだけだ。だが、この男の運命はクニに任せると口にしてしまった以上、クニの処断に介入はできなかった。

マタは首を横に振り、当面、この件については思い悩まないことにした。やらねばならぬことがたくさんあった。ナメンの軍はいつ到着してもおかしくなかった。

ドウサがズディを治めているあいだ、彼はクニとジアの家族に手をつけずにいてくれた。それを聞いて、クニはありがたいと思い、ドウサを許したのは正しい判断だったといっそう確信した。

クニはまず、ジアの父、ギロウ・マティザに会いにいった。ギロウはクニを丁重に受け入れたが、態度は冷ややかでよそよそしかった。この男はおれの立場がまだ安定したものだと信頼してはいないんだ、とクニは理解し、早々に立ち去った。

フェソウ・ガルの家での受け入れは、かなり異なっていた。マタは協同司令官の両親に敬意を表するため、クニに同行していた。

クニは頭目がけて飛んできた靴を避けたものの、肩に当たった。

「いったい何度、おまえの向こう見ずなやり方のせいで、自分の母親とわたしを危ない目に遭わせたいんだ？」フェソウは戸口で怒鳴った。怒りに、李《スモモ》のように目を丸くさせており、呼吸を整えようとして、もじゃもじゃの白ひげが鯉のひげのように上下に動いていた。「おまえには、いい娘を見つけて、まともな仕事に就いてほしかっただけなんだ。ところがどうだ、おまえは一族郎党がいつなんどき首が飛ぶかもしれない事態にしてしまったじゃないか！」

クニは片腕で頭を抱いて、逃げ出した。もう片方の靴が通り過ぎていった。

「クニ、おまえが正しいことをやろうとしているのはわかっています」夫を押さえようと苦労しながら、ナレが叫んだ。「少しのあいだ、離れていて。わたしがお父さんに道理を言い聞かせるから」

マタはこの光景に衝撃を受けた。孤児として育っているため、父親がいるというのはどういうものなんだろうとずっと不思議に思っていた。フェソウとクニのあいだに繰り広げられたことは、マタが想像していたものとは異なっていた。

「尊公の父親は、尊公の業績を誇りに思っておられないのか？」マタが訊いた。「尊公は公爵になったんだぞ！　それは少なくともガル一族十代のなかで最高の名誉だったはずでは？」

「名誉が必ずしもすべてではないのさ、マタ」クニは最初の靴がぶつかった肩をさすりながら言った。「両親というものは、子どもたちに無事で普通に暮らしてほしいと願っているものだ」

マタはそんな凡庸な感情を理解できずに、首を横に振った。

自分の係累とは対照的に、ガルの昔からの仲間、ともにエル・メ山脈に逃げこんで、山賊になり、ズディにやってきて叛乱軍の一員になった連中は、クニが戻ってきて、有頂天になった。クニが不在のあいだ、しぶしぶドウサに従った者もいれば、真っ向から逆らって、投獄されていた者もいた。

ジアを山中のクニのもとに届けた、あの臆病な若者だったオウソ・クリンも、そうした投獄されたひとりれなかった。クニはすぐに市の監獄にいき、じめじめした囚房の扉の鍵を自分で外した。オウソは突然射しこんだ光に目をしばたたいた。

「おれのせいでたいへんな苦労をかけちまって申し訳ない」クニは言った。オウソに手を貸して、藁の敷物から立ち上がらせた。そののち、オウソに頭を垂れた。袖で目頭を押さえながら、クニは付け加えた。「おれに付いてきてくれたおまえたちみんなをこんなにも苦しませたことを恥じている。きょう、ここに誓う、わが兄弟たちよ、おまえたちに見合うだけの富と名誉をもたらすまでこの借りはけっして返せない、と」

監獄に入ることになっていた昔の支持者たちは全員、ひざまずき、頭を下げ返した。

「ガル卿、そんなふうにおっしゃらないで下さい！滅相もないです！」

「おれたちはキジ山のてっぺんまで、タズの渦潮の底まで、あなたに付いていきます！」

「あなたのような寛大な主《あるじ》をいただいているのは、神々の思し召しです、ガル卿！」

マタはこの礼儀の侵害に渋面をこしらえた――クニのような上位の者がオウソ・クリンのような僕《しもべ》にどうして頭を垂れることができるのか、理解できなかった。し、ここにいる身分の低い農民たちは、ひどく馬鹿げた口ぶりで話していた。

一瞬の笑みがコウゴの顔に浮かんで、すぐに消えた。何度目にしても、クニの誠実さが政治劇での才に変化する様子にいまだに驚かされる。もちろん、クニは自分を裏切るよりも監獄に入ろうとする男の忠義に感動していたが、同時に、さらなる忠誠を固めるために大げさに演技する利点も心得ていた。

「ジア様は……ここにお見えですか？」オウソは声を震わせながら訊ねた。

クニはオウソの肩を抱いた。「ありがとう、オウソ、心配してくれて。ジアは、サルザに残った。ここに来るのは危険すぎるのでな……身重の体では」

「ああ」オウソは言った。失望を隠せずにいる。

「元気を出せ」クニは笑った。「ジアに手紙を書いたらどうだ？　エル・メ山脈以来の友だちだろ？　おまえからの便りがあればきっと喜ぶぞ」

クリマ＝シギン遠征軍の生き残りはズディの軍に加わることを歓迎すると、クニとマタは知らしめた。ディム陥落後、コウクルの地方を彷徨《さまよ》っていたばらばらの兵士からなる小隊がその呼びかけに応え、まもなくすると、ズディの五千名の兵は、八千名以上に膨れあがった。

「ラット、ほんとに軍に戻りたいのか？」ダフィロウは弟に訊いた。「山に残って、山賊になり、貴族たちには勝手に戦争をやらせておくこともできるんだぞ」

ふたりはズディまでまだ数里のところにいた。ふたりが立っている丘は、数日まえ、クニと友人たちが行楽をしたのとおなじ場所だった。

ディムからの脱出は悪夢だった。ダフィロウとラソウの兄弟は、壊滅的な負け戦のなかの混乱と暗闇のなかで精一杯戦った。完膚なきまでに負けたのが明らかになると、ふたりは富商の地下室に隠れ、ディムの略奪が終わるまで待ってから、街から埋葬のため死体を運ぶ荷馬車に紛れて、脱出した。その数日間、ふたりとも死んだふりをするのがとても上達していた。

「おやじとおふくろは、おれたちが山賊になるのを見たくはないだろう」ラソウはかたくなに言った。

ダフィロウはため息をついた。弟は母の好ましい思い出をこの兄よりたくさん持っていた。父が大隧道で死んだあと、皇帝の徴税吏が一家につきまとい、父親の労役を利用する権利を皇帝から奪った〝償い〟として、さらなる税を支払うよう求めた。悲嘆と絶望に追い立てられ、母は酒を唯一の慰めとした。朝に素面になって涙ながらに謝っていたのが、夜になると酔っ払って人事不省に戻ってしまう繰り返しで、母は何度もダフィロウを失望させた。ダフィロウは必死になって、酔っ払った母の最悪の行いの一部を弟に見せまいとした。

兄弟には、もうおたがいしかなかった。

「おれはエリシ皇帝に会い、なぜおれたちのおやじが戻ってこなかったのか、なぜ皇帝の部下はおふくろとおやじを放っておいてくれなかったのか問いただしたい。おれたちはだれかを困らせたりせず、ただ人の邪魔にならないようにして、暮らしていこうとしていたんだ」ラソウは言った。込みあげてくるものを必死で呑みこもうとして、その声は徐々に小さくなった。

「わかった」ダフィロウは言った。弟はほんとに馬鹿だが、とても勇敢でもある、とダフィロウは思った。「ズディ公とジンドゥ将軍に加わろう」

「なあ、おれたち、一度、ジンドゥ将軍を見なかったか？ 覚えてるぞ！ フノウ王の戴冠式に出席していた謎の乗り手だ——王を馬鹿にして、猿呼ばわりした人だ！」

兄弟はあの日を思い出し、ダフィロウは喉を鳴らして笑った。

「ああ、あれなら、そのために戦いがいのある主君だ」ラソウは言った。「あの人はなにも怖れなかった。王の部下たちが矢を射かけようとしたとき、フィソウェオ神ご自身があいだに入った」

「馬鹿げた迷信を繰り返すな」ダフィロウは言った。ラソウの声に窺えるうっとりとした感情に、ダフィロウはうずくような悲しみを覚えた。そんな口調で話すのは決まって父親やダフィロウのことだったのに。ひょっとしたら、ラソウはついに大人になって、自前の英雄を手に入れようとしているのかもしれなかった。

一拍間《ま》を置いて気を取り直し、ダフィロウはつづけた。「兵士の待遇はとても公平で、給料の遅配もないと聞いた。少なくとも飯を食わせてもらえるだろうし、ことによると、いつかエリシ皇帝に会えることすらあるかもしれない。だが、もしなにかまずい状況になったら、ぼくらは逃げ出すんだ。あんな貴族たちのために死ぬのは愚か者だけだ。双子女神にかけて、あいつらは、小銭と引き換えにぼくらの命を失ったとしても、まばたき一つしないぞ。だから、自分たちの命は自分たちで守らないとならない。兄貴の言うことがわかるか？」

第二十章　空《そら》の軍勢

ルイ
義力四年五の月

キンドゥ・マラナは、ザナに住むたいていの人間同様、帝国飛行船に大いなる誇りを抱いていた。だが、いつか自分が整備士として、キジ山の空軍基地で、手を胼胝まみれにして、その操作に詳しくならねばならないとは、夢にも思わなかった。

雪を頂き、天を衝く巨大な成層火山であるキジ山がルイの風景に聳えていた。数多くの火口があり、そのうちふたつは湖になっていた。より高い高度にあるアリスソウ湖は、ふたつの湖のうち大きなほうで、夕暮れの空の青さをしていた。ダコウ湖は、より低い高度にある小さなほうの湖で、翠《エメラルドグリーン》色だった。高みから眺めれば、ふたつの湖は、誇り高きキジ山の青白い懐に抱かれたふたつの宝石のようだった。

山は大きなミンゲン鷹の生息地だった。翼を広げた長さが二十尺もある、この見た目の恐ろしい、堂々とした猛禽は、ダラ全島で見つかるほかのどの捕食性の鳥より大きかった。

だが、この鳥をなによりも際立たせているのは、その並外れた飛行能力だった。何日も空中に浮かんで、地上の一地点の上を周回していられるだけでなく、ときには、獲物として、小型の牛や羊あるいはひとりでいる羊飼いですら捕らえた。そんな離れ業《わざ》は、平均以上の大きさを考慮に入れても不可能に思えた。

永年、ミンゲン鷹の驚異的な飛行能力は、たんにキジ神の力の一端として扱われてきたのだが、マピデレ皇帝の父、デザン王の治世において、あえて瀆神行為をおかし、命を危険にさらそうとした好奇心旺盛な数人の男女が、数羽のミンゲン鷹を解剖し、その秘密をついに発見した。

大半のミンゲン鷹は、原始状態のダコウ湖の岸辺周辺に巣をかまえ、湖に生息する肉厚の白魚を自分たちの子どもに餌として食べさせている。ところが、ダコウ湖には、変わった特徴があった。湖の深部からひっきりなしに大きな泡が流れとなって込みあげてきて、水面で破裂している。泡のなかの気体は、硫黄臭がせず、引火もせず、まさに無味無臭だった。それまでその気体に関心を払ったものはだれもいなかった。

だが、その気体はとても特別なものだと判明した。空気より軽いのだ。

個々のミンゲン鷹の体内には、網状に繋がった大きな中空の袋がある。ミンゲン鷹はそれらの袋を、泡の流れに浸ることでダコウ湖の奇妙な気体で充たし、魚が浮き袋を膨らませたり萎めたりして水中を上昇したり下降したりするのとおなじように、その気体袋を利用して、空中での浮力を得ていた。それがミンゲン鷹の驚異的な浮揚力の源だった。

才能豊かなザナの機械工であるキノウ・イェが、ミンゲン鷹の解剖研究から、大きな翼を持つザナの飛行船の意匠を生みだした。この優雅な飛行船は、兵士や物資の運搬能力では、海上船舶に伍していなかったが、速くて、可動性が高く、諜報活動の乗り物としてきわめて価値が高かった。また、敵船舶に壊滅的損害をもたらした――船は上空からの攻撃に無力である一方、数隻の飛行船は燃える粘性油を充たした爆弾を落として、船団を丸ごと破壊できた。

しかしながら、飛行船のもっとも重要な軍事的利用方法は、心理的なものだった。飛行船の存在は、敵兵の意気をくじき、どんな戦法もザナの司令官に知られてしまうため、逃げ道はないと彼らに告げるのだった。

マラナが、キジ山の空軍基地に人員を補充し、ふたたびまともに機能するようにさせるには一カ月かかった。この基地はひどい状態だった――竹の管は割れ、革の栓は乾いて、脆《もろ》くなっており、ひびが入っていた。作業施設と飛行船は修理が必要な状態だった。前の基地司令は、基地の保守に割り当てられていた予算を私的に流用していた。一部の予算は、友人と愛人たちを乗せる目的の贅沢な娯楽用二人乗り飛行船建造のため、とっておかれていた。

だが、司令は優れた役人でいる方法にとても長けていた。精妙に彫り上げた飛行船の模型をまめにパンに送りつづけ、エリシ皇帝を大いに喜ばせた。皇帝は、廷臣や女官に団扇《うちわ》や吹き竹の力で、飛行船を操らせ、模型の帝国上で疑似戦闘に携わるよう命じた。おもちゃに喜び、皇帝は基地司令をピラ侍従長やクルポウ摂政に対して褒めちぎった。

マラナはただちに基地司令とその友人、愛人たちを逮捕し、彼らを裸にひんむくと、ダコウ湖の岸辺に運ばせた。そこで、彼らは木に縛りつけられ、ミンゲン鷹の供物にされた。その日、幼鳥たちは、腐肉をたっぷり平らげた。

最悪だったのは、前の基地司令が、熟練工の大半を辞めさせていたことだった。だが、折よくコウクル北部の再征服と相成り、魅力的な賃金での募集に必要な資金がマラナにもたらされた。

いまや、徴税吏の最高責任者であったマラナは、基地のなかを歩きまわり、修理中の古い飛行船の外殻や、建造中の新しい飛行船を吟味していた。機械工たちが周囲の作業のあらましを説明するのにマラナは耳を傾け、うなずいた。

竹製の巨大な輪や縦桁材が飛行船の半硬質の骨組みを形作っていた。その骨組みのなかに絹製の気嚢がぶら下がっている。気嚢はダコウ湖から集められた浮揚用ガスで充たされる。気嚢は、吊り船《ゴンドラ》の巻き揚げ機で操作できる綱を網状にしたもので縛られていて、浮力を変更できるよう、気嚢の大きさを萎めたり、膨らませたりできるようになっている――気嚢が圧縮されると、圧力のかかった浮揚用ガスは容量を小さくし、浮力を減らす。気嚢が膨らまされると、容量が大きくなって、浮力が増す。骨組み全体は敵の矢から守るため、漆を塗られた布を巻いて覆われる。内部では、気嚢の両側に沿って、機関乗組員――大半が奴隷と大差ない徴用人足だった――の座席があり、飛行船を推進させるための巨大な翼を漕ぐことになっていた。この翼は、ミンゲン鷹の抜け替わった羽根で作られており、軽くて強靱で、空気を強く押すことができた。

飛行船の外殻のなかに部分的に埋めこまれ、下に一部が突き出している吊り船には、戦闘員と士官が乗り、軍需品と補給品を載せていた。最大規模の飛行船は定員が五十名で、その内三十名が機関乗組員、残りが戦闘業務に従事する。

「一月《ひとつき》で、どれくらいの船を用意できる?」マラナは訊ねた。

「昼夜ぶっ通しで作業に当たらせております、元帥。浮揚用ガスの採取を急がせることはできません——この千年間と同様、出てくるものを採取するだけです。一カ月で、十隻、ひょっとすれば十二隻の飛行船を完成させられるかもしれません」

マラナはうなずいた。それで充分かもしれない。飛行船の援護があれば、帝国海軍はアルルギを掃討し、アム全域を帝国の支配下に戻せるかもしれない。それから背後を安定させて、帝国は大島の南にある叛乱軍の要塞への攻撃を開始できるだろう。

第二十一章　嵐のまえ

ズディ

義力四年六の月

「もう一杯いくか?」クニは訊ねた。だれかが返事をするまえに、クニは給仕の娘を手招きしていた。

マタはうめいた。ここ〈すてきな酒壺〉で提供される苦い麦酒や安くてきついモロコシ酒を、マタは楽しんでいなかった——古い家の塗装を剝がすのに用いる薬品みたいなものを飲んでいる気がした。それに食べ物は油っぽくて濃い味付けだった。モロコシ酒で胃に穴を開けたくなければ、食べざるをえないだろう。ときどき、だれもがたれのべっとりついた指をねぶっているのを目にして、マタは胸が悪くなった――ここでは箸が出されていなかった。

成長過程で、勉強に集中できるようフィンはマタに酒を近づけないようにしていたし、そののちも、マタはツノウアのジンドゥ城の、乾いて涼しい貯蔵庫に蓄えられていた上質の葡萄酒しか口にしてこなかった。いま、マタはあの葡萄酒が恋しかった。

だが、マタはため息をつき、酒におけるクニの垢抜けない嗜好を我慢した。クニの不作法で粗野な話し方を我慢しているように。結局のところ、クニは生まれついての貴族ではない――〝自称による公爵〟という概念をマタは理解できずにいた――が、マタはそれらすべてのことを我慢した。なぜなら、クニといっしょにいると、ただ……楽しかったからだ。

ジアがサルザにいて離れており、また、慣習により、子どもの出生は、赤ん坊が百日生き延びるまでは知らされないことから、クニはなんの連絡も受けず、心配でたまらなかった。士気に影響を与えないため、また、ジアといっしょにいられない疚《やま》しさから気を紛らすため、クニは毎夜、酒を飲む宴会を催し、それにマタはいつも招かれた。

そうした集まりでクニは自分の部下たちを友人のように扱い、マタは、その男たち、市の行政官コウゴ・イェルや、個人秘書のリン・コウダ、歩兵隊隊長ミュン・サクリ、騎兵隊専門官サン・カルコウノ、さらには風見鶏のドウサ副隊長が、クニにたいへん親愛の情を寄せているのがわかった。彼らの親愛の情は、義務以上のものに基づいた忠誠心だった。

一行は淫らな冗談を言い合い、綺麗な女給をからかっていた。マタはそのような宴会に一度も参加したことがなかったので、自分がそれを楽しんでいるのに驚きとともに気づいた。サルザで世襲貴族たちがひらく、堅苦しく形式ばった歓迎会よりもはるかに面白かった。サルザの歓迎会では、なにもかも折目正しくおこなわれ、下品な発言はけっしてなされず、ほほ笑みはとってつけたようで、お世辞は侮辱を偽装したもので、どの言葉も第二、ひょっとしたら第三の意味を秘めていた。そんな集まりに出ているとマタは頭が痛くなり、自分は人との付き合いが苦手だと感じたのだが、クニの仲間たちといっしょにいると、夜が永遠に続いてほしいと願うのだった。

そして、この男は真剣にズディ公としての仕事をやろうとしている――まさしく、たぶん真剣すぎるほどに。クニが統治の細部まで嬉々として掘り下げて調べようとしているのをマタはまだ信じられずにいた。税の集め方まで、調べていた。カナ神とラパ神のつややかな髪にかけて、驚きだ！

マタはクニのような人間には一度も出会ったことがなかった。クニが貴族の生まれでなかったのは、宇宙的な不公平のように感じた。マタが知っている世襲貴族の何人かと比べても、クニのほうがはるかに尊敬に値した。

（ただし、少し人を赦しすぎるけどな）とマタは思い、ドウサを批判的に眺めた。

だが、クニとマタは壮大な絵の構想を共有していた。この国をザナのくびきから永久に解き放つという絵図。

（クニは大きな魂を持っている）マタは判断した。詩的でも雄弁な表現でもないが、マタが貴族であれ庶民であれだれかに向けた褒め言葉として最大級のものだった。

例の喉を焼く酒が溢れている酒器を満載した盆を娘たちが運んできた。マタはおそるおそる酒杯に口をつけてみた――悲しいかな、覚えている酒とまったくおなじまずさだった。

「ひとつ勝負をしよう」サン・カルコウノが言った。ほかの者たちがやかましく賛同した。勝負をせずに酒を飲むのは、ひとりで酒を飲むようなものだった。

「『愚者の鏡』をやろうか？」クニが提案した。室内を見まわして、花束を挿している花瓶に目が止まった。

「お題は花にしよう」

これは貴族と庶民両方のあいだで人気の高い遊びだった。まず、分野が選ばれる――動物や植物、本や家具など――そして、参加者は選んだ分野から順にひとつの物を選んで、自分に喩える。もしほかの者たちがその喩えが的確だと判断すれば、彼らが酒を飲む。もしそうでないと判断すれば、喩えをした本人が酒を飲む。

リン・コウダが最初に名乗りをあげた。ふらふらと立ち上がり、柱を抱えて自分の身を支えた。

「おまえが抱きかかえているのは、でっぷり太った女だな」サンが言った。「もう少し痩せていて、もっと曲線があるほうが好きだ、おれはな」

リンは手にしていた鶏の脚をサンに向かって投げつけた。サンは避けようとして、倒れそうになり、笑い声をあげた。


「友人諸君」リンは真剣な面持ちで宣言した。「おれは夜咲き柱仙人掌《ハシラサボテン》だ」

「なぜだ、年に一晩しか幸運に見舞われないからか？」

リンはその突っこみを無視した。「柱仙人掌《ハシラサボテン》は、昼間にはろくに見られたりしない植物で、たいていの人は地面に生えたなんの面白みもないただの棒だと思っている。だけど、地面の下では、砂漠の湿気と甘みを集め、果汁たっぷりの大きな果肉を育てており、美味しくて、砂漠を旅する人間の命をたくさん救ってきた。幸運な者だけが、年に一度真夜中に咲くその花を見ることができる。星の光を浴び、幽霊百合のような大きな白い花をひらくんだ」

ほかの連中はその流れるような説明に一瞬黙りこんだ。

サンがその沈黙を破った。「その演説を書かせるため、学校の教師に金を払ったのか？」

リンは鶏の脚をもう一本、サンに投げつけた。

「おまえの美点はまさに隠れていたんだな」笑いながらクニは言った。「おまえがこの危機的時期にあって、おれとマタに協力してくれるズディの――〝異端の商売人〟と呼ばせてくれ――人間をおおぜい獲得しようと懸命に働いてきてくれたのはわかっている。ほかの連中は、おまえがしていることを必ずしも評価しないかもしれないが、おまえの努力をおれが見て、覚えているのは知っていてくれ」

リンはなんでもないというように手を振ったが、みな彼が感動しているのはわかった。

「この喩えは的確だ」クニは言った。「だからおれは酒を飲もう」

次に立ち上がったのは、ミュン・サクリで、すぐに自分を棘の多い平団扇仙人掌《ヒラウチワサボテン》に喩えた。

全員が議論抜きで酒を飲んだ。

「そのひげだもんな、わが善良なるミュンよ」サン・カルコウノが言った。「おまえがだれかに接吻をしようとしたら、相手の唇に十箇所は穴を開けるんじゃないかと本気で心配している」

「そんなばかな！」しかめ面をしてミュンが言った。「街の門のそばにいるあの若い男だが、おまえが贈り物を持ってやってくるたびに隠れようとするのはなぜだと思っている？ たまにはひげを剃るべきだぞ」

ミュンの顔が真っ赤に染まった。「いったいなんの話をしているのかわからん」

「ズディの人間の半分は、おまえがあの男を好きだとわかってるぞ」サンは言った。「おまえが不精なのはわかっているが、身だしなみをいっさい気にしないのはどうかな」

「いったいいつからおまえは恋愛の道士になったんだ？」

「よし、わかった」笑いながらクニは言った。「ミュン、その若者とおまえとのあいだに正式な橋渡しをおそれがするというのはどうだ？　公爵の紹介であれば、そいつも逃げはしないだろう？」

ミュンの顔は真っ赤なままだったが、うなずいて謝意を示した。

そのあと、コウゴ・イェルが自身を抜け目なく、がまん強い蠅取草《ハエトリソウ》に喩えた。

「ちがう、ちがう」クニは頭をおもちゃのガラガラのように振って言った。「そんなふうに卑下させはしないぞ。おまえはズディの市民生活を支えている太い竹だ――太くて、融通が利いて、利己的な考えは竹のようにぽっかり空いている心の持ち主だ。おまえが飲まないとだめだ」

次はクニ・ガルの番だった。立ち上がると、ワス未亡人――酒の盆を持って通りかかった――の腰をつかもうとした。未亡人は笑って、避けようとしたが、クニは彼女の耳のうしろから一本の蒲公英を抜き取り、全員に見えるように掲げた。

「ガル卿、自分を雑草に喩えるんですか？」コウゴ・イェルが渋面をこしらえた。

「ただの雑草じゃないよ、コウゴ兄。蒲公英は逞しいが、誤解されている花なんだ」ジアに求婚したときのことを思い出し、クニは目が熱くなるのを感じた。

「この花は打ち負かすことができない――庭師が芝生から蒲公英を一掃して勝ったと思っても、雨が黄色い小さな花を連れ戻す。それでもけっして傲慢になることはない――花の色と香りはけっしてほかの花のそれを圧倒しはしない。恐ろしく実用的で、葉は美味しいし、薬になる一方、根は堅い土壌を柔らかくし、ほかのもっと繊細な花が咲けるための先駆者として働く。だけど、いちばん素敵なのは、土に生きる花でありながら、空を夢見ているところだ。蒲公英の種が風に運ばれるとき、その種はどんな入念な世話をされた薔薇や鬱金草《チューリップ》や万寿菊《マリーゴールド》よりも遠くへいき、より多くのものを目にするんだ」

「あまりにみごとな喩えだな」コウゴはそう言って、自分の酒杯をあけた。「おれの視野は狭すぎて、とてもそれを理解していなかった」

マタは賛同してうなずき、自分の酒杯をあけ、燃える液体に喉を無感覚にされたが、黙って耐えた。

「あなたの番です、ジンドゥ将軍」サンがうながした。

マタはためらった。自分は気の利いた話ができる人間ではなく、機転が利くほうでもなかった。それにこんな遊びはまったく得意ではなかった。だが、視線を落とし、長靴に刻まれたジンドゥ一族の紋章を目にし、ふいになにを言ったらいいのか悟った。

マタは立ち上がった。一晩じゅう飲んでいたにもかかわらず、マタはオークの木のようにしっかりしていた。拍子を刻もうと、一定の調子で手を叩きはじめ、ツノウアの古い歌の調べに乗せて歌った――

その年の九の月九の日、
わたしが咲くころには、ほかのみなは死んでしまった。
幅広く飾り気のないパンの通りに冷たい風が吹き、
黄金《きん》の嵐、黄金《こがね》の潮。
わが芳しき香りが空を貫く。
明るい黄色の鎧がすべての目を囲む。
尊大な誇りをもって、一万の剣が振り回される。
諸王の誉れを守り、罪を浄めるために。
気高く、誠実な同胞《はらから》よ。
この色を身にまとうとき、だれが冬を怖れよう？

「花の王だ」コウゴ・イェルが言った。

マタはうなずいた。

クニは拍子に合わせ、指で食卓を軽く叩いていた。いまの音楽をまだ堪能したがっているかのように、渋々、叩くのをやめた。『わたしが咲くころには、ほかのみなは死んでしまった』か。孤独で、がらんとしているが、じつに壮大で英雄的な気持ちであり、コウクル元帥の後継者に相応しい。その歌は、花の名を出さずに菊を称えている。美しい」

「ジンドゥ一族はつねに自分たちを菊になぞらえてきた」マタは言った。

クニはマタに頭を下げ、自分の酒杯を飲み干した。ほかの連中もそれにつづいた。

「だが、クニ」マタは言った。「尊公はこの歌を完全には理解していないぞ」

クニは困惑して、マタを見た。

「この歌が菊だけを称えているとだれが言った？　蒲公英もおなじ色で咲くのではないか、わが兄弟よ？」

クニは笑い声をあげ、マタの腕をつかんだ。「兄弟！　いっしょにどこまでいけるだろうな？」

ふたりの男の目が〈すてきな酒壺〉の乏しい明かりのなかで濡れて光った。

マタは全員に礼を言い、自分の酒を飲んだ。生涯ではじめて、マタは人のなかで孤独を感じなかった。おれは属している――なじみがないが、心地良い感覚だった。その感覚にここで気づかされたことに驚いた。こんな暗くて、みすぼらしい酒場で、安葡萄酒を飲み、不味い料理を食べ、ほんの数週間まえは――クリマとシギンのような――貴族のふりをしている農民だと考えていた一団のなかにいて。

第二十二章　ズディの戦い

ズディ
義力四年六の月

クリマとシギンがナピで叛乱をはじめたとき、おおぜいの人間がこぞって彼らに加わったが、それ以外にもおおぜいの人間が強盗や追いはぎになり、進行中の混乱に乗じようと判断した。そのなかで、もっとも容赦なく、怖れられた強盗団のひとつを率いていたのがプマ・イェムだった。彼は帝国猟場建設のため、一銭の支払いもないまま皇帝の役人により土地が接収され、すべてを失った農民だった。

イェムの手下たちはポウリン平原を横切る幹線道路を行き交う隊商を獲物にし、やがて盗みの上がりが乏しくなるまでになった。交易は減衰し、その道を通る商人はどんどん少なくなった。あまりにも危険だったのだ。帝国軍や叛乱軍が行き交い、武装した男たちが寝返りを繰り返し、だれも道路の安全を確保できなくなっていた。イェムの郎党は、めぼしい獲物を探して、どんどん遠くまで出向かねばならず、やがて元は活気のない街だったズディで交易がまだ盛んであることを発見した。

どうやらズディ公はその地域から強盗を一掃しつづけているくらい真剣に仕事をやっているようで、まだ利益を求めている向こう見ずな商人たちは、商品をそこへ運んでいた。砂漠の新しい緑地に向かう羊を尾行する狼のように、イェムはただちに自分の一党を率いて、エル・メ山脈にふたたび拠点を構えた。

イェムはズディ公を怖れていなかった。経験上、叛乱軍は、帝国軍のように規律が保たれていることもなく、よく訓練されているわけでもないとわかっており、一度の戦闘で敵司令官を容易に斃《たお》せるのが普通だった。ときには、指導者を殺したあと、叛乱軍の分隊がそっくりイェムの一党に加わることすらあった。イェムは、ズディに向かう愚かな商人からできるだけ〝徴税〟し、戦利品で豊かに暮らすつもりだった。

午後だった。イェムの盗賊団は、小さな丘の頂上付近の林に潜んでいた。

一行は、ズディの南のくねくね曲がっている道に沿ってゆっくりと移動する隊商を監視していた。荷馬車がとてもゆっくり動いているので、価値の高い商品の重さで沈んでいるのは明白だった。イェムは大きな鬨《とき》の声をあげ、部下を奮い立たせ、盗賊団は、たんまりと報酬を得られると確信しながら、平原を吹き渡る風のように馬で丘を駆け降りた。

荷馬車は止まった。強盗たちが近づくと、御者は馬を解き放ち、なにもかも捨てて、逃げ出した。プマ・イェムは笑い声をあげた。この時代、強盗になるのはなんと簡単なことだろう。簡単すぎる。

捨てられた荷馬車は道路にじっとしていた。岸辺で昼寝をしている雁の群れのようだ。

だが、強盗たちが隊商にたどり着き、荷馬車群の中央で馬を止めたとき、荷馬車の壁が折り畳み式の障子のように畳まれ、完全武装した兵士たちがどっとあふれ出した。

その兵士たちの一部は徒《かち》で強盗たちと戦いはじめたが、ほかの者たちは荷馬車を引いて、円を描き、強盗たちの脱出路をふさいだ。頭の巡りのいい数名の強盗は、危険を察知して、馬の腹を強く蹴り、円が完成するまえに脱出したが、プマ・イェムを含めた残りの者たちは、荷馬車に囲まれ、罠に捕らわれた。

馬の脚ほどの腕と牛の肩ほどの肩幅をした巨人が、円の中央にゆっくり歩を進めた。イェムは巨人の目を見て、身震いした。それぞれの目にふたつの瞳があり、視線を捉えるのが難しかった。

「盗人よ」悪夢から出てきた閻魔大王のような巨人は、おごそかな声で言った。「貴様はガル公の罠にかかったのだ」巨人は背中から自分とおなじくらい巨大な剣を鞘走らせた。「ナ＝アロウエンナと出会うがいい。貴様の無頼の日々が終わるのはまちがいない」

（さて、それはどうだろうな）とイェムは思った。どんな戦いにも勝てる自信が彼にはあった。この巨人はいかめしく見えるかもしれないが、高貴な生まれの貴族の雰囲気も漂わせていた。イェムは以前に数多くの傲慢だが役立たずの貴族を打ち負かしてきた。連中は自分たちのことを勇敢な戦士だと自惚《うぬぼ》れているが、汚い手を使って戦う手立てをなにも知らなかった。

イェムは馬の腹を蹴り、マタ・ジンドゥに向かって疾駆した。剣を頭上高く掲げ、一刀の下、相手を斬り捨てようとした。

マタは最後の瞬間までじっと動かず、人間に可能だとイェムが考えているよりすばやく、脇に退いた。マタは手を伸ばし、左手でイェムの馬の手綱をつかんだ。右腕を上げて、大剣でイェムの一撃を止めようとする。

カキーーーーン！

イェムは気がつくと地面に転がっていた。息ができなくなっている。目がかすみ、頭ががんがん鳴っている状態で、イェムに考えることができたのはたったふたつのことだけだった。

第一に、マタは早駆けする馬を左手一本で静止させた。しかも、一歩も動かずにやってのけた。馬が止められたので、イェムは慣性で動きつづけ、馬の頭から前方に転がって、空中で一回転して背中から地面に落ちた。

第二に、マタの右腕は苦も無くイェムの打ち下ろした一撃を食い止めた。イェムが相手より高い場所におり、腕の力と馬の走る勢いを合わせた力で振り下ろしたという事実にもかかわらずにだ。

　イェムは右手を上げてみて、親指と人差し指のあいだの水かき部分が血まみれなのを見た。手の感覚がなかった。すさまじい力でぶつかりあった剣が右手の甲の細かい骨を砕き、イェムの剣は手から離れて飛んでいったのだった。

　上を見てみた。空高く自分の剣がくるくると回転していた。それは飛行の頂点に達し、一瞬停止すると、まっすぐ落ちてきた。

　イェムは考えもせずに身を反転させた。剣はイェムの真横の地面に突き刺さり、柄まで埋まった。数寸差で脚に当たるところだった。

「参った」イェムは言った。マタ・ジンドゥの冷ややかな目を見ながら、降参した自分の心になんの疑問も浮かんでいなかった。

　マタ・ジンドゥは、ズディを簡単な狩り場と考えているやもしれないほかの強盗への警告として、プマ・イェムを市の門の上に突き出た柱に磔《はりつけ》にしたがった。

　だが、クニ・ガルは反対した。

　マタは不信の面持ちでクニを見た。「また、同情しているのか？　あいつは強盗で、殺人犯だぞ、兄弟」

「おれもかつては強盗だったよ」クニは言った。「だからといって、自然にあいつが死なねばならないことにはならない」

　マタは信じられない思いでクニを凝視した。

「ほんの短いあいだだったが」クニは言った。恥ずかしそうな苦笑をマタに向けた。「それにおれたちはいつだってだれかを傷つけないようにしていた。商人には家に帰るだけの金を残しさえした。とにかく、おれに付いてきてくれた連中に金を払わねばならなかったんだ」

　マタは首を横に振った。「その話をおれにしないでいてくれればよかったのにと心から思う。おまえが囚人服を着て、刑務所で鉄格子を叩いている姿がおれの頭から消えなくなる」

「けっこうなこった」クニはそう言って、笑った。

「強盗になるまえに生計を立てていくのになにをやっていたのかは教えないでおくつもりだ。だが、おれたちは遙か遠くにいこうとしている。

言いたいのは、こういうことだ――イェムは、すぐれた馬の乗り手であり、指導力も証明済みだ。自分たちより勝る兵力から逃げ隠れして、攻撃の機会を窺う術を心得ている。おれたちには馬がたくさんある。だから、イェムを利用できるんだ。斥候が報告しているように、ナメンはこちらに向かってきている」

ナメンの軍は餓えた潮のようにポウリン平原に押し寄せた。そのまえを敗北した叛乱軍の一行が慈悲を乞いながら逃げていた。多くの兵が倒れ、踏みしだく蹄と行軍する脚の下に一瞬にして姿を消した。クニは、ときおり明るい鎧や鞘走った剣に反射した光がきらめいている地平線に立つ埃の雲を眺め、腸が強《こわ》ばり、口が渇くのを覚えた。

クニは、避難民がより多くなかに入れるよう、できるだけズディの門をあけさせていたが、最終的に、ナメンの軍が壁に迫るまえに扉を閉めるよう命じる以外選択肢はなかった。門を閉ざし、門をかけるには、クニの兵士たちは、避難民の洪水を剣や槍で押し戻さねばならなかった。壁の反対側で悲鳴や嘆願の声がするのを耳にして、少なからぬ兵士が取り乱し、泣き出した。

「ガル卿! やつら、火焔荷馬車で門を燃やそうとしています!」

「ガル卿! 哨塔の矢が尽きました。壁の最上部を破られそうです」

だが、クニは凍りついたように突っ立っていた。避難民の嘆願が頭のなかで反響しており、消えてくれなかった。フペとムルのことを考えた。またしても、部下たちが自分の決断のため死にかけている。またしても、気圧《けお》され、やるべき正しいことがなんなのかわからなかった。

ズディの兵士たちは、主《あるじ》の状態を見て、恐慌状態に陥りかけた。

ナメンの部下たちは壁の外に長はしごを掛け、自軍の弓兵たちの援護射撃の下、剣士たちがはしごをのぼった。数人の剣士は、すでに壁の最上部にたどり着き、ズディの防衛軍と戦っていた。訓練を除いて、戦ったことがないズディの兵士は、へっぴり腰で剣を振るい、ザナの古参兵の猛攻に後退した。

ひとりのズディ兵の腕が切断された──男は悲鳴をあげながら、倒れ、地面に落ちている失われた腕を掴もうとした。男のまわりにいた防衛側の兵士たちの顔から血の気が引いた。ザナの兵士たちがまえに進み、悲鳴をあげている兵士を黙らせた。防衛軍の数人が武器を捨て、背中を向けて逃げ出した。

すぐにナメン軍の兵士が何十人と仲間に加わった。もし彼らが壁の上で優位な立場に立ち、哨塔を押さえれば、彼らはズディの門を開けることができ、ズディは敗北必至になるだろう。

マタ・ジンドゥが二、三度、大跳躍をして階段を駆け上がり、壁の最上部にたどり着いた。ナ＝アロウエンナを右手に、ゴウレマウを左手に持ち、ザナの兵士たちの小集団のどまんなかに飛びこんだ。

ゴウレマウがひとりの兵士の頭を砕き、いたるところに脳と血が飛び散った。ザナの兵士たちはたじろぎ、一時的に動けなくなった。マタは口をひらいて、棍棒についた血を舐めた。

「ほかの人間とおなじ血の味だな」マタは言った。「貴様らはみな、死すべき人間だ」

すると、ナ＝アロウエンナが虐殺の菊のように回転し、ゴウレマウは死の鼓動のように上下した。攻撃を防ごうとするザナ兵の剣や盾は、壊れたり、彼らの手からはじき飛ばされ、次の瞬間には、何十人もの死体がマタ・ジンドゥのまわりに横たわっていた。

「こい」マタは怖じ気づいているズディの兵士たちに言った。「戦うのは愉快じゃないか？」

すると、ズディの兵士たちは、この見事な力業に勇気をもらって、マタ・ジンドゥのまわりを駆け回り、はしごのかぎ状の上部に斬りつけ、壊して、はしごを壁から突き離し、まだはしごをのぼっていたザナ兵たちがあげる恐怖の悲鳴を耳にして喜んだ。

クニは、まわりを飛び交う矢にまるで無頓着で、四散戦争の剛胆な英雄のように壁の上に立っているマタを見て、尊敬の思いで心が一杯になった。まさしく、だれもがこの恐ろしい世界では死すべき身ではあるが、人は、マタ・ジンドゥのように生き、疑いを持たずに戦うことを選べる。あるいは恐怖と優柔不断で萎縮し、失敗に失敗を重ねて生きる生き方も。

おれはズディの公爵だ。おれの街はおれ次第だ。

クニは階段を駆け上がった。マタの背後、あらたなザナ兵が壁にのぼろうとしていた。クニは剣を抜き、前へ突進し、その兵士の身を守ろうとして繰り出した一撃を跳ね返し、首に深々と剣を突き刺した。深紅の傷口がひらく。すると、マタがかたわらに来て、はしごの上部を壊す手助けをし、壁から突き離した。

クニはなにか温かいものが顔にかかっているのを感じた。手を伸ばし、触れてみて、自分の指を見た。血だ。はじめて殺した男の血だった。

「味を確かめろ」マタが言った。

クニはそうした。しょっぱくて濃厚で、少し苦かった。マタが隣にいると、クニはジアの勇気の薬草を十服したかのように血管を勇気が流れていくのを感じた。

「ガル卿、火焔荷馬車が門に火を点けました！」

クニは覗きこみ、革に覆われた荷馬車が市の門の下方に集められているのを見た。革の覆いが防護側の放つ矢を、その下にいる人間に届かせないようにしており、革の下の作業員は分厚いオークの扉に火を点けることに成功していた。

マタとクニの例に倣い、哨塔の防衛兵たちが駆けつけ、重たい石を落として荷馬車を破壊することに成功したが、火は猛威を増した。

「もっと多くの水と砂を用意すべきだった」ドウサがつぶやいた。

クニはおのれの経験不足をなじった。食糧と武器を集めて包囲攻撃に備えることに集中していたあまり、ほかの基本的な準備を怠ってしまったのだ。

ナメンの兵は壁の足下から引き下がっていた。みな立ち上る煙とめらめら燃え上がる炎を見つめていた。まもなく門にはひびが入り、ぱっくり割れてしまうだろう。

「門のまえの広場に部隊を整列させるべきだ」マタは言った。「いったん扉がなくなれば、通りでやつらを死に至らしめてくれる」

クニは首を横に振った。たとえどれほどマタが勇敢で力強くとも、一万人を相手に持ちこたえることはできまい。クニは唇を舐めた。（水だ、バケツに水を汲んでおけば）

「いっしょに来てくれ！」クニは叫ぶと、燃えている門の上にある哨塔に駆け上がった。外衣を締めている帯をゆるめはじめる。

「なにをするつもりだ？」すぐあとを付いていきながら、マタは訊いた。

「おれを盾で守ってくれ」クニは叫んだ。そして塁壁にのぼると、回れ右をしてしゃがみこみ、壁の外側に向かって小便をはじめた。

ほかの兵士たちもすぐにその考えを合点した。一部の兵士は同様に帯をゆるめ、別の兵士は塁壁に寄りかかって盾を掲げ、うずくまっている仲間を守ろうとした。ナメンの部下たちも、敵の行動の意味を悟り、弓矢を一斉に放った。盾に当たる矢の音は夏の雹嵐のように響いた。

　小便の滝が壁に沿って流れ落ち、燃えている門に滴った。炎がジューッという音を立て、蒸気が立ち上った。

「来てくれ、兄弟、あんたにも貢献してもらわないと！」クニはマタに笑いながら怒鳴った。そしてまわりの煙と小便の臭いのする蒸気に咳きこんだ。「これこそほんとうの小便競争《くだらないあらそい》ってもんだ」

　マタは笑うべきか腹を立てるべきかわからなかった。戦争の戦い方としてはとてもまともなものとは思えなかった。

「おい、ほかのやつらに見られているとできないのか？」クニが挑発した。「恥ずかしがるな。まわりは友だちばかりだ」

　マタはため息をつき、塁壁にのぼると、べつの掲げられた盾の背後にしゃがみこみ、膀胱を空にした。


　これでもう二週間、タンノウ・ナメンは、一万人以上の軍でズディを包囲していた。

　これほど激しい抵抗は予想していなかった。ズディの防衛軍は、ディムで叩き潰した寄せ集めの集団とは異なっていた。一度も耳にしたことがないこのズディ公と、高名なコウクル元帥ダズ・ジンドゥの孫にあたるマタ・ジンドゥ将軍は、自分たちがなにをやっているのかわかっているようだった。包囲攻撃がはじまるまえに補給物資を備蓄していたのは明らかで、辛抱強く壁の向こうで待機していた。まるで甲羅に籠もった亀のようだ。

　ナメンはズディを放置し、サルザに向かって行軍したいところだった。サルザには叛乱軍の王がいた。だが、戦闘爪に乗せて情報を把握させた斥候の話では、ズディには兵士がひしめき合っており、往来には、剣を閃かせている者がおおぜいいて、軍旗がいっぱいはためいているそうだ。たぶんナメンの軍とおなじくらい、あるいはそれ以上の兵力を誇っているだろう。もしナメンがズディを迂回しようとすれば、サルザへ向かう途中で背後から襲撃をかけてくる可能性があった。

残念なことに、攻城装置をまったく持ってきていなかった。ナメンの軍が近づくと、叛乱軍は街を捨て、丘を目がけて逃げていくという経験にあぐらをかいてしまっていた。ズディの防衛軍は、手持ちの数本のはしごと火焔荷馬車と攻城槌を手っ取り早く片づけた。いまやナメンには、ズディをすばやく陥れる手立てがなくなっていた。穴を掘るには時間がかかり、エル・メ山脈から木材を運んでこずに、森林のないポウリン平原で投石器や弩を組み立てるのは、不可能だった。ナメンは眉間に皺を寄せた。長期の包囲攻撃が唯一の取り得る手段に思えたが、最終的には勝てると確信していた。つまるところ、こちらはゲフィカにある帝国の倉庫から再補給できるが、防衛側は周囲の田園地帯に近づくことすらできないのだ。どれほどズディの蔵に大量に蓄えていたとしても、やがて食糧は潰えるはずだ。

「クニ、わずかな兵士にどうしてあれほど気前よくふるまっているのだ？」マタが訊いた。

クニはズディの市場で毎日〝祝勝会〟をひらくよう強く主張していた。前日に目立って勇敢なおこないをした兵士や市民がもてなされていた。酒がふるまわれ、踊りがあり、炙り焼きにされた分厚い豚肉と焼きたての薄焼きパンが何皿も供された。

「みんな包囲攻撃で苛立っている」クニは声を潜めて言った。立ち上がり、あらたな乾杯をし、その日祝われている兵士たちの勇敢な行為を列挙した。マタには半分嘘としか思えないような細部をクニは付け加えて列挙し、その対象である兵士たちは顔を赤らめ、首を横に振った。だが、人々はそれを喜んでいるようだった。

人々が歓声をあげるなか、クニは酒を飲み、腰を下ろした。ほほ笑みを浮かべ、まわりの人々に手を振りつつ、マタに小声でつづけた。「自信があり、楽観的な雰囲気を保つことが肝腎なんだ。公での祝宴は、おれたちが補給物資を気にかけていないことを示している――溜めこみや暴利を貪るのを防ぐのに重要なことだ」

「世間体をとりつくろうためにしては、努力が過ぎるように思えるぞ」マタは言った。「見世物であって、実体はない」

「見世物が実体なんだ」クニは言った。「ほら、市民に紙の鎧を着せ、木剣を往来で振りまわさせることで、ナメンの斥候に、実際よりもはるかにおおぜいの武装兵がいると思わせることができた。あいつがサルザに向かわずにまだここにいる理由はそれだ。一日一日あいつをここにいさせることで、元帥が反撃の力を蓄える時間がそれだけ増える」

マタはクニの計画を承認していなかった。戦争というよりも芝居に似ていると見なしていた。だが、クニの計略の結果が望ましいものであるのは認めざるをえなかった。

「あとどれくらいわれらの糧食は保つのだ?」マタは訊いた。

「たぶんもうすぐ配給制をはじめる必要があるだろう」クニは認めた。「プマ・イェムが仕事をしてくれるよう祈ろう」

包囲攻撃を長期化させるナメンの計画は、期待ほどうまくいかずにいた。

ガルとジンドゥがズディの扉を閉ざし、街の正面にある平原で帝国軍と対峙するのを拒んでいる一方、馬に乗ってうろつきまわる山賊の群れに頻繁に困らされているのにナメンは気づいた。

この山賊、あるいは、自称〝気高き襲撃者たち〟は、リル川からつづいている帝国の長い補給線を寸断する妨害工作をおこなっていた。彼らは戦時法にいっさい従わず、ナメンにとって終わりのない頭痛の種になっていた。

ナメンが騎馬小隊を送り出して山賊を追わせると、連中は単純に逃げていく。重い鎧を着ていないため、彼らのほうが速度の面で利点があった。だが、ナメンの部下たちが休息を取っているときはいつも、真夜中であることがしばしばあったが、襲撃者たちは大きな音を立て、実際には攻撃しないのに攻撃するふりをするのだった。彼らはそれを繰り返し、ナメンの部下たちは睡眠不足に陥り、警戒心を薄れさせた。

夜通し、陽動行為を数度繰り返されて、ナメンの兵士たちは、警戒を解き、もはやあらたな警報に機敏に反応しなくなった。だが、そんなときにこそ、襲撃者たちは実際に襲ってくるのだった。野営地を竜巻のように馬で走り回り、あらゆるものに火を放ち、すべての馬を解き放ち、ところかまわず打ち壊し、あらゆるところに混乱を撒き散らした。だが、ぐずぐず残って戦いはしなかった。彼らの唯一の目的は、食べ物や糧食を載せた荷馬車から略奪し、持っていけないものは、糞便や毒水を撒いて使えなくすることだった。帝国兵の賃金を払うための金庫荷馬車を略奪するのも習慣にしていた。

軍隊は胃袋に従って行進し、兵隊は賃金を払わなければ叛乱を起こす。ナメンは敵地域でかかる大規模な軍をいつまで維持できるか心配になってきた。いまのところ、地元の人間から強制的に補給物資を徴発することに抵抗してきた。帝国軍が農民にあまりに過酷な試練を課せば、再征服したコウクルの安定は難しくなるだろうと信じていたからだ。だが、補給物資が減るにつれ、あと数日すれば選択の余地はなくなるかもしれないとナメンは気を揉んでいた。

士気が下がり、兵の逃亡が手のつけられないくらい激しくなってきた。襲撃者たちを追いかけるため派遣された小隊は、つねに一歩後れを取っていた。そして、襲撃者たちは戦利品の一部を周辺地域の農民にわかちあうようにしていることから、ナメンの部下たちが襲撃者を捜し出そうと村を訪れても、ただのひとりも帝国軍に協力しようとはしないだろう。ナメンのいらだった兵士たちがその怒りを扱いにくい村人にぶつければ、彼らはますます〝気高き襲撃者たち〟に加わろうとするだけだった。

襲撃者たちはナメンを激昂させた。だが、この戦法を編み出したのはだれであれ、相手にするのに不足のない敵だと認めざるをえなかった。

「奇襲戦法は、弱者の戦い方だ」マタは最初クニの提案を馬鹿にして却下した。「真の戦士はそんな汚い策略に訴えるべきではない。ひらけた場所でナメンと対峙し、正々堂々打ち破ればいい」

クニは頭を掻いた。「だけど、おれたちの仕事はズディの住民を守ることだ。あんたのみごとな訓練は受けたものの、われわれは数で劣っているし、兵士はまだ未熟で、帝国の古参兵とは比べものにならない。事実として、あんたが言うように、われわれは弱いんだ。それにこちらの部下を無駄に死なせたくない。勝利に汚いもなにもない」

説得に数時間かかったが、最終的にクニはマタを根負けさせた。マタはプマ・イェムの過去の山賊行為を許すことに同意した——プマの郎党をコウクルのために戦う予備部隊員にするという条件で。

「少し色を付けてやろう」クニは言った。

「あの男の命を助けてやるだけで充分ではないのか？」

「イェムは誇り高い驢馬のようなものだ。あいつにやる気を起こさせるには、鞭だけでなく、飴も必要だ」

渋々、マタはスフィ王に書状を送り、イェムにポウリン侯爵の称号を認めてもらうよう推薦した。とりあえず、独自に世襲侯爵に叙し、あとで王に承認してもらうことにして。

そういうわけで、プマ・イェムは、ポウリン侯爵、ザナの災い、コウクルのつむじ風騎馬隊司令官になった。

「クニ・ガルと出会ったことは、おれの身に起こったなかで最高の出来事だ」プマは、気高き襲撃の戦利品を寛大に仲間うちでわけながら、部下たちにはっきり言った。「おれから離れずについてこい、おまえら、そうすれば元よりたんまり手に入るぞ。おれを見ろ、侯爵さまだぞ！　人を使うことを知っている君主は、剣を振るうことしか知らない者より十倍凄い」

ナメンは自分の兵士が戦う意志を失うまえにズディ包囲攻撃に終止符を打たねばならないと決断した。ふたりのズディ司令官に関する報告を入念に検討し、計画を練った。奸智に長けたズディ公を戦場に引きずり出せないとすれば、若くて血気盛んなマタ・ジンドゥを挑発して身勝手な行動をとらせてやるつもりだった。

ナメンは、ズディの壁の上空に戦闘凧を飛ばし、クニ・ガルとマタ・ジンドゥが女物の服を着て、恐怖に戦《おのの》いている姿を描いた絵を満載した小冊子を投下させはじめた。

クニ・ガルとマタ・ジンドゥは、戦うのが怖くて、閨房に籠もっている、女の心を持った臆病者の国だ。と小冊子は断言していた。**コウクルは女の心を持った臆病者の国だ。**

凧の乗り手は、囃したて、さらなる侮蔑の言葉を叫んだ――

「クニ・ガルはズディの女公爵、マタ・ジンドゥは彼女の女召使い」

「クニ・ガルは化粧が大好き！　マタ・ジンドゥは香水が好き！」

「クニとマタは物陰に隠れても怯えてひーひー泣いている！」

「好きなように言わせておけ」クニは言った。小冊子の出来に感心し、笑い声をあげた。「おれは女だとずいぶん可愛いな。やつらはおれに少し痩せろと注意しているようだが。こいつを何部かジアに送ってやらないと。赤ん坊が――双子女神よ、子どもをお守りあれ――ジアの生活をとても緊張の多いものにしているだろうから、たぶんこれを見れば笑えるんじゃないか」

「おまえはどうかしているぞ」マタ・ジンドゥは、咆吼し、小冊子を両手でびりびりに破いた。目のまえの机を叩き潰し、おまけにクニのまえにある机も叩き潰した。木の壊れた破片を石の床の上で踏みつけ、さらに細かい破片に砕いた。

だが、マタの怒りは、和らがなかった。ほんの少しも。クニのまえをいったりきたりして、木片をあちこちに蹴り飛ばした。召使いたちは散り散りになって部屋の隅に身を潜め、弾幕を逃れようとした。

「女に喩えられるのがなぜそんなに悪いことなんだ？」クニが言った。「この世界の半分は女性でできているんだぞ」

マタはクニをにらみつけた。「おまえには恥の感覚がないのか？　名誉はどこにある？　この侮辱は耐えられぬ」

クニは口調をまったく変えなかった。それどころか、さらに落ち着きを増していた。「このらくがきは、じつに素人くさい。おれなら、人をうまく侮辱するためのやり方をもっとナメンに教えられるのにな。たとえば、この絵は、もっと繊細なものにして、同時にもっと淫らなものにできたはずなのに」

「**なんだと？**」マタの全身が怒りで震えた。

「兄弟、頼むから落ち着いてくれ。これはいい兆候なんだ。ナメンは、ひらけた場所で自分の優れた軍と対峙しようとおれたちが出ていかないことではっきりいらだっている。おれたちは食糧を充分備えて、どっかり腰を据えているが、あいつは針鼠を相手にしようとしている犬のように、どこにも嚙みつくところがなくて、飛び回っているんだ。プマ・イェムがあいつの補給品を奪い取りつづけており、ナメンは破れかぶれになりつつある。だから、あんたを自分の思惑通りに戦わせようと、この策略を使っているんだ」

「だが、まんまと効いている」マタは言った。「おれはあいつと戦わねばならん。こんなふうに閉じこめられているわけにはいかん。明日《みょうにち》、街の門をあける命令を下し、騎馬隊を率いて出る」

クニはマタが真剣なのを見てとった。考えに考え、やがて笑みを浮かべた。

「いい考えがある。あんたもきっと満足するだろう」

マタは空をわがものとする鷹になった気がした。空を飛ぶのがどれほどすばらしい気持ちになるのか知っていれば、これをもっとまえにやったはずだった。

はるか下方、ズディの通りや家は縮小模型のようだった。市の壁の向こう側には――これほど高いところからだと、水田を分けている低い泥の畝のように見えた――ナメンの野営地が大きな絵のように広がっていた。マタは彼らの並び方と配置を覚え、兵士である小さな点を数えた。

背中に竹と絹でできた巨大な翼を生やしたかのようで、空に自分を持ち上げてくれる翼に当たる風の音はすごかった。左右に翼を傾けることで、旋回、回転、急降下、急上昇もできた。重さがなくなった気がした。三次元で自由になり、ダラ全土の横断飛行ができそうな気分だった。

飛行の喜びにマタは笑い声をあげた。

その幻想を唯一傷つけるのは、革帯にとりつけられた長い絹の綱だった。その末端は地面に繋がっており、セカ・キモウと数人の兵隊が、綱を張り、マタを浮かばせている巻き揚げ機に取り組んでいた。マタは眼下の小さい人影に手を振った。すると、そのなかのひとり、たぶんキモウが、手を振り返した。巻き揚げ機担当の人員は、さらに綱を繰り出し、マタはさらに高く上昇した。帝国軍の野営地検分に戻る。

「ナメン婆さんの野営軍におれと戦う気持ちがある人間はほかにいないのか？」マタは叫び、剣を振り回した。その剣は、空中で切り落とした十人の凧乗りの血でまだ濡れていた。

マタが背中にくりつけている巨大な戦闘凧——平均的な偵察用凧の三倍の大きさはある——は、クニの考えだった。空中戦の考えとおなじように。

クニはズディの壁に伝令を送り、ナメンの挑戦を受けて立つと伝えていた。ただし、そこには捻りがあった。

「ナメン将軍はガル公とジンドゥ将軍の名誉を汚した以上、その侮蔑は古代のやり方で解決するのが唯一適切な方法である」伝令は声を張り上げた。「四散戦争から、ダズ・ジンドゥ元帥の偉業にいたるまで、われらの年代記は、偉大な英雄はつねに一対一の決闘をおこなったと伝えている。ただの農民の兵士に頼って偉大な貴族の尊厳を守れるだろうか？　ジンドゥ将軍は一対一でナメン将軍と戦い、本件を個人的に解決したいと望んでいる」

「これこそ、貴族がもっと頻繁に言ってほしいたぐいのことだ」ダフィロウはラソウに囁いた。「連中の争いをこんなふうにみな解決してくれるなら、われわれほかの人間は作物を植えに戻り、自分たちの暮らしを楽しめるってもんだ。王や公爵たちは闘技場に入って、自分たちの二本の手で戦えばいいんだ。こっちはそれを見て、歓声を送ってやるさ」

「ダフ、どうしてそんなにふつうでいられるのさ？」ラソウは空を飛んでいるマタを見つめ、心を奪われていた。「ジンドゥ将軍に心が奮い立たないのか？　兄貴とおれが勇敢になれたらいいのに」

「ぼくの見方では、連中は勇敢というより愚かだ。連中のだれかひとりがやらなきゃならないのは、綱を狙うことだ。そうすりゃ、相手は落ちていくのに」

ラソウは首を横に振った。「ザナの犬どもですら、勝つためにそんな不名誉な手に訴えはしないさ。もちろん、ジンドゥ将軍はそんなことするわけがない。昔の影絵劇を真剣に見ていなかったのかい？ 決闘は名誉をかけてやるものなんだ。地上であれ、空中であれ」

ダフィロウはさらに反論したかったが、結局、首を横に振り、口をつぐんだ。

伝令は、ナメン将軍の高齢に鑑みて、ジンドゥ将軍は、ナメンの代わりにザナのどんな闘士とも決闘するつもりであると説明した。決闘が平らな場所でおこなわれる場合、ナメン将軍は、数に任せてジンドゥ将軍に襲いかかりたい誘惑にかられるかもしれないので、決闘はズディの壁の上空でおこなわれるものとする、とズディ公は提案した。これ以上公平で名誉のある戦いはあろうか？

ナメンはクニ・ガルの投げかけたこの恥知らずな奸計に衝撃を受け、毒づいた。決闘はまったく頭になかった。マタ・ジンドゥとクニ・ガルが挑発されて、市の門をあけ、市のまえで両軍とのあいだに地上戦をおこなうことに同意するのを期待していた。その場合は、まちがいなく彼らは粉砕されただろう。だが、クニはナメンの言葉をねじ曲げて、ふたりの司令官同士の個人的な決闘という時代遅れの古くさい儀式を呼び起こした。もしナメンが拒絶すれば、臆病者として見られるだろうし、それはすでに落ちこんでいる帝国軍の士気を揺らがせるだろう。

ナメンは歯がみし、屈強な兵士と士官のなかでザナの闘士と指名されるべき志願兵を募った。一人、また一人、志願兵は戦闘爪をくりつけて、空中でマタ・

ジンドゥと一騎打ちをするため空に舞い上がった。

カキーン！　ガン！　ガキーーーーン！

爪は一対の巨大なミンゲン鷹のように上昇し、下降し、たがいに接近すると、激しい剣戟の音が空に鳴り響いた。双方の兵士たちは首を反らし、取り憑かれたように、空で旋回する戦士たちの様子を追った。彼らが鳥のように身を翻し、避けるのを見るだけでも目まいがした。

マタ・ジンドゥの心は喜びに充ちていた。（すべての戦いはこんなふうにおこなわれるべきだ！　クニはまさにおれの魂を理解している）片方の目にひとつの瞳しかないどんな人間よりも、マタの視力は鋭く、敵の動きをゆっくりと捉えているようだった。効果のない攻撃をおざなりに躱《かわ》し、力で相手の手から剣を撥ねとばすと、哀れな男の命をナ＝アロウエンナの首への優雅な一撃あるいは頭蓋骨へのゴウレマウのすばやい打撃で終わらせた。

ザナの十人の闘士が空に舞った。十体の命を失った死体が地面に墜落した。ズディの市内からあがる歓声はますます大きくなる一方、ナメンの野営地は静まりかえった。

「あの人はフィソウェオ神が生身になったかのようだ」ラソウが言った。

ダフィロウは冗談を返さなかった。今回だけは、彼は戦きのあまり、言葉を失った。マタ・ジンドゥ将軍は、まさに、ただの人間のなかにいる現人神《あらひとがみ》だ。

マタが空中で戦っているあいだ、クニはセカ・キモウの隣に立って、心配そうに見ていた。マタの腕前と勇気は信頼していたが、マタが次々と曲芸飛行をおこない、毎回死を免れるたびに心臓が喉から飛び出そうな気持ちになってしかたなかった。

「ピンと張れ！」クニはセカとその部下たちにつぶやいた。

いた。巻き揚げ機の操作員たちはクニの指示など必要ないことは充分わかっていたにもかかわらず。操作員たちは弛みが出れば——爪が地面に墜落しないように——綱を張るため巻き揚げなければならないと承知しており、それからゆっくりと綱を引き出した。クニはとにかく自分が役に立つつもりになれることはなんでも言わねばならないような気がしていた。

たがいに知り合ってから間がなかったが、クニはマタを親友のひとりとして考えはじめていた——ほぼ家族に近い者として。マタの融通の利かない、形式張った、古くさい考えのどこかがクニに愛しいと思わせた。マタといっしょにいると、クニはもっといい人間に、マタの目から見て高い評価の人間に、より貴族的な人間になりたいと思うのだ。マタを失うという考えは耐えられなかった。

ザナの闘士がもはや空に上ってこないのを見て、クニとマタの部下たちは壁の上からナメンの野営に向かって囃したてた。

「さあ、どっちがお嬢ちゃんなんだ？」

「タンノウ・ナメンは、剣より刺繍針が得意なお婆ちゃんだ！」

「ナメン、夕ご飯はなに？」

「もしかして、ザナの女の子たちは、手遅れにならないうちにザナに戻らないといけないかもね」

壁に石や木材を引き揚げていた女性たちのなかには、気色ばんだ顔つきになる者がいた。

彼らの上空にいたマタは、喉を鳴らして笑ったが、その手のからかいを楽しんでいることに多少気まずさを覚えていた。しかし、クニは手を振って、男たちを黙らせた。

「まず、はじめに、ザナの女性たちの勇敢さをわたしは目にしてきたことを伝えたい」クニは言った。叫んではいなかったのに、彼の声は頭上高くを飛んでいるマタにすらはっきり聞こえた。双方の兵士たちは黙って、クニの言葉を待った――クニは人にそういう効果を与えるようだ。

マタは驚愕の思いでクニを見た。(クニはあらたな冗談を用意しているのだろうか?)だが、クニの口調や表情はとても真剣なもので、どこにも馬鹿にしたような気配はなかった。

「息子を救うため賦役監督官の鞭を進んで受けようとしたザナ出身の母親をわたしは知っている。身重の体で、自分を救うため派遣された男を救おうとして、山賊が溢れている山のなかを何里も徒歩で踏破したコウクル出身の妻を知っている。われわれがここで二派に分かれた学童のようにおたがいを嘲っているあいだ、われわれの土地を耕し、われわれに食べさせ、われわれの長衣を縫い、われわれの弓矢をこしらえ、包囲攻撃用の石を運び、負傷者を運び下ろしているのは、いったいだれだろう? 今回の叛乱でズディの女たちが諸君と並んでどう戦っていたのか、忘れてしまったのか? 慣例に従って、われわれは剣を振るい、鎧を身につけているが、諸君のなかで、勇気と精神的強さが諸君より勝っている母を、姉を、娘を、友を知らない者はいるだろうか?

だから、女性に喩えられることを侮辱と考えるのはもうやめようではないか」

とても静かになった――ズディの壁の上でも下でも――戦闘凧の巻き揚げ機がきしむ音だけが聞こえた。

マタはクニの演説に完全には同意していなかった――女の勇気は男のそれと比べものにはならない!――だが、眼下のナメンの部下たちですらおとなしくなったように見えた。ひょっとすると、彼らは遠いザナにいる自分たちの母親や姉妹や娘のことを考え、自分たちはここでなにをしているのだろうと疑問に思っているのかもしれなかった。(もしこれがナメンの兵士たちの士気を下げようとするクニの計画の一部だとすれ

ば、なんと狡猾なことか）

「だが、ナメンがひどく怯えているのは、驚くようなことではないと、あえて言おう」耳慣れた馬鹿にした口調や生意気そうな態度がクニの声に戻った。「ほら、ときどきナメンとエリシの見分けがつかなくなる――ふたりとも寝るまえのお話が必要なところがな！」

笑い声とともにクニはズディの壁の最上部から下り、クニとマタの部下たちがこの新しいお題に沿って、創造性と活力を発揮して引き継いだ。

十体の手脚を切り取られた死体が空から墜落したことは、帝国軍の希望をさらに失わせ、まだナ＝アロウエンナとゴウレマウを振り回しているマタに向かって空に上っていこうという志願兵はいなくなった。士官たちはナメンに近づかないようにして、老将軍の悲嘆し、怒りに燃えた視線を避けていた。

茶碗に淹れたお茶が冷めるくらいの時間を待ち、クニは鼓笛隊に合図して、勝利の歌を演奏させた。ナメンの野営陣は押し黙ったまま、その主張を認めた。

ズディの操作員たちが徐々にマタの凧を巻き戻し、市内に軟着陸させると、いたるところで叫び声があがった。「コウクル元帥、万歳！」

そのときまさに、南の方角に、大きな砂塵雲が現れ、ズディに通じる道路を見えなくさせた。砂塵の向こうに、霧を通すかのように、疾駆する馬の姿と、コウクル元帥、フィン・ジンドゥの血のように赤い軍旗がかろうじて見えた。

「騎兵隊が来たぞ」クニはマタに叫んだ。後者は凧から身をほどいた。「あんたの叔父さんが、ズディを包囲攻撃から解放するため、さらなる兵士を率いてやってきたんだ。おれたちはついにやった！」

マタはクニを両腕でつかみ、激しく抱擁した。一瞬、自分の感情の奥底にあるものに不意をつかれ、なんと言ったらいいのかわからなくなった。「兄弟よ」ようやくマタは言った。「われらは共に踏ん張り、帝国の波を押しとどめたのだ」

「兄弟よ」クニの目に涙がこみあげてきた。「あんたの隣で戦うのは光栄だ」

「門をあけよ」マタは怒鳴った。「元帥とともに戦うのだ。ナメンをパンに追い払うのだ！」

まさしく壊滅的な大敗だった。帝国軍はふたつの狼の群れに挟まれた羊の群れのように崩壊した。兵士たちはあらゆるものを捨てた——武器や黄金、鎧、予備の長靴——そして馬にもっと速く走るよう鞭を当てた。北に向かって、安全なところに急げ、と。

積荷過剰でリル川を横断しようとして、何百人もの兵士が溺れた。ズディをコウゴ・イェルに任せ、クニとマタは、部下に追走の許可を与えた。リル川の南岸沿いの諸都市は、ふたたび叛乱軍の軍旗を掲げることになった。

第二十三章　ディムの陥落

ディム
義力四年七の月

コウクル軍は、リル川南岸にある帝国側最後の拠点、ディムに包囲攻撃をかけていた。

フノウ王の破壊的な占拠の記憶がまだ住民の心に新しいため、市の長老たちは、帝国に自分たちの運を任せる決断を下し、市民たちは壁を守る帝国軍に自ら進んで協力した。

マタ・ジンドゥは、ディムが抵抗をつづける一日ごとに、市が陥落したおりには一日余分に部隊の略奪を認め、百名の有力市民を追加で処刑すると宣言した。

あいにく、その宣言は、ディムにおけるナメンへの積極的な支持を減らす影響を意図したほど与えなかった。それどころか、叛乱軍に抵抗する市民の有志たちの意気を増しすらしたようだ。

　マラナ元帥が大艦隊を率いてアム海峡に向かっているという知らせも入っていた。もし防衛側が長く持ちこたえれば、ディムは包囲攻撃から解放されるだろう。

「あの脅しは、賢明じゃなかったな」クニは言った。

「クリマにひどい目に遭わされたあとでディムの住人が叛乱軍に加わるのを用心しているのは、もっともなことだ」

「兄弟よ」マタは言った。「ディムは元々、コウクルの市だった。あの連中がわれらに、彼らの母国からの解放者に背を向け、帝国側に付こうとしているのは、彼らが占領によって腐敗してきたことを示している。裏切り者は、みずからの血で粛清されねばならん」

　クニはため息をついた。抽象的な言葉をちりばめた綺麗事の演説をはじめる気分になっているときにマタと議論するのは難しかった。マタは意地っ張りで、憎しみのあまり寛容の心を失うことがあった。ときおり、マタは世界を身の毛もよだつ、血まみれの明解さで見ていた。

　陸地を行軍してディムにたどり着いた以上、クニとマタは、海戦の用意をしておらず、軍艦もなかった。リル川河口と沿岸の支配権は帝国海軍に譲るよりほかに選択肢はなかった。ナメンは市の埠頭に補給物資と糧食を運ばせつづけ、ひっきりなしにリル川を哨戒している帝国の船が、岸辺にいる叛乱軍兵士たちを挑発した。

「おれに五万人の兵がいれば」マタはつぶやいた。「各員に砂袋を持たせ、上流に運ばせてやる。午後半日あれば、リル川を堰き止められるだろう。そうすれば、打ち上げられて跳びはねる魚のように乾いた川底で座礁した船に、歩いてたどり着き、あの船員たちに多少の行儀を教えてやるんだが」

「もし五万人の兵がいれば」クニが言った。「肩車を縦につなぐだけでディムの壁を乗り越えさせることができるだろう。わざわざそんな大がかりな計画は必要ないだろうな」クニはマタににやっと笑った。

マタは笑い声をあげた。「そのとおりだ。単純を旨とし、直接が最善手だ」

それで、毎日毎日、マタは部下に命じて、ディムを次々と襲わせ、防衛側に休む機会を与えなかった。また、周囲数里から農民を徴発し、ディムの壁の下に穴を掘る工兵に参加させた。

「双子女神にかけて、背中が悲鳴をあげている」ダフィロウは立ち上がって、伸びをした。「この穴掘り作業から休まないと。ラット、ちょっと手を止めて、いっしょに座って休憩しよう」ダフィロウは入り口近くにある、掘り出した土の山に、坑道から運んできた土の入った籠の中身を捨て、腰を下ろした。

ラソウは自分の分の土を捨て、兄を見て、なにも言わず、まっすぐ坑道に向かった。

「どうしたんだ?」ダフィロウは次に弟が土を満載して戻ってきたときに訊ねた。「働きすぎて過労死してしまうぞ。いいか、弟よ、クリマはもうおれたちの上役じゃないんだ。ガル公は、小休止したって鞭で打ったりしない」

「ジンドゥ将軍が休まないかぎり休む気はない」

ダフィロウは手をかざして、ディムの壁をじっと見た。壁に押し寄せているはしご組の先頭にマタ・ジンドゥの背の高い姿があって、巨大な盾を抱え、塁壁から降り注ぐ矢を背後の部下たちに当てないよう防いでいた。ジンドゥは午前の攻撃時も午後の攻撃時もずっとそこにいて、兵士は二交替制なのに一度も休んでいなかった。

「あの男は疲れることを知らないのか？」ダフィロウは声に出して呆れた。

「ジンドゥ将軍は、昔話の英雄が蘇ったようだ」

「ここんところ、おまえといっしょにいると、ジンドゥ将軍がどうしたこうしたという話ばかりだな。ひょっとしたら、おまえはあの男を自分の兄にすべきかもしれない」

ラソウは笑い声をあげた。「おいおい、ダフ、馬鹿なことを言うなよ」

「あいつはほかの連中とおなじ貴族だ」ダフは言った。

「クリマが王になったときどうなったか忘れたのか？」

「ジンドゥ将軍はフノウ・クリマなんかと似ていない」ラソウの声が険しくなり、ダフィロウはそれ以上議論しないほうがよさそうだとわかった。「あの人は自ら手本になっている。おれはあの人を失望させるくらいなら死んだほうがましだ。壁が崩れるか、あの人が止めろと言うまで、おれは穴を掘りつづける。艦隊が到着するまえにディムをこっちのものにしなければならない」

ダフィロウはため息をつき、しぶしぶ穴掘り作業に戻った。

十日目、工兵たちはディムの街壁を崩壊させるのに成功した。

市内に洪水のようになだれこみ、帝国軍の残党を圧倒した叛乱軍はいっさいの慈悲を示さなかった。ナメンと数百名のもっとも忠誠を誓っている兵士たちは、一晩じゅう、罠にかかった狼のように戦い、道を切り開いて船着き場までたどり着き、そこで帝国の輸送船に収容され、無事ディムシへ運ばれた。

ナメンがリル川を渡って連れてきた一万名の帝国兵士のうち、わずかに三百名がナメンとともに川をふたたび渡って戻ることができた。

クニの懸命な反対を退けて、マタは自分の脅しを実行した。

「脅しは約束のようなものだ。最後までやり通さないかぎり、部下の尊敬を失うだろう」マタは言った。

「慈悲深く対処すれば、さらに多くの人心を摑むことができるはずだ」

「自分の敵に哀れみを示すのは、自分の兵士に冷酷であることを意味している」

クニはそれに対して返事をしなかった。コウクルの兵士たちが、ディムの一千人の有力市民たちを集め、貴様らは帝国の共鳴者だと糾弾し、自分たちの墓を掘らせるのを、クニは立ったままどうすることもできずに見つめていた。

「兄弟よ、これは間違いだ」

だが、マタは命令を下し、コウクル兵たちは泣き叫ぶ男や女を巨大な墓に突き落とし、生き埋めにかかった。

「けっしてジンドゥ将軍の敵にはまわりたくないだろ」ラソウが言った。彼とダフィロウは、耳栓をしていたが、死にかけている男や女たちの悲鳴は、とうてい防げなかった。

愛しの旦那さま、
短い手紙でごめんなさい。まだとても疲れていて、幼い息子に時間を全部取られているの。

さて、それが大きな報せです。あなたはついに父親になったんですよ！

この子が生まれてから百日経ちました。とても健康です。いまは、この子をトウト《テイカ》ちゃんと読んでいます。物心がついたら、正式の名前を決めましょう。

この子はまるであなたを小さくしたみたい。それが思いがけず、いっそう可愛く見せています——

――あなたみたいなお腹にすぐにならないことを願っていますけど。スフィ王宮のご婦人方は、みなこの子の世話をせずにはおれないご様子です。ですが、わたしが抱いていないと、すぐに泣き出してしまうんですよ。良い夢を見るための薬草を飲んでおり、赤ちゃんが母乳を通してそれを少し摂取できるようにしています。うまく効いている気がします。寝ているときに赤ちゃんは笑っているんですよ！

カナ神とラパ神のご加護を祈っています。あなたとマタが息災でありますように。無用な危険は冒さないと約束して下さい。無事わたしと、わたしたちのトウトちゃんのところに戻ってきてね。

あなたの愛する妻
ジア

「おめでとう、兄弟！　息子とはすばらしい奇跡だ。だれが次のズディ公になるかわかったじゃないか。はやく会いたいぞ」

「菊の年に生まれたから、おじとして見守ってくれよ！」

マタとクニは檬果酒の入った酒杯を飲み干した。ジアの幸せな知らせは、死と虐殺のなかにあって、まさに歓迎すべきものだった。

ふたりの男はディムの船着き場に立ち、帝国船が、ディム側からの弓と弩の射程距離を外れたところで、リル川をのぼりくだりするのを眺めていた。マタの怒りが収まったところで、クニはすばやくディムの秩序を再度確立し、兵士たちに略奪行為を止めるよう命じた。この街が復興するまでしばらくかかるだろうが、少なくとも市民たちはもはや〝解放〟軍を心底怖れる必要はなくなった。

リル川の河口をはさんで、船の向こうに、ディムシの明るい色をした建物が見えた。ふたりはまだ先へ進むところを想像した。ディムシを越え、カロウ半島の豊かな農地を越え、アム海峡のうねる大波にたどり着くまでを。海峡の向こうには、アルルギ島が横たわっている。一万の詩と十万の絵画で不朽の名声を与えられた水に浮かぶ都市群や、宙に吊された宮殿、印象的な船着き場と優雅な船舶、洗練された習慣や高慢な態度が備わった島。

「アムには優れた海軍がある」マタが言った。「マラナの艦隊を止め、われわれにリル川を渡る手助けをし、この戦争を皇帝の家のまえまで連れていくのは、彼ら次第だ」

「彼らの成功を祈ろう」クニは言った。

第二十四章　アルルギの戦い

アルルギ

義力四年七の月

アルルギ——古アノウ語で〝美しい〟という意味だ——島は、その名に恥じない島である。広くて白い浜辺、海浜葦の茂みに覆われた穏やかで勾配のゆるやかな砂丘、ピリー草が繁茂する青々とした丘陵、榕樹《ガジュマル》と先島蘇芳木《サキシマスオウノキ》が密生する深い谷——前者の気根が枝から、女性がとかしている髪の毛のように垂れ下がり、後者の板状の根が洗練されたガンから輸入した漆塗りの衝立のように佇立《ちょりつ》していた。

いたるところで、あらゆる形状と大きさの蘭の花が咲いていた――海の貝殻より白い白蘭や、珊瑚より赤い赤蘭。金色の蜂鳥が日中は蘭から蘭に飛び移り、夜になると月明かりに翅《はね》を銀色に輝かせる、この世のものとは思えないほど可憐な蛾に場所を譲る。

そしてアルルギの美の極致は、湖のなかの街、ミュニングだった。水深の浅いトウイェモティカ湖に浮かぶ小さな島をいくつも繋いだ上に築かれた街――この都市は水に浮かべた王冠に似ていた――寺院の繊細な尖塔や、王宮の優雅でほっそりした塔が、無数の細幅の半円形の橋で繋がれ、重力をものともしていなかった。

ミュニングの家や塔は、島の限られた空間を最大限に活用するよう建てられていた。細長く、背が高く、しなる壁で建てられており、竹林の竹のように風が吹くと揺れ、撓《たわ》んだ。陸地に空間がなくなったため、湖の底に沈められた長い杭に支えられ、水馬《アメンボ》のように湖の上に浮かべて建てねばならない家もあった。

ミュニングの島々のまわりを漂っている浮き庭が、新鮮な果実と野菜を住人に供給していた。綱と甘い香りのする白檀の板でこしらえられた踊り場が建物のあいだに張り巡らされていた。夜ごと、アルルギの貴族や貴婦人は、海と、湖の東にほんの数里離れた海岸にあるミュニングトウズ港からゆっくりのぼる月を愛でつつ、踊り場の上で銀の上靴を履いて踊り、お茶を口に含んでいた。

だが、ミュニングの宝石は、なんと言っても、キコウミ王女だった。

ことし十七歳、オリーブ色の肌、巻き毛となって流れ落ちる明るい茶色の豊かな髪、二個の深く静かな井戸のように輝く明るい青い瞳は、物語や吟遊詩人の歌の格好の材料だった。キコウミ王女は征服以前の最後のアム王、ポウナフ王の孫であり、唯一生存している直系子孫でもあった。だが、アムの王位継承法では、女性の戴冠を認めていないため、復活したアム国は、ポウナフの腹違いの兄弟であり、キコウミの大おじにあたるポウナドム王に率いられていた。

ときおり、宙に浮かぶアルルギの茶房で、ポウナドム王の兵や間諜の耳が届かなければ、キコウミ王女が男に生まれなかったのは残念だと人々がたがいに囁き合っているのを耳にできた。

自室でひとり、キコウミは鏡に映る自分を見ながら、化粧の最後の仕上げをした。明るい茶色の髪に金髪の装いを添えるため、金粉を振りかけ、青い瞳を強調するため、瞼に青い粉を刷毛で塗った。目標は、アムの女神、チュチュティカに似た外見にすることだった。

キコウミはため息をつかなかった。今宵、わたしは象徴になる。象徴がなんであるにせよ、ため息はつかないし、自分の運命に文句は言わない、とキコウミは理解していた。大おじの傍らに黙って立ち、王が兵士を集めようとして退屈な演説をつかえつかえぶつあいだ、ほほ笑み、手を振りつづけるつもりだった。船乗りと水兵たちに戦う理由を、アムの女性の理想像を、チュチュティカ神のお気に入りを、後進的なザナの残忍さよりはるかに優れているアムの優雅さと美しさと味覚と文化そのものである誇りを、キコウミは思い出させるつもりだった。

だが、キコウミは自分が不幸せであることを否定できなかった。

物心がついてから、美しいと絶えず言われてきた。養父母――処刑された哀れな祖父に忠誠を誓っていた夫婦で、実の子どものようにキコウミを育て上げた――は、キコウミがほかのどの子どもたちよりも早く読み書きできるようになったときでも、その聡明さを褒めなかったとか、養父母の実子である兄弟姉妹より高く飛び、速く走り、重たいものを持ち上げられたのを注目に値すべきだと考えなかったというわけじゃなかった。むしろ、そうしたほかの成果を、だれもが外見の美しさという王冠の単なる装飾品として扱っている気がしたせいで、幸せには思えなかった。

　そして成長するにつれ、王冠はますます重たくなっていった。夏にトゥイェモティカ湖の岸辺のそばで、気の合った友だちといっしょに心臓がバクバクいって、喉がヒリヒリ渇き、肌が汗で輝くくらい走り回り、服を脱ぎ捨て、涼しくて生き返った気持ちにしてくれる湖に飛びこんで泳ぐのはもはや許されなかった。その代わり、太陽は傷ひとつない肌を痛め、裸足で走れば足の裏に見苦しい胼胝ができるかもしれず、無鉄砲に湖に飛びこめば、水面下に隠れているぎざぎざの岩で一生残る怪我をする危険があるでしょう、と告げられた。夏の活動で唯一認められたのは、舞踏だった――絹幕越しに日差しが入ってくる、床には藺草《いぐさ》を編んだ柔らかな敷物が並べられた静かで落ち着いた練習場で。

　子どものころから温めてきた、数学と修辞学と作曲の碩学《せきがく》に学ぶためハアンへいき、そのあとで遙かかなたのガンにあるトゥアザにいって、自分で商社を設立するという計画は、お蔵入りになった。その代わり、ミュニングの高級服仕立て店から高額で雇われた家庭教師に、様々な機会にふさわしい、自分の体の様々な面を強調する、様々な衣服の色、裁断の形、生地について教わった。キコウミの体は、何度も何度も美しいと評された。家庭教師たちは、歩き方、話し方、優雅に自分の気分を示すための箸の持ち方、それぞれが絵画のように入念な千もの表情を演出するための化粧法も、キコウミに教えた。

「こんなことしてなんの役に立つの？」キコウミは養父母に訊ねた。

「あなたは不細工な女の子じゃありません」母親は答えた。「でも、美しさというものは、潜在能力を最大限に発揮するところまで強化しないとだめなものです」

　そして、修辞学の代わりに、キコウミは、話し方を学んだ。作曲の代わりに、顔の作り方を学んだ——白粉《おしろい》や紅や宝石や毛染めや、しかめ面をしたり、ほほ笑んだり、ふくれっ面をすることで——より美しく見せるために。

美人は美しさで苦しめられることに不平を言うというのは陳腐な決まり文句だったが、だからといって、それが自分にあてはまらないとは限らない、とキコウミは知っていた。

叛乱が起こり、アム王室が復活したとき、自分はついに執行猶予を手に入れられるだろうとキコウミは思った。革命と戦争の時代には、陸海軍の召集がかかり、新政策の公布がおこなわれるだろうから、美しさなどなんの役に立つだろう？　アムを支配する王家の一員として、王である大おじの傍らで働き、ひょっとしたら顧問のひとりになるかもしれなかった。キコウミは聡明であり、甘やかされて育ってはいなかった——勤勉の価値を知っていた。王と大臣たちはそれをほんとうにわかってくれているだろうか？

だが、そうはならず、キコウミは美しい服をまとい、自分の皮膚の動きが感じられないくらい顔に化粧を塗りたくった——そこに立つようにとか、あっちに動くように——優雅に、いいですか、舞うように、浮かんでいるかのように——とか、言われた。つねに目立つように、だけどつねになにも言わず、物静かで慎み深く見え、なおかつ人を昂奮させるように、と。

「そなたはアム復活の象徴なのだ」大おじのポウナドム王は言った。「すべてのティロウ国家のなかで、われらはつねに文明の本質に、優雅さと洗練に、身を捧げてきたと知られている。美しくいるのが、国家にとってそなたができるもっとも重要なことなのだ、キコウミ。われらが理想を、われらが自己像を、そしてそなたに似たわれらが女神を人民に思い出させることができるのは、そなたをおいてほかにいない」

キコウミは窓際の衣装掛けにかかっている服をちら

っと見た。古典的な様式で裁断された青い絹の服は、チュチュティカ神をいっそう想起させるためだった。綺麗な服をまとい、綺麗な化粧をほどこされた像の役をもう一晩演じる覚悟をした。

「あなたはチュチュティカ湖のようですね」声がした。キコウミはすばやく首を振り向かせた。

「水面は穏やか、だけど、水中では、激しい水の流れがあり、暗い洞穴があいている」話し手は寝室の戸口脇の陰に立っていた。キコウミは相手の女を知らなかったが、王宮の女官が全員着ている現代的な様式に裁断された緑黄色の絹の服をまとっていた。ひょっとしたら、王の顧問のだれかの妻か娘かもしれない。

「おまえはだれ？」

女が一歩まえに進み出ると、沈みゆく陽の光が女の顔を照らした。キコウミは相手の顔に驚いた——黄金の髪、空色の瞳、肌は磨き立てられた琥珀のように傷ひとつなかった。王女がこれまで目にしたなかでもっとも美しい女性だったが、同時に乙女であり、母親であり、老女であるように見えた——年齢不詳だった。

女はキコウミの質問に答えず、その代わりに言った。

「あなたは自分の発言と考えと行動で評価されたがっている。そして、自分が不器量だったら、そのように評価されるのはもっと簡単なことだったはずだと考えている」

キコウミはその差し出がましい物言いに顔を赤らめたが、女の青い瞳のなかの、堂々として、優しそうで、落ち着いたなにかが、悪気があってそんなことを言っているのではない、と判断させた。

「わたしがいまより若かったとき」キコウミは言った。「兄弟たちや彼らの友人たちと議論をすることがよくありました。彼らはめったに勝てなかった。というのも、あの人たちは頭が鈍かったからです。彼らは勉強に没頭していなかった。だけど、わたしが彼らより優れた主張をしているのが明らかになると、彼らは笑いだし、『こんな可愛い子と言い争うのは無理だ』と言って、わたしの勝利を否定するのです。それ以来、人生はあまり変わってこなかった」

「神々はわれわれに様々な才能や様々な資質をお与えになっているのです」女は言った。「美しい羽のせいで狩られているのだと文句を言うことが孔雀の役に立つと思いますか？　あるいは、毒があるから価値を認められているだけだと文句を言うことが角蜥蜴《ツノトカゲ》の役に立つと思いますか？」

「どういう意味？」

「神々は人を不器量に、あるいは美しくするかもしれません。太っているか、痩せているか。頭が悪いか、聡明か。ですが、生まれ持った贈り物で自分の道を切り拓くのは、わたしたちそれぞれにかかっています。角蜥蜴の毒は暴君の命を奪い、国を救うかもしれませんし、あるいは街のごろつきの人殺しの道具になるかもしれない。孔雀の羽は、何千人もの兵士の心をかきたてる将軍の甲を飾るかもしれないし、富を受け継いだだけの愚かな男を仰ぐ団扇《うちわ》として召使いの手に委ねられるかもしれない」

「ただの詭弁だわ。孔雀は自分の羽がどこにいくか選べないし、角蜥蜴も自分の毒がどこにいくか選べない。わたしは、王と大臣たちが飾りたて、展示するための人形にすぎない。チュチュティカの女神像を使ったほうがまし」

「あなたは自分の美しさが自分を罠にかけていると考えて、悲憤慷慨《ひふんこうがい》しているけれど、もし自分で思っているようにほんとうにたくましく、勇敢で、頭がいいなら、正しく使えば自分の美しさがどれほど危険で強力なのかわかるはず」

キコウミは途方に暮れ、相手を見つめた。

女はつづけた。「神々のなかでいちばん若いチュチュティカもまた、いちばん弱いと考えられていました。だけど、四散戦争のおり、彼女はたったひとりで英雄イルサンに立ち向かったのです。チュチュティカの美しさに目がくらんで、イルサンは守りを疎《おろそ》かにし、その結果、チュチュティカは毒を塗った髪留めでイルサンを斃せた。その行為によって、アムがイルサンの軍に占領されずにすみ、アムの人々は何世代もその工夫を凝らしたチュチュティカを称えているのです」

「美しい女は、誘惑者やふしだらな女、注意を逸らすもの、として これみよがしに置いておくただの安ピカの飾りにならないといけないの？　それしかわたしのまえにひらけている道はないのかしら？」

「そういうのは男たちが女たちに下した一方的な評価です」女は言った。声に険が表れていた。「そういう女を軽蔑しているかのような口ぶりだけど、あなたはただ歴史家の言葉や判断を鸚鵡《おうむ》返しにしているだけ。けっして信用してはならない歴史家のね。英雄イルサンを考えてみて。エコウフィの女王の寝所に忍びこみ、ラパとカナの心を弄《もてあそ》び、三日月島に集められた王子と王女たちに自分の裸の体を見せて、自分は男とするのも女とするのも好きだと嘯《うそぶ》いた英雄のことを。歴史家たちはイルサンを誘惑者、ふしだらな男、〝安ピカの飾り〟と呼ぶと思う？」

キコウミはその意見を考えながら、下唇を噛みしめた。

女はつづけた。「誘惑者は力よりも手管で勝利を勝ち取る者、みだらな女は魔法使いが杖を使うように性を使う者、そして〝ただの安ピカの飾り〟は、数千の心や魂を導いて止められない力にするため、自ら飾り物になることを決断するのかもしれない。

アムは危機に瀕しています、キコウミ。この美しい島を瓦礫にしてしまいかねない危機です。もしあなたの頭脳が明晰で、あなたの心が強いなら、自分のまえにある道がどれほど困難なものであるか、自分の美しさを使って自分とあなたの民の役に立つにはどうしなければいけないのかわかるかもしれません。美しさを呪うのではなくて」

キコウミはミュニングトウズの埠頭に立ち、船隊が出港するのを見つめていた。頭の天辺《てっぺん》から足の爪先まで、アムの国の色である青をまとっており、離れたところからだと、チュチュティカ女神が降臨したかのように見えた。

キコウミは船員たちに手を振った。甲板に沿ってきちんと整列し、気をつけの姿勢をしている彼らの顔には、まだ少年の純真さと驚きの表情がうかがえた。なかにはキコウミにほほ笑みかけ、手を振り返した者もいた。前甲板に立っている士官たちは、王と岸辺に集まっている大臣たちに敬礼した。彼らの下で、巨大な櫂が一斉に水に浸けられ、船を推進させた。優雅な水馬のように。

十機の光を放つ卵形の帝国飛行船が、遠く水平線上に浮かんでいた。その小さな橙色の小球は、軽い羽のような翼を持っているようだった。そこかしこで蘭が咲いているアルルギの森を生息地にしている雑種の蛾に似ていた。

(あんなに美しいものがこんなに恐ろしいのはどうしてだろう?)キコウミは思った。

帝国艦隊の旗艦飛行船〈キジの魂〉号の操縦室で、キンドゥ・マラナ元帥は、水平線上に浮かぶミュニングの光り輝く明かりを凝視した。そこよりも近く、暗い海の上でちらちら光っているのが、こちらに相まみえようと、櫂を漕いで近づいてくるアム船隊の甲板で灯された篝火のかすかな光であるのが見分けられた。

マラナは、過去に休日を過ごしにミュニングに来たことがあり、美しい古典的な建築物やアムの人々の歓待を満喫したものだった。全ダラ諸島のほかのどこにも、ミュニングほど蘭と筍のお茶を芳《かぐわ》しく淹れられるところはなかった。蘭の百の変種が一万の組み合わせを生み、ひとりの人間が全人生を費やして、ミュニングの宙づり茶房のお茶を飲みたおしても、ミュニングが提供するすべての風味を味わうことはけっしてできないだろう。

こんなにも美しいものを破壊しなければならないとしたら、悲劇だ。

眼下で、隊列を組んで進んでいるのは、帝国海軍の八十隻の船だった。マラナの周囲の空中には、帝国空軍のほかの九隻の飛行船が浮かんでいた。飛行船は巨大な戦闘凧に引っ張られており、海軍の船は、漕ぎ手の腕力を温存するため、総帆を張っていた。戦闘中は、筋肉だけが提供できる敏捷性《びんしょうせい》と速度が必要になるだろう。

戦艦の背後、暗い海の奥には、船足が遅くて巨大な輸送船が波を搔き分けて進んでいた。ルイとダスから来た一万人の新米兵士たちを運んでいた。帝国陸軍の最新の新兵だった。

マラナはアム船隊が帝国艦隊に近づくのを見つめつづけた。ナメンがコウクルで壊滅的な敗北を被ったという知らせは、ハアンやリマや、ほかのダラ諸島で高まっている叛乱の気運をくじくために、ここで早々に勝利を収めねばならないことを意味していた。

帝国艦隊が射程に入ると、アム船隊のカティロウ提督は、二個の橙色の提灯を放って、戦闘隊形を取る命令を下した。草を編んだ骨組みに紙を張ってこしらえた小さな提灯は、吊り下げた蠟燭の力で空に浮かんだ。

船隊はすべての篝火を消し、縮帆し、櫂口をひらき、長い櫂を水に浸した。

カティロウ提督は、自分の運のよさにこっそりほくそ笑んだ。元帥の鎧をまとっている、帝国の徴税吏は、海軍の戦術をなにも知らないようだ。あんな密集した隊列を自分の艦隊に組ませ、危険の高い夜襲をアルルギにかけようとするとは、愚か者だ。

視界が悪いせいで、比較的重たい帝国の船は、たがいにぶつからないよう、かなりゆっくりと移動しなければならない。比較的軽くて速いアムの船は、艦隊のぎっしり混み合った船のあいだをすばやく動きまわって敵の櫂を折り、火をつけた乾留液《タール》爆弾を甲板に放り投げて、帝国の数の有利を無効にできる。

帝国軍の船長たちは、窮屈な隊列の愚行を感じ取ったようだった。船が速度を落としたかと見えると、櫂を反転させ、近づいてくるアム船隊から後退しようとした。

「どこにも逃げ場はない、マラナ」カティロウ提督は、明るい赤色の提灯四個を放った。総攻撃の合図だ。アムの全四十隻の船が激しく櫂を漕ぎ、後退する帝国の船を追いかけはじめた。

だが、十機の大飛行船は前進をつづけ、すぐにアム船隊の真上に来た。アムの船の上で停止し、燃える爆弾を投下しはじめた。

カティロウは、このための用意をしていた。可燃性の帆はすべてとっくに片づけており、船員たちはあらゆる障害物を甲板から一掃し、濡れた砂ですべてを覆ってから、船内に身を隠していた。これはザナの征服戦争がおこなわれているあいだに開発された古い戦術だった。砂が敷き詰められているので、燃えている乾留液爆弾は、着弾して乾留液を撥ね飛ばすが、火はあまり燃え広がらなかった。しばらくすると、飛行船は爆弾の在庫を使い尽くしたようで、おなじように櫂で後退をはじめ、退却する艦隊のあとを追った。

帝国の船は、予想通り、性急な退却で、困った立場に陥っていた。方向転換する時間がなかったことから、船は効率的に操縦できなくなっていた。後退しながら、たがいにぶつかって、速度を落とした。帝国の船はアム船隊の船首槌や弩の無防備な標的になろうとしていた。アムの船がどんどん近づいていくにつれ、せっかちな船長が帝国の船に向かって乾留液爆弾や石を発射しはじめたが、発射体の大半は、被害をもたらすことなく海に落ちた。

「落ち着け」カティロウは、低い声で囁いた。だが、問題なかった。アムの船はとても速く進んでおり、まもなく帝国艦隊に激突するだろう。すぐに折れた櫂やザナの船員や水兵の死体が海に投げ出されるだろう。

　カティロウの旗艦の隣を進んでいた船が突然、右に傾いだ。櫂がぎくしゃくした動きになった。なにかが櫂にからまり、船を半分の脚がもはや言うことを聞かなくなった百足《ムカデ》にした。船は海上の一地点でぐるぐるまわり、カティロウに向かって片舷に傾きはじめた。

「避けろ！」カティロウは叫んだ。だが、旗艦の左側にいた漕ぎ手は驚きの悲鳴をあげた。彼らの櫂も謎めいたことに制御不能に陥っていた。なにか分厚くて重たいものが櫂にくっついたようで、漕ぎ手が引っ張れば引っ張るほど、ますます言うことを聞かなくなった。二隻の船は凄まじい音と共に衝突した。その混乱のなか折れた櫂もあれば、漕ぎ手の手から勢いよくはじき飛ばされた櫂もあった。

　恐慌に陥ったアムの水兵が松明を灯して損傷を調べようとしているその明かりで、カティロウは船の舷側から見下ろし、自分の船の櫂を斬りつけている兵士で満載された小型舟の一団を目にした。

　そのときになってはじめてカティロウは、マラナがなにを狙っていたのか理解した。

　帝国艦隊は退却しながら、黒い服をまとい、かぎつきの網を手にした男たちを乗せた小型舟をあとに残していったのだ。彼らの存在にまったく気づかずにアム船隊が通り過ぎると、秘密の小型舟にいた乗組員がアム船の側面に並んだ櫂に網を投げつけ、大混乱に陥れた。アム船は制御を失って回転し、たがいにぶつかった。

　飛行船がふたたび頭上に接近し、致命的な乾留液爆弾の新たな一斉投下をおこない、甲板にいた水兵たちは、身を躱《かわ》そうとするか、あるいは悲鳴をあげて海に飛びこんだ。帝国艦隊の大戦艦が、航行能力を失ったアム船隊に今度は前進してきた。殺戮がはじまろうとしていた。

キコウミは目をつむった。いまや遠くで海の上を漂流している燃える方舟《はこぶね》と化したアムの船を見たくなかった。あるいは、溺れかけた男たちの絶望的な悲鳴を想像したくなかった。

大おじのポウナドム王はなにも言わず、ミュニングに歩いて戻りはじめた。降伏の準備をする頃合いだった。

ポウナドム王は裸に剝かれて、檻に入れられた。完全無欠の都市に飛行船で運ばれ、そこで熱狂する首都の群衆に晒されて、通りを連れ回されるだろう。だが、マラナは、そんなことよりもキコウミに興味を覚えた。

アムの宝石に。

「妃殿下、こんな形でお会いしなければならないのが残念です」

キコウミはこの痩せた男とそのおもしろくもなんともない顔をじっと見た。役人のようだった。生涯を通じて何百人と知っている役人とおなじたぐいだった。それなのにこの男は何千人もの死をもたらした張本人だった。

この男が帝国の殺人装置の手綱を握っている一方、キコウミには自分の身以外のなにもなかった。だが、キコウミは自分が男たちに与える効果を心得ていた。

「わたしはあなたの捕虜です、マラナ元帥。あなたのお好きなようにすればいい」

マラナは息を呑んだ。彼女の声はそれ自体が指を持っているかのようだった。その指がマラナの顔を撫で、軽く心臓をさすった。彼女の大胆な口調は、その発言の意味するところを明白にしていた。

「あなたはとても大きな権勢の持ち主です、元帥。ダラ全土を探してもあなたのような人はおられないと信じています」

マラナは目をつむり、彼女の声をむさぼった。その声を聞いて眠り、美しい夢を見ることができるだろう。アムの蘭の風味を加えたお茶のようだった――甘く、いつまでも残り、ずっと気分をさわやかにしてくれる。彼女の声を永遠に聴いていたかった。

キコウミはマラナのそばに来て、両腕を相手の首にまわした。マラナは逆らわなかった。

「次はどうするの？」キコウミは鏡のまえで髪を梳《くしけず》っていた。布越しに射しこんでくる朝の光が、彼女の髪を輝く黄金の後光のように見せている、とマラナには思えた。

「捕虜をパンに連れ戻さねばならない」マラナは寝台から言った。

「こんなに早く？」

マラナは喉を鳴らして笑った。「留まるのは無理だ。ほかの国はまだ叛乱中だ」じっと考えこむ。「だが、民衆が信頼しているだれかをここに残していくのは、道理にかなうかもしれない。ずいぶん分別があり、皇帝に進んで協力しようと思っているだれかを」

王女の手の動きが一瞬遅くなったが、彼女は髪を梳りつづけた。

「アムの女公爵になるというのはどうだね？」マラナは訊いた。「きみは、きみの大おじよりもこの玉座にはるかにふさわしいと言われている」

王女は髪を梳りつづけ、返事をしなかった。

マラナは驚いた。自分はいま、この娘に、自分の家族や部下たちにも示したことのない敬意を見せてしまった。期待をした……なんらかの感謝が返ってくるのを。

「なにを考えているのかね？」

キコウミは櫛を動かすのをやめた。「あなたのことよ」

「わたしのなにを？」

「あなたがパンに戻ったときのことを心に思い描いているの。あなたがザナの栄光のため果たしたことの百分の一もなしえていない連中にぺこぺこしなければならない場所に戻ったときのことを。全部あなたのおかげである少年があなたの頭を軽く叩き、これから自分の勝利を祝うので立ち去れ、とあなたに言うところを」

「言葉にはもっと気をつけるんだな」マラナは、あたりを見まわして、盗み聴きをしている召使いがいないことを確認した。

「あなたは大おじよりもわたしが玉座にふさわしいと言ったわ。ひょっとしたらそうかもしれない。この世界は必ずしも公正であったり、公平であったりするとはかぎらない。名誉は必ずしもそれに値する者のもとに訪れるとはかぎらない。残念ね」

彼女の大胆な言葉がマラナのなかのなにかを目覚めさせた。マラナは自分が〈キジの魂〉号の操縦席に乗ってパンに戻るところを想像した。自分の兵士たちが首都に凱旋するところを想像した。宮殿に近づいていく自分を想像する。故郷に。隣には連れ合いがいる。美しいキコウミ王女が。

マラナは鏡とそこに映っているキコウミを見た。彼女の目はこちらを見返していた。大胆さと恭順さ、生気、野心、誘惑のはざまで平衡を保っている目。

「でも、この世をもっと公正に、もっと公平にできないかしら？」キコウミは訊ねた。またしても彼女の声がそれ自体実体を持って、マラナを包みこむ気がした。あえて踏み入れたことのない場所へと誘《いざな》おうとする。

マラナは寝台の隣にある小さな衣装台を見た。そこにはきちんと畳まれた自分の長衣があった――昨晩、せるまえに、わざわざ自分で畳んだのだ。衣装台の上には数枚の硬貨が散らばっていた。マラナは手を伸ばし、硬貨をきちんと積み重ねようとした。乱雑なのは嫌いだった。

硬貨が一枚一枚重なっていき、耳慣れた音を立てた。心の片隅で、マラナは明解な音を聴いた。綿密な計算の音。すべての記入の辻褄が合っている、きちんと仕分けられた帳簿の音。マラナは身震いした。その瞬間、キコウミのかけた呪文が解けた。

大いに不本意ながら、マラナは彼女に背を向けた。

「もう充分だ」

マラナは深く息を吸った。あやうく乗せられるところだった。

(この女はとても賢く、勇気がある。利用価値が高い)

「きみは野心があると思っていた」マラナは言った。

「だが、わたしの判断違いだ」

キコウミは振り返ってマラナを見た。自分が失敗したのを悟り、うつむいた。

「きみはたんに野心があるだけじゃない」マラナは言った。「きみはこの国と国民を愛している。彼らの承認を欲している」

「わたしはアムの娘です」

「妃殿下、ひとつの提案を差し上げよう。もしきみが同意するなら、わたしはアルルギを現状のままにしよう。ここでの暮らしは以前と変わりなくつづく。人々が皇帝に負うであろう、正当な税と、あらたな忠誠義務を課せられるのを別にして。ミュニングの茶房は甘い芳香とすてきな歌で充たされつづけるだろうし、男も女もこの繊細な島の優雅さと典雅さに驚嘆しつづけるだろう。きみはきみの国民を守った女性として、歌と物語のなかでいつまでも覚えていられるだろう」

「わたしはアムの女公爵になるんだと思ってました」

マラナは笑い声をあげた。「それはきみにアムを任せておくのがどれほど危険かわかるまえのことだ」

キコウミ王女はなにも言わなかった。ぼんやりと指で青い絹の衣装を撫で、指にはめている大きな蒼玉《サファイア》を愛でているようだった。

もう少し辛抱すればよかったのにとキコウミは悔やんでいた。もう少し見え透いていなければ。この男をエリシを裏切る道に乗せられる機会があった。パンに進軍させる機会があった。それなのに演技過剰のせいで指からすり抜けさせてしまった。

「だが、きみが拒めば、わたしはきみをパンの最下級の売春宿に連れていかせる。そこできみを銅貨一枚で売り飛ばす。きみはずっと娼婦として人々の記憶に残るだろう」

今度はキコウミ王女が笑い出す番だった。「そんなことでわたしを脅せるとお思い？　あなたはもうわたしを娼婦だと思っているでしょうに」

マラナは首を横に振った。「まだある。わたしはトウイェモティカ湖の水を抜き、ミュニングを焼き尽くすよう命ずる。畑に塩を撒き、アルルギの十人に一人を処刑させる。もうすでにたくさんの男たちを殺したのだから、それに少しぐらい加えてもなんの問題もない。だが、肝腎なのは、アルルギの運命を決めた張本人がきみであると、きみだけであると、わたしは知らしめるということだ。きみは自分の民を救う機会があったのに、否と言ったのだ、と」

キコウミ王女はマラナをじっと見つめた。この男に感じている感情を表す言葉はなかった。憎しみでは、とても足りない気がした。


軽飛行船がキコウミ王女とポウナドム王をパンに運ぶために出発した。ふたりといっしょに運ばれるのは、数名のほかのアム貴族と重要な囚人であり、そのなかには近衛隊の隊長カノウ・ソウも含まれていた。

基幹要員だけで、捕虜を運んでいた。飛行船の骨組みのなかにある吊り船部分には、短い通路に沿って、倉庫と乗組員の寝室区画として用いられている数室があった。それらの部屋のひとつにキコウミとポウナドムが裸にされて、檻に入れられていた。ほかの囚人たちは綱できつく縛られ、通路の反対側の一室に収容されていた。

いったん飛行がはじまると、カノウ・ソウは手首を縛っている綱を試した。衛兵たちは怠惰で、ろくな仕事をしておらず、綱は古くて、強度を失っていた。

カノウは衛兵たちが警戒心をゆるめたと思えるまで、数時間待った。綱に取り組み、この部屋の警護担当を割り当てられた帝国の衛兵が通りかかるたびに、作業を止めた。綱を擦り合わせ、やがて皮膚が破れ、血が滲み出た。顔をしかめながら、作業をつづけた。血が綱をすべらかにして、作業を容易にした。

ついに、両手が自由になった。

カノウはあのとき、甲板にどうすることもできず立ち尽くし、アムの男たちが燃える船からアム海峡の冷たい海水に飛びこんで暗闇のなかで死んでいくのを眺めていた。だが、いま、傲慢な帝国兵たちはあやまちを犯した。カノウは彼らに償いをさせるつもりだった。

衛兵が背中を向けたとき、カノウはすばやく足首のいましめをほどいた。

つぎに衛兵が通りかかったとき、カノウは飛びつき、押し倒した。すばやく衛兵の帯から短剣を抜き取り、男の首をかき切った。

カノウはまわりにいたほかの囚人たちを自由にした。自由になった男たちはその部屋で見つかった武器を手に取り、慎重に通路を覗きこんだ。運がよかった。通路は無人だった。ほかの衛兵たちはみな、寝床で眠っていた。

男たちはすばやく行動した。数名の帝国衛兵が寝ているあいだに殺され、数分もすると、囚人たちは操縦席を乗っ取り、徴用人足である操縦士と漕ぎ手たちはほとんど抵抗せずに降参した。

カノウはポウナドム王とキコウミ王女が囚われている部屋に入っていった。裸でいるふたりを辱めないよう、視線を外した。檻をあけ、ふたりに帝国衛兵の居住区から取ってきた衣服と亜麻布を手渡した。

「奇跡です、陛下、妃殿下！　われわれは自由です。帝国の飛行船を制圧しました」

裸でいても誇り高く優雅であったキコウミ王女は、カノウに礼を告げ、肌理《きめ》の粗い木綿の敷布を体に巻きつけた。絹の服も王冠も化粧も輝く宝石も身につけていなかったが、それでもカノウはキコウミ王女がいままで知っているどの女性より、はるかに美しいことに気づいた。まさしくアムの宝石だった。

カノウはキコウミ王女の顔に喜びと安堵の表情を見た。どれほどひどい運命をマラナが彼女に計画していたとしても、それから自分が彼女を免れさせたからにちがいなかった。カノウはこの場に自分が居合わせることができた成り行きに感謝しそうになった。氷のような青い瞳に優しさを湛えて、王女はカノウを見ていた。とても冷たくもあり、同時に温かくもある瞳だ。もし彼女が望めば喜んで彼女のために死ねるだろう。

「どこにいくべきか？」王が訊いた。彼は自分の大臣たちを失い、王宮の心地良い安全さから遠く離れていた。国を失った男としての生活にまだ適応していなかった。

「サルザに。スフィ王がわれらをお助け下さるはず」

王女の口調は沈着冷静だった。カノウは、キコウミが囚われの身の屈辱をすでに忘れ去っているのに気づいた。彼女はふたたび妃殿下、アムの宝石になっていた。人々は彼女の決断を当てにしていた。彼女は難局を乗り越えて、彼らを導いてくれるだろう。王位継承の法律なんてくそくらえだ。

飛行船は凧の帆の位置と舵を調整し、南の方向、コウクルに向かって飛びはじめた。

第二十五章　「これは馬だ」

パン
義力四年八の月

　ピラ侍従長は憂慮していた。

　あにはからんや、クルポウ摂政による財務大臣のザナ元帥登用は、巧妙な人事だったことが判明した。細かいことにこだわる計算高い男は、期待をはるかに上回る成果を挙げていた。

　アルルギの勝利をだれもが話題にしていた。ティロウ国家のなかには、降伏条件を話し合う密使を送ってきているところさえあった。確かに、リル川沿いでの敗退はあったが、叛乱軍は川を渡れず、帝国の心臓地帯であるゲフィカに攻めこめていなかった。

　クルポウはおのれの人事登用の先見の明を毎日誇らしげに話し、まるで自分が偉大なる立法者アルアノウの再来であるかのようにふんぞり返って王宮を闊歩《かっぽ》していた。ピラがいなければ何者にもなれなかったであろうことを忘れてしまったようで、クルポウは急速にしゃくに障る存在になりつつあった。

　クルポウに野心があるのは見え見えだった。すでにパンでもっとも権勢を誇る人間になっていたが、ある日、もはやエリシを必要としていないとクルポウが判断するかもしれないと、ピラには予測できた。マラナの支持を背景にして——マラナの任命はクルポウの意思によるものだった——クルポウは大謁見室に歩を進め、集まった大臣たちに、真の皇帝はだれだと思っているのか、訊ねればいいだけのことだ。

　そして集まった大臣たちは全員、かつて摂政が大謁見室に馬を連れてきたと同意した連中であり、質問を投げかけられれば、皇帝は自分たちのまえに立っているとしたり顔でうなずいて、断言するだろう。

では、いま玉座に座っているあの子どもは何者だ？

さて、誰でしょう？　僭称者にちがいありません。

では、あの子どもの横に立っている男は何者だ？

ただの執事、子どもの遊び相手です。ザナの古来の美徳を腐敗させし者。あいつの首を刎ねよ！

ピラは首を横に振った。そんなことを起こさせてはならない。かつてはザナが没落するのを見るだけで満足しただろうが、いまやもっと多くを望んでいた。エリシとクルポウという愚か者たちにはもう充分我慢してきた。

クルポウではなく、おれが、ザナ王家から玉座を奪い取る者であるべきだ。マインの仇はきちんと討たねばならない。

「皇帝にお目にかからねばならぬ」クルポウが言った。

「陛下《レンガ》はご多忙であらせられます」ピラが答えた。

「遊ぶのに忙しいということだな」クルポウは、宮廷内の物事の進行にますます苛立つようになっていた。摂政がすべての判断を下し、帝国を円滑に運営しているのに、毎週、ただの下僕のように、甘やかされた小僧に伺候して、報告しなければならなかった。

すべての拝謁はまずピラ侍従長——下僕は実際にはこの男だった——に承認される必要があり、少年皇帝の高圧的な命令は、クルポウの耐えてきた屈辱的な待遇の量をたんに増やすだけだった。ひょっとして、物事を変える頃合いかもしれぬ。

「皇帝は若く、気が散りやすい」ピラは認めた。「だが、陛下の気分に注意して、謁見にふさわしい気分になったときにご連絡しましょう」

「すまんな」クルポウは言った。ピラ侍従長は、愚かな男だ。たんなる皇帝お気に入りのお付きにすぎない。だが、クルポウとピラは前皇帝の崩御時の口にはできない共謀でたがいに結ばれていた。まだピラが必要だった。当面は。

「さあ。いますぐお越しを。皇帝は統治の詳細を学びたいとおっしゃっておられます。いますぐ拝謁して下さらないと」

クルポウは、おのれの権威の象徴である翡翠と琥珀の珠が垂れている礼服と帽子を整え、王宮の廊下を駆けて、皇帝の私庭に急いだ。ピラはうしろから追いかけた。

ふたりは角を曲がって、庭に入った。皇帝は長椅子に座っていた。長椅子に沿って積み重ねられ、ひざにかかっている衣服の束を弄んでいるようだった。皇帝はなにか喋っており、笑っていた。

クルポウは近づいた。「陛下《レンガ》、お呼びで?」

びっくりして、十五歳の少年は顔を起こした。長椅子に置かれていた衣服の束が擦れ合い、顔を赤らめた少女が皇帝の膝の上で体を起こし、乳房を隠そうと無駄なあがきをした。少女は摂政と侍従長と皇帝にぺこりと頭を下げると、道に沿って走っていき、そのあたりの藪の奥に姿を消した。

「余は呼んでなぞおらん」エリシ皇帝は怒りに顔を赤くした。「出ていけ。出ていくのだ! **出てけ!**」

クルポウはできるだけすばやく退出した。

ピラは地面にしゃがみこみ、額を冷たい石に押しつけた。「申し訳ありません、陛下《レンガ》。いきなり入ってこられたのです。お止めできませんでした!」

皇帝はうなずき、じれったそうに手を振って、侍従長を下がらせた。立ち上がると、少女が走っていった道をたどろうとした。

ピラはほくそ笑んだ。あのようなときに邪魔されるほど、少年の面目を失わせ、困らせることはない。これで、皇帝は摂政を見るたびに、この消せない記憶が心に蘇ってくるだろう。

次に、ピラはクルポウの執事に賄賂を送り、書の練習にクルポウが使った書き損じの巻物をすべて取っておくように頼んだ。

「わたしは摂政の書の大崇拝者なのだ」ピラはしおらしく言った。「ゴミとして捨てられたその美しい書を少しでも取っておきたいのだよ」

執事はそれになんの害もないと思い、侍従長を哀れみすらした。なんと哀れな生活を送っているのだろう。終日、侍従長の唯一の仕事は、十代の少年を楽しませることだけだった。そして、趣味として、他人の書き損じのゴミを集めることを認めてくれと乞うている。ほんとうの大人《たいじん》、クルポウ摂政とは大違いだ。

ピラは必要な表語文字が載っている巻物を集めるまでしばらく待たねばならなかった。それらを沸騰した薬罐《やかん》の上で裏から慎重に蒸気を当て、蠟《ろう》文字が剝がせるほど柔らかくした。そののち、必要としている文字を選び、新しい巻物の上に並べ、もう一度裏から巻物を温めて、表語文字が新しい場所にくっつくよう溶かした。

さて、クルポウの見事に刻まれ、流れるような筆跡で書かれた新たな詩をピラは手に入れた——摂政が書いたのではないが、偽造の書だと証明できない詩だった。

ピラはそれを大謁見室にのぼっていく階段の上にぞんざいに置いた。見つかって、皇帝のもとに運ばれるように。

　わたしは鼠を運ばねばならぬ鷹だ。
　わたしは畑鼠《ハタネズミ》に従わねばならぬ狼だ。
　だが、いつか、正当な地位に立ち、
　そして愚かな子どもはわたしに命乞いをするだろう。

「鹿を覚えておられますか、陛下《レンガ》？」ピラは怯えると同時に怒っているエリシ皇帝に声を潜めて囁いた。「お知りになるべきことをついに学ばれたと願っております」

謀反だと！　クルポウはとても信じられなかった。近衛兵が真夜中にクルポウの居室にやってきて、叩き起こし、枷をかけて投獄した。いま、皇帝の地下牢に入れられ、だれもどんな証拠があったのか話してくれさえしなかった。

だが、クルポウは無実を自分で証明するつもりだった。もし説得力のある文章の書き方を知っている者がいるとすれば、それはクルポウだった。筆と墨で、ナイフと蠟の棒でおのれを救うつもりだった。

クルポウは繰り返し嘆願書を皇帝に送った。何通も何通も。だが、返事はけっしてこなかった。

ピラ侍従長が旧友を訪れた。

「なんということをしたんですか？」ピラはそう言って、悲しげに首を振った。「あなたの野心には限りがないのですか？」

クルポウはなにも認めなかった。ピラは合図し、背後にいた男たちがまえに進み出た。

クルポウは人生でこんな痛みを味わったことがなかった。指の骨が一本ずつ折られ、折られた骨が繰り返し折られた。クルポウは失神した。

彼らは冷水をクルポウの顔にかけて起こし、さらに痛めつけた。

クルポウはすべてを認めた。ピラが目のまえに差し出す書類すべてに署名した。指が溶けた蠟のようにへなへなになっていたので、口で筆をくわえて署名した。

三名の近衛兵が囚房のクルポウを訪ねてきた。

「陛下《レンガ》は、おまえの告白が事実であるのか確認せよとおっしゃったので、われわれはここに来た」近衛兵のひとりが言った。「ピラ侍従長が熱心すぎたかもしれないと、陛下は憂慮されている。おまえは拷問されたのか？」

クルポウは頭を持ち上げ、腫れ上がった目で近衛兵の背後を見た。ピラの姿はどこにもなかった。

（ついに、疑いを晴らす機会が！）

クルポウは激しくうなずいた。喋ろうとしたが、できなかった——ピラの手下たちは火かき棒でクルポウの舌を焼いていた。自分がどんな目に遭ったのか近衛兵たちに見せようと両手を上げた。

「自白は——あれは真実ではなかったのだな？」

クルポウはうなずいた。

（ピラ、卑しい奴隷め。貴様はこれから逃れられまい）

近衛兵は立ち去った。

「配下の者に近衛兵の扮装をさせて、おまえを試した」ピラ侍従長は言った。冷ややかな声だった。「おまえが真摯に自供したのではないことに彼らは気づいた。まだ馬ではなく、鹿を見ているという誤解をしているようなので、あれは馬だとおまえにわからせるつもりだ。どういうことかわかるな？」

ピラの部下たちは一晩じゅうクルポウを拷問した。

ピラは最高の医師たちにクルポウの治療をさせた。彼らはクルポウの両手に包帯を巻き、舌に軟膏を塗った。治療用の汁を飲ませ、傷に薬草軟膏を塗った。だが、クルポウは医師に触れられると身をすくませ、それもさらに痛めようとするピラの計略にすぎないのではと怯えた。

ある日、あらたな近衛兵たちが囚房にいるクルポウを訪れた。

「陛下はおまえの自供が真実なのか確かめたいとのご意向だ。おまえは拷問を受けたのか？」

クルポウは首を横に振った。

「自白は――あれは真実なのか？」

クルポウは激しく頭を縦に振った。もぐもぐと言葉にならない言葉を発し、甲高い音を立て、あらゆる身振りで、あれがすべて真実であり、どの一語も嘘偽りのないものであると示そうとした。自分は皇帝に謀反を企んだのだ。皇帝に死んでもらいたかった。そのことを心から、心底、悔いているが、自分が受けた仕打ちは当然のものだった。今回、自分の意思表示が審査を通るようクルポウは願っていた。

エリシ皇帝は近衛隊長からの報告に耳を傾けながら、大きな悲しみで胸がふさがった。心のどこか奥底で、摂政が自分に謀反を企てたいと思っていたと信じるのを拒んでいた。

だが、近衛隊長は、部下とともにクルポウを訪れたときの内容を説明した。ピラ侍従長がどこにもいない安全な部屋で、クルポウは、自分は拷問されていない、と訊問する近衛兵に主張した。とても悔いていたが、自供は事実だった。

皇帝は取り乱した。

ピラ侍従長が皇帝を慰めにやってきた。「人の心のなかを覗くのは難しいものです。相手をどんなによく知っているとお思いになられていたとしても」

エリシ皇帝はクルポウの心臓を胸から取りだし、それが忠誠の赤い色をしているのか、裏切りの黒色をしているのか確かめるため、自分のところに運ぶよう命じた。

だが、いざ実際に心臓が運ばれてくると、少年は意気地を失った。皇帝は、心臓を見ることなく、飼い犬に与えるよう命じた。

ピラ侍従長は、いまや宰相の称号も得た。そして、関心を叛乱に向けた。

いつか、この少年皇帝が自分に命乞いするのを見るのを楽しむつもりだった。ザナ王家から帝国を奪った日に。だが、当面は、まず叛乱軍を排除する必要があった。

遠くから軍の指揮をするのは、さほど難しいことに思えなかった。クルポウにできたのなら、わたしにもできるだろう。

アムの陥落により、ティロウ国家のなかで叛乱に加わっているのは三カ国だけになった——リマの黒い森の向こうに一万人の兵力を保つ北部の山岳国ファサ、一万人以上の歩兵と、叛乱軍に唯一残る海軍を狼の足島に保持している東の裕福なガン、リル川を挟んでタンノウ・ナメン将軍と対峙している、豊富な軍事力を誇る南のコウクル。

キンドウ・マラナはファサのシルエ王のことを高く評価していなかった。楽観的で考えの甘い人間だ。また、ガンのダロウ王もたいして重視していなかった。狼の足島に引きこもっているのに満足して、先祖代々自分たちの領土であった大島のゲジラのことを忘れている。マラナの計画では、ナメンの軍勢と力を合わせ、コウクルに組織的な総攻撃をかけるつもりだった。帝国にとって現実的な脅威である唯一のティロウ国に。

だが、計画を実行に移すまえに、完全無欠の都市から伝令が訪れ、謀反計画がばれてクルポウ摂政が逮捕され、処刑され、新しい宰相ピラが、狼の足島に総攻撃をかけるため、全帝国兵力を結集させるように命じたという知らせが届いた。

「まず大島周辺の島を平定せよ」伝令はゴウラン・ピラ宰相の言葉を読み上げた。「そして大島攻撃はそのあとにつづく」

マラナにはこれは間違った戦略だと思えたが、帝国の伝令のまえでその懸念は押し殺した。皇帝と新宰相は、大謁見室に置いた例の帝国の模型でやる遊戯と戦争がおなじものだと考えているようだ。自分はザナの元帥かもしれないが、とどのつまりはたんなる駒に過ぎず、上官に思いのまま持ち上げられて、好きなところに置かれるしかなかった。

一瞬、キコウミ王女の誘惑に乗ればよかった、と悔やみそうになった。

だが、その機会は過去のものだ。謀反の道はマラナには想像上の事柄のままだった。彼はあまりにも几帳面で、秩序が大切であり、人にはその人なりのふさわしい場所があるという信念に凝り固まっていた。

マラナはため息をつき、あらたな配置命令を出した。帝国艦隊と二千名の兵士は北に向かって大島をまわりこみ、ファサを越えて、狼の足島に向かえ、と。

同時に、ナメンはリル川とリマの森の外れに少数の防衛部隊を残すことにした。その上で二万の兵とともにソウコ山道を抜け、穏やかなゲジラと裕福な庭園都市群、平和な水田を通り抜けて、シナネ山脈が海岸に至る場所で、艦隊と合流をはかるつもりだった。そこから、帝国は狼の足島に向けて、総攻撃をかける。

第二十六章　元《プリンケプス》首の約束

サルザ
義力四年九の月

スフィ王は集まったティロウ国家の大使や王を激しく叱りつけた。

だれもがひどく了見の狭いふるまいをするのにうんざりしていた。何カ月も議論はつづいているのに、まだなにひとつ決まっていなかった。パンに侵攻する計画を一致団結して練るかわりに、集まった要人たちは想像上の勝利の分け前の分割方法を巡って言い争うほうを好んでいた。

リマとアムは消え、ハアンは一時的にでも、自由になることができずにいた。帝国は、一国一国ティロウ国家を再征服しようとしていた。何十年もまえのマピデレ皇帝の偉業の繰り返しだ。叛乱軍は失敗の深淵でぐらついていた。

（全ティロウ国の平等と独立という虚構は、けっこうなものだ）と、スフィ王は思った。（だが、いまは現実に直面しなければ）

「もう議論はけっこうだ」スフィ王はきっぱりと言い切った。「わたしは自分を元《プリンケプス》首に推薦する」

室内はしわぶき一つしない静寂に陥った。何百年ものあいだ、ひとりの元首も出たことはなかった。

だが、だれも反対しなかった。少なくとも表だっては。なんといっても、コウクルは最大の軍を持っており、戦場で帝国を相手になんらかの勝利を収めた唯一のティロウ国だった。

「マラナとナメンは狼の足島攻撃に全兵力を投じようとしている。われらはおたがいの違いを乗り越え、ガンを救うためにできることをなんでもやらねばならない」――それを聞いて、ガンの大使は激しくうなずいた――「ファサとコウクルは、割けるだけの人員を送ろう。ほかの国は援助のためそれぞれができることをなんでもやってもらわねばならない――資金や武器、諜報活動。六カ国は、一致協力して狼の足島を支持するのだ」

実際の話、それは単なる通り一遍の話ではなかった。すべてのティロウ国家は協力できるのだ。リマ軍の生き残りは、コウクルに向かっており、復讐の念に燃えている激しい敵意を抱いた男たちだった。アム海峡での戦いを生き延びたアムの船数隻は、サルザに向かってのろのろと進んでいた。加えてポウナドム王とキコウミ王女もいた――まことに残念なことに、王たちが脱出に用いた飛行船は、着陸後すぐに謎のガス漏れがあり、捨てざるを得なかった。また、征服されたティロウ国家から脱出した富裕な貴族たちは、サルザに逃げてきており、彼らは軍資金に換えられる国富をたんまり持ってきていた。

ハアンですら提供できるものがあった。コウスギ王は密命を託してルアン・ジィアをハアンに送りこんでいた。ルアンは、不満を抱えて、帝国の心臓地帯で帝国の足を引っ張る活動をする気でいる若者たちを集め、どうにか地下活動を開始していた。

「狼の足島でわれわれが敗れれば、ダラ諸島はふたたび蛮習と独裁制に沈んでしまうだろう。だが、われわれが成功すれば、帝国の最後の希望の灯火を消し去るだろう。キンドウ・マラナは、ルイとダスで帝国のために嬉々として死んでくれる男たちをさらに見つけるのは不可能だろう。ザナの住民も、われらとほぼおなじくらい苦しみを味わってきた。

われらは、のぼるにせよ沈むにせよ、一蓮托生だ」

スフィ王は王や大使たちを信用していなかった。彼らには彼らなりの優先事項があった。この連中を鼓舞して戦わせるため、王は直接その優先事項に訴えねばならなかった。

「もしわれらが成功すれば、われらはゲジラの平原を押し進み、ソウコ山道を通過し、この戦いをパンにある宮殿の皇帝のもとへもたらしてやる。元首として、ここに余は布告する——エリシ皇帝を捕らえし者はだれであれ、農夫であれ伯爵であれ、ゲフィカのもっとも豊饒な地を封土とする新しいティロウ国の王として認められるであろう」

集まった大使や王たちはその宣言におざなりの歓声をあげたが、フィン・ジンドゥ元帥が順に各人を冷ややかな目でにらみつけるにつれ、喝采は次第に大きくなった。

剣に裏付けられた場合、言葉ははるかに説得力をもって聞こえるのはつねのことだった。

元首は元々アムに属している土地に関する約束を勝手にしている、とポウナドム王はつぶやいたが、自分とキコウミ王女はスフィ王の施しに頼って生きていることを考慮して、声をとても抑えていた。

ジアが借りた家は、サルザ郊外の、海辺にほど近い小さな村にあった。いまは辛い時を過ごしているコウクルの貴族一家の避暑用別荘だった。家は大きかったが、派手ではなく、賃料は手頃な価格だった。

東の水平線の向こうにツノウア群島があった。マタ・ジンドゥは海浜にしばらく佇み、割れた貝殻や小石を波に投げこみながら、故郷のことを思った。そののち、首をすくめて、クニの家の玄関扉をくぐった。

「クニ大兄、ジア大姉!」マタは叫んだ。「都合の悪いときにお邪魔したのでなければいいのだが」

マタとクニは、マラナとナメンがディムを攻撃する意図がないのが明らかになって、一カ月まえにサルザに戻っていた。クニはジアとともに過ごし、父親であることを楽しんでおり、その一方で、マタは叔父に手を貸して、コウクル軍を監督する任務に就いていた。だが、ふたりとも、王と大使たちが叛乱軍のための戦略を定めるのを待ちつづけており、落ち着かない気分になりはじめていた。

「おお、マタ兄弟」そう言ってクニは、ジアとともに立ち上がった。「あんたに関する限り、不都合なときなどないのは知っているだろ。あんたは家族だ」

　オウソ・クリンが軽食とお茶を淹れる一式を載せた盆を運んできた。

「召使いみたいなことをする必要はないと何度言ったらいいの？」ジアが言った。「あなたはクニの護衛としてここに来ているの、わたしのためになにかを運ぶためじゃなく」

「気にしませんよ、ジアさま」顔を赤らめてオウソは言った。「ガル卿にお願いしてここに連れてきていただいています。ガル卿をお守りするのであれ、家回りのことであなたがやらねばならないことをなんでもお手伝いするのであれ、とにかくお役に立ってみせると卿にはお伝えしました。ガル卿と……あなたのためであれば、ぼくはなんでもやります」

「あなたはちっとも成長しない子どもみたいね」ジアはそう言ったものの、笑みを浮かべていた。「ありがとう、オウソ」控えめな若者は頭を下げて、出ていった。

　ジアとクニはマタを歓待し、三人はゲュパの姿勢で床に腰を下ろした。ジアがお茶を注ぎ、クニは赤ん坊をマタに手渡した。マタは、どうやっていいのかよくわからなかったが、椰子《やし》の実のような大きなてのひらで恐る恐る赤ん坊を抱いた。赤ん坊は泣かなかった。大男を興味深げに見上げていた。クニとジアは笑い声をあげた。

「おまえそっくりだな、クニ」マタは赤ん坊のふっくらした脚や丸い腹を見て言った。「だが、はるかに男前だ」

「あなたは夫と長すぎるくらいいっしょにいたのね」ほほ笑みながらジアは言った。「この人の下品な笑いの感覚も学んでいるみたい」

お茶を飲み、薄切り乾燥檬果と鱈の切り身を竹箸で食べながら、マタはクニにスフィ王の宣言のことを伝えた。

「ゲフィカ王か！」クニは驚いた。「士官や兵士をさぞかし昂奮させるだろうな」

「まさしくそうなるな」

「わが兄弟、どうしてそんなに落ち着いていられるんだ？　自分が成就させるつもりの約束として見ているにちがいなかろうに！」

マタはにやりと笑った。「叛乱軍にはおおぜいの英雄がいる。神々がそんな褒美をお与えになるのがだれになるのか、わかるわけないだろ？」

クニは首を横に振った。「そんなに卑下する必要なんてない。自分の運命を摑もうと踏ん張れ」

マタは笑い声をあげ、クニの信頼に幸せな気分になったが、同時に気恥ずかしくもあった。「いまは、スフィ王から、狼の足島での合同軍の総司令官に任命されるのを期待しているだけさ。叔父がサルザに残れるように――叔父には残りの兵を指揮する大切な役目があるし、スフィ王は本拠地の防衛を担当する元帥がそばにいれば、もっと安心できるだろう」

「おれはあんたといっしょにいくよ。ともに大いに戦おう」

マタは笑みを浮かべた。クニ・ガルが傍らにいるのをマタは楽しんでいた。クニはたいした戦士ではないかもしれないが、つねに優れた考えを生みだしていた。

クニとジアはおたがいを見て、笑みをわかちあった。クニはマタのほうに身を乗り出して言った。「もうすぐあらたなおれの子ができるかもしれないんだ」

「またしてもおめでとう！　まあ、おふたりは確かに時間を無駄にしていないようだな」マタは幸せな夫婦に乾杯した。

「われらガル一族は蒲公英のようだ。たとえどんなに困難であっても、われらは増えていく」クニはジアの背中を優しく撫で、ジアは腕に抱いた赤ん坊の目を満足して眺めた。三人のまわりの壁はむき出しで、すきま風が入っていたが、それでもマタは、贅沢なつづれ織りや早足で行き交う召使いがおおぜいいるスフィ王の宮殿の石の広間よりも、ここのほうがずっと暖かく感じた。

マタは子どものことをろくに考えたことがなかった。だが、最近、キコウミ王女といっしょにいると、戦争の戦略や戦術以外のことに関心が向いていくのだった。

第二十七章　キコウミ

サルザ
義力四年九の月

狼の足島に向けて出発する用意を軍が整えているあいだ、サルザではキコウミ王女に関する噂話で持ちきりだった。

魅力的な王女は若き将軍マタ・ジンドゥといっしょにいるところを頻繁に目撃された。ふたりは人目を惹く組み合わせだった——マタはフィソウェオ神が現実のものになったような人間だったし、キコウミはチュチュティカ神のどの似姿ともそっくりなほど美しかった。考えうるかぎり、これ以上ない組み合わせだった。

マタは繊細な感情のある人間だとは自分のことを思っていなかったが、古い詩のなかでしか存在しないものだと常日頃思っていたように、キコウミはマタの心臓をドキドキさせ、息を荒くさせた。彼女の目を見つめていると、時が止まったようだった。一日じゅう彼女を見つめて座っていたいと願った。

だが、マタがもっとも楽しく思っていたのはキコウミの言葉に耳を傾けることだった。キコウミはとても小さな声で話すので、マタは聞き取ろうとして体を傾けることがよくあり、彼女の息に花の香りを嗅いだ——熱帯のような、瑞々《みずみず》しく、豪奢な香りだ。キコウミはその声でマタを愛撫しているかのようだった——彼の顔からなかなか離れようとせず、彼の髪を梳り、優しく彼の心に踏みこんでくる。

キコウミはアルルギでの子ども時代の話をした。領土を奪われた王女として育った矛盾のことも。

キコウミは祖父の忠臣の家族のなかで育てられ、自分のことを養父母の実の娘である姉妹たちとおなじ裕福な商人の娘だと考えたいと願っていたけれど、王族の血に伴う義務を忘れてはならないと教えられた。

アムの国民はいまだにキコウミのことを自分たちの王女だと思っていた。もはや玉座も王宮も持っていないというのに。大きな祭りでキコウミは踊りを舞い、失われた栄光のせいで彼女に同情する貴族たちを安心させ、兄弟姉妹たちとミュニングの立派な学校に進学し、アノウの古典を読み、歌を学び、ココヤシのリュートの演奏を学んだ。王女という肩書きを古い感傷的な外套のようにまとった。あまりにぼろぼろで少しも温かくないが、あまりに大切で捨てられないものとして。

すると、叛乱が起こり、一夜にして、キコウミはお伽噺のなかでしか出会ったことのない生活を送ることになった。大臣たちが彼女のまえで頭を下げ、目を伏せてなるべく姿をまともに見ないようにしている男たちにミュニングの王宮に連れてこられ、古い儀式や儀礼がふたたび現実のものになった。キコウミのまわりに目に見えない壁ができた。キコウミ王女でいることは大きな特権だったが、同時にとても大きな重荷でもあった。

マタはその重みをよくわかった。権利と義務の重み、失われた古代の栄光とあらたな重たい期待の重み。それは、クニ・ガルのような、生まれもっての貴族ではなく、生得の権利を奪われたことのない者には、けっして理解できないであろう経験だった。マタにとって、クニは兄弟のようなものだったが、キコウミ王女は、マタの心を覗きこむことができた。マタは、自分がほかの人間に、そんなに近しい気持ちを抱くとは想像できなかった。フィンにすらそれほど近しい気持ちは抱けなかったのに。

「あなたはわたしに似ています」キコウミは言った。「生まれてこのかたずっと、ほかの人たちがあなたはこうしなさいと言いつづけ、必死で現実のものにしなければならない理想像をあなたに与えてきた。だけど、自分がなにを望んでいるのか、一度でも考えたことがある？　ただのあなたを、たんなるマタを、ジンドゥ一族の最後の息子ではないあなたを？」

「いままで一度もないな」マタは言った。

マタは首を横に振って、キコウミがいると頻繁に陥ってしまうこの夢を見ているような状態から目を覚ました。マタは、礼儀作法の信奉者であり、自分の純粋な気持ちを尊びたかった。マタはキコウミを連れて、ツノウア公にしてコウクル元帥である、叔父に会いにいき、彼の祝福を得たうえで、ポウナドム王に結婚の許しを求めるつもりだった。

キコウミは深いジリの姿勢から立ち上がり、マタの姿が廊下の向こうに消えるのを見守っていた。扉を閉め、そこに寄りかかり、深い悲しみの表情を浮かべた。自分の自由を嘆き、自分自身を失っていることを嘆いた。

カノウ・ソウ隊長はなんて愚かなんだろう。自分の勇敢さのおかげでキコウミとポウナドム王の〝奇跡的な〟脱出が可能になったと考えているとは。

(わたしは取引をした)

もっともキコウミを苦しめているのは、自分がマタを好きだということだった。彼の不器用でぎこちない態度が好きだった。彼の真摯で、飾り気のない話し方が好きだった。感じていることをなにも隠せない開けっぴろげな顔が好きだった。マタの欠点ですら寛大な視線で見ていた——激しやすい性格、傷つきやすい誇り、名誉を重んじる過剰な気持ち——時が経てば、それらの欠点は和らげられ、真の気高さに変わりうるものだった。

(あなたはわたしの傷ついたほほ笑みの裏が見通せないの？　わたしの偽りの愛情が見抜けないの？)

キコウミは誘惑術をあまり知らなかった——それどころか、そんなものをずっと軽蔑していたし、キンドゥ・マラナに対しては、焦りすぎた。だが、いまは、今回はうまくいっていた。理由はあまりに明白で、それが心に浮かんでくるたびにキコウミは否定しようとするほどだった——ひょっとしたら、自分は演技などまったくしていないのかもしれない。それだとなおさら自分がいましていることがひどいものになる。

キコウミは拳を握りしめた。爪が肉に食いこんだ。炎に燃えるアムのことを思った。住民が斬殺されているミュニングのことを思った。

自分の心中をマタに明かすことはできなかった。

(わたしは取引をした)

フィン・ジンドゥは女を気張らしだとずっと思ってきた。召使いの若い女をときどき寝所に連れこんで欲求を充たすことはあったが、彼女たちにかまけて真の任務——ジンドゥ一族の名誉とコウクルの栄光の恢復という任務——をおろそかにすることはなかった。

だが、この女性は違っていた、甥に連れてこられたこのキコウミ王女は。

彼女は逞しかった。若い棗《ナツメ》の木のように。フィンは二万人の男たちに命令し、スフィ王ですら、軍事案件はすべて彼に委ねていたのだが、キコウミはフィンを怖れなかった。彼女は国土を持たない王女だったが、それでもフィンと対等の立場であるかのようにふるまった。

彼女は視線や態度でフィンの庇護を求めたりはしなかった。多くの女性がそうするようには。それだけでもフィンは彼女を守りたいという気持ちにいっそうなった。フィンは手を伸ばし、彼女を引き寄せておのれの腕のなかに抱擁したかった。

キコウミはフィンを尊敬していると口にし、アルルギの若者たちが払った犠牲に対する悲しみを語った。フィンが経験しているおおぜいの貴族の女たちは、愚かな生き物だった。彼女たちの心は閨房の壁と、舞踏会や社交の催しの予定に限定されていた。だが、この王女は、アム海峡の暗い水のなかにそれぞれひとりきりで死んでいった男たちを思って真の涙を流したのだ。栄光を求めて戦場に赴いた男たちをなにが突き動かしていたか、彼女は理解しており、死にゆく彼らの心に浮かんだ思いはつねに母親や妻や娘や姉妹に向けられていたのも理解していた。彼女は、まさしく、自分のために死んだ男たちにとって価値のある存在だった。

そして彼女は美しかった。とても美しかった。

キコウミは慎ましくほほ笑んだ。

内心、彼女は悲鳴をあげたかった。

元帥は、彼女が守られたいと願い、守られる必要があると単純に思っていて、彼女がアム海軍の敗戦を知識と良識をもって語るのを聞いて驚いた。フィンが優越感をちらつかせながら彼女が受けた教育を褒め称える様子や、サルザの図書館の素晴らしさに驚いていると言ったときに喉を鳴らした様子をキコウミは心に留めた。キコウミが戦いの船を準備するためミュニングトウズの埠頭で女たちが働いていたときの艱難辛苦を話していると、フィンはろくに関心を示さなかったのに、会話を船に乗っていた船員たちのことに向けると目を輝かせた。

あなたは〝あの愚かな若い貴族の女たち〟ととても異なっていると彼女に告げたとき、本気でフィンは褒めており、他の同性とまったく異なっていると思われているのを彼女が嬉しがるだろうと本気で信じていた。

このような男たちがわたしを象徴に仕立て上げ、こんなあり得ない立場に立たせたのだ。

だが、ある意味で、それが任務を容易にした。キコウミは、言うべきこと、やるべきことをはっきりわかっており、相手の理想に合わせた役割を演じるという難題を楽しんですらいた。こういう男にとって、わたしは男のほうを向いている場合にのみ、価値があるのだ。向日葵《ヒマワリ》が太陽を向いているように。

(わたしは取引をした)

キコウミとフィンが交わす視線は、どういう意味だろう？　マタは考えた。彼女が頭を下げるその下げ方と、フィンが彼女の肩に触れようと手を伸ばす仕草の意味はなんだろう？　あれは叔父が甥の意中の女性に挨拶するやり方だろうか？

どういうわけか、三人とも、この集まりの目的を口にするのを避けた。混乱の極みだった。なにも具体的なことや、不適切なことは口にされなかったが、それでもあまりにもたくさんのことが語られたようでもあった。

自分よりもこんなに若い女にこのような気持ちを覚

えるのは正しいことなんだろうか？　と、フィンは思った。甥の権利をわたしが先取りしようとしているのは正当なことなんだろうか？　ずっとマタを息子として扱ってきた。それなのに、いま自分はマタの若さを、力を、彼女に対する不当な要望を妬んでいた。

だが、キコウミがこんなふうに感じさせたのではなかったか？　あの表情、あのため息——それらが多くを語っていた。

キコウミがわたしの成熟を、永年培われてきた感情の安定を高く評価しているのは、読み取れた。マタは若く、衝動的で、まるで仔犬のように彼女に惚れこんでいた。だが、彼女はそれを見透かしていた。彼女はもっと男らしい、もっと長くつづく本物の愛情を欲している。

マタはクニに会いに来てくれと頼んだ。

むっつり鬱《ふさ》ぎこみ、気落ちして、マタはなにも言わずに二つの酒器にモロコシ酒を充たした。卓のそばにある青銅製の火鉢で薪が燃えていた。クニは友の向かいに腰を下ろし、酒器に口をつけた。酒は安物で、きつく、クニの目に涙がにじんだ。

クニはほかのだれからもおなじ噂話を耳にしており、如才なくなにも言わなかった。

「叔父はおれを遠ざけようとしている」マタは言った。酒杯を呷《あお》り、すぐにひどく咳きこんで、涙をごまかそうとした。「パシ・ロウマを、あのよぼよぼの老いぼれを、サルザの門のそばに座っている仕事しか似合わない男を、狼の足島での総司令官にすると、叔父は決めた。おれは後衛のみの担当で、キシ海峡を横断する用意をするため、今週中に出発しなければならない。だが、おれは本隊とすれ違いすらしないだろう。おれの任務は、港の長役を演じ、退却がある場合にそなえてマジ半島を守ることだ」

クニはひきつづきなにも言わなかった。ただマタの酒器を充たした。

「おれたちのどちらかを選ぶつもりはない、と彼女は言った。それで、あの男は、彼女のための選択をして、おれを排除しようと決めた。どれほどの力をおれに及ぼせるのか見せつけるためのあの男なりのやり方だ。おれを貶めるための。栄光を手に入れる機会をおれから奪ったんだ」マタは炎に唾を吐いた。

「そんな風に言うのはよくないな、兄弟。あんたと元帥はコウクルの空を支える二本柱だ。建物の基礎に巣くう白蟻のように、仲違《なかたが》いは、心に侵入して蝕む。われわれ全員に破滅をもたらさないよう、取り除かねばならない。あんたは命じられた任務に集中する義務がある。男たちの命があんたにかかっているんだ」

「おれは甥の女を盗んだ叔父ではないぞ、クニ！　おれは信頼の絆を破ったほうじゃないぞ！　あの男は弱い老人で、いつも自分のための戦いをするのにおれに頼ってきた。ひょっとしたら、おれは止めどきかもしれない」

「もうよせ！　飲み過ぎて、なにを言っているのかわからなくなっている。いっしょにいくよ、マタ、マジ半島まで。浮気な女のことなど忘れちまえ。あの女はあんたたちふたりの愛情を手玉に取っているだけだ。あんたが怒るほどの価値なんてない女だ」

「彼女のことを悪く言うな」マタは立ち上がり、クニを殴ろうとしたが、よろけて、殴りそこねた。クニはすばやく避けて、マタを支えた。太い腕の一本をかつぐ。

「わかった、兄弟。王女のことじゃ、口をつぐむよ。だけど、あんたたちふたりとも彼女に会わなければよかったのにと心から思う」

だが、クニは結局、マタと共に戦いにはいけなくなった。ズディからコウゴ・イェルが連絡を寄越した――クニの母が亡くなった、と。クニはズディにいき、しきたりとして三十日間、実家で喪に服さねばならなかった。クニは現在の危機が過ぎるまで、葬儀を遅らせると申し出たが、マタは激しく首を横に振った。戦時においてもそのような礼節は尊重しなければならない、と。

ふたたび妊娠しており、また赤ん坊と共に旅をするのは難しいことから、ジアはサルザに残ることに決めた。マタは彼女の世話をする信頼できる男たちを送ると約束した。

オウソ・クリンが残って、ジアを守ると申し出、クニはすぐさま賛成した。妻が頼れる忠実な者がいるとわかっていれば、ジアを残していくことに気が楽になれた。

「夫が近くにいないときに、家に男の人を滞在させるのは、ちょっと面倒ね」ジアが言った。「サルザの噂話はあまり気にしていないけれど、他人にその種を与えないにこしたことはないでしょう」

「ぼくがあなたの家令になれれば、家のなかの正規の仕事を持つ人間になれます」オウソが提案した。

ジアはその考えに反対したが、クニは、それでうまくいくだろうと判断した。「ありがとう、オウソ。ジアを守るためだけに進んでそういうことをしてくれるのは、ありがたいよ。きみの忠義はけっして忘れない」

オウソはもぐもぐと礼を言った。

一方、クニ麾下の兵たちの大半は、狼の足島への遠征軍に組みこまれていたが、マタはクニと自分の部隊から選んだ五百名の古参兵からなる小隊をズディに戻るクニに同行させることにした。

クニはマタに礼を述べ、故郷への旅の準備をはじめた。

「気をつけろ、兄弟。われわれの唯一の関心事に集中しろ――帝国を打ち破るということにな。いつか、あんたがゲフィカ王としてパンで勝利の行進をするところろを見たいんだ。群衆が空に向かってあんたの名前を褒め称えるだろう。おれはその場であんたの隣にいて、一番大きな声で歓声をあげてやると約束する」

だが、マタはなにも言わなかった。彼の目はどこかはるか彼方を見ているようだった。

「ダフ」百卒長が言った。「起きて荷造りをはじめろ。おまえはガル公といっしょにズディにいくんだ」

ダフィロウとラソウは顔を見合わせ、あくびをして、荷造りをはじめた。

「おまえはなにをしている?」百卒長はラソウに訊いた。「おまえの兄貴だけだ、おまえじゃない。おまえはおれたちといっしょに狼の足島にいく」

「だけど、おれたちはずっといっしょだったんですよ」

「残念だな。ジンドゥ将軍は、ガル公のため第三中隊から五十人出せとおっしゃって、それをいまおれがやっている。ダフはいく、おまえは残るんだ」傲慢な顔つきの若い男である百卒長は、にやりと笑った。彼は首にかけた鮫の歯の首飾りをいじり、まるでダフからラットに彼のちんけな権力に逆らってこいと挑発しているかのようだった。

「だから軍に戻ってくるべきじゃなかったと言っただろ」ダフィロウは言った。「脱走しないといけないな」

だが、ラソウは首を横に振った。「ジンドゥ将軍が命令を下したんだ。おれは将軍には逆らわない」

となれば、ミロウ兄弟には、おたがいに別れを告げる以外できることはなにもなかった。

「ぼくがなまけ者だと思われているせいだな」ダフィロウは言った。「おまえとおなじくらい熱心に働いていたらよかったのに。くそったれな風め。目から水が出てくるじゃないか」実際には、とても弱い風しか吹いていなかった。

「なあ、こんなふうに考えてみろよ。もしおれが狼の足島から戻って来ないなら、兄貴はおれの心配をするのを止められるぜ。そしたら、いかす女の子と結婚して、ミロウの名前を途切れないようにできる。ハハ、ひょっとしたら、兄貴がエリシ皇帝を捕まえる人間になるかもしれないぜ。ガル公は奸計に長けているからな」

「体に気をつけるんだぞ、いいな？　けっして最前列に駆けていくな。うしろに留まっていて、注意を怠るな。なにかまずい状況になったら、逃げろ」

夜になり、カナ山の光る火口が何里も離れたところから見えた。

山はごろごろと唸りをあげた。

――いったいここでなにをしているの、ガンのタズ、百卒長のような服装をして？

海の難破物のように混沌とし、光の灯らぬ海原をするすると泳いでいく鮫のように道徳をもたぬ、激しい笑い声が響いた。

――おまえたちは忌々しい戦いをわしの島に持ちこもうとしておる。わしにもちょっとした遊びをさせてもらえないか？

――あなたはどちらか一方の肩を持つ気はないと思っていたわ。

――どちらかの味方をするかどうかについて一言も言った覚えはない。わしは楽しみたくてここにおる。

――兄弟をばらばらにするのが楽しいことだと思っているの？

――死すべき者たちはつねに叔父と甥をばらばらにし、夫と妻をばらばらにしている。彼らの生き方にほんの少しの無作為さを加えただけだ。たまにはだれもがタズ神を少しは利用できるのだ。

フィンは、こうしたのはマタとキコウミを両方とも守るためだ、と自分に言い聞かせた。

マタはますます奇矯な行動を示すようになっており、キコウミはもし自分がマタを拒んだなら、相手がなにをしでかすかしれたものではないと怯えていた。マタののぼせ上がりを癒やし、か弱い、繊細なキコウミを守るのはフィンの腕にかかっていた。

フィンはその夜、自分の家に留まるようキコウミに頼んだ。彼女はしばらくじっと座っていたが、やがて黙ってうなずいた。

キコウミはフィンに何杯も檬果酒を注いだ。彼女の美しさが酒を補って完璧なものにしたため、フィンは飲むのを止められなかった。彼女はフィンをふたたびとても若くなった気持ちにさせ、自分ひとりだけで帝国全部と戦えるような気にさせた。ああ、これは間違いなく正しい判断だ。彼女はおれのものだ。

フィンはキコウミを引き寄せた。キコウミはほほ笑み、つつましく顔を持ち上げて、接吻を求めた。


月がとても明るかった。銀色の光が窓に射しこみ、藺草を編んだ敷物を照らし、フィン・ジンドゥがやかましく鼾《いびき》を立てている寝台に達した。

キコウミ王女は寝台の縁《へり》に座っていた。裸だった。夜気は暖かかったが、彼女は身震いした。

ジンドゥの叔父と甥に女の技を実践するのだ。

キコウミは頭のなかで百回、キンドウ・マラナの言葉を繰り返した。

フィン・ジンドゥとマタ・ジンドゥは、王を守るコウクルの軍事力の要だ。だが、きみは、偽りの愛情で叔父と甥を仲違いさせ、嫉妬と猜疑心でコウクル軍を役に立たなくさせるのだ。そして時が到れば、きみはふたりのどちらかを暗殺しろ——コウクルの二本の腕のどちらかが無くなれば、ナメンとわたしでもう一本をさっさと片付けよう。

これがわたしの提案だ、妃殿下。この任務に身を捧げろ。さもなくば、アムの人民はきみの失敗の代償を払わされるぞ。

キコウミは立ち上がった。黙って、優雅に、ダンスの教師に教わったやり方で床の上を滑るように移動する。部屋の反対側にある折り畳み式の衝立のまえで立ち止まった。そこには彼女の服がかけられていた。帯のなかの隠し場所に手を伸ばし、細い短剣を取り出した。ごつごつした柄がてのひらの皮膚に食いこむのを感じた。

これはクルーベンの角と呼ばれている。かつて、ガンの暗殺者がマピデレ皇帝に使おうとした。皇帝がまだレオン王と呼ばれていた時代に。わたしはこれをきみの小屋に残しておく。この〝角〟は、クルーベンの一本の歯から作られており、そのため、金属で作られたほかの武器と異なり、偏執的なティロウの王が一般的に備えている予防措置である磁石扉や磁石検知機では感知されないのだ。完璧な暗殺用武器だ。

キコウミは短剣の先端に指で触れた。一滴の血、銀色の月光を浴びて黒く光る真珠が、彼女の指に浮かんだ。元帥の護衛兵は、強力な天然磁石で作られた短い廊下を通るよう、彼女に求めた。元帥の個人的居住区を訪ねるすべての客に求めているように。護衛兵たちは、その間、ずっと彼女に謝っていた。もし短剣が金属でできていれば、それを身につけている彼女の体の一部が天然磁石に張り付き、真の意図を露わにしただろう。

マラナはそこまで考えていた。

黙って、優雅に、彼女は寝台のかたわらに戻った。

キコウミは苦笑を浮かべた。マラナは、わたしが孔雀の羽だと思っていた。角蜥蜴の毒嚢から採取した一滴の毒だと思っていた。それでも彼女には選択肢があった。可能性が少なく、限られていたものであっても、それを最大限に利用するつもりでいた。

彼女は長いあいだ、懸命に考えてきた。マタはずいぶん若いが、発展途上にあり、自分の潜在能力を完全に覚醒させようとしていた。一方、フィンは盛りを過ぎていた。

もしマタを殺せば、フィンは長く、避けがたい下降曲線を速度を速めて落ちていくかもしれなかった。だが、もしフィンを殺せば、熱血漢のマタは怒りと復讐の思いでカンカンになり、帝国は自らが作りだしたバケモノと対峙するはめになるだろう。

キコウミは自分の決断が理性的なものであると願った。マタへのほんとうの気持ちに影響されたものでなく。

彼女はフィンの裸の体を見た。禿げかけている頭を見た。その輪郭を失いはじめている筋肉を見た。こんなことをしなくてすめばいいのにとどんなに願ったことか。自分が王女ではなく、たんなる裕福な商人の娘であればよかったとどんなに願ったことか。特権には義務が伴い、ときおり、人はひとりの命と島民全員の命のどちらかを選ばねばならなくなる。

「ごめんなさい。ごめんなさい。ごめんなさい」

彼女はフィンのあごを持ち上げた。眠っているフィンが身じろぎをすると、彼女は短剣を相手の首のやわらかなくぼみに深々と突き刺した。両手で柄を握りながら、短剣を左右に滑らせた。血が至るところに飛び散った。

喉をゲーゲー鳴らして、フィンは目を覚まし、彼女の両手をつかんだ。月明かりのなかでフィンの目が見えた。葡萄酒の盃のように大きく見開かれていた。驚き、痛み、怒り。フィンは口を利けなかったが、彼女の指から短剣が落ちるまで手に力をこめ続けた。手首が折れたとわかった。キコウミは、願っていたように自分の手で自分の命を絶つことはできないだろう。

全力を振るって、キコウミは唸り声とともに、身をふりほどき、相手の手が届かないところに下がった。

「これはアルルギの民のためにするのです」キコウミ

はフィンに囁いた。「わたしは取引をしました。許して。取引をしたんです」

キコウミはアムの人々の心にいつまでも忘れられずにいるだろう、とマラナは約束した。何世代ものあいだ、彼女の犠牲を歌にし、彼女の英雄的行為を物語にするだろう、と。

そんな称賛にわたしは値するだろうか？　確かに、わたしはアムの人民を救った。だけど、同時に冷血にコウクルの元帥を斬り殺し、叛乱そのものと、無数のほかの人間の命を危険に晒した。厳密に言うと、わたしはそれを悔いてはいない。わたしはアムの娘であり、わたしにとって、島の住民がつねに最優先されるものだ。ふたつの大きな悪行のうち、わたしはより罪の小さなほうを選んだ。

それでも、死後の世界で、フィン・ジンドゥや、マラナの剣のもとに死んでいくであろうほかの全員にどう顔向けできるだろう？　咎《とが》める視線に心を鋼のようにしなければなるまい。

フィンの体のもがきはゆっくりになり、力を失っていった。

冷たい月明かりのなか、キコウミが見ている幻視は、折れた手首の痛みで一瞬薄れ、かき消えた。ついにマラナの計画の巧妙さを理解して、キコウミは身震いした。もしザナがこのあとつづく戦争でアムを見逃して、そこで彼女の名前が祝われたとしたら、コウクルはアムとザナの同盟を疑い、彼女の行為をアムの裏切りの証拠と見なすだろう。あの美しく儚い浮き島の街ミュニングは、マタの軍勢に焼き払われるかもしれない。

誘惑者は力よりも手管で勝利を勝ち取る者、みだらな女は魔法使いが杖を使うように性を使う者、そして〝ただの安ピカの飾り〟は、数千の心や魂を導いて止められない力にするため、自ら飾り物になることを決断するのかもしれない。

マラナはキコウミの虚栄心を当てにしていた。自分の民にとっての偉大な英雄になるという願望を当てにしていた。自分の犠牲によって記憶に残ろうとするのを当てにしていたのだ。だが、彼女の栄光はコウクルとアムのあいだに終わりなき諍《いさか》いをもたらすだろうし、美しき島の破滅をもたらすだろう。

マラナの計画を妨げる方法がただひとつあった。キコウミは自分自身の記憶をアムの安全を確かなものにするため汚さねばならない。

フィンの体が動くのを止めると、キコウミは叫びはじめた。「わたしがコウクルの元帥を殺した！ ああ、キンドウ・マラナ、あなたへの愛のため、わたしがこれをやってのけたのだと知ってちょうだい」

廊下を駆ける重たい足音と剣が当たる甲高い音がどんどん近づいてきた。キコウミはよろめきながらフィンの死体のそばまで歩き、腰を下ろした。

「マラナ、わたしのマラナ！ アムの王女でいるよりあなたの奴隷女でありたい！」

（わたしは斬り殺されるだろうな）キコウミは思った。（ザナの元帥の娼婦として斬り殺される。愛情で盲目になって、自分の民と叛乱軍を裏切った愚かな娘として。そしてそのように彼らはわたしのことをいつまでも忘れないのだ。だけど、アムは無事だ。アムは無事なのだ）

キコウミは叫びつづけた。彼らが剣で彼女を黙らせるまで。

——ほんとうに残念だ、わが妹よ……。

ミンゲン鷹はときおりダラのそれぞれの島に飛んでいったのだが、その日から、けっしてアルルギには近づかなくなった。神々のなかで最後に生まれたチュチュティカ神の本拠には。

訳者あとがき

『紙の動物園』による衝撃の本邦単行本デビューからちょうど一年。いま世界のSF&ファンタジイ・シーンで、もっとも注目されている作家ケン・リュウの初長篇、『蒲公英《ダンデライオン》王朝記 巻ノ一 諸王の誉れ』*The Grace of Kings* (2015) をここにお届け致します。あのケン・リュウの長篇第一作ということで、すでにスペイン、中国、ドイツ、ロシア、ポーランド、トルコで翻訳が進行しておりますが、五月に出る予定のスペイン語版に先んじて、本書が世界最速の翻訳版になります。ただし、原作がハードカヴァー六百二十三ページの大著（四百字詰原稿用紙換算千二百枚以上）であることから、上下巻に分け、下巻は六月に『蒲公英王朝記 巻ノ二 囚われの王狼』として刊行致します。

なお、ケン・リュウの名前をすでにご存知で、次の作品集はまだかと期待して頂いている読者のために、のっけからケン・リュウ作品集第二弾の予告をしておきますと、すでに作品選定は完了しており、目下版権交渉に入っております。二〇一七年四月の刊行を目途に作業を進めていく所存です。つまり、「毎年四月は、ケン・リュウの月」になればいいですね。

さて、まず、長篇の紹介に入るまえに、日本オリジナル作品集『紙の動物園』の反響について、簡単にまとめておきましょう。ＳＦマガジン二〇一三年三月号に掲載された、史上初のネビュラ賞・ヒューゴー賞・世界幻想文学大賞三冠短篇「紙の動物園」（二〇一一）が翌年星雲賞を受賞するなど、前評判が高かったこともあり、これを表題作にした作品集が二〇一五年四月二十五日に発売されるや、その三日後に重版が決定。以降も順調に版を重ね、途中、新芥川賞作家又吉直樹さんがテレビで紹介して下さったことによるブースター効果も手伝って、現在までに十一刷を重ね、好調な売れ行きを堅持。もちろん、内容も高く評価され、『ＳＦが読みたい！　２０１６年版』で発表された「ベストＳＦ２０１５〔海外篇〕」では、二位に圧倒的な得点差をつけて一位に選出。また、ことし三月に発表された第六回 Twitter 文学賞海外篇でも、あまたの海外文学作品を押さえ、これまた圧倒的な得票で一位に選出。ＳＦジャンル内だけでなく、ひろく翻訳小説愛好者全般に認知された作家・作品集になりました。

そのケン・リュウがはじめて著した長篇小説が本書。否が応でも期待は高まります。

さて、普通の訳者あとがきや解説であれば、ここからは作品の概要や冒頭数章の粗筋紹介に入るところなのですが、本作品に限っては、極力読書の愉しみを妨げたくなく、白紙の状態で、読んでいただきたいため、そういうものには触れません（粗筋自体は、裏表紙に書かれているはずですので、必要であればそちらを参照して下さい）。読者におかれましては、ケン・リュウの〝物語る力〟を信じて、巻頭から読んでいただければ幸いです。

ゆえに、これ以降は、読了後に読んでいただいても、読みはじめるまえに読んでいただいてもかまわないよう、本書の筋立てとはあまり関係のない情報について記します。

長篇執筆の動機について、作者の言葉を引用してみましょう——

「長篇を書こうと決めたとき、まずこれまでに書いてきた短篇のなかで気に入っているものを並べたリストを吟味して、そこに常に流れているテーマに気づきました——境界越境という概念や、異なる言語や文化や考え方を翻訳するという着想、ある準拠枠のなかの文芸作品を解体して別の準拠枠のなかで再構成するという狙い。『あなたとわたしはふたりとも子どものころから中国の歴史小説に浸って大きくなったじゃない』妻のリサがわたしに言いました。『そうした物語の谺《こだま》があなたの作品のなかからときどき聞こえる。作品のそういう点を受け入れて、古い話に新しい命を吹きこんでみたら？』すると、わたしの心に光が灯りました。自分の長篇小説を見つけたのです——楚漢戦争の物語を再創造したい、と」

というわけで、紀元前三世紀、中国で起こった楚漢戦争を題材に、架空世界である多島海を舞台にした、シルクパンク・エピック・ファンタジイである本書が生まれました。主人公はふたりの若者——平民出身のクニ・ガルと貴族出身のマタ・ジンドゥ。性格も考え方も体型もまったく対照的なこのふたりが、多島海世界を統一した帝国の暴政に叛旗を翻し、戦いを挑む姿が描かれています。すなわち、ケン・リュウ版「項羽と劉邦」と言えば、中国古代の物語に詳しい読者は想像がつくかもしれません。

ただし、「項羽と劉邦」の物語（伝承）を下敷きにしているとはいえ、舞台は、古代中国ではなく、まったく独自な世界になっています。

そのあたりについて、さらに作者の言葉を引用しますと――「この物語の設定を、中《なか》つ国《くに》が中世ヨーロッパの架空世界版であるのと同様な、古代中国の架空世界版にするという考えは、最初のころに放棄しました。マルコ・ポーロの時代まで遡る、西欧文学における中国の描かれ方が植民地支配主義と東洋の特異性強調というものから抜け出せずにきた長い歴史に向かい合うと、もはや〝マジカルな中国〟の物語を、誤解とステレオタイプのなかに埋没させずに語ることは不可能だと感じるにいたったのです。そこで、より大胆な計画で筆を進めることにしました。あらたな架空の多島海を創造することにしたのです――できるだけ大陸中国と異なったものにする。そこの住民や文化的習慣、宗教的信念は、素材にした中国や東アジアの歴史にごくわずかだけインスパイアされたものにして。そうすることで、下敷きにした物語を骨組みだけ残して、わたしの構想により適合するあらたな肉をつけることができ、物語を素材と植民地主義的視線から引き離し、新鮮な視点から見られるようになったのです」

かくして、架空の多島海ダラ諸島を舞台にしたエピック・ファンタジイが書かれることになったのですが、〝シルクパンク〟という見慣れない言葉が頭についています。これは、作者の造語で、さらに作者の言葉を借りますと、「わたしはこの長篇で創造したかった美学の総称として〝シルクパンク〟という言葉を用いています。シルクパンクは、現実には辿らなかったテクノロジーに対する強い関心をスチームパンクと共有していますが、特徴的なのは、中国の木版画に触発された視覚表現と、歴史的に東アジアにとって重要だった素材——絹や竹、牛の腱、紙、筆——および、ココヤシや鯨の骨、魚の鱗、珊瑚などといった海洋文化で利用されていた有機素材に重点を置いているところです。その結果、より有機的な感触があり、バイオメカニクスに触発されたテクノロジー語彙がもたらされました。たとえば、浮揚力を変化させるため気嚢を圧縮させたり膨張させたりし、鳥の羽根付き櫂で推進する竹と絹製の飛行船や、『三国志演義』に登場する諸葛孔明発明の〝木牛〟から着想を得た、牛の腱で動く精妙な木製機構で作られている人工四肢など。そして、〝〜パンク〟という接尾辞は、軽い気持ちで付けたのではありません。本書（およびシリーズ全体）は、以前の状態あるいは過去の黄金時代への回帰を扱ったものではありません——叛乱や変化や（可能であれば継続的な）革命を扱ったものなのです」

このような考えのもと、周到な準備を整え、満を持して昨年四月に刊行された本書の評判は、上々で、それが証拠に今年のネビュラ賞長篇部門の最終候補に挙がっています。ネビュラ賞の発表は、今年五月十四日。昨年、ケン・リュウが翻訳した劉慈欣《りゅう・じきん》の長篇『三体』*The Three-Body Problem* は、翻訳作品として初のヒューゴー賞を受賞する快挙を達成したのですが、原作の力に加え、ケン・リュウの卓越した翻訳能力の賜《たまもの》であるのは間違いないところです。はたして創作作品でヒューゴー賞とならぶ二大ＳＦ賞であるネビュラ賞の受賞なるか、注目されるところです（六月の次巻刊行時に、朗報をお伝えしたいものです）。

本書の翻訳について、若干の付記を――

まず、原書との最大の違いは、度量衡です。原書で採用されている度量衡はヤード・ポンド法である一方、訳書では尺貫法を採用しています。あくまでも「架空」の世界ですから、度量衡はその世界独自のものであっていいはずなんですが、作者に確認したところ、その度量衡を英語圏読者の便宜のため〝翻訳〟したという体《てい》を取っているとのこと。ならば訳文では、メートル法に換算するか、ヤード・ポンド度量衡を漢字表記にするか（「マイル」を「哩」、「インチ」を「吋」にするなど）と考えたのですが、「身の丈八フィートを超える大男」を「身の丈二・四メートルを超える大男」にしても、本書の雰囲気にそぐわない気がしました。ここは「身の丈八尺を超える大男」でなくては。作者がヤード・ポンド法を採用した理由のひとつとして、身体の各部の長さや穀物の重さに基づいて設定された度量衡であり、ダラ諸島世界に相応しいと思ったと述べていることから、同様の基準に基づき、しかも東アジア的度量衡でもある尺貫法を採用することにしました。といっても、訳者同様、読者の大半はメートル法世代でしょうから、ピンとこないかもしれません。「寸」は三センチ、「尺」は三十センチ、「間」は百八十センチ、「里」は四キロと大まかに覚えておいていただければ結構か、と。尚、作者の話では、現在翻訳進行中の中国語版でも、度量衡は、中国の度量衡（尺斤法？）を使用するとのことです。

次に固有名詞の表記について。原書の固有名詞の多くは古アノウ語に由来するという設定で、発音は、母音の二重字（二字で一音を表す）は無し。つまり、原則として、a・i・u・eは、ローマ字読みした短母音「ア・イ・ウ・エ」と表記してかまわない。ただし、oは英語のcodeのo（オウ）、üはドイツ語のü（ュ）の音とのこと。そのうえで原書の朗読版を随時参照して表記していますが、oがひとつの単語に複数現れるときは、最初のoのみ「オウ」にして、二度目以降は「オ」と短くしています。「オウ」「オウ」と連続すると、字面の上で間延びして見えてしまうので。Othoは、「オウソウ」ではなく、「オウソ」というように。実は、当初、東洋的な雰囲気を醸し出すため、極力カタカナ語を使わない訳文の方針に合わせ、編集部から登場人物の名前をすべて漢字にしようという提案があったのですが（!）、訳者の力不足で「出火吐暴威」的当て字しか考えられず、そうした場合の悪評を怖れて、取りやめにしてもらいました。この点、漢字の本家、中国語版の翻訳がどういうものになるのか、大変気になります。

原題の*The Grace of Kings*は、シェイクスピアの『ヘンリー五世』が出典とのこと（第二幕冒頭の説明役の口上）。ヘンリー五世を"this grace of kings"と呼び、フランス王へ寝返りを約束した裏切り者たちに殺されるかもしれない、と説明役は語ります。小田島雄志氏の訳では、「もし彼ら地獄の逆徒たちがその約束を実行に移せば、諸王の鑑たるヘンリー王はフランス遠征の船出に先立ち、彼らの毒手によりサザンプトンにおいて殺されるはずだ」（『ヘンリー五世』白水社）。小田島訳にならって、「諸王の鑑」にすることも考えたのですが、ケン・リュウは、graceの持つさまざまな意味（「優雅さ」「気品」「礼儀正しさ」「恩寵」「魂の解放」「寛容」など）を込めてタイトルにしたと述べており、また、王のなかの王を指していることから、邦題を『諸王の誉れ』としました。

なお、原文は、従来のケン・リュウ短篇作品で用いられていた平易で透明な文章に比べると、かなり趣きが異なっており、ある意味、癖のある独特のものになっています。「ギリシアやローマの叙事詩、アングロサクソンの詩、ミルトンの韻文、武侠小説、明《みん》代の小説、現代中国の時間物小説である穿越小説の伝統をない交ぜにし、なじみ深いと同時に違和感のある文体と語りで綴り、たいへんなリスクを負った叙述技法を用いた」と作者は語っていますが、確かにケンニング（婉曲代称法）や緩叙法といった、あまり現代の英米エンターテインメント小説では用いられない表現方法が使われています。残念ながら、翻訳すると、そのあたりの「違和感」の大半は消えてしまうのですが、どこか違うな、という雰囲気が少しでも残っていれば幸いです。

さて、次巻は、『紙の動物園』収録作のなかでも一、二を争う評判を取った「良い狩りを」をお読みの方には、おわかりでしょうが、比較的大人しく進んだ前半とは、おそろしく異なる急展開になっており、まさに「転調のケン・リュウ」の面目躍如という内容になっております。

さあ、これからが面白い！

二〇一六年三月

A HAYAKAWA SCIENCE FICTION SERIES No. 5026

古《ふる》沢《さわ》嘉《よし》通《みち》

1958年生
1982年大阪外国語大学デンマーク語科卒
英米文学翻訳家
訳書
『紙の動物園』ケン・リュウ
『夢幻諸島から』『双生児』クリストファー・プリースト
『火星夜想曲』イアン・マクドナルド
『夢の終わりに…』ジェフ・ライマン
『シティ・オブ・ボーンズ』マイクル・コナリー
（以上早川書房刊）他多数

この本の型は，縦18.4センチ，横10.6センチのポケット・ブック判です．

〔蒲公英王朝記《ダンデライオンおうちょうき》 巻《まき》ノ一《いち》 —諸王《しょおう》の誉《ほま》れ—〕

2016年4月20日印刷　2016年4月25日発行

著　者　ケン・リュウ
訳　者　古沢嘉通
発行者　早川浩
印刷所　精文堂印刷株式会社
表紙印刷　株式会社文化カラー印刷
製本所　株式会社川島製本所

発行所　株式会社　早川書房
東京都千代田区神田多町2－2
電話　03-3252-3111（大代表）
振替　00160-3-47799
http://www.hayakawa-online.co.jp

（乱丁・落丁本は小社制作部宛お送り下さい
送料小社負担にてお取りかえいたします）

ISBN978-4-15-335026-7 C0297
Printed and bound in Japan

ヒューゴー賞／ネビュラ賞／世界幻想文学大賞受賞

紙の動物園

THE PAPER MENAGERIE

ケン・リュウ

古沢嘉通／編・訳

母さんがぼくにつくる折り紙は、みな命をもって動いていた……史上初の３冠を受賞した表題作など、温かな叙情と怜悧な知性が溢れる全15篇を収録。いまアメリカＳＦ界で最も注目される新鋭の短篇集。

新☆ハヤカワ・ＳＦ・シリーズ

王たちの道 1

―白き暗殺者―

THE WAY OF KINGS（2010）

ブランドン・サンダースン

川野靖子／訳

〈光の騎士〉に守られていた時代は遥か遠く、今は伝説の武器のみが残された石と嵐の世界ロシャル。同盟締結を祝う宴の夜、国王が暗殺され、ロシャルは激動の時代に突入する。壮大なファンタジイ絵巻、開幕！

王たちの道 2
死を呼ぶ嵐
A HAYAKAWA
SCIENCE FICTION SERIES

クロックワーク・ロケット

THE CLOCKWORK ROCKET (2011)

グレッグ・イーガン

山岸 真・中村 融／訳

わたしたちの宇宙とは少し違う、別の物理法則に支配されている世界。惑星滅亡の危機を予見した女性科学者ヤルダがとった妙策とは……。「現代最高のＳＦ作家」と称されるイーガンのハードＳＦ三部作、開幕！